붉은머리
가문의비극

이 경 아

한국외국어대학교 러시아어과와 같은 대학 통역번역대학원 한노과를 졸업했다. 현재 한국외국어대학교 통역번역대학원에서 강의하면서 전문 번역가로 활동중이다. 옮긴 책으로 '탐정 글래디 골드' 시리즈, 『제인 오스틴의 비망록』, 『클린트 이스트우드』, 『일하는 뇌』, 『직관』 외 다수가 있다.

THE RED REDMAYNES
by Eden Phillpotts

이 도서의 국립중앙도서관 출판시도서목록(CIP)은 e-CIP 홈페이지(http://www.nl.go.kr/ecip)와
국가자료공동목록시스템(http://www.nl.go.kr/kolisnet)에서 이용하실 수 있습니다.
CIP제어번호 : CIP2012005033

The Red Redmaynes

붉은머리 가문의 비극

이든 필포츠
이경아 옮김

시각적 효과와 반전의 묘미

엘릭시르

차례

/

The Red Redmaynes

영국 데번 주 위치

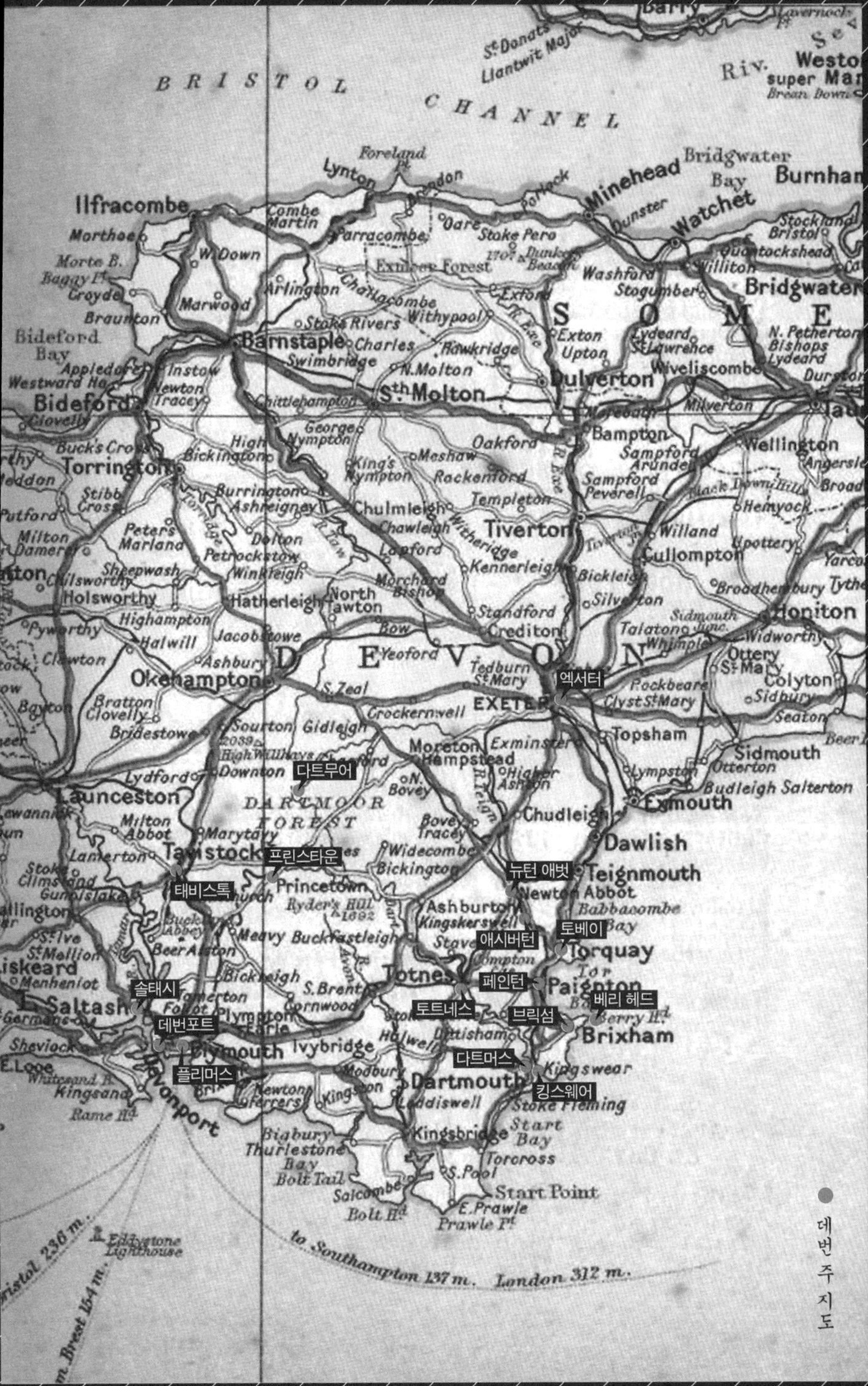
엑서터
다트무어
프린스타운
태비스톡
뉴턴 애벗
토베이
애시버턴
페인턴
토트네스
브릭섬
베리 헤드
솔태시
데번포트
플리머스
다트머스
킹스웨어
BRISTOL CHANNEL
DEVON
SOMERSET
DARTMOOR FOREST
Ilfracombe
Barnstaple
Bideford
Torrington
Okehampton
Launceston
Tavistock
Plymouth
Exeter
Exmouth
Dawlish
Teignmouth
Torquay
Paignton
Brixham
Dartmouth
Kingsbridge
Tiverton
Honiton
Minehead
Watchet
to Southampton 137 m.
London 312 m.

데번주 지도

The Red Redmaynes

Eden Phillpotts

001

소문

모름지기 남자라면 유명해지기 전에는 우쭐거려도 된다고들 한다. 아마 마크 브렌던도 부지불식간에 그렇게 생각했던 것 같다.

그렇다고 마크 브렌던이라는 사나이가 매사에 잘난 척이나 하는 남자는 아니었다. 물론 소심하게 구는 건 이류나 하는 짓이라 여겼지만 말이다. 서른다섯 살인 마크는 벌써 경찰 내 범죄 수사부에서 높은 자리에 올라 있었다. 게다가 경위 승진을 눈앞에 두고 있었다. 성공하기 위해 꼭 필요한 용기와 지략, 성실함을 갖추었음은 물론이요, 상상력과 직관력 같은 자질까지 타고나 지금의 확고한 성공을 거둔 그라면 승진할 자격이 충분했다.

실제로 그는 지금까지 상당한 공적을 세웠다. 제1차 세계 대전

중에 보인 모종의 국제적인 활약도 그의 공적을 빛내 주었다. 그는 십 년 후면 경찰을 은퇴해 야심차게 꿈꿔 온 탐정 사무소를 열게 되리라 믿어 의심치 않았다.

지금 마크는 다트무어에서 휴가를 보내고 있다. 그는 이곳에서 취미인 송어 낚시를 하거나 지금까지의 삶을 좀 더 넓은 시각에서 조망하면서 자신이 이룬 것들을 떠올리고 형사로서나 남자로서의 미래를 객관적으로 고민하는 중이었다.

마크는 인생의 전환점에 서 있었다. 전환점이라기보다 지금까지 인생이라는 무대에 올라온 희곡이 단 한 편이었다면 앞으로는 새로운 관심거리와 개인적인 계획이 속속 등장하게 될 출발점이라고 하는 편이 더 정확할 것이다. 지금껏 그는 오로지 일을 위해서 살았다. 종전 후 그는 암흑과 의혹, 범죄 사건을 파헤치는 일상적인 업무로 돌아갔다. 개인적인 일은 전혀 돌아보지 않고 범죄의 비밀을 푸는 데만 몰두하는 생활로 되돌아간 것이다. 이제까지 그는 그 어떤 내적 생활이나 정신적 야망, 이기적인 목적에도 흔들리지 않는 청렴결백한 수사 기계처럼 살았다. 사람이 아니라 한 쌍의 수갑이라는 말이면 이해가 될까?

이렇게 한눈팔지 않고 일에만 매진한 끝에 그는 세속적으로 보상을 받았다. 그러니 이제는 기계처럼 일만 하던 지금의 모습에서 벗어나 식견을 넓히고, 좀 더 고차원적인 삶을 생각하고 남자로서의 삶도 살고 싶은 마음의 여유가 생긴 것이다.

그에게는 전쟁중에 받은 특별 보조금과 프랑스 정부로부터 받은 막대한 사례비를 합쳐 수중에 오천 파운드에 달하는 저금이 있었다. 게다가 봉급은 꽤 두둑하고 머지않아 은퇴할 상관의 뒤를 잇기로 예정되어 있었다. 마크 브렌던은 일만 하는 삶에 만족하기에는 너무 똑똑했다. 그래서 문화생활을 향유하고 인간적인 즐거움을 누리고 싶은 바람은 물론, 아내를 맞이해 가정을 꾸렸을 때의 장점과 책임까지 떠올린 것이었다.

마크는 아는 여자가 별로 없었다. 하물며 연모하는 마음을 품은 여자는 아무도 없었다. 사실 그는 스물다섯 살 무렵 인생 계획에서 결혼은 빼기로 다짐했었다. 형사라는 직업이 위험하기도 하거니와 결혼을 하면 한없이 복잡해질 성질의 것이었기 때문이다. 가정을 갖게 되면 일에 대한 집중력이 흐트러지고, 특별한 재능이 빛을 잃고, 중요한 순간에 여러 선택안을 앞에 놓고 계산을 하게 될 것이며 용기를 잃을지도 모른다고 나름대로 합리화를 한 것이다. 결국 타고난 능력을 제대로 발휘하지 못해 출세에도 걸림돌이 될 것이라고 말이다. 하지만 앞만 보고 달린 지 십 년, 슬슬 생각이 바뀌기 시작했다. 결혼의 즐거움을 기꺼이 받아들일 마음의 준비가 된 것이다. 적당한 아가씨가 나타나면 구애를 해서 결혼까지도 할 참이었다. 그는 여러 분야의 지식을 골고루 갖추지 못한 자신을 계몽시켜 줄, 교육을 잘 받은 아가씨를 만나기를 은근히 기대했다.

남자가 언제라도 아내를 맞이할 마음의 준비가 되면 대개 필요

한 대답을 오래 기다리지 않아도 된다. 하지만 브렌던은 사고방식이 고루한 남자였다. 그는 전후의 사회가 낳은 신세대적인 여성상을 전혀 좋아하지 않았다. 물론 이 여자들에게도 훌륭한 점이 있다고 인정했고 때로는 그녀들의 탁월한 정신까지도 높이 평가했다. 하지만 그는 이전 시대의 여성들에게서 자신의 이상형을 찾았다. 톡 까놓고 말해서 그의 어머니 같은 여성이 이상형이었다. 그의 어머니는 남편이 죽자 하나뿐인 아들인 마크의 뒷바라지를 하며 과부로 여생을 보냈다. 그의 어머니는 편안하고, 동정심이 많고, 신뢰할 수 있는 여성이었다. 언제나 아들의 이익을 위했고 자신보다 아들의 삶을 우선했으며 아들의 입신양명이야말로 자신이 사는 이유라고 믿었다.

마크는 아내로서 남편의 삶에 녹아드는 것에 기꺼이 만족할 여자를 원했다. 자신의 개성을 그에게 각인시키려 들지도 않고 독립적인 생활 방식을 고집하지 않는 여자를 말이다. 그렇다고 어머니가 그에게 보여 준 완벽한 헌신만을 떠올리며 반드시 이런 여자를 아내로 맞이할 수 있으리라 기대할 만큼 꽉 막히지는 않았다. 유부남들을 많이 봐 온 그로서는 자신이 좋아하는 타입의 여성이 지금까지 존재할지 의심스러웠다. 그래도 구식 사고방식을 가진 여자가 아직은 어딘가에 있을 거라는 희망을 포기하지 않았다. 그것도 모자라 그런 배우자를 어디 가면 찾을 수 있을지 고민하기 시작했다.

마크는 정신없이 바쁘게 한 해를 보낸 후 녹초가 되었다. 그는

이럴 때마다 기회가 되면 건강과 휴식을 위해 다트무어로 향했다. 프린스타운에 있는 더치 호텔에 머무르는 것도 이번이 벌써 세 번째였다. 그곳에서 그는 옛 친구들을 만나고 해가 긴 유월과 칠월의 낮에는 송어를 낚으며 즐겁게 지냈다.

마크 브렌던은 자신이 낚시꾼들 사이에서 화제가 된다는 사실이 은근히 좋았다. 낚시는 언제나 혼자를 고집했지만 저녁 식사 후에는 흡연실에서 사람들과 어울리는 것을 거르지 않았다. 말주변이 좋았기 때문에 그의 곁에는 언제나 사람들이 모였다. 하지만 그는 그 지역의 형무소에 방문해서 교도관들과 잡담을 즐기는 것을 훨씬 더 좋아했다. 그도 그럴 것이 프린스타운으로 알려진 황무지의 심장부에 회색 응어리처럼 우뚝 선 기결수 교도소에는 악명 높고 흉미로운 범죄자들이 많이 수감되어 있는데, 그중에는 마크가 '처넣은' 자가 한둘이 아니었기 때문이다. 그들의 징역은 마크 개인의 근면하고 대담한 노동의 결과라고 할 수 있는 것이다. 다양한 경험과 지성을 갖춘 교도관들 중에는 마크에게 직무와 관련된 온갖 이야기를 들려줄 만한 사람들이 꽤 많았다. 마크에게 범죄 심리학은 언제 들어도 강렬한 매력으로 다가왔다. 수많은 기묘한 사건 혹은 수감자가 한 애매한 말을 그 사건들을 목격했거나 들었던 사람들이 별다른 설명 없이 들려줘도 마크는 이치에 맞는 설명을 찾아낼 수 있었다.

그러던 어느 날 그는 남들이 잘 모르는, 굵직한 송어들을 낚을

수 있는 낚시터를 우연히 알게 되었다. 유월 중순의 어느 저녁 그는 송어를 낚으러 그곳에 갔다. 그곳은 버려진 채석장으로, 물이 흘러들어 만들어진 깊은 못이 여럿 있었다. 그곳에는 다트 강과 메비 강, 블래커브룩, 워컴 강에서 매일 잡히는 것들보다 더 굵고 실한 물고기 한두 마리는 꼭 있었다.

천혜의 낚시터가 들어선 포긴터 채석장으로 가는 길은 두 가지가 있다. 원래 이 채석장은 프린스타운에 포로수용소를 짓는 데 필요한 석재를 마련하기 위해 황무지에서 화강암을 캐다가 만들어졌다. 이곳에는 당시 만들어 놓은 길이 그대로 남아 있었다. 버려진 채석장에서 시작된 길은 팔백 미터가량 가다가 큰길로 이어졌다. 한때 채석장 인부들이 살았던 집 한두 채가 잡초가 무성한 그 길가에 서 있었다. 채석장은 인적이 끊긴 지 오래였다. 인간이 떠나자 자연이 되돌아와 이곳을 아름답게 바꾸어 놓았지만 사람들의 기억에서는 사라지고 오직 야생 동물들만이 드나들게 되었다.

브렌던은 황무지를 가로질러 곧장 이곳으로 왔다. 프린스타운 기차역을 왼편에 두고 서쪽을 바라보면 하늘에서 쏟아지는 햇살을 배경으로 음울한 황무지가 펼쳐져 있다. 마침 해가 뉘엿뉘엿 서쪽 하늘로 넘어가는 중이었다. 연보라색과 붉은색이 녹아든 찬란한 황금빛 덩어리가 저 멀리 지평선을 활활 불태우는 것 같았다. 황무지 이곳저곳에 누워 있는 화강암 바위 속 석영 결정들이 그 빛을 받아 차분한 황야의 저녁을 빛냈다.

서쪽 하늘을 장식하는 노을 속에서 바구니를 든 사람 형체가 불쑥 솟아났다. 저녁 무렵 수면 가까이 올라오는 송어를 낚을 생각에 푹 빠져 있던 마크 브렌던은 가벼운 발소리에 고개를 들었다. 때마침 그가 아는 그 어떤 여자보다 아름다운 여자가 그를 지나갔다. 갑작스러운 미인의 등장에 놀란 브렌던은 송어는 까맣게 잊어버렸다. 마치 황량한 들판에 이국적인 꽃 한 송이가 펑 하고 마법으로 피어난 것 같았다. 그게 아니면 양치식물과 돌멩이 들을 비추는 저녁 햇살이 모든 것을 활활 불태우고 이 아름다운 여인으로 되살아난 것 같기도 했다. 여자는 날씬했고 키가 그리 크지 않았다. 모자를 쓰지 않았는데, 위로 높이 틀어 올린 붉은 머리가 따사로운 저녁 햇살과 어우러져 머리 주변에 붉은 후광이 뜬 것 같았다. 그 빛깔은 찬란했다. 결코 흔히 볼 수 있는 광경이 아니었다. 가을이 너도밤나무와 고사리에 불어넣을 수 있는 온갖 다채로운 색조를 완벽하게 반영했다고나 할까.

한편 눈동자는 푸른색이었다. 용담꽃처럼 새파란 두 눈이 어찌나 큰지 브렌던은 그 눈을 잊지 못할 것 같았다. 그도 눈이 큰 여자를 한 명 알기는 했는데 하필이면 범죄자였다. 그런데 이 여자는 반짝이는 두 눈이 어찌나 큰지 얼굴이 작아 보일 정도였다. 입은 그리 작지 않았는데, 입술이 도톰하고 섬세한 곡선을 그리고 있었다. 그녀는 빠른 걸음으로 성큼성큼 걸어갔다. 가벼운 은색 치마와 장밋빛 실크 점퍼 아래로 둥근 엉덩이와 소녀 같은 야무진 느낌의 가슴

이 윤곽을 고스란히 드러냈다. 갑자기 그녀가 방향을 홱 틀었다. 지면에 닿지도 않은 채 둥둥 떠가는 듯한 작은 두 발이 반짝반짝 경쾌하게 움직였다.

그녀가 그를 응시했다. 솔직하면서 신뢰가 가는 얼굴이었다. 그것도 잠시 어느새 그의 곁을 지나갔다. 브렌던은 삼십 초가 지나기를 기다려 마침내 고개를 돌려 멀어지는 여자를 바라보았다. 젊음의 쾌활함이 녹아 있는 그녀의 노랫소리가 들렸다. 그의 귀에 들어온 음성은 새의 노랫가락처럼 또렷하고 경쾌했다. 발걸음은 여전히 빨랐다. 그녀는 황무지에서 아직 해가 비쳐 환한 곳으로 들어가나 싶더니 지형이 파도처럼 솟아올랐다 내려가는 곳으로 향한 후 어느덧 모습이 보이지 않게 되었다. 어딘가에 갇혀 지내는 모습이 도저히 상상이 되지 않는 황무지와 야생의 창조물인 듯싶었다.

느닷없이 나타난 미인과 마주친 후 마음이 싱숭생숭해진 마크는 상상의 나래를 펼쳤다. 그는 방금 지나간 아가씨에 대해 생각하기 시작했다. 아마도 관광객들에 섞여 당일치기로 이곳을 찾은 방문객 같았다. 마구 뻗어 가던 상상의 나래는 그녀가 약혼을 했을 것이라는 짐작 앞에서 뚝 멈추고 말았다. 이렇게 아름다운 사람을 사랑의 신이 가만히 놔뒀을 리 만무했다. 실제로 사랑과 행복감이 그녀의 눈빛과 흥얼거리는 노랫가락에 배어 있지 않았는가. 그는 묘령의 아가씨가 열여덟 정도일 거라고 추측했다. 마크는 문득 자신의 외모를 떠올렸다. 이런 문제에 있어서 사람은 최대한 자신을 좋

게 포장하려는 경향이 있다. 하지만 마크는 지금까지 어떤 문제가 닥쳐도 절대 기만할 수 없는 확실한 사실만을 다루며 살았다. 그는 완력이 대단하고 몸매도 보기 좋았다. 나이에 비해 몸놀림은 민첩하고 유연하기도 했다. 하지만 머리카락은 보기 흉한 밀짚 색깔이고 말끔하게 면도를 한 창백한 얼굴에서는 도덕적 엄격함과 개성, 호전적인 성격 외에 아무런 특징도 엿보이지 않았다. 이런 마크의 얼굴은 그의 직업상 꼭 필요했다. 변장을 하기 이보다 쉬울 수는 없으니 말이다. 하지만 여자를 유혹하거나 구애를 하기에 적당한 얼굴은 아니었다. 마크는 그 사실을 누구보다 잘 알았다.

다시 걷기 시작한 마크는 비탈에 난 거대한 구멍에 다다랐다. 그는 버려진 포긴터 채석장을 굽어보며 섰다. 그의 발아래로 육십 미터 넘게 깊게 파인 거대한 공간이 입을 벌리고 있었다. 꼭대기에서 경사면을 따라 거칠지만 층층이 깎여 나간 곳도 있고 거대한 화강암 암반 위로 깎아지른 듯이 솟은 낭떠러지만 보이는 곳도 있었다. 경사면은 잡초와 마가목과 가시나무 묘목 들로 무성해서 발 디딜 곳을 찾기 힘들었다. 바닥은 어마어마한 양의 돌과 양치식물로 뒤덮여 있었다. 그곳을 집 삼아 사는 야생 생물과 온갖 잔해 들 위로 디기탈리스가 고개를 주억거리고 있었다. 층층이 이어진 화강암 절벽에서 떨어진 물은 채석장 바닥에 크고 작은 못들을 만들어 놓았다.

마크는 아래로 내려가기 시작했다. 가파른 외길이 꼬불거리며

바닥까지 이어져 있었다. 낯선 침입자에 놀란 다트무어 조랑말 암컷과 새끼가 채석장 입구로 폴짝거리며 도망쳤다. 어느 지점에선가 넓은 빙퇴석이 위에서 아래로 부채처럼 펼쳐져 있었다. 이 조각난 화강암 경사면으로부터 더 많은 물이 흘러나와 튀어나온 바위를 거쳐 뚝뚝 떨어졌다. 실개천이 사방으로 흘렀다. 발걸음을 멈추고 주위를 둘러보니 버려진 채석장은 거대한 바위와 깊은 구덩이 들, 깎아지를 듯이 하늘을 향해 선 절벽들의 경사면이 뒤섞여 주위를 압도하고 있었다. 마크는 지난번 이곳을 찾았을 때 수호 정령이 있는 듯한 느낌을 받았다. 그래서 그는 목청을 높여 소리쳤다.

"제가 왔습니다!"

제가 왔습니다!

화강암 절벽 사이에 숨은 메아리가 대답했다.

"마크 브렌던입니다!"

마크 브렌던입니다!

"환영한다!"

환영한다!

되돌아온 소리는 음절 하나하나가 또렷하게 들렸다. 다만 인간의 목소리가 아닌 다른 것이 섞여 되돌아온 듯한 단어 하나하나에서 기묘한 분위기가 느껴졌다.

거대한 보랏빛 얼룩이 채석장을 채우는 듯이 내부는 짙은 와인빛으로 변해 갔다. 다만 채석장의 동쪽 꼭대기는 여전히 붉은 저녁

놀이 절벽의 가장자리를 황금빛으로 물들이고 있었다. 마크는 길을 찾기 힘들게 어지러이 놓인 돌들 사이를 지나 채석장에서 폭이 가장 넓은 곳으로 북쪽을 향해 오십 미터 남짓 걸었다. 그리고 크고 잔잔한 두 개의 못 사이에 섰다. 오래된 채석장에 만들어진 그 못들은 채석장에서도 가장 깊이 파인 부분이었다. 한쪽은 고르지 않은 물가로 이어져 있고 다른 쪽은 구 미터까지 수심이 내려갔는데, 수면에 비친 화강암 수직 절벽이 하늘로 치솟고 있었다. 수정처럼 맑은 물은 깊은 못에서 짙은 푸른색으로 변했다. 두 못은 강도가 알맞은 낚싯대와 긴 낚싯줄을 던질 솜씨를 갖춘 제물 낚시꾼이라면 부담 없이 즐길 만큼 넓었다. 송어가 돌아다니는지 수면 위 여기저기에 생긴 빛의 원이 점점 커지더니 절벽 아래까지 퍼져 나갔다. 이윽고 물이 좀 더 둔탁하게 튀는가 싶더니 더 작은 못 가운데에 솟아오른 커다란 바위 아래에서 굵은 물고기 한 마리가 날개를 퍼덕이는 작은 흰 나방을 낚아챘다.

마크는 낚싯대를 주섬주섬 꺼냈다. 하지만 마음이 혼란스러워 좀처럼 낚시에 집중을 할 수 없었다. 이런 일은 그와 같은 남자에게는 좀처럼 보기 드문 일이었다. 가져온 낚싯바늘을 꺼내 늘 사용하는, 머리카락 같은 리더에 다는 중에도 방금 본 붉은 머리 아가씨가 자꾸 떠올랐다. 사월처럼 푸른 두 눈동자와 새처럼 지저귀던 목소리, 사람의 것이 아닌 듯 재고 섬세했던 발걸음이 좀처럼 머릿속을 떠나지 않았다.

로버트 레드메인의 의상

/

노포크 재킷(허리에 벨트가 달린 재킷)과

반바지, 붉은 조끼.

주위가 사위어 가자 낚시를 시작했다. 그는 낚싯줄을 한두 번 던진 후 삼십 분 정도 기다리기로 했다. 그는 낚싯대를 땅에 내려놓고 주머니에서 브라이어 파이프와 담배쌈지를 꺼냈다. 낮에 깨어 있던 생물들이 잠자리로 향했다. 하지만 여전히 어디선가 가끔 딸깍거리는 단조로운 소리가 들렸다. 처음에는 새가 우나 보다 했다. 그가 서 있는 못가 맞은편으로 솟은 오르막 뒤편에서 들리는 소리였다. 문득 그 소리는 자연의 소리가 아니라 사람이 내는 소리라는 생각이 들었다. 잘 들어 보니 그것은 석공이 운이라도 맞추듯 리듬을 타며 연장으로 뭔가를 치는 소리였다. 그 소리가 뚝 끊기자 이번에는 육중한 발소리가 채석장에 울렸다. 마크는 막노동꾼이겠거니 생각했다.

그런데 모습을 드러낸 사람은 막노동꾼이 아니었다. 그의 앞에 나타난 사람은 어깨가 넓고 덩치가 큰 남자였다. 노포크 재킷과 헐렁한 반바지를 입고 화려한 청동 단추가 달린 붉은색 조끼를 받쳐 입은 차림이었다. 남자는 채석장의 아래쪽 입구로 들어와 북쪽 출구로 향했다. 못에서 나온 실개천이 좁은 통로로 흐르고 있었다.

낯선 남자는 마크를 보더니 발걸음을 멈추었다. 육중한 다리로 버티고 서서는 입에 문 담배를 빼며 말을 걸었다.

“아! 당신도 녀석들을 찾았군, 그렇죠?”

“뭘 찾았다는 말입니까?”

마크가 되물었다.

“이 송어들 말이오. 나는 가끔 여기에 멱을 감으러 와서 잘 안다오. 여기는 왜 낚시꾼이 없나 늘 의아했지 뭐요. 이백 그램은 족히 되는 놈들이 열 마리가 넘고 더 큰 놈들도 분명 있을 거요.”

마크는 만나는 사람들을 본능적으로 관찰하는 버릇이 있었다. 그는 한 번 본 얼굴은 절대 잊지 않았다. 그는 고개를 들어 남자에게서 두드러지는 특징을 재빨리 포착했다. 그의 눈길은 재빠르면서도 확실했다. 하지만 마크가 이 남자와 우연히 마주친 일이 얼마나 중요한지 짐작했거나 선견지명을 발휘해 그가 곧 닥칠 자신의 미래에 어떤 의미를 지닐지 예상을 했다면, 낯선 남자를 좀 더 주의 깊게 살펴보고 금세 끝난 대화를 길게 끌었을 것이다.

한 쌍의 넓은 어깨와 굵은 목, 그 위로 단단하고 각진 턱이 마크의 눈에 들어왔다. 그 위에는 커다란 입과 지금까지 본 것 중에 가장 큰 콧수염이 두 갈래로 뻗어 있었다. 어찌나 큰지 기괴한 분위기마저 풍겼지만 정작 남자는 자랑스러워하는 것 같았다. 때때로 수염을 비틀거나 귀까지 끌어당기는 것을 보면 말이다. 두 귀는 여우털처럼 새빨갰고 덩치 큰 남자가 귀에 거슬리는 어조로 말을 할 때면 크고 하얀 치아가 번쩍거렸다. 그는 열정적인 기질과 세속적인 정신을 가진 자신에게 만족하고 있는 듯 보였다. 두 눈은 작고 회색이었다. 멀찌감치 떨어진 두 눈 사이로 커다란 코가 달려 있었다. 불처럼 붉은 머리카락을 짧게 깎았는데, 콧수염보다 더 강렬한 인상이었다. 주위가 점점 어두워지는 와중에도 그의 적갈색 얼굴은

또렷하게 보였다.

남자는 처음 만난 사이임에도 퍽 친근하게 굴었지만 브렌던은 그만 가 주었으면 하는 마음뿐이었다.

"나는 바다낚시를 한다오. 붕장어와 대구, 고등어를 잡아서 보트를 반쯤 채워야 그게 진짜 낚시지. 줄이 팽팽하게 당겨지면 휙 잡아채는 손맛이 일품 아니겠소."

"그렇군요."

남자는 계속 말을 이었다.

"그런데 이 보잘것없는 곳이 사람들을 홀리는 것 같단 말이오. 이 다트무어를 좀 보시오! 가도 가도 구릉밖에 없는 황무지에 사방이 돌 천지에 꼬맹이도 건널 수 있는 졸졸졸 흐르는 개울밖에 없는 곳 아니오. 그런데 사람들은 이곳을 대신할 곳이라고는 천국밖에 없는 것처럼 떠들지 않소."

마크가 웃음을 터뜨렸다.

"여기에는 마법이 걸려 있나 봅니다. 그 마법이 당신의 피에 스며든 것 아닐까요."

"그런가 봅디다. 프린스타운도 그렇지 않소. 흉악한 죄수들 외에 뭐 볼 게 있다고. 내가 아는 어떤 남자는 여기에 집을 짓고 있어요. 그 부부는 숲비둘기처럼 행복할 거요. 적어도 당사자들은 그렇겠지."

"삽이 달그락거리는 소리가 들리더군요."

"맞아요. 일꾼들이 없을 때면 내가 가끔 손을 빌려 주지. 하지만 생각해 봐요. 문명 세계를 벗어나서 이런 황무지에 집을 짓고 살겠다니!"

"야심이 없다면 더 어리석은 짓도 할 수 있죠."

"그래요. 적어도 야심은 그 사람들의 장점이 아니지. 사랑만 있으면 충분하다고 여기니까. 불쌍한 친구들 같으니라고. 그런데 왜 물고기를 낚지 않소?"

"더 어두워질 때까지 기다리는 중입니다."

"그럼 난 이만 가 보겠소. 너무 큰 놈을 낚아서 물에 끌려 들어가지 않도록 조심하시오."

남자는 자신의 농담이 재미있는지 웃음을 터뜨렸다. 잔잔한 수면 위로 날카로운 메아리가 울려 퍼지나 싶더니 남자는 어느새 오십 미터 남짓 훌쩍 멀어졌다. 잠시 후 부르릉 소리가 정적을 깨고 들렸다. 남자는 오토바이를 타고 팔백 미터가량 떨어진 큰길을 향해 출발한 것 같았다.

남자가 사라지자 마크는 채석장의 다른 입구를 향해 어슬렁어슬렁 걸음을 옮겼다. 그곳이라면 남자가 말한 집이 보일지도 몰랐다. 채석장을 나와 오른쪽으로 돌아서서 잠시 멍하니 남서쪽을 바라보자 한창 짓고 있는 건물이 눈에 들어왔다. 다 지으려면 아직도 멀어 보였다. 화강암 벽은 고작 백팔십 센티미터였는데, 무척 두껍게 느껴졌다. 배치를 보니 방이 여섯 개인 것 같았고 2층은 올리지

않을 것 같았다. 울타리로 둘러친 곳은 약 사천 제곱미터 정도 되어 보였는데 경계는 완전하지 않았다. 서쪽과 남쪽으로는 웅장한 경관이 펼쳐졌다. 마크는 유달리 시력이 좋은 덕분에 플리머스 강 위에 걸쳐진 솔태시 브리지를 알아볼 수 있었다. 그곳에서부터 사위어 가는 서쪽 하늘을 배경으로 콘월이 우뚝 솟아 있었다. 집을 짓고 살기에 좋은 훌륭한 장소였다. 마크는 도대체 어떤 사람들이 이런 무인지경에 집을 지어 살고 싶어 하는지 궁금했다.

아마도 도시 생활이나 도시인에게 지쳐 버린 사람들이리라. 마크는 이렇게 짐작했다. 어쩌면 삶에 실망하고 삶이 주는 환상에서 깨어난 사람들일지도 모른다. 그래서 사람들로 북적이는 세상에 등을 돌리고, 문제는 될 수 있는 대로 회피한 채 온갖 수치와 어리석음을 피해 달아나고 싶었던 것일지도 모른다. 그렇게 도시를 떠났기 때문에 아무것도 약속해 주지 않는 이 엄혹한 현실 속으로 들어와 살려는 것은 아닐까. 어떤 사람들에게는 풍요로움으로 가득 찬 현실로. 이렇게 외진 채석장 근처에 살겠다니 당연히 나이가 지긋한 부부겠지. 그래서 드넓은 자연의 고독 외에는 더 바라지 않게 된 걸 거야. 그런 사람들은 중년일 수밖에 없어. 잠깐, 남자는 그 부부가 '사랑이면 충분하다'고 여긴다고 했잖아. 나이가 얼마든 사랑은 여전히 뜨거운가 보군. 마크의 생각은 꼬리에 꼬리를 물고 이어졌다.

주위가 어두워지고 빛도 그림자도 지상에서 모습을 감추자 모

든 것이 흐릿하고 애매하게만 보였다. 마크는 낚싯대를 놓아둔 곳으로 돌아왔다. 와 보니 작은 꿀먹이새가 아슬아슬하게 날고 있었다. 그는 두 군데 못에서 송어를 열두 마리나 잡았는데, 그중에 반은 그냥 놓아주었다. 가장 큰 세 마리는 족히 이백 그램이 나갔다.

마크는 다시 오겠다고 다짐하면서 낚싯대를 주섬주섬 챙겼다. 올 때와 달리 돌아갈 때는 불빛이 없는 거친 황무지를 곧장 통과하지 않고 길을 따라 돌아가기로 했다. 채석장을 나와 구십 미터가량 떨어진 곳에 오두막이 여섯 채 서 있었다. 그곳을 지나자 어느새 프린스타운과 태비스톡 사이로 난 큰길이 나왔다. 별이 총총 떠 있는 하늘 아래를 터벅터벅 걷자니 어느새 생각은 황무지에서 본 빨간 머리 아가씨에게로 흘렀다. 그녀가 무슨 옷을 입고 있었는지 곰곰이 생각해 보았다. 그는 후광을 두른 것 같은 타는 듯한 머리카락에서 금속 혹은 은제 버클이 달린 반짝거리는 갈색 구두를 신은 발까지 온몸으로 발산하던 생기발랄함이라면 뭐든 기억할 수 있었다. 그런데 왜인지 그녀의 옷차림은 잘 떠오르지 않았다. 기억을 한참 헤집은 끝에 장밋빛 점퍼와 짧은 은색 치마가 생각났다.

그날 이후로 마크는 해 질 무렵에 두 번 더 포긴터 채석장을 찾았다. 하지만 그 아가씨의 모습은 어디에도 보이지 않았다. 그녀에 대한 기억이 희미해질 즈음 기이하고도 끔찍한 일이 벌어졌고 다른 사람들처럼 그도 그 일에 마음을 빼앗기고 말았다. 성가신 일에는 엮이고 싶지 않았지만 그의 직업과도 관계가 있는 사건이기에 완전

히 외면하기는 힘들었다. 살인 사건에 관한 소문이 순식간에 작고 행복한 마을 전역으로 퍼져 나갔지만, 그가 관여할 바가 아니었다. 하지만 그 사건은 결국 그를 끌어들이고 휴가를 예정보다 빨리 끝내게 만들었다.

채석장에서 낚시를 시작하고 나흘 동안 마크는 오전 내내 메비강 하류에서 보냈다. 그날이 끝나 갈 무렵, 그러니까 자정이 조금 못 되어 여섯 남자들이 술잔을 다 비우고 파이프 담배도 다 피워 제 방으로 돌아가려는데 갑작스럽고도 불길한 이야기를 듣게 되었다.

더치 호텔의 구두닦이인 윌 블레이크가 불을 끄려고 기다리고 있다가 마크를 보더니 이렇게 말문을 열었다.

"돌아가는 꼴을 보아하니 나리의 일과 관계된 사건이 벌어진 것 같습니다요. 내일은 꽤 요란할 겁니다."

"죄수가 탈옥하기라도 했나, 윌? 이곳에서 재미있는 사건이라고 해 봐야 그것뿐이잖아, 안 그런가?"

마크는 어서 잠자리에 들고 싶은 마음에 하품을 하며 이렇게 대꾸했다.

"탈옥이라고요? 그런 일은 아직 없었던 것 같은뎁쇼. 펜딘 씨의 처삼촌이 펜딘 씨를 죽였다나 봐요."

"그 사람은 그런 짓을 해서 무슨 이득이 있나?"

마크는 여전히 심드렁한 말투로 물었다.

"그거야 나리 같은 똑똑한 분들이 알아내셔야죠."

윌이 대답했다.

"그나저나 펜딘 씨가 누군가?"

"포긴터에 집을 짓고 있는 신사분이죠."

마크는 구두닦이의 대답에 흠칫 놀랐다. 순간 붉은 머리의 덩치 큰 남자의 모습이 세세하게 머릿속에 떠올랐다. 그 모습을 윌에게 설명하자 대뜸 이렇게 대답하는 것이 아닌가.

"맞아요. 그 짓을 저지른 자예요. 그자가 그 신사의 처삼촌이에요!"

방으로 돌아온 마크는 방금 들은 비극에도 아랑곳하지 않고 숙면을 취했다. 다음 날 아침이 되자 만나는 사람마다 사건에 대해 아는 것을 있는 대로 말하려고 했지만 그는 조금도 관심을 보이지 않았다. 객실 담당 하녀인 밀리가 뜨거운 물을 가져와 문을 두드렸다. 안으로 들어오자 밀리는 이 유명한 형사라면 누구보다 상황을 제대로 판단할 것이라고 짐작했다. 그녀는 커튼을 걷으며 그에게 말을 걸었다.

"오! 나리, 정말 끔찍한 일이……."

그녀가 말문을 떼자마자 마크는 단호하게 말허리를 잘랐다.

"밀리, 그런 이야기는 그만둬. 나는 다트무어에 송어를 잡으러 온 거지 살인자를 잡으러 온 게 아니라고. 오늘 날씨는 어때?"

"안개가 끼긴 했지만 바람은 잔잔해요. 그런데 그 불쌍한 펜딘 씨가……."

"어서 나가 봐, 밀리. 펜딘 씨 이야기라면 아무것도 듣고 싶지 않으니까."

"그 붉은 머리 악마가……."

"붉은 머리 악마도 마찬가지야. 바람이 잔잔하다니 오늘 아침에는 수로 쪽으로 나가 볼까."

밀리는 잔뜩 실망한 표정으로 그를 바라보았다.

"세상에! 나리처럼 살인자를 잡아들이시는 분이 어떻게 코앞에서 사람이 살해당했다는데 낚시 생각뿐이세요?"

"그건 내 일이 아니야. 이제 나가 봐. 일어나고 싶으니까."

"어쩌면 이럴 수가!"

황당해진 밀리는 투덜거리며 방을 나갔다.

하지만 그랬던 마크도 결국 이 사건을 외면할 자유를 맘껏 누리지 못했다. 그는 사람들의 눈에 띄지 않는 외진 곳으로 떠나려는 마음에 서둘러 샌드위치를 주문했다. 이윽고 9시 반경 그는 흐리고 비가 올 듯한 아침을 시작했다. 마을에는 옅은 안개가 끼어 있었지만 구릉 쪽은 짙은 안개에 휩싸여 있었다. 곧 비가 올 것만 같았다. 낚시꾼의 입장에서 보자면 낚시하기에는 좋은 날씨였다. 그가 비옷을 입고 막 호텔을 나서려는 참이었다. 바로 그때 윌 블레이크가 다가와 편지 한 통을 건넸다. 마크는 편지를 힐끔 보았다. 홀에 있는 우편함에 넣어 두고 돌아오면 읽어 보려고 했는데 봉투에 적힌 글씨에 눈길이 갔다. 여자의 필적이었다. 게다가 필체에는 글쓴이의

개성과 성격이 고스란히 묻어 있는 것 같았다. 문득 호기심이 일었다. 소문이 돌고 있는 사건과 관련되었으리라고는 미처 짐작하지 못한 채 들고 있는 낚싯대와 고기 담는 바구니를 바닥에 내려놓고 봉투를 열었다. 편지의 내용은 이러했다.

프린스타운, 스테이션 코티지스 3호

친애하는 형사님께.

형사님이 프린스타운에 머무르고 계시다는 말을 경찰에게 들었습니다. 아마도 형사님이 이곳에 오신 것은 신의 뜻인가 봅니다. 형사님의 도움을 감히 이렇게 청할 수 없다는 사실을 잘 압니다. 하지만 가슴이 찢어질 것 같은 제 기도를 들으시고 이 힘든 순간에 형사님이 실력을 기꺼이 발휘해 주신다면 그 은혜는 절대 잊지 않겠습니다.

제니 펜딘 올림

마크 브렌던은 욕설을 내뱉었다. 그리고 돌아서서 윌에게 물었다.

"펜딘 부인의 집이 어딘가?"

"스테이션 코티지스입니다. 감옥 숲 직전입죠, 나리."

"지금 어서 가서 삼십 분 후에 찾아가겠다고 전해 주게."

"옳거니! 저는 나리가 이 일을 계속 피할 수는 없을 거라고 말했거든요."

윌이 씨익 웃으며 말했다. 그가 자리를 뜨자 마크는 편지를 다

시 한번 읽었다. 필체는 단정했지만 꼼꼼히 살펴보니 편지 한가운데 눈물 자국이 번져 있었다.

"젠장."

그의 입에서 다시 한번 욕설이 튀어나왔다. 그는 낚시 도구를 방에 가져다 놓고 방수 외투의 깃을 세운 채 경찰서로 향했다. 경관에게 사건에 대해 물어보았으나 그도 아는 것이 별로 없었다. 마크는 전화를 써도 되는지 물었다. 오 분 후 런던 경찰청의 상사와 연결이 되었다. 온 세상의 수도와 범죄자들의 수도 사이에 놓인 삼백이십 킬로미터를 지나 귀에 익은 해리슨 경위의 런던 말씨가 수화기에서 들렸다.

"경위님, 이 마을에서 살인 사건이 벌어졌습니다. 범인으로 추정되는 자는 행적을 감춘 상태입니다. 피살자의 아내가 제게 사건을 맡아 달라고 하고요. 내키지 않습니다만 의무상 맡아야 할 것 같습니다."

마크는 이렇게 상사에게 자초지종을 알렸다.

"알겠네. 해야 한다고 생각되면 하게. 오늘 밤 다시 소식 전해주고. 프린스타운 경찰서 서장인 하프야드는 내 오랜 친구일세. 아주 좋은 사람이지. 그럼 끊겠네."

마크는 하프야드 경위가 이미 포긴터에 가 있다는 사실을 전해 들었다.

마크는 경관에게 이렇게 전했다.

"나도 이 사건을 함께 수사하게 되었네. 다시 오지. 경위님에게는 상세한 이야기를 들으러 정오에 들리겠다고 전해 주게. 지금은 펜딘 부인을 만나러 갈 예정이네."

경관이 경례를 했다. 그도 마크 브렌던의 얼굴 정도는 알고 있었던 것이다.

"휴가가 엉망이 되지 않기를 바랍니다, 형사님. 뭐, 그럴 일은 없을 것 같지만요. 상황을 보아하니 뻔한 사건인 것 같거든요."

"시신은 어디에 있나?"

"그걸 아직 모릅니다. 아는 사람은 로버트 레드메인뿐이겠죠."

형사는 고개를 끄덕였다. 그는 스테이션 코티지스 3호를 찾아 발걸음을 옮기기 시작했다.

한 줄로 따닥따닥 붙어 있는 집들은 오른쪽으로 꺾어지며 프린스타운의 중심가로 향했다. 집들은 북서쪽을 향해 있었다. 조금 더 가자 집들 앞으로 나무가 울창하게 들어선 거대한 언덕인 '노스 헤서리 토'가 나타났다. 숲은 가파른 비탈길을 따라 들어서 있고 숲과 그 아래 거주지 사이에는 돌담이 가로지르고 있었다.

마크는 3호의 문을 두드렸다. 잠시 후 몸집이 호리호리한 백발의 여자가 나왔다. 방금 전까지 눈물을 흘린 기색이 역력했다. 집 안으로 들어가니 현관에는 여우 사냥에서 받은 트로피들이 잔뜩 장식되어 있었다. 가면과 여우의 꼬리도 몇 개 있었고 덩치가 큰 다트무어 여우도 몇 종 보였다. 여우들은 더 이상 달리지 못하고 박제가

되어 벽에 걸려 있었다.

"펜딘 부인 되십니까?"

마크가 물었다. 노부인은 고개를 가로저었다.

"아니에요. 나는 에드워드 제리라고 해요. 죽은 남편이 그 유명한 네드 제리랍니다. 남편은 이십 년 동안 다트무어 폭스하운드 사냥 클럽의 사냥꾼으로 이름을 날렸어요. 펜딘 부부는, 아니 펜딘 부인은 우리 집에 세 들어 있어요."

"만나 볼 수 있을까요?"

"가엾게도 지금 충격이 심해요. 성함이 어떻게 되시죠?"

"마크 브렌던이라고 합니다."

"그렇다면 기다리고 있었어요. 되도록 상냥하게 대해 주세요. 아무 죄도 없는 사람이 경찰과 이야기를 하려면 얼마나 힘들고 무섭겠어요."

제리 부인은 입구의 오른쪽에 난 문을 열었다.

"그 대단한 브렌던 씨가 마침내 오셨어요, 펜딘 부인."

노부인이 이렇게 소개를 했다. 마크가 안으로 들어가자 노부인이 문을 닫아 주었다.

마침 편지를 쓰고 있던 제니 펜딘이 자리에서 벌떡 일어섰다. 그녀는 바로 해 질 녘의 붉은 머리 아가씨였다.

002

확인된 문제

그날 아침 펜딘 부인은 정신없이 옷을 입은 것이 분명했다. 손에 잡히는 대로 대충 껴입었으리라. 아름다운 머리카락은 아무렇게 말아서 머리 위로 올렸고 얼마나 울었는지 평소의 미모조차 잘 알아볼 수 없었다. 그래도 냉정을 잘 유지하는 듯 그를 앞에 두고도 별다른 감정을 드러내지 않았다. 다만 몹시 지친 듯이 보였다. 쾌활하고 청명했을 목소리는 피곤한 기색이 역력했다. 말을 하는 모습에서 활력을 잃고 심한 정신적 고통을 받고 있다는 사실이 새삼 느껴졌다. 반쯤 넋이 나간 듯 멍한 모습을 보니 고통이 어느 정도인지 알 것 같았다.

자리에서 일어서던 제니 펜딘은 마크가 들어오면서 놀란 표정

을 짓는 것을 놓치지 않았다. 그녀로서는 그리 놀라운 일도 아니었다. 주위 사람들이 보내는 찬탄에 익숙했기 때문이다. 남자들이 자신의 미모에 흠칫 놀라는 모습을 본 것도 한두 번이 아니었다.

마크는 여인과의 재회에 가슴이 두근거렸지만 이내 냉정을 되찾았다. 그는 동정하는 마음으로 요령껏 이야기를 풀어 나갔다. 수사를 시작하기도 전에 이미 자신의 능력을 모두 발휘해 제니 펜딘을 도우리라 결심했다. 그랬기에 살짝 아쉬운 마음을 금할 수가 없었다. 이번 사건은 아무리 봐도 자신의 특별한 능력을 드러낼 기회가 보이지 않았기 때문이다. 마크는 통상적인 수사법에 좀 더 현대적인 연역적 체계를 결합해 수사를 진행했다. 그가 입버릇처럼 말하듯이 그가 거둔 성과는 바로 이런 복합적인 방법 덕분에 가능했다. 그는 벌써부터 제니 펜딘에게 돋보이고 싶어 조바심이 났다.

그가 말문을 열었다.

"펜딘 부인, 제가 프린스타운에 와 있다는 사실을 아셨다니 정말 다행입니다. 이렇게 부인을 도울 수 있어 영광입니다. 최악의 사태가 벌어졌다고 단정할 수는 없습니다. 듣기로는 그렇게 판단할 근거가 충분하지만 말입니다. 하지만 저를 믿어 주십시오. 최선을 다해서 힘이 되어 드리겠습니다. 윗선과도 이야기를 끝냈습니다. 현재 따로 맡은 사건이 없어서 이 사건에 집중할 수 있습니다."

"휴가 오신 분께 이런 부탁을 드리다니 제 생각만 한 게 아닌지 모르겠네요. 하지만 저도 어쩔 수가……."

마크가 그녀의 말허리를 잘랐다.

"그런 생각은 마세요. 저는 이 상황이 곧 끝나기만 바랄 뿐입니다. 그러니 이제 어찌 된 일인지 말해 주십시오. 포긴터에서 일어난 일에 대해서는 말씀하지 않으셔도 됩니다. 사건에 대해서는 오후에 자세하게 들을 예정이거든요. 지금은 이 슬픈 사건 전에 있었던 일을 빠짐없이 들려주세요. 앞으로 사건을 풀어 갈 실마리가 될 만한 이야기를 들려주신다면 훨씬 더 좋겠고요."

"제가 무슨 실마리를 드릴 수 있을지 모르겠어요. 제게도 마른 하늘에 날벼락 같은 일이라……. 아직도 사람들이 전해 준 이야기를 받아들일 수가 없어요. 그런 일은 생각도 할 수 없어요. 아니, 그런 생각을 품을 수조차 없어요. 사람들의 말을 믿으면 미쳐 버릴 거예요. 남편은 제 목숨과도 같으니까요."

"차분하게 앉아서 제게 부인과 펜딘 씨에 대해서 이야기를 해 주십시오. 결혼을 하신 지 그리 오래되지 않으셨겠죠."

"사 년 되었어요."

그는 놀라움을 감추지 못했다. 제니는 계속 말을 이었다.

"저는 올해 스물다섯 살이에요. 나이에 비해 어려 보인다는 말을 듣죠."

"그렇군요. 저는 열여덟 살 정도로 짐작했습니다. 그럼 생각을 간추려서 두 분에 대해서 이 상황에 가장 도움이 될 내용만 들려주세요."

제니는 한동안 말문을 열지 못했다. 마크는 의자 하나를 끌고 와서는 의자의 등이 제니를 마주 보게 돌렸다. 그리고 편안하고 스스럼없는 자세로 앉았다. 그는 제니도 편안하게 느끼기를 바랐다.

"친구에게 지난 일을 들려주듯 편안하게 말씀하시면 됩니다. 친구와 이야기를 한다고 생각하세요. 저는 당신에게 힘이 되고 싶은 친구이니까요."

마침내 그녀가 입을 뗐다.

"그럼 처음부터 들려 드리죠. 제 과거는 별로 들려 드릴 만한 이야기도 없어요. 지금 벌어진 끔찍한 상황과 관계도 없고요. 저보다는 제 가족 관계에 더 흥미를 보이실 것 같군요. 제 가족은 얼마 되지 않아요. 앞으로도 그럴 것 같고요. 왜냐하면 세 분이나 계신 삼촌들이 모두 독신이거든요. 그분들 외에 유럽에는 다른 친척이 없어요. 오스트레일리아에 먼 사촌들이 있지만, 그 사람들에 대해서는 아무것도 몰라요.

제 가족 이야기를 들려 드리죠. 조부인 존 레드메인은 오스트레일리아 남부의 빅토리아 주에 있는 머리 강에서 평생을 사셨어요. 그곳에서 양을 키워 상당한 재산을 일구었어요. 그 후 결혼을 해서 대가족을 이루셨고요. 제니 할머니와 존 레드메인 할아버지는 이십 년간 아들 일곱에 딸을 다섯 낳았지만 건강하게 자라 성인이 된 자식은 다섯뿐이었어요. 아들 일곱 중 넷이 살아남았어요. 나머지는 일찍 세상을 떴지요. 두 분은 보트 사고로 익사했고요. 맏딸이었던

매리 고모는 결혼을 한 지 일 년 만에 돌아가셨어요.

남은 아들은 넷이라고 말씀드렸죠. 장남인 헨리, 앨버트, 벤디고, 막내였던 로버트예요. 로버트 삼촌은 지금 서른다섯 살이에요. 사람들이 말하는 이 끔찍한 사건에서 형사님이 찾아내셔야 할 사람이죠.

헨리 레드메인은 선친의 대리인으로 영국에 머물면서 양모 중개업을 했어요. 결혼을 해서 딸을 하나 낳았는데, 그 딸이 바로 저예요. 저는 부모님을 아직 잘 기억해요. 두 분이 돌아가셨을 때 저는 열다섯 살이었거든요. 학교를 다니고 있었죠. 부모님은 오스트레일리아로 가시던 길이었어요. 아버지는 오랜만에 부모님을 만날 꿈에 젖어 계셨죠. 하지만 두 분이 탄 워틀 블로섬 호가 침몰했고 저는 졸지에 고아가 되었어요.

할아버지인 존 레드메인은 부자였지만 사람은 누구나 일을 해야 한다는 신념을 갖고 계신 분이었죠. 그래서 당신의 아들들이 직업을 가지고 먹고살 능력을 발휘하도록 독려하셨고요. 앨버트 삼촌은 아버지보다 한 살 밑인데, 어릴 때부터 공부와 문학을 좋아하셨어요. 젊어서 시드니에 있는 어떤 서적상에 견습생으로 들어가셨다가 얼마 후 영국으로 건너와 대형 서적 판매 회사에 들어가셨어요. 이내 그 분야의 전문가가 되셨죠. 회사에서는 삼촌을 높이 평가해서 파트너로 삼았어요. 그 후 삼촌은 회사 일로 세계 각지를 다녔어요. 뉴욕에서도 몇 해를 사셨죠. 그분의 주요 관심사는 이탈리아 르

네상스 문학이에요. 이탈리아는 삼촌에게 즐거움의 원천이죠. 지금은 이탈리아에 살고 계세요. 삼촌은 십 년 전에 은퇴해도 될 만한 지위까지 오르셨어요. 독신이라 생활비가 크게 들지도 않으니 은퇴를 망설일 이유가 없었어요. 게다가 할머니는 이미 돌아가셨고 할아버지도 살날이 얼마 남지 않았으니 막대한 유산을 남은 두 형제들과 나누게 될 거라고 짐작하고 계셨죠.

벤디고 레드메인은 상선의 선원이 되었어요. 로열 우편 기선 회사에서 선장까지 올랐지만 할아버지가 돌아가신 후 은퇴하셨어요. 그때가 사 년 전이죠. 벤디고 삼촌은 매력이라고는 없는데다 허풍선이에 거친 뱃사람이에요. 여객선으로 영전을 못하고 화물선 선장으로 남은 것을 천추의 한으로 여기시죠. 하지만 바닷일은 그분의 천직이에요. 그래서 경제적으로 여유가 생기자 데번의 절벽 위에 작은 집을 짓고 늘 파도 소리를 들으며 살고 계세요.

셋째 삼촌인 로버트 레드메인은 지금 남편을 죽였다는 혐의를 받고 있어요. 하지만 생각하면 할수록 도저히 믿을 수가 없어요. 아무리 지독한 악몽이라고 해도 이렇게 조리가 맞지 않고 동기가 없지는 않을 거예요.

로버트 삼촌은 할아버지의 사랑을 가장 많이 받고 자랐어요. 삼촌도 형들을 따라 영국으로 건너오셨어요. 목축업과 농업에 관심을 가지게 되었는데, 할아버지 친구분의 형제가 운영하는 농장에서 일을 시작하셨죠. 계속했다면 꽤 성공하셨을 거예요. 하지만 곧 고국

으로 돌아가셔야 했죠. 할아버지가 막내아들 없이는 단 일 년도 지낼 수 없다고 하셨거든요.

로버트 삼촌은 유쾌하고 상냥하신 분인데, 경마와 바다낚시를 좋아하시죠. 큰돈을 유산으로 받을 생각에 흥청망청 돈을 빌려 큰 빚을 지기도 하셨어요. 아버지가 돌아가신 후로는 로버트 삼촌을 이따금 뵈었어요. 제게는 늘 따뜻하셨고 명절이면 저와 함께 지내기를 좋아하셨거든요. 삼촌은 일은 거의 하지 않았어요. 대부분 경마를 하거나 콘월 주의 펜잔스에 자주 가셨죠. 거기 호텔 주인의 딸에게 청혼을 할 생각이셨거든요. 저는 학교를 졸업하자마자 영국을 떠나 오스트레일리아의 할아버지 곁으로 갈 계획이었어요. 하지만 그 무렵 상황이 급변했어요. 모든 것이 뒤죽박죽이 되었죠. 결국 레드메인 사람들의 운명마저 뒤죽박죽이 되었어요."

"피곤하면 잠시 쉬셔도 됩니다."

마크가 말을 끊었다. 그는 간간이 제니가 말을 끊거나 가슴이 들썩일 정도로 깊은 한숨을 쉬는 모습을 보면서 이야기를 제대로 들려주기 위해 얼마나 노력하고 있는지 알 것 같았다.

그러자 제니 펜딘이 대답했다.

"그냥 계속할게요. 어느 여름이었어요. 로버트 삼촌을 뵈려고 펜잔스에 갔는데, 그곳에서 제 인생에 있어서 중요한 일이 두 가지 벌어졌어요. 아니, 세 가지라고 해야겠군요. 전쟁이 발발했고, 오스트레일리아에 계신 할아버지가 돌아가셨어요. 마지막으로 마이클

펜딘과 약혼을 했어요.

저는 마이클을 헌신적으로 사랑했어요. 일 년 후 청혼을 받았죠. 로버트 삼촌에게 약혼 사실을 말씀드렸는데 마음에 들어 하지 않으셨어요. 제가 심각한 실수를 저질렀다고 하셨죠. 미래를 약속한 마이클은 당시 부모님이 모두 돌아가시고 안 계셨어요. 돌아가신 그의 아버님은 '펜딘 트리캐로'라는 회사를 경영하셨어요. 이탈리아에서 정어리를 수입하는 회사라더군요. 마이클은 가업을 이었지만 정작 사업에는 관심이 없었어요. 사업으로 수입이 들어왔지만 관심사는 기계였어요. 마이클은 몽상가였죠. 직접 하는 것보다 계획을 세우는 편을 좋아했어요.

우리는 열정적으로 사랑을 했어요. 당시 일어난 불운한 일들로 등을 돌리지만 않으셨다면 삼촌들은 우리의 결혼을 받아들이셨을 거예요.

할아버지가 돌아가신 후 유언장이 공개되었죠. 그런데 평범한 내용이 아니었어요. 유산은 삼촌들이 예상했던 것보다 훨씬 적었어요. 돌아가시기 십 년 전부터 할아버지는 판단력이 흐려지셨어요. 그로 인해 투자에 계속 실패를 하셨던 거죠. 그래도 할아버지의 재산은 모두 십오만 파운드나 되었어요.

할아버지는 유언장에서 전 재산을 살아 있는 아들 중 맏이인 앨버트 삼촌에게 남기셨어요. 삼촌의 판단에 따라 세 형제가 재산을 나누라는 뜻이셨죠. 할아버지는 앨버트 삼촌이 양심적이고 모든 일

을 공명정대하게 처리할 거라는 걸 아셨거든요. 제게는 결혼할 때 이만 파운드를 주라고 하셨어요. 계속 미혼으로 지내면 스물다섯 번째 생일에 그 돈을 주라고 하셨죠. 그동안은 삼촌들에게 저를 보살피라고 유언을 남기신 거예요. 그런데 할아버지는 남편감에 대해 조건을 다셨어요. 남편감이 나타나면 무조건 앨버트 삼촌의 허락을 받아야 한다는 거였지요.

유산이 기대했던 규모에 훨씬 못 미쳤지만 로버트 삼촌은 금세 기분이 좋아지셨어요. 앨버트 삼촌이 유산을 똑같이 나누자고 하셨거든요. 제가 받을 이만 파운드를 제하고도 세 분이 약 사만 파운드씩 받게 되었죠. 모든 일이 잘 진행되었어요. 저는 삼촌을 열심히 설득했어요. 마이클은 우리 집안일에 대해서는 아무것도 몰랐어요. 하물며 제가 받을 유산에 대해서도 전혀 몰랐죠. 우리는 순전히 사랑해서 결혼을 했어요. 게다가 마이클은 정어리 수입업으로 일 년에 사백 파운드씩 수입이 생겼는데 그 정도면 우리가 별 어려움 없이 풍족하게 살 정도는 되었거든요.

그러던 중 팔월에 전쟁이 터졌어요. 온 세상이 변했어요. 영원히 말이에요."

그녀는 말을 멈추고 일어서서 탁자로 다가가 물을 따랐다. 마크가 벌떡 일어나 그녀의 손에서 물병을 받아 들었다.

"이제 조금 쉬시는 게 어떻겠습니까?"

그가 애원하듯 말했지만 제니는 물을 한 모금 마신 후 고개를

저었다.

"형사님이 가시고 쉬면 돼요. 형사님이 제게 한 줄기 희망을 던져 주실 수 있다면 어서 이야기를 계속하고 싶어요."

"그건 확실합니다, 펜딘 부인."

그녀는 자리로 돌아가 앉았다. 이윽고 이야기를 다시 시작했다.

"전쟁으로 모든 것이 변했어요. 마이클과 로버트 삼촌의 사이도 돌이킬 수 없이 멀어졌어요. 곧 삼촌은 모험을 좇아 자원입대를 하셨어요. 기병대에 입대한 후 마이클에게도 입대를 권유하셨죠. 제 남편보다, 마이클보다 더 조국을 사랑하는 사람도 없을 거예요. 어머, 제가 아직도 남편이 살아 있는 것처럼 말하고 있군요."

"당연히 그렇게 말씀하셔야죠, 펜딘 부인. 부군이 살아 있다고 생각해야 합니다. 그 반대의 상황이 입증되지 않은 한은요."

"그렇게 말씀해 주셔서 감사해요! 남편은 참전할 생각이 전혀 없었어요. 그는 기질이 매우 섬세하고 상냥한 사람이거든요. 육탄전 생각만으로도 그는 견딜 수가 없었어요. 게다가 그라면 조국을 위해 봉사할 방법이 얼마든지 있었고요. 재주가 몹시 좋으니까요."

"물론 그랬겠죠."

"하지만 로버트 삼촌은 마이클의 결정에 기분을 상하셨어요. 자원입대야말로 조국을 위해 당장 필요한 일이라고 여기셨죠. 전화戰火의 시대에 남자로 인정받고 싶다면 당연히 군대에 있어야 한다고까지 하셨어요. 그 상황을 다른 삼촌들에게도 알리셨어요. 벤디고 삼

촌은 은퇴하신 지 얼마 안 되었지만 해군 예비역이었기 때문에 소해정 부대의 지휘관으로 이미 입대를 하셨어요. 벤디고 삼촌도 마이클에게 의무를 다하라고 강권하는 편지를 보내셨어요. 앨버트 삼촌도 이탈리아에서 같은 취지의 편지를 보내셨죠. 저는 세 분의 태도에 몹시 화가 났어요. 하지만 결정은 제가 아닌 마이클의 몫이었죠. 그때 남편은 고작 스물다섯 살이었어요. 그도 조국에 대한 의무를 저버릴 생각이 아니었어요. 남편 주위에는 조언을 해 줄 사람이 아무도 없었지요. 어른이라고는 삼촌들뿐이었기 때문에 그분들의 뜻을 거슬러서는 안 된다고 생각했어요. 그래서 마음을 굳게 먹고 군대에 지원했어요.

그런데 군대에서 그를 받아 주지 않았어요. 군의관이 심장에서 잡음이 들린다며 훈련을 받을 수 없다고 판정을 내린 거예요. 그 소식을 들었을 때 저는 신께 감사드렸지만 그로 인해 삼촌들과의 갈등은 더욱 깊어졌어요. 로버트 삼촌은 그 소식에 크게 노하시고 말았죠. 마이클이 의무를 회피하려고 군의관에게 뇌물을 줬다나요. 심한 말다툼도 몇 번이나 있었어요. 삼촌이 프랑스에 배치를 받아 떠나고 나니 그제야 마음이 놓이더군요.

제 바람에 따라 우리는 결혼식을 올렸어요. 당연히 그 사실을 삼촌들에게 알렸지요. 그 후로 삼촌들과의 관계에는 팽팽한 긴장감이 감돌았지만 신경 쓰지 않았어요. 남편은 오로지 저를 위해 사는 사람이었으니까요. 전쟁이 반쯤 진행되었을 무렵에 노동자 소집령

이 떨어졌어요. 전투병으로 징집될 나이가 지났거나 전투를 할 수 없는 남자들은 프린스타운으로 오라는 내용이었어요. 마이클이 자원했고 우리는 이곳으로 옮겨 왔어요.

황태자 저하의 노력으로 이 지역에 외과 수술용 봉합제에 필요한 큰 이끼 보급소가 만들어졌어요. 우리 부부는 그 보급소에 배치받아 다트무어의 습지대에서 따 모은 물이끼를 말리고 씻어서 화학처리를 한 후 연방의 모든 야전 병원으로 보내는 일을 했어요. 사람들은 쉴 새 없이 움직이며 이 훌륭한 임무를 수행했어요. 저는 여자들과 함께 이끼를 따서 세척하는 일을 했죠. 남편은 황무지를 돌아다니거나 이끼를 모아 프린스타운까지 가져오는 일을 힘들어 했어요. 그래서 감옥 교도관들의 크리켓 구장에 아스팔트를 깔아 만든 테니스 코트에 이끼를 펼쳐 말리는 일을 했어요. 그곳에서 예비 작업을 진행하는 거죠. 마이클은 기록과 회계 업무도 봤어요. 그뿐 아니라 보급소 전체의 업무 계획을 짜는 일도 완벽하게 해냈어요.

우리는 이 년 가까이 그 일을 하면서 이 댁에 세 들어 살았어요. 어느새 다트무어가 좋아진 저는 남편에게 전쟁이 끝나고 경제적으로 여유가 되면 이곳에 집을 지어 달라고 했어요. 이탈리아에서 정어리를 수입하는 사업은 1914년 여름 이후 개점 휴업 상태였어요. 펜딘 트리캐로 사는 훌륭한 소형 증기선을 몇 채 보유하고 있었는데, 그 배들은 금세 가격이 뛰었어요. 마이클도 저만큼 다트무어를 좋아하게 되었고요. 그래서 당장 이곳에 정착할 준비를 시작했죠.

일단 여기서 몇 킬로미터 떨어진 포긴터 채석장 근처 아름답고 아늑한 곳 땅을 장기로 임대했어요.

그동안 삼촌들과는 왕래가 없었어요. 신문에 실린 무공 훈장 수상자 명단에서 로버트 삼촌의 이름을 본 적은 있지만요. 마이클은 전쟁이 끝날 때까지 유산 문제는 꺼내지 말라고 했어요. 저는 남편의 말을 따랐죠. 집을 짓기 시작한 건 작년이었어요. 집이 다 지어질 때까지 제리 부인과 함께 지내기로 했고요.

반년 전 저는 이탈리아에 계시는 앨버트 삼촌에게 편지를 썼어요. 삼촌은 유산에 대해서 신중하게 생각하겠다고 하셨어요. 여전히 제 결혼에 대해서는 화를 내셨지요. 다트머스에 계시는 벤디고 삼촌에게도 편지를 썼죠. 지금은 그곳으로 거처를 옮겨서 살고 계시거든요. 삼촌은 제게 별로 화를 내시지 않으셨어요. 하지만 편지 내용은 여전히 제 사랑하는 남편을 비꼬는 분위기였죠.

가족 간의 상황은 최근까지 이런 식이었어요. 그런데 지난주에 상황을 완전히 바꾸어 놓을 만한 일이 벌어진 겁니다."

제니는 다시 말을 멈추고 한숨을 푹 쉬었다.

"저 때문에 피곤하실까 봐 걱정이 되는군요. 나머지는 나중에 들려주시겠습니까?"

마크가 물었다.

"아뇨. 의혹을 해소하기 위해서라도 지금 다 들려 드리는 편이 나아요. 일주일 전이었어요. 우체국에서 나오는데, 오토바이 한 대

가 느닷없이 제 앞에 서지 않겠어요. 오토바이를 운전한 사람이 누군지 짐작하시겠어요? 바로 로버트 삼촌이었어요. 저는 삼촌이 우체국 앞에 오토바이를 세우고 내릴 때까지 기다렸어요. 그러고는 다가갔죠. 삼촌이 저를 알아보실 새도 없이 얼싸안고 입을 맞추었어요. 저는 이미 오래전에 그분을 용서했으니까요. 이런 사실까지 굳이 말씀드릴 필요는 없겠죠. 삼촌은 처음에는 인상을 찌푸리셨지만 결국 마음을 푸셨어요. 여름 동안 토베이의 페인턴에 머무르고 계신다더군요. 곧 결혼을 할 거라고 넌지시 알려 주시기도 했어요. 저는 최대한 잘 대해 드렸어요. 삼촌은 며칠 동안 플리머스에 다녀오신 후에 페인턴으로 돌아갈 거라고 하시더군요. 저는 과거는 잊고 사이좋게 지내자고 간청을 했어요. 와서 남편과도 얘기를 좀 해 보시라고 붙잡았어요.

삼촌은 원래 이곳에서 삼 킬로미터가량 떨어진 투브리지스에서 전우를 만나고 더치 호텔에서 점심을 드신 후에 플리머스로 가실 계획이었어요. 저는 저희 집에서 점심을 드시고 플리머스로 가시라고 설득을 했어요. 마이클의 소식도 전해 드렸어요. 남편은 이제 삼촌들에게 잘하겠다고 약속을 했거든요. 기쁘게도 삼촌은 마지막 순간에 마음을 바꾸어 저희 집에 몇 시간 들렀다 가시겠다고 하셨어요. 저는 최대한 솜씨를 발휘해서 근사한 식사를 마련했답니다. 남편이 작업 현장에서 돌아오자 저는 두 사람을 한 자리에 불렀어요. 마이클은 선뜻 반갑게 맞이하려 들지 않았어요. 하지만 남편은 그

렇게 꽁한 사람이 아니랍니다. 로버트 삼촌은 남편을 친근하게 대하셨어요. 보급소에서 훌륭하게 임무를 수행한 공을 인정받아 대영제국 4등 훈사 작위를 받은 사연도 자세하게 듣고 싶어 하셨죠. 그러자 남편도 과거에 있었던 일은 모두 깨끗이 잊기로 했어요.

아마 그때가 제 인생에서 가장 행복한 날이었을 거예요. 삼촌을 보면서 제 걱정은 이내 다른 것으로 바뀌었지만요. 삼촌의 겉모습은 예전과 변함이 없었어요. 목소리가 커지고 유난히 유쾌하셨다는 점을 제외하면요. 전쟁으로 삼촌의 관심사는 더 넓어졌어요. 새로운 일에 흥미를 보이시게 됐죠. 삼촌은 대위인데 군대에 남고 싶어 하셨지요. 수많은 전투에서 운 좋게 살아남았고 실전 경험도 풍부했으니까요. 휴전이 되기 몇 주 전 가스 공격을 당해 입원을 하신 일도 있어요. 그 전에도 전쟁 신경증으로 두 달 동안 전투에 참가하지 못하신 적도 있고요. 삼촌은 별로 신경을 쓰지 않으셨지만 제 눈에는 뭔가 달라진 것처럼 보였어요. 전쟁 신경증 때문인가 싶더군요. 늘 쉽게 흥분을 하셨죠. 때로는 극단적인 모습을 보이기도 하셨어요. 기분이 좋을 때면 구름 속을 걷는 것 같지만 나쁠 때면 한없이 추락했죠. 그분이 겪은 끔찍한 경험들이 그런 기벽을 두드러지게 한 것 같아요. 우리와 계실 때 보면 기분도 좋으셨고 친절하셨어요. 그런데도 신경이 지나치게 예민해진 것 같다는 느낌을 버릴 수가 없더군요. 그래서 그분의 판단을 도저히 신뢰할 수가 없었어요. 사실 원래부터 뛰어난 판단력을 기대할 만한 분은 아니셨지요.

삼촌은 무척 쾌활하셨지만 한편으로는 자기중심적이셨어요. 몇 시간 동안 전쟁 이야기며 공을 세운 이야기만 하셨죠. 그런데 우리는 한 가지 특이한 점을 알아차렸어요. 삼촌이 가끔 기억을 못 하시는 거예요. 기억을 못 하기 때문에 사실이 아닌 말씀을 하셨다는 뜻이 아니에요. 삼촌은 했던 이야기를 되풀이하셨어요. 한 시간 정도 지나면 이미 들려준 모험담을 마치 처음인 양 다시 시작하곤 했어요.

나중에 마이클은 증세가 심각한 것 같다고 했어요. 뇌에 문제가 생긴 것 같은데 점점 악화될 것 같다고요. 솔직히 저는 화해를 했다는 사실에 들떠서 그런 이야기를 귓등으로도 안 들었어요. 차를 마신 후 플리머스에 가시지 말고 우리와 함께 며칠 더 머무르시라고 간청을 했지요. 그날 저녁 우리는 공사 현장을 보러 황무지로 나갔어요. 삼촌은 큰 관심을 보이셨죠. 결국 그날 밤은 다트무어에서 머무르기로 하셨어요. 우리 부부는 더치 호텔 대신 이 집의 남는 방에 묵으시게 했어요.

삼촌은 일꾼들이 돌아가면 종종 현장에 들려서 작업을 도와주셨어요. 마이클과 삼촌은 작업을 하며 늦게까지 일을 했어요. 그런 날이면 제가 두 사람에게 차를 가져갔어요.

로버트 삼촌은 어떤 아가씨와 약혼을 했다고 하셨어요. 전우의 여동생이라더군요. 그분이 부모님과 함께 페인턴에 들리셨기 때문에 막 돌아가시려던 참이었어요. 보트 경주가 개최되는 팔월에는

페인턴에 꼭 놀러 오라고 하셨어요. 저는 남편 몰래 다른 삼촌들에게 편지로 잘 좀 이야기해 달라고 삼촌에게 부탁을 드렸어요. 마이클과 그 사람이 세운 공에 대해서 흡족하다는 내용으로 써 달라고요. 삼촌은 그러겠다고 하셨어요. 마침내 모든 근심 걱정이 사라지는구나 싶었지요.

어제 저녁에 삼촌과 남편은 일찍 차를 마시고 현장으로 나갔어요. 어제는 제가 함께 나가지 않았어요. 두 사람은 삼촌의 오토바이를 타고 갔죠. 남편은 늘 그랬듯이 뒷자리에 탔고요.

저녁 먹을 시간이 되어도 아무도 돌아오지 않았어요. 그러니까 어제 말이에요. 저는 좀 늦나 보다 했어요. 그런데 자정이 지나도록 소식이 없는 거예요. 덜컥 겁이 나더군요. 당장 경찰서로 가서 하프야드 경위님을 찾았어요. 경위님에게 남편과 삼촌이 포긴터에서 아직 돌아오지 않았는데, 걱정스럽다고 말했어요. 경위님은 두 사람을 알고 있었어요. 특히 남편과는 개인적으로 안면이 있어요. 이끼 보급소 시절에 경위님이 마이클을 많이 돌봐 주셨거든요. 여기까지가 제가 들려 드릴 수 있는 전부예요."

제니 펜딘이 말을 끝내자 마크는 자리에서 일어났다.

"나머지 이야기는 경위님에게 듣겠습니다. 설명을 잘해 주셔서 감사합니다. 과거를 이보다 더 정확하게 그릴 수는 없었을 겁니다. 그러니까 부군과 레드메인 대위가 화해를 했고 부인이 마지막으로 두 사람을 봤을 때도 사이가 좋았다는 말씀이시죠? 확실합니까?"

"네, 확실해요."

"레드메인 씨가 모습을 감춘 후에 그분의 방을 살펴보셨습니까?"

"아뇨. 손도 대지 않았어요."

"다시 한번 감사드립니다, 펜딘 부인. 오늘 중으로 다시 연락드리겠습니다."

"희망적인 소식을 기대할 수 있을까요?"

"저는 아직 사건에 대해 잘 모릅니다. 그래서 뭐라 드릴 말씀이 아직은 없습니다."

그녀는 그와 악수를 나누었다. 그녀의 얼굴에 미소가 스치듯 지나갔다. 무심결에 나온 미소였지만 가늠 길 없는 슬픔이 담겨 있었다. 그 슬픔 속에서도 빼어난 미모는 그대로였다. 어쨌든 마크의 눈에는 너무나 아름답게 보였다. 무엇보다 지적 능력을 발휘해야 할 때 사적인 감정에 사로잡혀 버린 결과였다. 마크는 그곳을 나오면서 엄청난 난제가 자신을 기다리고 있기를 바랐다. 그는 펜딘 부인에게 깊은 인상을 남기고 싶었다. 평소의 고루하고 보수적인 모습은 까맣게 잊어버리고 날아갈 듯 행복감에 휩싸인 채 곧 어떤 일이 벌어질지 기대까지 했다. 누가 한 말인지는 모르지만 인용문을 모아 놓은 책에서 우연히 본 의미심장한 글귀가 입에서 떠나지 않았다.

남자라면 행복으로 가슴이 벅차오를 때가 평생에 한 시간은 있다.

그런 순간을 찾을 수만 있다면.

하지만 들뜬 기분도 잠시 마크는 이런 생각을 하고 있는 자신이 부끄러워 얼굴을 붉혔다.

경찰서에서 도착하니 관용차가 대기하고 있었다. 이십 분 후 마크는 채석장에 도착했다. 그는 낚시를 했던 못을 지나가는 길을 택했다. 안개가 자욱한 채석장을 보니 어쩐지 서글픈 기분이 들었다. 그는 보기만 해도 아찔한 절벽과 탁 트인 공간을 바라보면서 저 멀리 눈에 비치는 입구로 향했다. 그곳에서 입구에서 흐르는 실개천을 지나니 어느새 집을 짓는 현장 근처가 나왔다. 벌써 점심을 들 시간이었다. 석공과 목수 여섯 명이 현장 근처에 목재로 지은 오두막에서 식사를 들고 있었다. 그들 곁에는 경관 두 명과 하프야드 경위도 있었다.

경위는 마크를 보자 벌떡 일어나서 앞으로 다가왔다. 두 사람은 악수를 했다.

"자네가 마침 여기에 와 있다니 우리는 운이 좋군."

경위는 다정한 데번 억양으로 말문을 열었다.

"자네의 뛰어난 실력에 의지해야 할 만큼 복잡한 사건은 아닌 것 같지만 말이야."

하프야드 경위는 키가 백팔십삼 센티미터에 어깨가 유난히 넓고 각이 졌다. 그런데 이런 강건한 상체와 달리 하체가 부실했다.

다리가 너무 가늘고 길었던 것이다. 그러다 보니 제대로 힘을 쓸 수 없었다. 툭 튀어나온 코와 작은 머리, 청회색의 반짝거리는 작은 눈을 보고 있으면 황새가 떠올랐다. 게다가 류머티즘을 앓아 걷는 모습이 뻣뻣했다.

"채석장은 내 다리로는 무리군."

그가 솔직하게 털어놓았다.

"지금까지 확인한 사실들로 보건대 포긴터 채석장은 겉보기와 달리 이번 사건과는 관계가 없는 것 같네. 살인은 이곳에서 벌어졌어. 이 집터 안에서 말이야. 범행을 저지른 자는 시체를 숨기기에 딱 좋은 저런 곳을 그냥 내버려 뒀군."

"채석장을 수색해 보셨습니까?"

"아직 못 했네. 성과가 있을지도 확실하지 않은데 오십 명이나 되는 인원을 저런 돌 구덩이에 무턱대고 투입할 필요가 있겠나. 모든 사실이 다른 곳을 가리키고 있으니까 말이야. 정말 기묘한 사건이라네. 정말 기묘해. 아마도 우리는 미치광이 범죄자를 찾아내야 할 것 같아. 모든 상황이 확실한데 도무지 말이 되지 않아."

"시신은 아직 못 찾으셨습니까?"

"그렇다네. 하지만 시신이 없어도 살인을 입증할 수 있는 경우가 종종 있잖나. 지금처럼 말이야. 집터로 가세. 자세한 설명은 가서 하겠네. 살인은 그곳에서 벌어졌어. 지금으로 봐서는 희생자보다 살인자를 찾아낼 공산이 더 높아 보이네만."

두 사람은 함께 건물 안으로 들어섰다.

"자초지종을 들려주십시오."

마크가 이렇게 요청하자 하프야드 경위가 이야기를 시작했다.

"자정이 십오 분 정도 지났을 때였어. 누가 문을 두드리기에 나가 보니 마침 당직을 서던 포드 경관이더군. 경관 말이 펜딘 부인이 나를 급하게 만나러 왔다는 거야. 나는 펜딘 부부를 잘 안다네. 그 두 사람이 주축이 되어서 전시에 프린스타운에서 운영했던 이끼 보급소를 이끌었거든.

부인의 남편과 삼촌인 레드메인 대위가 이곳으로 향했다더군. 두 사람은 일꾼들이 돌아간 후에도 종종 작업을 좀 더 했다는 거야. 그런데 어제는 자정이 지나도록 두 사람이 돌아오지 않았어. 부인은 둘에게 무슨 일이 일어난 게 아닌가 싶어 몹시 걱정을 했어. 오토바이로 갔다고 하니 사고나 고장인가 싶더군. 그래서 포드 경관에게 다른 경관을 깨워서 함께 도로를 수색하라고 명령을 내렸네. 두 사람은 곧장 도로를 수색했어. 그런데 새벽 3시 30분에 포드 경관이 돌아와 끔찍한 보고를 한 거야. 두 사람은 아무 데도 없고 대신 집 안에서 엄청난 피 웅덩이를 발견했다는 거지. 돼지라도 잡았는지 피가 흥건했다고. 동틀 무렵이라 즉시 차로 달려왔어. 피 웅덩이는 주방으로 쓸 방에 있었어. 주방으로 들어가는 뒷문의 상인방에도 피가 묻어 있었지.

나는 단서를 잡기 위해 주위를 샅샅이 수색했어. 하지만 단추 하

나 없더군. 내 보기엔 이곳에서 아무리 조사를 해 봐야 허사야. 왜 그런고 하니 아까 우리가 들어온, 포긴터로 가는 샛길에 있는 오두막에 사는 사람들의 증언 때문이라네. 채석장 인부 몇 명이 가족과 함께 그곳에 살거든. 워컴 강 하류에서 하천 감시인으로 일하는 톰 링로즈라는 자도 이곳에 살고. 인부들은 이곳에서 일하지 않아. 포긴터는 벌써 백 년 전에 폐쇄되었으니까. 대신 메리베일에 있는 듀크 채석장에서 일을 해. 이 사람들은 주로 자전거로 출퇴근을 하지.

아침을 먹고 오는 길에 이 오두막들을 지나다가 꽤 확실한 정보를 입수했지. 두 사람이 똑같은 증언을 한 거야. 그들은 미리 입을 맞출 겨를도 없었거든. 한 사람은 듀크 채석장에서 십장 다음가는 직책을 맡고 있는 짐 바셋이고 다른 사람은 끄트머리 오두막에 사는 링로즈였어. 바셋은 메리베일에서 캔 화강암을 펜딘 부부에게 팔았다나 봐. 그래서 공사 현장을 한두 번 찾았다는군. 그래서 펜딘 씨는 물론이고 레드메인 대위와도 안면이 있었어. 어젯밤 10시 무렵에 대위가 이곳을 나와서 오두막을 지나가는 모습을 본 거야. 서머 타임이라 그 시간에도 별로 어둡지 않거든. 마침 바셋은 문가에서 담배를 피우고 있었어. 그런데 로버트 레드메인이 혼자서 오토바이를 도로까지 밀고 가더라는 거야. 좌석 뒤에는 커다란 자루가 묶여 있었다더군.

바셋이 '안녕하세요' 하고 인사를 하니 레드메인도 인사를 했어. 링로즈는 팔백 미터 정도 떨어진 샛길에서 레드메인을 지나쳤어. 그

때는 오토바이에 탄 채로 천천히 도로까지 갔다더군. 도로에 도착하자마자 갑자기 속도를 올리는 소리가 들렸어. 오토바이가 언덕을 올라갔기 때문에 링로즈는 프린스타운으로 간다고 생각했다는 거야."

하프야드 경위가 잠시 말을 멈추자 마크가 물었다.

"알고 계신 사실은 그게 답니까?"

"지난밤 레드메인의 행적이라면 그렇다네. 프린스타운으로 돌아가면 새로운 소식이 와 있을 걸세. 두 도로를 따라서 탐문 조사를 진행하고 있거든. 한쪽은 모어턴과 엑서터로 가는 길이고 다른 쪽은 다트미트를 경유해서 애시버턴과 해안 마을들이 이어진 길이야. 레드메인은 이 도로 중 하나를 이용해서 황무지로 도주한 것이 분명해. 그게 아니라면 도로로 나와서 플리머스나 더 북쪽으로 도주를 했겠지. 놈의 도주로는 금세 밝혀낼 수 있을 거야. 눈에 잘 띄는 자니까."

"링로즈도 오토바이 뒤에 매어 놓은 자루를 보았답니까?"

"그랬다더군."

"경위님이 그 사실을 언급하기 전에요?"

"그래. 바셋처럼 그 사람도 먼저 그 이야기를 꺼냈네."

"일단 한번 둘러보고 싶습니다."

마크가 이렇게 요청했다. 두 사람은 저택의 주방으로 쓰일 공간으로 들어갔다.

003

미스터리

마크는 하프야드 경위를 따라 마이클 펜딘의 새집에서 주방 공간으로 들어갔다. 중앙에는 목수의 작업대가 놓여 있고 쪽마루가 이미 다 깔린 바닥에는 대팻밥과 공구들이 어지러이 널려 있었다. 경위가 바닥 한구석에 깔아 놓은 방수포를 들어 올렸다. 방수포 아래로 커다란 붉은 얼룩이 보였는데, 벽까지 흠뻑 젖어 있었다. 그곳에서 누군가 피를 엄청나게 흘린 것은 분명했다. 그때까지도 피가 마르지 않은 곳도 있었다. 그 위에 떨어진 대팻밥 중에도 피에 물든 것들이 보였다. 중앙 얼룩의 가장자리는 문지른 자국이 남아 있었다. 그 자국들 사이로 징이 박힌 커다란 장화 발자국 한쪽이 반쯤 남아 있었다.

"오늘 아침에 인부들이 다녀갔습니까?"

마크가 묻자 하프야드 경위는 아니라고 대답했다.

"지난밤 1시부터 경관 두 사람이 이곳을 지켰네. 펜딘 부인이 걱정을 해서 내가 프린스타운에서 직접 보낸 친구들이라네. 두 경관은 손전등으로 주변을 살피다가 핏자국을 발견했어. 한 명은 남아서 밤새 현장을 지키고 한 사람은 돌아와 보고를 했지. 나는 석공과 목수 들이 오기 전에 도착했네. 그 사람들에게는 우리가 조사를 마치기 전에는 아무것도 건드리지 말라고 일러뒀지. 펜딘은 작업이 끝난 후에도 종종 남아서 일을 했다더군."

"지난밤에 작업을 했다면 인부들이 알아볼 수 있을까요?"

"그럴걸세."

마크는 석공과 목수를 한 사람씩 불렀다. 목수는 달라진 곳이 없다고 딱 잘라 대답했다. 하지만 석공은 정원의 울타리가 될 담을 가리키며 전날 5시에 퇴근을 한 후 누가 큰 돌들을 옮기고 그 자리에 회반죽을 바른 것 같다고 말했다.

"달라진 부분을 모두 허물도록 하세요."

마크가 지시를 내렸다. 그는 주방을 좀 더 찬찬히 조사하기 시작했다. 꼼꼼하게 실내를 살폈지만 아무런 소득도 없었다. 모든 사항이 목수들이 기억하던 그대로였다. 몸싸움을 벌인 흔적도 없었다. 남자라면 양 한 마리 정도는 그곳에서 쉽게 죽일 수 있을 것이다. 하지만 사람의 피라는 점은 분명했다. 하프야드 경위도 꽤 중요

한 증거를 발견했다. 주방은 문을 통나무로 짜고 초벌로 흰색 페인트칠을 해 두었는데 그 문의 남자의 어깨 정도 되는 위치에 핏자국이 남아 있었던 것이다.

다음으로 마크는 주방 문 바로 밖의 지면을 조사했다. 그곳에는 인부들의 발자국이 수도 없이 찍혀 있었다. 하지만 눈에 띄는 발자국은 고사하고 조금이라도 눈여겨볼 만한 것은 아무것도 없었다. 십팔 미터나 되는 거리를 센티미터 단위로 꼼꼼하게 살피니 오토바이 자국이 눈에 들어왔다. 오토바이는 저택에서 구 미터가량 떨어진 곳에 세워져 있었던 것 같았다. 바퀴 자국과 오토바이 받침대가 움푹 들어간 부분이 토탄에 선명하게 남아 있었다. 마크는 바퀴 자국이 이어진 곳을 따라갔다. 땅이 무른 곳에는 오토바이 자국이 깊이 찍혀 있었다. 타이어 무늬를 보니 낯이 익었다. 던롭 사의 타이어였다. 삼십 분이 지났을까. 경관 한 명이 다가와 경례를 하며 보고를 했다.

"일꾼들이 담을 허물었습니다, 형사님. 아무것도 나오지 않았습니다. 그런데 풀포드라는 석공이 말하기를 자루가 하나 없어졌답니다. 큰 자루였는데, 오두막 한구석에 있었답니다. 그 안에 담아 뒀던 시멘트는 밖에 뿌려져 있고요. 자루만 사라진 것 같습니다."

마크는 시멘트를 쏟아 놓은 곳으로 가서 시멘트 더미를 뒤적거렸다. 하지만 아무것도 나오지 않았다. 인부들의 오두막까지 수색했지만 아무런 단서도 찾지 못했다. 마크는 건축 현장 주변을 살피

고 그 옆으로 난 채석장 입구를 조사하기 시작했다. 그곳에서도 이묘한 상황을 밝혀 줄 자그마한 불씨조차 나오지 않았다. 추적추적 비가 내리기 시작했기에 그는 서둘러 발걸음을 옮겼다. 그런데 낚시를 했던 못에 가기 전에 나온 모래밭에 어른의 맨발 자국이 선명하게 남아 있었다.

집터에 남아 있던 하프야드 경위도 마크와 합류해 나머지 방 다섯 개를 꼼꼼하게 수색하는 것을 도왔다. 응접실로 쓸 방은 남서쪽을 향하고 있어 조망이 근사했다. 마크는 그곳에서 반쯤 피운 시가 하나를 찾았다. 불이 붙은 담배를 버린 것이 분명했다. 꺼질 때까지 한동안 불씨가 남아 있어서 나무 바닥에 그을린 자국이 있었다. 그는 청동 장식이 달린 끊어진 갈색 장화 끈도 찾았다. 몹시 닳은 것을 보니 묶을 때 저절로 끊어진 것 같았다. 이 두 가지 물건은 사소한 부분들이었다. 하지만 중요한 단서가 될 만한 증거는 좀처럼 나오지 않았다. 남은 방들을 샅샅이 수색했지만 쓸 만한 것은 없었다. 결국 마크는 일단 프린스타운으로 돌아가기로 했다. 그는 경위에게 물가에서 본 발자국을 보여 주고 방수포로 덮어 씻겨 내려가지 않도록 했다.

마크가 이야기를 시작했다.

"단순한 사건일 겁니다. 더 이상 여기서 시간을 낭비할 필요가 없겠어요, 경위님. 일단 새로운 소식부터 확인하고 수사 방향을 정해야 할 것 같습니다."

"자네 생각은 어떤가?"

"미쳐 버린 불운한 사내를 상대해야겠죠. 대개 미친 사람은 금세 잡히기 마련이지 않습니까. 이번 사건은 살인 사건이 분명합니다. 전쟁 신경증 병력이 있는 레드메인이 펜딘을 공격해 목을 베었겠죠. 범행 후 그 사실을 은폐하려고 시체를 어딘가에서 처리했을 겁니다. 그자가 미쳤다는 근거는 펜딘 부인의 증언입니다. 부인에게 과거에 있었던 일을 소상하게 들었거든요. 그자가 지나치다 싶게 상냥해졌다더군요. 게다가 전쟁이 시작될 무렵 있었던 견해 차이도 완전히 해결되었고요. 어쩌다 보니 말다툼을 하게 된 건지도 모르죠. 느닷없이 다툼이 시작되었을 수도 있어요. 하지만 그런 것 같지는 않아요. 어쩌다 말다툼을 하게 되었는데 감정이 격해져서 사람을 죽여 버렸다니. 이건 말이 안 돼요.

레드메인은 덩치가 좋고 완력이 대단한 남자예요. 죽일 생각 없이 홧김에 사람을 쳤을 수도 있어요. 하지만 피 웅덩이를 보건대 주먹 한 방으로 벌어진 일이 아닐 겁니다. 그자는 피에 굶주린 미치광이일지 몰라요. 그래서 모자라는 머리로 범행을 사전에 계획했겠죠. 제 추측이 옳다면 지금쯤 프린스타운에서는 새로운 소식이 우리를 기다리고 있을 겁니다. 어두워지기 전에 반드시 산 자와 죽은 자의 행방을 알아내야 합니다. 이것들은 이곳에서 수영을 한 사람의 발자국입니다. 어쩌면 두 명일 수도 있죠. 나중에 발자국을 다시 조사하고 필요하다면 못에서 물을 퍼내야 할 거예요."

마크의 추측은 정확했다. 한 시간도 안 되어서 로버트 레드메인의 행적을 일부나마 알아낼 수 있었기 때문이다. 마크와 경위가 경찰서에 도착하니 어떤 남자가 그들을 기다리고 있었다. 웨스트다트에 있는 투브리지스 호텔의 마부인 조지 프렌치라는 남자였다. 그는 이렇게 말했다.

"저는 레드메인 대위님을 알고 있습니다. 최근에 저희 호텔에 한두 번 차를 드시러 오셨거든요. 지난밤 10시 반이었습니다. 차고에서 나와 도로를 건너는데 갑자기 경적도 없이 오토바이 한 대가 다리를 건너지 뭡니까. 어찌나 급하게 달려오는지 저는 길가로 허둥지둥 비켜섰습니다. 전조등도 켜지 않았더군요. 마침 호텔 현관 앞을 지나가는 바람에 오토바이에 탄 남자를 똑똑히 볼 수 있었습니다. 그때 호텔 현관이 활짝 열려 있어서 밖까지 훤했거든요. 커다란 콧수염과 붉은 조끼를 보고 레드메인 대위님이시구나 했습니다.

대위님은 절 못 봤어요. 다른 곳에 신경을 쓸 여유가 없어 보이시더군요. 그러더니 금방 투브리지스를 빠져나가는 경사 험한 오르막길로 달려갔어요. 그 뒤로 연기처럼 사라졌어요. 아마도 꽁지가 빠져라 달렸을 겁니다. 시속 팔십 킬로미터는 나왔을걸요. 그런데 오늘 프린스타운에서 흉흉한 사건이 벌어졌다는 소식을 들은 겁니다. 사장님이 저더러 본 것을 말하고 오라고 하시더군요."

"호텔을 지나친 후 어느 쪽으로 갔을까요, 프렌치 씨?"

마크가 물었다. 그는 다트무어의 지리를 잘 알고 있었기에 좀

더 캐물었다.

"투브리지스를 지나면 갈림길이 나옵니다. 그자가 다트미트로 향하는 오른쪽 길로 갔습니까? 아니면 포스트브리지와 모어턴이 있는 왼쪽으로 꺾었습니까?"

조지는 그 질문의 답을 알지 못했기에 이렇게 대답할 수밖에 없었다.

"어찌나 빠른지 순식간에 지나갔어요. 언덕 꼭대기에 오르는 것까지는 봤지만 그 후로는 어디로 갔는지 모르죠."

"혹시 동행이 있던가요?"

"없었어요. 그 정도는 보였거든요. 그런데 뒷자리에 커다란 자루를 싣고 있었습니다. 그건 맹세할 수도 있어요."

하프야드 경위가 자리를 비운 동안 전화도 몇 통 왔다. 각기 다른 지역에서 걸려 온 세 통의 목격 증언이었다. 경위는 경관이 받아 적은 제보 내용을 하나씩 받아서 읽은 후 마크에게 주었다. 첫 번째 제보는 포스트브리지의 우체국에서 온 것이었다. 여자 우체국장이 새뮤얼 화이트라는 남자의 목격담을 대신 전해 왔다. 그 남자는 전날 밤 오토바이 한 대가 전조등도 켜지 않은 채 맹렬한 속도로 마을 북쪽의 가파른 언덕길을 달려 올라가는 것을 봤다고 했다는 것이다. 그가 오토바이를 본 시각은 대략 10시 30분에서 11시 사이였다.

경위가 말했다.

"다음 소식은 모어턴에서 들어오겠지 싶었는데. 내 생각이 틀렸

군. 그자는 분명히 하멜다운에서 남쪽으로 방향을 틀었을 거야. 다음 목격 증언이 애시버턴에서 온 것이니 말이야."

두 번째 전갈은 애시버턴의 정비소 겸 주유소 관리인의 증언이었다. 전날 밤 자정이 지난 직후에 누가 문을 두드려 나가 보니 어떤 남자가 오토바이에 넣을 휘발유를 사겠다고 했다는 것이었다. 그 남자의 인상착의는 레드메인과 일치했다. 그도 오토바이 뒤쪽의 커다란 자루를 봤다고 증언했다. 목격자의 말에 따르면 남자는 전혀 서두르는 기색이 아니었다. 남자는 담배를 한 대 피우고 술을 달라고 했다가 거절당하자 욕을 했다. 얼마 후 전조등을 밝힌 후에는 다트의 계곡을 감돌아 남쪽으로 뻗은 토트네스 도로를 달려갔다.

세 번째 제보는 브릭섬 경찰서에서 온 것으로, 내용이 꽤 길었다. 바로 이런 내용이었다.

> 지난밤 새벽 2시 10분경 브릭섬에서 야간 근무를 하던 위저리 경관이 뒷자리에 커다란 꾸러미를 싣고 마을 광장을 통과하는 오토바이 한 대를 목격했습니다. 오토바이 운전자는 큰길로 달려갔고 그 이후 한동안 보이지 않았습니다. 그러다가 3시가 조금 못 되어 위저리 경관이 짐 없이 돌아오는 운전자의 모습을 목격했습니다. 운전자는 왔던 길을 되돌아가며, 브릭섬을 벗어나는 오르막길을 빠른 속도로 올라갔습니다. 오늘 조사를 해 보니 그자는 2시 15분경에 브릭섬 해안 수비대 초소를 지나쳤습니다. 해안 도로가 끝나는 지점에서 오토바

이를 들어 철책을 넘은 것 같습니다. 어떤 소년이 베리 헤드 등대에서 이 남자를 목격했다고 합니다. 소년의 말에 따르면 남자는 구릉지대로 이어진 가파른 길로 오토바이를 밀고 갔답니다. 그때 소년은 의사를 부르러 가던 길이었습니다. 소년의 아버지가 등대지기인데, 마침 몸이 아팠다고 합니다. 소년이 본 오토바이 운전자는 덩치가 큰 남자였고 숨을 헐떡이고 있었습니다. 오토바이가 육중한데다가 길은 매우 가파르고 험했기 때문입니다. 소년이 의사에게 갔다가 돌아올 무렵에는 남자가 보이지 않았습니다. 브릭섬 경찰서는 현재 베리 헤드와 절벽 일대를 수색중입니다.

하프야드 경위는 마크가 전문을 읽고 내려놓을 때까지 잠자코 기다렸다.

"이거 콩깍지를 까는 것만큼 간단하겠군, 안 그런가?"

그가 물었다. 그러자 마크가 대답했다.

"곧 체포할 수 있겠군요. 금방 끝나겠어요."

그 말을 확인이라도 하듯 전화벨이 울렸다. 경위는 벌떡 일어나 최신 보고를 받기 위해 전화 부스로 들어갔다.

"페인턴입니다. 방금 레드메인 대위의 거주지인 마린 테라스 7호에 다녀오는 길입니다. 지난밤에 집에 오기로 되어 있었다고 합니다. 어제 전보로 집에 간다고 알렸다는 겁니다. 하숙집 안주인은 그가 평소에 오는 시간에 맞춰서 저녁을 차려 놓고 잠자리에 들었

습니다. 그가 돌아오는 소리는 못 들었지만 이튿날 아침에 보니 그가 돌아왔었다는군요. 식사는 누군가 먹었고 오토바이는 늘 세워 두는 뒷마당 공구실에 세워져 있었답니다. 오전 10시에 그를 불렀지만 대답이 없어서 방으로 들어갔습니다. 그랬더니 침대는 잠을 잔 흔적도 없고 옷도 갈아입지 않았더랍니다. 그 이후로 행방이 묘연한 상태입니다."

"잠시만 기다리시죠. 런던 경찰청의 마크 브렌던이 와 있습니다. 수사를 도와주고 있어요. 그와도 통화를 해 보세요."

마크는 경위로부터 통화 내용을 들은 후 곧장 송화기를 받아 들었다.

"브렌던 형사입니다. 전화 거신 분은 누구십니까?"

"나는 페인턴의 리스 경위일세."

"체포를 하면 오후 5시에 연락을 주십시오. 혹시라도 체포를 하지 못하면 그 시각 이후에 제가 그쪽으로 가겠습니다."

"알겠네. 곧 그자를 체포했다는 소식이 들어올 걸세."

"베리 헤드 쪽은 수확이 없습니까?"

"경관을 대거 투입해서 절벽 아래를 수색하고 있네. 하지만 아직까지 별다른 소득이 없군."

"잘 알겠습니다, 경위님. 5시까지 연락이 없으면 제가 가겠습니다."

그는 그 말을 끝으로 전화를 끊었다.

"결판이 난 것 같군."

하프야드 경위가 말했다.

"그런 것 같습니다. 그자는 미쳤어요. 불쌍한 악마 같으니라고."

"나는 죽은 사람이 더 불쌍하군."

마크는 자신의 시계를 힐끗 보며 생각에 잠겼다. 개인적인 생각들이 머릿속을 파고들었다. 한편으로는 그런 자신이 놀랍기도 하고 수치스럽기도 했다. 앞으로 미래가 어떻게 될지 알 수 없지만 한 가지 사실만큼은 확실하게 예상할 수 있었다. 제니 펜던이 남편을 잃었다는 사실은 이제 아무도 부정할 수 없다. 그녀는 미망인이 된 것이다. 그는 초조하게 고개를 흔들고는 하프야드 경위를 바라보며 말했다.

"로버트 레드메인을 오늘 중으로 체포하지 못할 경우를 대비해서 처리해 둘 일이 한두 가지 있습니다. 먼저 현장의 혈액 샘플을 채취해서 인간의 혈액이라는 사실을 확인해야 합니다. 이 사건과 관계가 없을 것 같기는 하지만 혹시 모르니 그곳에서 찾아낸 시가 꽁초와 장화 끈도 확보하시고요. 저는 나가서 요기를 한 후 펜던 부인을 만나러 가겠습니다. 그러고 나서 경찰서로 돌아오죠. 계획이 바뀔 만한 소식이 없으면 5시 반에 관용차로 페인턴으로 가겠습니다."

"그렇게 하게. 어쨌든 이번 일로 휴가를 망치지는 않을 걸세."

'두고 봐야죠.'

마크는 이렇게 생각했다. 그는 말없이 나갈 준비를 했다. 시계

를 보니 벌써 3시였다. 그는 갑자기 고개를 돌려 경위에게 질문을 했다.

"펜딘 부인에 대해서 어떻게 생각하십니까?"

"나는 이렇게 생각한다네. 너무 아름다워서 피와 살을 가진 사람이라는 사실이 믿기지 않고, 그녀만큼 자기 남편을 숭배하는 여자는 어디서도 본 적이 없다고 말일세. 남편이 죽은 걸 알면 넋이 나갈 거야."

경위의 말을 들으니 마크는 왠지 울적해졌다. 그는 남편의 갑작스러운 죽음이 제니 펜딘에게 어떤 영향을 미칠지 생각조차 해 보지 않았던 것이다. 그러자 문득 이 상황에서 밀려난 듯한 낯선 기분이 들었다. 동시에 그럴 리가 없다며 혼자 분통을 터뜨렸다.

"남편은 어떤 사람이었습니까?"

"성격이 좋은 사내였지. 콘월 출신인데, 골수 평화주의자인 것 같더군. 전쟁에 대해서 특별히 이야기를 나눈 적은 없지만 말이야."

"나이는요?"

"잘 모르겠네. 스물다섯에서 서른다섯 사이가 아닐까 싶은데. 시력이 좋지 않고 갈색 턱수염을 길렀지. 자세히 들여다보는 작업을 할 때는 안경을 두 개나 겹쳐 썼지. 대신 먼 곳은 잘 보인다더군."

마크는 식사를 마친 후 다시 펜딘 부인을 찾았다. 오전 내내 온갖 소문을 들었는지 그녀는 상황을 대충 파악하고 있었다. 그녀는

오전과는 어딘지 달라 보였다. 말도 거의 하지 않고 무척 창백했다. 마크는 그녀가 진상을 깨닫고 남편의 죽음을 받아들였기 때문이라고 짐작했다. 그래도 그녀는 마크에게 직접 듣고 싶어 했다.

"이런 사건을 전에도 다루신 적이 있나요?"

그녀가 물었다.

"사건은 다 다르죠. 사건은 저마다 특징이 있습니다. 전쟁 신경증 병력이 있던 레드메인 씨가 이성을 잃었던 것 같습니다. 전쟁 신경증에 걸리면 다양한 증상의 치매가 오기도 합니다. 장기간 지속되기도 하고 일시적으로 나타나기도 하죠. 레드메인 씨가 이성을 잃고 광기에 사로잡힌 순간 끔찍한 짓을 저지른 것 같습니다. 광기가 사라지지 않은 동안에 사건을 은폐하려고 했고요. 우리가 파악한 바로는 시신을 바다에 유기한 것 같습니다. 펜딘 부인, 부군은 목숨을 잃은 것이 분명합니다. 최악의 상황을 각오하고 계셔야 할 것 같습니다."

"저는 아무래도 수긍하기가 어렵네요. 두 사람은 화해를 하고 다시 사이가 좋아진걸요."

그녀가 반박했다.

"둘 사이에 부인이 모르는 무슨 일이 일어나 레드메인 씨가 폭발을 했겠죠. 정신을 차린 후에는 모든 일을 끔찍한 악몽 정도로 여길지도 모르겠지만요. 부군의 사진이 있습니까?"

제니 펜딘은 방을 나갔다가 잠시 후 사진 한 장을 가지고 돌아

왔다. 사진에는 생각에 잠긴 듯한 표정의 남자가 있었다. 이마가 넓고 흔들림 없는 눈빛이 인상적이었다. 그는 턱수염과 콧수염, 구레나룻을 길렀고 머리는 꽤 길었다.

"사진 속 모습 그대로였나요?"

"네. 하지만 이 사진은 표정이 생생하지 않아요. 부자연스럽다고 할까요. 실제로는 좀 더 활달했거든요."

"나이는 어떻게 됩니까?"

"서른이 되지 않았어요. 하지만 나이보다 훨씬 더 들어 보였죠."

마크는 남자의 사진을 유심히 들여다보았다.

"원하시면 가져가세요. 저는 한 장 더 있어요."

"머릿속에 확실히 집어넣었습니다. 펜딘 씨의 시신은 바다에 유기된 것으로 보입니다. 지금쯤 시신을 찾았을지도 모르겠네요. 어쨌든 레드메인 씨의 의도대로 된 것 같습니다. 약혼녀에 대해서 아십니까?"

"이름과 주소를 알려 드릴게요. 하지만 직접 만난 적은 없어요."

"부군은?"

"제가 아는 한은 없어요. 한 번도 만난 적이 없을 거예요. 플로라 리드 씨는 지금 페인턴의 싱어 호텔에 부모님과 함께 머무르고 있어요. 그분의 오빠로 프랑스에서 알게 된 삼촌의 전우도 와 있다고 들었어요."

"고맙습니다. 더 이상 소식이 없으면 저는 오늘 저녁에 페인턴

으로 갈 겁니다."

"왜죠?"

"조사도 계속해야 하고 레드메인 씨를 아는 사람들을 모두 만나 봐야 하니까요. 아직까지 그를 찾지 못했다는 점이 좀 당황스럽습니다. 이 정도로 이성을 잃고 날뛴 사람이 장시간에 걸친 전문적인 수색을 피하기는 힘들거든요. 지금까지 알아낸 바로는 도주 시도조차 하지 않았습니다. 오늘 새벽에 베리 헤드로 갔다가 하숙집으로 돌아온 후 식사를 하고 오토바이를 세워 놓고 집을 나간 것까지는 확인이 되었습니다. 여전히 트위드 슈트에 붉은색 조끼를 입은 채로 말이죠."

"플로라 리드 씨를 만나 보실 건가요?"

"필요하다면 그래야죠. 그 전에 레드메인 씨를 찾으면 굳이 만나지 않아도 되겠죠."

"이 사건이 단순 명료하다고 생각하시는군요, 그렇죠?"

"현재로서는 그렇게 보입니다. 저희는 이성을 잃었던 레드메인 씨가 제정신으로 돌아와 모든 상황을 깔끔하게 설명해 주기를 무엇보다 바라고 있습니다. 이제 뭘 하실 계획인가요? 제가 개인적으로 도와 드릴 일이 있다면 망설이지 말고 말씀해 주세요."

마크의 느닷없는 질문에 제니 펜딘은 놀란 표정을 지었다. 그녀는 고개를 들어 그를 바라보았다. 핼쑥한 그녀의 얼굴에 살짝 온기가 감돌았다.

"친절하신 분이군요. 잊지 않을게요. 진상이 밝혀지면 저는 아마 이곳을 떠날 거예요. 남편이 정말 죽었다면 그 집도 지을 필요가 없어요. 떠나야죠, 당연히."

"혹시 이곳으로 와 줄 친구들이 있습니까?"

그녀는 고개를 가로저었다.

"이제 제게는 아무도 없는 것이나 다름없어요. 남편은 제게 온 세상이었으니까요. 제 전부였어요. 저 역시 남편의 전부였고요. 제 상황을 아시잖아요. 오늘 아침에 다 말씀드렸으니까요. 남은 혈육은 삼촌들뿐이에요. 데번에 계시는 벤디고 삼촌과 이탈리아의 앨버트 삼촌요. 오늘 편지로 두 분께 이곳 상황을 전했어요."

마크가 일어섰다.

"내일 다시 연락을 드리겠습니다. 페인턴에 가지 않으면 오늘 밤에 다시 오겠습니다."

"고마워요. 이렇게까지 마음을 써 주셔서."

"이렇게 힘든 상황일수록 건강에 유의하세요. 사람은 무슨 일이든 이겨 낼 수 있습니다. 하지만 그 일이 너무 부담을 준 나머지 한참 후에 큰 대가를 치를 수도 있습니다. 의사에게 진료를 받아 보시겠습니까?"

"아뇨. 그럴 필요는 없어요. 남편이 우리의 짐작대로 되었다면 제 목숨은 이제 더 이상 중요하지 않습니다. 이대로 죽는 게 나아요."

"세상에, 제 앞에서 그런 말씀은 마세요. 미래를 보세요. 이 세

상에서 더 이상 행복해질 수 없다고 해도 누군가에게 도움이 될 수 있는 힘과 특권만은 거부해서는 안 됩니다. 부군이라면 당신이 어떻게 살아가기를 바랄지 생각해 보세요. 아무리 큰 비극이나 슬픔이 닥치더라도 당신이 꿋꿋이 이겨 내기를 바라지 않을까요."

제니 펜딘이 나지막한 목소리로 말했다.

"정말 좋으신 분이세요. 말씀, 고마워요. 다음에 또 봐요."

그녀는 마크가 내민 손을 꼭 쥐었다. 집을 나서는 마크는 제니 펜딘을 에워싼 묘한 분위기에 당황스러웠다. 그는 제니의 말에 큰 걱정을 하지 않았다. 그녀에게서는 생기와 절제력이 엿보였다. 자신을 망칠 행동은 절대 하지 않을 것이 분명했다. 그녀는 젊었다. 시간이 흐르고 흐르면 상처는 서서히 회복되리라. 하지만 남편을 향한 그녀의 사랑이 너무나 파괴적이라는 느낌을 지울 수 없었다. 그녀도 삶을 직시하고 자신의 몫을 살다 보면 언젠가는 타인의 삶에 행복을 줄 수도 있을 것이다. 그렇다고 남편을 잊거나 다른 사람과 결혼을 하지는 않으리라.

마크는 경찰서로 돌아왔다. 그는 로버트 레드메인의 행방이 아직도 오리무중이라는 말에 깜짝 놀랐다. 더 이상 들어와 있는 보고도 없었다. 하지만 베리 헤드 수색팀은 약간의 성과를 올렸다. 서쪽 벼랑 위에 난 토끼 굴 입구에서 시멘트 자루를 발견한 것이다. 자루는 피에 물들어 있었고 머리카락 몇 뭉텅이와 시멘트 가루가 남아 있었다.

한 시간 후 마크 브렌던은 가방을 챙겨 관용차에 올라 페인턴으로 출발했다. 하지만 그곳에도 새로운 소식은 없었다. 리스 경위도 지금까지 로버트 레드메인이 검거되지 않았다는 사실에 당혹감을 감추지 못했다. 그는 해안 수비대와 어부들이 자루가 발견된 낭떠러지 아래 바다를 최선을 다해 수색하고 있다고 했다. 하지만 물살이 센 곳이라서 현지 주민들은 시체가 큰 바다로 떠내려갔을 거라고 짐작했다. 주민들은 시신에 무거운 것을 매달지 않았다면 일주일 안에 최대 삼 킬로미터 이내의 지역에서 떠오르리라 생각했다.

마크는 싱어 호텔에서 저녁을 먹은 후 로버트 레드메인의 하숙집을 찾아가기로 했다. 마크는 일단 호텔에 투숙을 했다. 그러는 편이 레드메인의 약혼녀와 그녀의 가족을 만나 이야기를 듣기 쉬울 것 같았다. 마린 테라스 7호의 주인인 메드웨이 부인은 말수가 별로 없었다. 그녀는 레드메인이 상냥하고 친절한 신사였지만 가끔 발끈할 때가 있었다고 말했다. 그는 특별히 정해진 일과가 없어서 그가 먼저 나타나지 않으면 언제 귀가할지 종잡을 수 없었다. 사람들이 잠자리에 든 후에야 돌아온 적도 많았다고 했다. 전날 밤에도 그가 몇 시에 돌아왔는지, 몇 시에 다시 나갔는지 그녀는 몰랐다. 하지만 옷을 갈아입지 않고 짐을 챙겨 가지도 않은 것은 확실하다고 했다.

마크는 문제의 오토바이를 꼼꼼하게 살펴보았다. 가벼운 쇠 살대로 만든 좌석에는 무슨 자국이 남아 있었다. 핏자국이었다. 오토

바이에 묶인 단단한 끈에도 핏자국이 남아 있었다. 끈은 끝이 잘려 있었다. 레드메인이 절벽까지 가져간 시신을 바다로 던질 때 자른 것 같았다. 줄줄이 나오는 정황 증거들은 더하고 뺄 것도 없이 명확했다. 하지만 다음 날 오전 내내 수색을 더 한다 해도 가장 큰 미스터리인 로버트 레드메인의 행방을 알아낼 수 있을 것 같지는 않았다.

이튿날 마크는 아침을 들기 전에 베리 헤드를 찾아 절벽을 조사했다. 절벽은 층층이 쌓인 석회석 지대 위에 우뚝 솟아 있었다. 절벽 위에는 엉겅퀴와 하얀 록 로즈, 아르메리아, 가시금작화 등이 자라고 있었다. 절벽 위에 있는 토끼 굴에서 개가 피에 물든 자루를 찾아냈다. 자루는 토끼 굴에 처넣어져 있었지만 테리어 정도면 거뜬하게 들어가 끌고 나올 수 있었다.

절벽의 높이는 구십 미터가 조금 넘었다. 절벽 아래는 시퍼런 바다였는데, 수심이 무척 깊었다. 반짝이는 절벽의 표면 군데군데 생긴 틈과 구멍에는 근근이 풀이 자라고 갈매기들이 양고추냉이풀로 얼기설기 둥지를 틀었다. 절벽의 가장자리에는 아무런 흔적도 남아 있지 않았다. 하지만 그 아래 푸른 바다에서는 어부들이 배를 타고 쉴 새 없이 수색 작업을 벌이고 있었다. 작업을 시작한 지 꽤 되었지만 아직 아무런 소득이 없었다.

그날 오후 마크는 호텔로 돌아와 플로라와 그녀의 부모를 만났다. 로버트 레드메인의 전우인 플로라의 오빠는 마침 런던으로 돌

야간 후였다. 그녀는 부모님과 함께 호텔 라운지에 앉아 있었다. 마크는 그곳에서 세 사람을 만났다. 그들은 심한 충격을 받은데다 아직도 얼떨떨한 것 같았다. 도움이 될 만한 이야기는 아무에게도 들을 수 없을 듯했다. 런던에서 포목점을 운영한다는 리드 부부는 별말이 없었다. 반면 플로라는 좀 더 대가 세고 다부진 면이 있었다. 아버지보다 머리 하나는 크고 몸집도 더 좋은 그녀는 대단히 예의가 발랐고 예상했던 것만큼 슬픔에 차 있는 것 같지 않았다. 그도 그럴 것이 그녀가 로버트 레드메인과 알게 된 것은 반년 전이었고 약혼 기간도 한 달밖에 되지 않았던 것이다. 플로라는 피부가 까무잡잡하고 활동적인 평범한 아가씨였다. 그녀의 꿈은 연극배우였다. 지방을 도는 순회 무대에도 섰지만 곧 무대생활에 지쳐 버렸다. 그녀는 약혼자에게 연극을 그만두겠다고 약속했다.

"레드메인 씨가 조카 부부에 대해서 얘기를 한 적이 있습니까?"

마크의 질문에 플로라 리드가 대답했다.

"네, 했어요. 그이는 늘 마이클 펜딘이 병역 기피자에 겁쟁이라고 했어요. 조카에게도 질렸다면서 그런 남자와 결혼을 하다니 절대 용서할 수 없다고 했죠. 그런데 엿새 전에 프린스타운에 간 뒤로 태도가 변했더군요. 편지에 전혀 다른 이야기를 써 보낸 거예요. 우연히 조카 부부를 만났는데, 펜딘 씨는 병역 기피자가 아니었다고요. 전쟁중에 공을 세워서 훈작사 작위를 받았다는 내용도 있었어요. 그 사실을 알게 된 후로 로버트의 태도가 변했죠. 이 일이 벌어

지기 전까지 조카 부부와 아주 친하게 지냈나 보더군요. 조카 부부가 보트 경주를 보러 오겠다고 했대요."

"그 이후로 레드메인 씨를 보거나 소식을 듣지 못했습니까?"

"네. 확인해 보면 아시겠지만 마지막으로 받은 편지는 사흘 전에 도착했어요. 그 편지에는 어제 날짜로 돌아올 것이며 평소처럼 해수욕장에서 만나자는 밀밖에 없어요. 수영을 하러 가서 그를 찾았지만 없었어요."

"레드메인 씨에 대해서 좀 더 들려주세요, 리드 양. 이렇게 말씀해 주시는 내용이 수사에 큰 도움이 됩니다. 저희도 현재 혼란스러운 상황입니다. 겉으로 드러난 모습과 저희가 알아낸 사실이 들어맞지 않거든요. 듣기로 레드메인 씨는 전쟁 신경증 병력이 있고 전쟁중에 독가스 공격까지 받았더군요. 혹시 후유증을 앓는 모습을 보신 적은 없습니까?"

"보고말고요. 우리 모두 그러리라 짐작하고 있었어요. 어머니가 제일 먼저 그 이야기를 꺼내셨죠. 로버트가 같은 이야기를 자꾸 반복한다고요. 그는 성격이 매우 좋았어요. 하지만 전쟁으로 어떤 면에서는 거칠고 냉소적이 되었죠. 성격도 급했고요. 하지만 누군가와 싸우거나 의견 차이로 언쟁을 하더라도 금세 후회를 하곤 했어요. 그는 사과하는 걸 부끄럽게 여기지 않았어요."

"자주 싸웠나요?"

"그이는 독불장군이었어요. 물론 전쟁의 참상을 많이 겪기도 했

죠. 그런 경험으로 약간 무자비해졌다고 할까요. 우리 같은 민간인들이 들으면 기겁할 이야기를 가끔씩 했어요. 사람들이 그럴 리 있느냐며 믿어 주지 않으면 로버트는 분통을 터뜨렸죠."

"그를 많이 좋아하셨습니까? 실례가 된다면 사과드리겠습니다."

"저는 로버트를 존경했어요. 한편으로는 제 덕분에 그가 좋게 바뀐 점도 있고요. 그 사람에게도 좋은 점이 많았어요. 무엇보다 용감하고 정직했죠. 네, 저는 그이를 사랑했어요. 자랑스러웠죠. 점점 더 차분해지고 흥분도 덜 하고 짜증도 안 내게 된 것 같아요. 의사들은 전쟁 신경증의 후유증이 점점 사라질 거라고 했어요."

"그가 다른 사람을 공격하거나 죽일 수 있다고 생각하신 적이 있습니까?"

리드 양은 잠시 대답을 망설였다.

"저는 그이를 돕고 싶은 마음뿐이에요. 그래서 말씀드리는 거예요. 누군가가 로버트를 지나치게 자극했다면 불같이 화를 냈을 거예요. 격정에 사로잡힌 순간 다른 사람을 공격할 수도 있었겠죠. 그는 전장에서 수없이 죽음을 목격한 탓에 죽음이나 위험에 무관심했으니까요. 네, 그 사람이 실제든 상상이든 자신의 적이라고 생각하는 사람을 해칠 수도 있을 것 같아요. 하지만 범행 이후의 행동을 보면 그 사람답지 않아요. 로버트가 잘못된 행동을 저지르고 나서 결과를 회피하는 모습은 도저히 상상이 안 돼요."

"하지만 살인을 은폐하려고 했다는 확실한 증거들이 있습니다.

물론 범인이 그인지는 아직 확실하지 않습니다."

"모두를 위해서 어서 그이를 찾아 주세요. 하지만 그이가 정말 그런 끔찍한 범죄를 저질렀다면 절대 못 찾을 거예요."

"왜 그렇게 생각하시죠, 리드 양? 하지만 저도 알 것 같군요. 같은 생각을 저도 이미 했으니까요. 자살을 생각하셨습니까?"

그녀는 고개를 끄덕이며 손수건을 눈가로 가져갔다.

"네. 이성을 잃었던 가련한 로버트가 정신을 찾은 뒤 자신이 격정을 못 참고 무고한 사람을 죽인 것을 알면, 제가 아는 한 둘 중 하나를 택할 거예요. 즉시 자수해서 사실대로 털어놓거나 최대한 빨리 목숨을 끊겠죠."

마크가 세 사람에게 말했다.

"사건마다 늘 동기가 충분한 것은 아닙니다. 순식간에 분노의 폭풍에 사로잡혔다면 해칠 의도가 없더라도 번개보다 빨리 누군가의 목숨을 앗을 수도 있습니다. 지금 이 경우는 그런 폭풍만이 해답이겠죠. 그런데 펜딘 같은 사람이 어떻게 그런 폭풍을 불러일으켰는지 아직 모르겠습니다. 펜딘 부인과 프린스타운의 하프야드 경위님의 말로는 온순하고 조용한 사람인 것 같거든요. 좀처럼 화를 잘 내지 않는 사람 말입니다. 하프야드 경위님은 그 사람을 이끼 보급소 시절부터 알고 지냈습니다. 펜딘 씨가 전시에 그곳에서 이 년 동안 일을 했거든요. 레드메인 씨가 아니라 누구라도 펜딘 씨 때문에 불같이 화를 낼 일은 없어 보이더군요."

마크는 채석장의 못에서 우연히 레드메인을 스치듯 만난 경험을 들려주었다. 어떤 이유인지 이 개인적인 이야기가 플로라 리드의 심금을 울렸다. 마크는 그녀가 진심으로 감동했다는 것을 알 수 있었다.

그녀는 와락 울음을 터뜨리며 일어나 자리를 떠났다. 딸이 자리를 비우자 리드 부부는 좀 더 편안하게 이야기를 했다. 말수가 없고 이 상황에도 무관심해 보이던 리드는 점점 말이 많아졌다.

"저와 제 아내는 이 약혼을 절대 반기지 않았습니다. 그 점을 꼭 형사님에게 말해야 할 것 같군요. 저도 레드메인이 선량하고 좋은 사람이라고 생각합니다. 그는 통이 컸고 플로라를 보자마자 마음을 빼앗겼죠. 처음부터 열렬하게 제 딸을 사랑했고 그 아이도 레드메인을 사랑하게 되었습니다. 하지만 제 눈에는 차분하게 결혼 생활을 할 남자로 보이지 않더군요. 그는 떠돌이였어요. 전쟁으로 사람이 변했어요. 비인간적으로 변했다는 말은 정확한 표현이 아닙니다. 하지만 이성적인 사람이라면 전쟁으로 파괴된 사회를 복구하기 위해 사회에 의무감과 책임감을 가지지 않겠어요? 그런데 레드메인은 그런 것에 도무지 관심이 없더군요. 그는 쾌락과 취미 생활을 위해서 살았어요. 아니면 돈을 흥청망청 쓰는 일이나 좋아했죠. 그가 나쁜 남편이 되었을 거라고는 생각하지 않아요. 하지만 안정적인 가정을 꾸리지는 못했을 겁니다. 그 사람은 사만 파운드를 유산으로 물려받았어요. 하지만 금전 감각은 전혀 없더군요. 앞으로 자

신이 어떤 책임을 지게 될지에 대해서도 별생각이 없었고요."

마크 브렌던은 두 사람에게 이야기를 들려주어 고맙다고 인사를 했다. 그리고 그들의 증언으로 미루어 보건대 레드메인은 아무래도 자살을 했을지도 모르겠다는 생각이 든다고 밝혔다.

"레드메인의 행방을 알 수 없는 시간이 길어질수록 그럴 가능성은 더 커지겠죠. 어쩌면 잘된 일인지도 모르겠습니다. 잡힌다면 기껏해야 브로드무어행일 테니까요. 조국을 위해 용감하게 싸워 준 레드메인 같은 자가 정신 이상범 수용소에서 최후를 맞이한다니, 생각만으로도 끔찍하군요."

마크가 말했다.

이틀 동안 마크 브렌던은 페인턴에서 수사를 계속했다. 그는 사라진 두 남자의 행방을 알아내기 위해 자신의 기운과 지략과 경험을 모두 쏟았다. 하지만 산 자도 죽은 자도 결국 나타나지 않았다. 프린스타운이든 어디든 목격 정보도 더 이상 들어오지 않았다. 로버트 레드메인의 얼굴을 인쇄해 남쪽과 서쪽 지방의 모든 경찰서 게시판에 내걸었다. 이렇게 사건을 일반에 공개했지만 한두 건의 오인 체포 외에는 아무런 소득도 없었다. 노스데번에서 붉은 콧수염을 커다랗게 기른 부랑자 한 명이 체포되었고 데번포트에서는 신병 한 명이 잡혔다. 신병은 사진상으로 얼굴이 흡사한데다 레드메인이 사라진 지 이십사 시간 후에 전방의 연대에 입대했다는 이유로 의심을 받았다. 하지만 두 사람 모두 신원이 확실했다.

마크는 프린스타운으로 돌아갈 준비를 했다. 그는 펜딘 부인에게 프린스타운으로 돌아가며 이튿날 저녁에 찾아가겠다고 편지를 보냈다. 그러나 엇갈려 도착한 편지 한 통으로 그는 행선지를 바꿔야 했다. 제니 펜딘이 다트머스 근처에 있는 벤디고 레드메인의 집인 크로우즈 네스트•에서 지내고 있다고 알려 왔기 때문이다. 제니의 편지는 이런 내용이었다.

> 삼촌이 제게 꼭 오라고 하셨어요. 저는 고마운 마음으로 그렇게 하기로 했습니다. 그런데 벤디고 삼촌이 어제 로버트 삼촌에게 편지를 한 통 받았어요. 저는 그 편지를 당장 형사님에게 보내야 한다고 했지만 삼촌은 제 말을 듣지 않으세요. 제가 보기에 벤디고 삼촌은 로버트 삼촌의 편이에요. 삼촌은 법을 어기실 분이 아니에요. 그건 제가 알아요. 하지만 이 사건에 대해서 경찰에 해 줄 말이 없다고 여기고 계세요. 내일 기차가 도착하는 2시에 맞춰서 크로우즈 네스트에서 킹스웨어 선착장으로 배를 보낼 거예요. 형사님이 아직도 페인턴에 계셔서 몇 시간 후에 이곳에 오실 수 있기만 바라고 있어요.

제니 펜딘은 마크에게 감사의 말을 덧붙이고 자신의 비극으로 휴가를 망치게 되어 유감이라는 뜻을 전했다.

편지를 받은 후 마크의 머릿속은 온통 그녀 생각뿐이었다. 그래서 이 편지가 갖는 중요성에 대해서는 큰 주의를 기울이지 않았다.

그는 그날 밤 프린스타운에서 그녀를 만날 줄로만 생각했다. 그런데 그보다 더 가까운 다트머스 근처 바닷가에 그녀가 있다는 것이 아닌가.

마크는 곧장 전보를 쳐서 배가 오는 시간에 맞추겠다고 알렸다. 그리고 나서야 비로소 로버트 레드메인의 편지를 이제야 보게 되었다는 사실에 짜증이 났다. 그는 벤디고 레드메인이라는 인물에 대해 곰곰이 생각했다.

'형제는 형제다, 이건가. 이 늙은 선원의 집이야말로 도망자가 몸을 숨기기에 안성맞춤이군.'

마크는 이렇게 생각했다.

● **크로우즈 네스트** _ Crow's Nest, 까마귀의 둥지라는 뜻.

004

단서

크로우즈 네스트에서 온 배가 킹스웨어 페리 선착장에 닿을 무렵 마크 브렌던도 선착장에 도착했다. 그곳은 이름난 항구였지만 마크는 초행길이었다. 그의 마음은 온통 다른 일에 팔려 있었지만 잠시 모든 것을 잊고 아름다운 강줄기와 강어귀를 내려다보는 구릉, 나무가 울창한 비탈에 들어선 오래된 마을이 어우러진 풍경을 즐겼다. 이 아름다운 풍광을 압도하듯 붉은색과 흰색의 웅장한 왕립 해군 학교 석조 건물이 푸른 하늘을 배경으로 우뚝 솟아 있었다.

자그마하지만 완벽한 배 한 척이 마크를 마중 나와 있었다. 티크재로 만든 흰색의 배로, 황동과 기계 부품들은 반짝반짝 윤이 났다. 엔진과 조타수는 금방이라도 출발할 수 있게 준비를 갖추었고

선실과 담화실의 뒤로는 차양이 선미 위로 쳐져 있었다. 배를 모는 사람은 한 명뿐이었는데, 마크가 배에 올라탈 때 햇빛을 막기 위한 차양을 접고 있었다. 배에 올라타던 마크의 눈이 반짝였다. 그곳에 여자 승객이 있었던 것이다. 제니 펜딘이었다.

그녀는 검은 옷을 입고 있었다. 반가운 마음에 인사를 하는 순간 마크는 검은 상복이 그녀의 심정을 대변하고 있음을 알 수 있었다. 젊은 아내가 희망을 버려야만 한다는 사실을 받아들인 계기가 있었을 것이다. 그녀는 자신이 과부가 되었다는 사실을 비로소 안 것이다. 벤디고 레드메인이 받았다는 편지에 그렇게 씌어 있을 테니 말이다. 제니 펜딘은 그를 반갑게 맞이하며 초대에 응해 준 것에 대해 고마워했다. 밝은 모습과 달리 그녀의 심리 상태는 예전과 다른 것 같았다. 무엇보다 안절부절못하며 깊은 상심에 잠긴 것처럼 보였다. 마크는 만나러 간다는 내용의 편지를 프린스타운으로 보냈다며 레드메인의 편지에 대해 물었다. 하지만 그녀는 편지 내용을 알려 주는 대신 이렇게 말했다.

"편지의 내용에 대해서는 삼촌이 말씀해 주실 거예요. 형사님의 의심이 역시 옳았나 봐요. 남편은 미치광이의 손에 귀한 목숨을 잃고 말았어요."

"그렇습니다, 펜딘 부인. 그런 짓을 할 정도로 제정신이 아닌 사람이 전면적인 수색에도 발견되지 않았다는 사실이 놀라울 따름입니다. 과연 살아 있기나 할지. 편지는 어디에서 부쳤던가요? 발신

지는 편지로 알려 주실 줄 알았습니다."

"저도 벤디고 삼촌에게 그렇게 말씀드렸어요."

"삼촌은 동생의 편지가 맞다고 하셨나요?"

"네. 그 점은 의심의 여지가 없어요. 편지에는 플리머스 소인이 찍혀 있었어요. 편지에 대해서는 묻지 말아 주세요, 브렌던 형사님. 더 이상 생각하고 싶지 않아요."

"꿋꿋하게 버티셔야 합니다. 부인이 얼마나 강인한 분인지 잘 알고 있습니다."

"이렇게 살아 있지만 사는 게 아니에요."

"그렇게 생각해서도, 느껴서도 안 됩니다. 제 어머니가 돌아가셨을 때 이런 말을 들었습니다. '망자가 무엇을 바랄지 잘 생각해 보고 그들을 즐겁게 해 주라.' 늙은 목사님께서 해 주신 말이죠. 저는 그분의 말씀에 큰 위안을 받았습니다. 지금은 이런 말을 들어도 위로가 안 되겠죠. 하지만 차분하게 생각해 보세요. 분명 도움이 될 겁니다."

배는 빠르게 나아갔다. 어느새 항구 입구의 양쪽 기슭에 늘어선 고성들 사이를 미끄러지듯 빠져나갔다.

펜딘 부인이 말문을 열었다.

"이렇게 아름답고 평화로운 풍경을 보고 있으면 가슴이 갈가리 찢어지는 것 같아요. 고통에 짓눌린 사람들은 풍경마저 고통스러운 곳으로 가야 할 것 같아요. 황량하고 비애에 찬 곳으로 말이죠."

"마음을 굳게 먹고 몸을 바삐 움직여 보세요. 필요하다면 지쳐 쓰러질 때까지요. 이럴 때는 정신적으로나 육체적으로나 힘든 노동만 한 것이 없습니다."

"그런 건 마약에 의지하는 것이나 다름없어요. 술을 마시거나 아편을 할 수도 있겠죠. 저는 슬픔으로부터 도망치지 않고 최대한 버틸 거예요. 죽은 남편에게 마음의 빚이 많아요."

"당신은 겁쟁이가 아닙니다. 반드시 살아서 당신이 존재한다는 사실만으로도 이 세상이 더 행복한 곳이 될 수 있도록 만들어 주세요."

제니 펜딘이 처음으로 미소를 지었다. 미소는 그녀의 아름다움을 환하게 밝힌 후 재빨리 사라졌다.

"형사님은 선량하고 친절하고 현명하신 분이에요."

그녀가 대답했다. 그러더니 뱃머리의 남자를 가리키며 이야기를 다른 곳으로 돌렸다. 그 남자는 조타수를 잡은 채 등을 꼿꼿하게 펴고 앉아 있었다. 남자는 모자를 벗더니 부드럽게 노래를 흥얼거리기 시작했다. 소리가 크지 않아 엔진 소리에 묻혀 잘 알아들을 수 없었다. 아마도 베르디의 초기 오페라에 등장하는 곡인 것 같았다.

"저 남자 얼굴을 보셨어요?"

마크가 고개를 가로저었다.

"이탈리아 사람이에요. 고향이 토리노인데 한동안 영국에서 일을 했다더군요. 제 눈에는 그리스인 같아요. 요즘 말고 먼 옛날 고

전 시대, 그러니까 예전에 학교에서 배운 시대 말이에요. 두상을 보면 꼭 조각상 같아요."

그녀가 선원을 불렀다.

"도리아, 일 킬로미터 정도 바다로 나가요. 브렌던 씨에게 해안선을 보여 드리고 싶으니까."

"예이, 예이. 마님."

그는 이렇게 대답하고는 탁 트인 바다 쪽으로 뱃머리를 돌렸다.

제니 펜딘이 부르는 소리에 선원이 고개를 돌렸을 때 마크는 처음으로 얼굴을 보았다. 말끔하게 면도를 한 빛나는 구릿빛 얼굴은 대단한 미남이었다. 제니의 말대로 고전적인 용모였다. 하지만 이상적인 그리스인의 얼굴에서 보이는 삭막할 정도의 완벽함은 보이지 않았다. 반짝거리는 까만 눈동자에서 지성이 엿보였다.

제니 펜딘이 계속 말을 이었다.

"주제페 도리아는 흥미로운 사연을 가진 남자예요. 벤디고 삼촌은 도리아가 아주 유서 깊은 가문의 후손이라고 하시더군요. 어디더라, 벤티밀리아 근처 어딘가에 사는 도리아 가문의 마지막 후손이래요. 삼촌은 도리아를 몹시 신뢰해요. 저 남자가 잘생긴 얼굴만큼 정직하고 믿을 만한 인물이면 좋겠어요."

"확실히 좋은 가문에서 태어났을 것 같네요. 외모에서 범상치 않은 분위기와 기품 같은 것이 느껴져요. 가정 교육을 잘 받은 것 같기도 하고요."

"영리하기도 하죠. 선원들이 그렇듯이 재주가 많아요."

마크는 다양한 풍광을 간직한 다트머스 해안의 아름다움에 흠뻑 빠져들었다. 깎아지른 절벽과 녹음이 우거진 곳이 보이는가 하면 붉은색 사암 절벽과 진주빛 석회암 절벽이 잔잔한 수면 위로 우뚝 솟아 있었다. 보트가 서쪽으로 방향을 틀자 절벽과 모래사장이 늘어서 있는 작은 만이 파노라마처럼 펼쳐졌다. 이윽고 더 높고 험준한 절벽들이 나타났는데, 수면 위로 백팔십 미터가량 곧게 솟아 있었다.

절벽 사이로 새 둥지처럼 작은 집 한 채가 서 있었다. 창문은 모두 영국 해협을 향해 나 있었다. 건물 한가운데는 꼭대기 방이 솟아 있고 앞쪽에는 평평한 지형이 뻗어 있었다. 그곳에 활대가 달린 깃대가 꽂혀 있었는데, 깃대에는 붉은 깃발이 펄럭거렸다. 집 뒤의 좁은 골짜기는 그 집으로 이어진 도로와 연결되었다. 절벽이 집을 빙 에워싸고 그 아래로는 여름의 파도가 나른하게 부딪혀 와 진주 목걸이처럼 절벽의 발치를 감쌌다. 집 아래 절벽에 만조로 물이 차는 지점 바로 위로 조약돌 해변이 가는 띠처럼 이어져 있고 그 위로 보이는 바다 동굴이 보트 창고로 쓰이고 있었다. 마크와 제니 펜딘을 태운 보트가 해안으로 향했다.

배는 속도를 줄이며 뱃머리를 조약돌 해안에 대었다. 도리아는 엔진을 끄고 트랩을 배와 해안 사이에 걸쳤다. 그리고는 옆으로 비켜나 제니 펜딘과 마크가 무사히 내리도록 도와주었다. 마크는 해

안을 나가는 길이 전혀 보이지 않았다. 주위를 두리번거리니 절벽에서 툭 튀어나온 바위 뒤로 돌을 깎아 만든 계단이 보였다. 돌계단은 꼬불거리며 위로 이어졌다. 철제 난간도 설치되어 있었다. 제니가 앞장서고 마크가 그 뒤를 따라 계단을 올라갔다. 계단을 이백 개 정도 올라갔을까. 마크는 어느새 테라스에 서 있었다. 길이는 사십육 미터가량 되었는데, 바닷자갈이 깔려 있었다. 자그마한 청동 대포 두 대가 포구를 난간 너머 바다로 쑥 내밀고 있었다. 깃대가 서 있는 풀밭의 중앙 부분은 가리비 껍질로 깔끔하게 장식이 되어 있었다.

"이런 곳을 만들겠다는 생각은 늙은 선원이 아니면 아무도 못 하겠군요."

마크가 말했다.

겨드랑이에 망원경을 낀 중년 남자 한 명이 테라스를 따라 나와 세 사람을 맞이했다. 벤디고 레드메인은 세찬 바닷바람에 깎인 듯 단단하고 각진 체형이었다. 모자를 쓰지 않아서 타오르는 듯한 붉은색의 짧은 머리카락이 한눈에 들어왔다. 짧게 다듬은 턱수염과 구레나룻도 붉은색이었지만 군데군데 희끗희끗했다. 하지만 기다란 윗입술에는 수염이 없었다. 얼굴에는 비바람과 태양의 흔적이 진하게 남아 있었다. 혈색은 전반적으로 불그레했는데, 광대뼈 부근이 유난히 붉었다. 퀭하게 들어간 적갈색의 붙임성 없는 두 눈 위로 겨이삭처럼 눈썹이 제멋대로 나 있었다. 입이 툭 튀어나와서 호

전적이고 성미가 고약한 인상을 풍겼다. 노인의 외모는 인품을 어느 정도 드러내는 것 같았다. 어쨌든 마크를 그리 대단하게 생각하지 않는 것은 분명했다.

"오는 걸 봤소이다. 새로운 소식은 없소?"

그는 마크와 악수를 하며 다짜고짜 물었다.

"아직 없습니다, 레드메인 씨."

"그렇군, 그렇구먼! 런던 경찰청이 정신 나간 그 불쌍한 녀석 하나 못 찾아내다니!"

"동생분의 편지를 받은 것이 사실이면 협조를 해 주시죠. 그분을 찾을 수 있도록."

"지금 하고 있잖나, 아닌가? 그래서 자네가 여기 온 거 아닌가."

"하지만 이틀이나 늦었지 않습니까."

그 말에 벤디고 레드메인이 툴툴거렸다.

"들어와서 편지를 보시게. 자네들이 놓칠 줄은 꿈에도 몰랐네. 상황이 너무 끔찍해. 어떻게 된 일인지 도무지 모르겠어. 하지만 한 가지 사실은 확실하다네. 내 동생이 이 편지를 썼고 플리머스에서 부쳤다는 사실 말이야. 플리머스에서 붙잡혔다는 소식이 없으니 녀석은 마음먹은 대로 해치운 게 분명해."

벤디고 레드메인은 말을 마친 후 조카를 돌아보며 말했다.

"삼십 분 후에 차를 마시자꾸나, 제니. 그동안 나는 브렌던 씨와 함께 꼭대기 방에 가 있으마."

제니 펜딘이 집 안으로 들어갔다. 마크도 벤디고와 함께 그 뒤를 따랐다.

두 사람은 장방형의 홀을 지났다. 사방은 벤디고가 외국에서 모은 진귀한 물건들로 가득했다. 홀을 지나자 등장한 계단은 팔각형의 커다란 방으로 이어졌다. 그 방은 등대의 등처럼 집의 꼭대기에 위치해 있었다.

벤디고 레드메인이 말문을 열었다.

"내 망루라오. 날씨가 고약할 때는 이곳에서 하루 종일 저기 있는 삼 인치짜리 망원경으로 바다에서 무슨 일이 벌어지는지 지켜보지. 구석에 있는 침대가 보이나? 종종 여기서 잠도 잔다네."

"아직도 항해를 하시는군요."

마크가 말했다. 그 말에 벤디고는 반색을 했다.

"내 말이 그 말이야. 가끔은 이곳이 살짝 흔들릴 때도 있거든. 지난 삼월에 남동풍이 불 때 어마어마한 파도가 이 절벽을 때렸지. 그런 파도는 제발 다시 오지 않았으면 좋겠구려. 이 집이 다 흔들거렸다오."

그는 구석에 있는 키가 큰 벽장으로 다가가 문을 열고 장방형의 구식 목재 책상을 꺼냈다. 그리고 그곳에서 편지를 꺼내 마크에게 내밀었다.

마크는 열린 창문 아래 놓인 의자에 앉아서 천천히 편지를 읽었다. 글씨는 큼직했고 기어가는 것 같았다. 글이 왼쪽에서 오른쪽으

로 살짝 올라가 있어서 편지지의 오른쪽 아래에 삼각형의 여백이 남았다.

사랑하는 벤 형. 모든 게 끝났어. 내가 마이클 펜딘을 그렇게 만들어 버렸어. 녀석은 지금 절대 찾을 수 없는 곳에 있어. 그런 일을 저지르다니 뭔가에 사로잡혔었던 거야. 지금은 몹시 애석하게 생각하고 있어. 그 녀석이 아니라 나를 말이야. 운이 좋으면 오늘 밤에 프랑스로 떠나려고 해. 도착하면 후에 주소를 보낼 수 있을 거야. 제니를 잘 보살펴 줘. 그 녀석이 없어진 건 그 아이에게는 오히려 잘된 거야. 잠잠해지면 돌아올게. 앨버트 형과 플로라에게 안부 전해 줘. 잘 지내.

R. R.

마크는 편지지와 봉투까지 꼼꼼하게 살폈다.

"다른 편지도 가지고 계십니까? 예전에 받은 편지들 말입니다. 비교해 봐야 하거든요."

벤디고가 고개를 끄덕였다.

"그렇게 말할 줄 알았소."

그는 그렇게 대답하더니 편지를 한 통 더 꺼냈다. 그 편지는 로버트 레드메인이 약혼을 했으며 곧 결혼식을 올릴 거라는 내용이었다. 필적은 동일했다.

"마이클 펜딘에게 했다는 짓이 정확히 뭐라고 생각하십니까, 레드메인 씨?"

마크는 편지 두 통을 주머니에 집어넣으며 물었다.

"하려고 마음먹었던 짓을 했다는 말 아니겠소. 일 년 중 이맘때 주중이면 플리머스의 망루 아래에는 스페인과 브르타뉴로 양파를 실어 보내는 배들이 열 척도 넘게 정박해 있소. 불쌍한 로버트가 그곳에 숨어들었고 수고비만 넉넉하게 쳐준다면 기꺼이 숨겨 줄 치를 찾기는 어렵지 않을 거요. 그런 배에 숨어들 수만 있다면 어디로든 안전하게 떠나겠지. 뱃사람들은 녀석을 생말로든 어디든 데려다 줄 거요. 그러면 당신들은 절대 못 찾겠지."

"미쳤다고 판명이 날 때까지 소식을 못 들을 수도 있겠군요."

마크의 말에 벤디고가 반문을 했다.

"판명이 나다니? 로버트는 무고한 사람을 죽였을 당시 분명 정신이 나간 상태였소. 그렇지 않고서야 어떻게 그렇게 끔찍한 일을 저지르겠소. 그 후에 보인 교활한 모습도 제정신이라면 그랬을 리 없지. 처음부터 추적을 교묘하게 따돌리는 모습이 유치하기까지 하잖소. 머릿속이 뒤틀려 그 일을 저질렀지만 광기는 그대로 사라졌을 거요. 내일이라도 그 애를 찾아낸다면 당신만큼이나 멀쩡할 거요. 한 가지 사실만 빼면. 그 애는 전쟁 당시 겁쟁이였던 마이클 펜딘에게 오랫동안 증오를 키웠을 거요. 마음속에서 커져 가던 증오심이 결국 독약이 되어 이성을 마비시킨 게지. 그러다가 도저히 참

을 수 없게 된 거고. 나는 이렇게 해서 참극이 벌어진 것이라 보고 있소. 나도 그 불쌍한 작자를 몹시 경멸했었소. 내 조카가 우리 형제들의 뜻을 거역하고 그 작자와 결혼을 할 때는 조카에게 심하게 대하기도 했지. 하지만 감정 때문에 이성을 잃지는 않았소. 그래서 펜딘이 실은 정직한 사내였고 이끼 보급소에서 훌륭하게 활약했다는 소식을 듣고 기뻤다오."

마크는 잠시 생각에 잠겼다.

"합당한 판단이십니다. 아마 어르신 말씀이 맞을 겁니다. 이 편지로 볼 때 레드메인 대위는 시체를 베리 헤드에서 버린 후 하숙집으로 향했습니다. 그곳에서 어떤 식으로든 변장을 한 후 페인턴에서 새벽 기차를 탔겠죠. 그 길로 뉴턴 애벗으로 갔고 뉴턴 애벗에서 플리머스로 갔다고 추측할 수 있습니다. 수색이 시작되기도 전에 이미 플리머스에 도착해 어딘가에 은신해 있었겠죠."

"내 말이 그 말이오."

벤디고가 맞장구를 쳤다.

"그를 마지막으로 보신 때가 언제입니까, 레드메인 씨?"

"한 달쯤 전일 거요. 리드 양과 함께 하루 다녀갔지. 약혼녀 말이오."

"그때는 어땠습니까?"

벤디고는 붉은 턱수염을 잡아당기며 잠시 생각에 잠겼다.

"수다스럽고 시끄럽기는 했지만 평소와 다름없었소."

"펜딘 부부에 대해서는 아무 말 없었나요?"

"입도 벙긋 안 했소. 그 아가씨에게 완전히 빠져 있었으니까. 두 사람은 늦가을에 결혼식을 올리고 곧장 외국으로 나가 앨버트 형을 만날 작정이었지."

"프랑스에 무사히 도착하면 리드 양에게 연락을 할까요?"

"그건 나도 잘 모르겠소. 당신네들은 당장이라도 잡을 수 있다고 생각하겠지? 내 동생을 잡아들인다면 법은 어떻게 심판을 할 거요? 한 남자가 미쳐서 살인을 저질렀소. 당신네 경찰은 그 남자를 잡지만 그는 판사만큼 정신이 멀쩡하지. 제정신을 잃고 저지른 짓으로 교수형에 처할 수는 없을 거요. 제정신이라면 정신 병원에 처넣을 수도 없을 거고."

"확실히 골치 아픈 문제이기는 합니다."

마크가 순순히 인정했다.

"하지만 법은 결코 위험을 감수하지 않을 겁니다. 아무리 제정신을 잃는 건 가끔뿐이라고 해도 피에 굶주려 사람을 죽인 광인을 순순히 놓아줄 수는 없습니다."

"그래, 결국 그래야겠지. 동생에게 다시 연락이 오면 경찰에게 알리겠소. 경찰이 그 아이를 체포한다면 마땅히 나와 우리 형에게 곧장 알려 주어야 할 것이오. 이 일은 우리 가문에 수치스러운 일이오. 로버트는 전쟁중에 혁혁한 공을 세웠고 훈장도 탔소. 그 애가 미쳤다면 그건 전쟁 탓이겠지."

"그 사실도 충분히 고려를 할 겁니다. 레드메인 대위와 어르신 모두, 유감입니다."

텁수룩한 눈썹 아래의 눈빛은 탐탁지 않은 기색이 역력했다.

"로버트가 어느 날 밤에 이곳에 숨어든다면 산송장들이 가는 정신 병원으로 그 애를 넘겨야겠지?"

"의무를 다하시리라 믿습니다."

마크가 대답했다.

두 사람은 응접실로 내려갔다. 제니 펜딘이 차를 준비해 놓고 기다리고 있었다. 아무도 선뜻 말문을 열지 않았다. 마크는 느긋하게 젊은 미망인을 관찰하다가 물었다.

"이제 무엇을 하실 겁니까? 연락할 일이 있으면 어디로 연락을 하면 되죠?"

그녀는 마크가 아닌 레드메인을 보면서 대답했다.

"저는 벤디고 삼촌 댁에 있을 거예요. 당분간은 이곳에 머무르게 해 주실 테니까요."

그러자 늙은 선원이 대뜸 말했다.

"있고 싶을 때까지 있거라. 여기는 이제 네 집이다, 제니. 나도 네가 와 줘서 기쁘단다. 이제 우리 가족이라고는 너와 앨버트 형과 나밖에 없잖니. 아무래도 불쌍한 로버트를 다시 만날 수는 없을 것 같구나."

바로 그때 나이 든 부인이 들어왔다.

"배를 또 언제 쓰실지 도리아가 여쭤 달라고 해서요."

"가능하면 지금 당장 떠나고 싶습니다. 안 그래도 시간을 많이 잃었으니까요."

마크가 사정하듯이 말했다.

"곧 떠날 거라고 전해."

벤디고가 말했다. 그로부터 오 분 후 마크는 떠날 채비를 했다.

"체포를 하게 되면 최대한 빨리 알려 드리겠습니다, 어르신. 레드메인 대위가 살아 있다면 체포는 시간문제일 겁니다. 현재 정신적으로 극히 불안하고 심한 고통을 겪고 있을 겁니다. 본인을 위해서 영국이 아니면 프랑스에서라도 자수를 하거나 발견되기를 바랍니다."

마크의 말에 벤디고가 차분하게 말했다.

"고맙소. 당신 말이 맞소. 괜히 내가 시간을 끌었군. 이후에 동생에게 또 연락이 오면 그때는 런던 경찰청으로 직접 전보를 치겠소. 아니면 다트머스 경찰에게라도 알려서 그렇게 하도록 하지. 보다시피 이 집에는 마을까지 전화선이 깔려 있소."

세 사람은 또다시 깃대 아래에 섰다. 병풍처럼 늘어선 험한 절벽과 그 위의 비탈진 곳에 만들어진 옥수수밭이 보였다. 무척 외로운 곳이었다. 보이는 것이라고는 서쪽으로 일 킬로미터가량 떨어진 곳에 외로이 서 있는 농가의 지붕이 다였다.

"혹시라도 레드메인 대위가 오면, 저는 그럴 것 같습니다만, 붙

잡아 두고 저희에게 알려 주십시오. 형언할 수 없을 만큼 고통스러운 조치라는 것을 잘 압니다. 하지만 어르신께서는 그렇게 행동하시리라 믿습니다."

마크가 말했다.

첫인상과 달리 마크와 이야기하는 동안 노인은 훨씬 마음이 풀어진 것 같았다. 형사에 대해 품었던 반감도 마크에 대한 호감 앞에서 약해진 것이다.

"신께서 내가 당신들을 꺼리게 만드셨다 해도 의무는 의무니까. 내가 할 일이라면 뭐든 하겠소. 하지만 로버트가 이곳으로 올 것 같지는 않아. 어쩌면 남쪽으로 가서 앨버트 형을 찾을지도 모르겠군. 그럼 잘 가시오."

벤디고 레드메인은 그 말을 끝으로 집으로 들어갔다. 두 사람 곁에 말없이 서 있던 제니는 계단이 시작되는 곳까지 마크를 배웅했다.

마침내 제니 펜딘이 말문을 열었다.

"그 불쌍한 분에게는 아무런 악감정도 없어요. 저는 가슴이 아플 뿐이에요. 그것뿐이에요. 예전에는 어리석게도 전쟁에서 무사히 살아남았다고 떠들었죠. 하지만 지금 보니 그게 아니네요. 사랑하는 남편을 죽인 범인은 로버트 삼촌이 아니에요. 바로 전쟁이죠. 이제야 알겠어요."

"부인이 이렇게 현명하셔서 불행 중 다행입니다."

마크가 차분하게 대답했다.

"훌륭한 인내심과 용기를 존경합니다, 펜딘 부인. 그리고 부인을 위해서 할 수 있는 일이 있다면 뭐든지 하고 싶습니다. 아니, 할 겁니다."

"고맙습니다. 정말 친절하시군요."

그녀는 대답한 뒤 그와 악수를 나누며 작별 인사를 했다.

"이곳을 떠나면 연락 주실 거죠?"

"네. 원하신다면."

두 사람은 그렇게 헤어졌다. 마크는 뒤도 돌아보지 않고 서둘러 계단을 내려왔다. 마크는 자신이 진심으로 제니 펜딘을 사랑한다는 사실을 깨달았다. 이성과 상식이 저항했지만 솟구치는 감정을 어찌할 수는 없었다.

마크는 대기하고 있던 모터보트에 훌쩍 뛰어올랐다. 배가 이내 속도를 올린 덕에 금세 다트머스에 가까워졌다. 도리아는 신이 난 듯 계속 말을 걸었다. 정작 마크는 이탈리아인의 호기심을 만족시켜 줄 생각이 별로 없었다. 대신 그의 신상에 관해 질문을 했다. 그러자 도리아는 신이 나서 자신의 사연을 들려주기 시작했다. 도리아는 남부 유럽 사람들에게서 흔히 볼 수 있는 경박스러움과 자기만족감을 숨기지 않았다. 마크는 배가 다트머스의 부잔교에 접근할 때까지 도리아의 이야기를 들으며 생각에 잠겼다.

"전쟁이 끝났는데도 왜 귀국을 안 했나?"

마크가 도리아에게 물었다.

"전쟁이 끝났기 때문에 조국을 떠난 겁니다, 시뇨르. 저는 바다에서 오스트리아군을 몰아냈습니다. 하지만 지금의 이탈리아는 행복한 곳이 아닙니다. 전쟁 영웅들이 살 만한 곳이 아니라 이 말입니다. 저는 평범한 남자가 아니에요. 위대한 선조를 두었지요. 프랑스 알프마리팀 주[州]의 돌체아쿠아의 도리아 가문이죠. 혹시 도리아라고 들어 보셨습니까?"

"아니. 역사는 잘 모른다네."

"도리아 가문은 네르비아 강둑에 막강한 성을 짓고 돌체아쿠아 지방을 다스렸습니다. 호전적인 사람들이었죠. 도리아 가문에는 모나코의 왕자를 살해한 사람도 있었습니다. 하지만 위대한 가문들은 국가와 같아서, 그 역사가 모래시계 속의 모래 언덕과 같습니다. 가문들은 서서히 일어나 부흥하다가 끝내 무너지지요. 시[Si](그래요)! 시간은 이 모래시계를 뒤흔듭니다. 그러면 마지막 모래알까지 깡그리 역사의 뒤안길로 사라지는 겁니다. 제가 바로 그 마지막 모래알입니다. 우리 가문은 허물어지고 허물어지다가 결국 저만 남았습니다. 제 아버지는 보르디게라에서 택시 운전을 하셨지요. 전쟁중에 돌아가셨고 어머니도 이미 이 세상 분이 아닙니다. 남자 형제는 아무도 없고 여자 형제가 한 명 있습니다. 그녀는 불명예스러운 일을 저질렀지요. 그러니 차라리 죽는 게 나을 거예요. 하지만 그러지 않았을 겁니다. 그래서 나만 남은 겁니다. 그렇게 막강했던 가문이 이

제 나 하나에 달려 있습니다. 한때 왕족처럼 인근 지역을 지배했던 가문이 말입니다."

마크는 도리아와 나란히 뱃머리에 앉아 있었다. 그는 보면 볼수록 이 이탈리아인의 근사한 용모에 감탄하지 않을 수 없었다. 게다가 그의 풍모에서는 야망과 지성이 번득였고 순간순간 냉소적인 모습이 숨김없이 드러나기도 했다.

"때때로 위대한 가문들은 그런 실에 매달려 있지. 외로운 운명이라는 실에 말이야. 어쩌면 자네는 위대한 가문을 일으킬 운명을 타고났을지도 모르잖나."

"어쩌면이란 없습니다. 저는 정말 그런 운명이거든요. 제게는 저를 지켜 주는 수호신 같은 게 있어서 종종 말을 걸어옵니다. 저는 뛰어난 업적을 이루기 위해 태어났습니다. 이래 봬도 제가 미남이지 않습니까? 꼭 필요한 덕목입니다. 게다가 머리가 비상하죠. 그것도 꼭 필요해요. 저와 돌체아쿠아의 폐허가 된 가문의 성 사이를 가로막는 것은 단 하나뿐입니다. 단 하나 말입니다. 하지만 그건 어디선가 나를 기다리고 있습니다."

마크가 웃음을 터뜨렸다.

"그렇다면 이 보트에서 뭘 하는 건가?"

"제자리걸음을 하고 있죠. 기다리는 겁니다."

"뭘 말인가?"

"여자죠. 아내 말입니다, 친구여. 제게 유일하게 필요한 것이 바

로 여자입니다. 그것도 돈이 많은 여자죠. 이 얼굴이면 그 정도는 얻을 수 있을 겁니다. 이해하시겠죠. 그래서 영국에 온 겁니다. 지금 이탈리아에는 부유한 상속녀가 없거든요. 그런데 이곳으로 온 건 제 실수입니다. 이왕이면 큰돈이 있는 부잣집으로 들어가야 하는데 말이죠. 금이 입을 열면 모두들 입을 다무는 법이니까요."

"너무 자만하는 거 아닌가?"

"그럴 리가요. 전 무엇을 팔아야 하는지 잘 압니다. 여자들은 제 얼굴을 보면 정신을 못 차리거든요, 시뇨르."

"그런가?"

"여자들이 사족을 못 쓰는 타입이니까요. 고대인을 연상시키는 고전적인 얼굴이죠. 안 될 이유가 뭡니까? 실제보다 더 못난 척하는 인간은 바보뿐입니다. 저처럼 재능을 타고난 남자는 말이죠, 그러니까 고귀하고 자랑스러운 피가 흐르는데다 이탈리아인만의 방식으로 사랑을 하는 재능까지 타고난 저 같은 남자는 당연히 눈부시게 아름답고 부유한 여자를 만나야 합니다. 인내심의 문제일 뿐이죠. 하지만 그 늙은 바다 늑대와 함께 지내다가는 그런 보물을 절대 발견할 수 없을 겁니다. 그 늙은이에게 가기 전에 그와 그 비루한 집구석을 먼저 봤어야 했는데. 다시 찾아보고 더 상류 계급으로 일자리를 알아봐야겠어요."

문득 마크는 자신이 온통 제니 펜딘 생각만 하고 있다는 사실을 깨달았다. 시간이 흘러 상실감과 고통이 옅어지면 제니도 이 미남

을 눈여겨보지 않을까? 마크는 잠시 생각한 후 그럴 일은 없을 것이라고 단정 지었다. 게다가 도리아 가문의 마지막 후손은 마이클 펜딘의 미망인의 재산보다 훨씬 더 큰 돈을 좇고 있지 않은가. 마크는 영국인이 미덕으로 치는 절제와 겸손을 경박스럽게 대놓고 무시하는 이 독특한 남자를 은근히 깔보았다. 하지만 드높은 자기만족과 인기를 한 몸에 받으리라는 자신감에는 깊은 인상을 받은 것도 사실이었다.

마크는 도리아에게 너그럽게 오 실링을 건네고 부잔교에서 그와 헤어졌다. 헤어진 후에도 여전히 주제페 도리아라는 남자는 마크의 머릿속을 좀처럼 떠나지 않았다. 그의 오만함을 싫어하는 사람도 있으리라. 잘생긴 외모에 반하는 사람도 있겠지. 하지만 누구라도 그가 발산하는 생동감과 전류처럼 강렬한 느낌을 외면하기는 힘드리라.

마크는 곧 경찰서에 도착해 서둘러 플리머스와 페인턴, 프린스타운에 소식을 전했다. 프린스타운에는 특별한 지시 사항을 전달했다. 하프야드 경위에게 스테이션 코티지스의 제리 부인을 방문해 로버트 레드메인이 묵었던 방을 꼼꼼하게 조사해 달라고 일렀다.

005

로버트 레드메인이 목격되다

수사가 그 즈음에 다다르자 마크 브렌던 형사는 서서히 비현실적인 감각에 사로잡히게 된다. 그가 만들어 놓은 헛된 가정이 그보다 더 강인하고 뛰어난 정신력과 천재성에 의해 박살이 날 때가 된 것이다. 사실 그는 근본적인 실수를 저지른 탓에 어디선가 잘못된 길로 접어들었다는 것을 이미 희미하게나마 인식하고 있었다. 아무것도 보이지 않는 골목을 더듬더듬 가다가 사건의 진상으로 향하는 유일한 출구를 놓쳐 버렸다고 말이다.

이튿날 아침 그는 페인턴을 떠나 플리머스로 향했다. 그곳에서 꼼꼼하게 탐문 수사를 펼쳤다. 하지만 늦어도 너무 늦었다. 설령 로버트 레드메인이 살아 있더라도 영국에는 없을 것이라는 확신만 재

확인했을 뿐이다. 그다음 그는 프린스타운으로 돌아갔다. 가 봐야 소용이 없을 것 같았지만 사건 현장을 한 번 더 찾아볼 필요가 있었다. 게다가 사건의 절차라는 것이 있으니 말이다. 모래에 찍힌 맨발 자국은 잘 보존되어 있었다. 족적은 너무 흐릿해서 식별이 불가능했다. 세 사람의 발자국처럼 보이기는 했지만 확실치는 않았고 일단 남자 두 명의 발자국이 틀림없다는 사실을 알아낸 것으로 만족했다. 마크는 로버트 레드메인이 채석장의 못에서 멱을 감는다고 한 말을 기억했다. 그는 세 사람의 발자국임을 증명하려 해 봤지만 소용이 없었다.

사건 수사에 박차를 가하던 하프야드 경위는 비난의 화살을 피의자의 형인 벤디고에게 돌렸다.

"늙은이가 고의적으로 늦게 알린 거야. 그 이틀만 아니었다면 상황이 완전히 달라졌을지 몰라. 이제 살인자는 스페인이나 프랑스에 있겠구먼."

그가 이를 빠득빠득 갈며 말했다.

"사건의 경위를 그곳 경찰들에게도 모두 알렸습니다."

마크가 말했지만 경위는 대수롭지 않게 생각하는 듯했다.

"외국 경찰이 도망자들을 제대로 잡는 모습을 보긴 했나?"

경위가 되물었다.

"하지만 이자는 평범한 도망자가 아니지 않습니까. 전 여전히 이자가 미친 사람이라 생각합니다."

"그렇다면 벌써 잡혔어야지. 그렇게 생각하니까 단순해 보였던 이 사건이 점점 더 오리무중으로 빠지는 걸세. 그때나 지금이나 나는 그자가 멀쩡하다고 생각해. 브렌던 형사, 내 생각이 옳다면 자네는 수사를 원점에서 새로 시작해야 할 걸세. 무엇보다 범행 동기부터 알아내야 해. 철저하게 계획된 범행이고 처음 생각보다 훨씬 더 교묘한 사건이라면 자네는 과거를 파헤쳐 범행 동기를 알아내야 해."

하지만 마크는 좀처럼 경위의 의견에 동의할 수 없었다. 마크가 반박을 했다.

"저는 생각이 다릅니다. 저도 그 가설을 검토해 봤습니다. 하지만 터무니없지 않습니까? 지금까지 확보한 공정한 증언들을 살펴보면 사건 당일 밤 레드메인과 펜딘은 레드메인의 오토바이를 타고 프린스타운을 떠났습니다. 그때까지만 해도 두 남자는 그 어느 때보다 화기애애했어요."

"공정한 증언이라니? 설마 펜딘 부인의 증언도 거기에 포함되나?"

"왜 안 됩니까? 저는 당연히 공정할 거라 확신합니다. 페인턴에서 만난 로버트 레드메인의 약혼녀 플로라 리드 양의 증언은 어떻습니까? 그녀는 약혼자가 조카 부부에 대한 생각이 완전히 변했다는 내용의 편지를 보내왔다고 증언했습니다. 조카 부부에게 페인턴 보트 경주를 보러 오겠다는 약속도 받아 냈다고 했죠. 리드 양과 그

녀의 부모님은 레드메인이 걸핏하면 흥분을 하고 변덕스러운 면도 있다고 증언을 했습니다. 사실 리드 씨는 딸의 결혼을 그다지 탐탁하게 여기지 않았습니다. 그분은 레드메인이 분별과 무분별의 경계를 간단하게 넘어갈 사람이라고 묘사할 정도였으니까요. 경위님이 틀리셨습니다. 그자의 정신이 붕괴했다는 가정 외에 어떤 주장도 이치에 들어맞지 않을 겁니다. 그자가 벤디고 레드메인에게 쓴 편지만 봐도 알 수 있습니다. 글을 보면 자제력과 통제력을 상실한 것이 분명하니까요."

"그자가 쓴 편지가 확실한가?"

"벤디고 레드메인이 가지고 있는 다른 편지와 필적을 대조했습니다. 필체가 독특한 편입니다. 의심의 여지가 없습니다."

"이제 어떻게 할 셈인가?"

"플리머스로 다시 가서 양파 배들을 뒤지고 다녀야죠. 그런 배들이 계속 드나드니 소인에 찍힌 날짜 직후 며칠 동안 플리머스를 떠난 배를 추적해야 할 겁니다. 떠난 배들은 일이 주 후면 양파를 실으러 돌아올 겁니다. 누군가는 그 배들을 조사해야죠."

"건초 더미에서 바늘 찾기일 걸세, 브렌던 형사."

"아무래도 조사의 첫 단추를 잘못 꿰었다는 생각을 지울 수가 없습니다. 어딘가에서 열쇠를 잃어버린 것 같아요. 사람을 죽인 다음 날 아침에 헐렁한 반바지와 큼직한 체크무늬 윗도리에 붉은색 조끼를 받쳐 입고 페인턴을 떠난 남자를 기차에서도 길에서도 아무

도 본 사람이 없다니 이게 말이 됩니까? 지금까지의 경험에 비추어 봐도 논리적으로 따져 봐도 도무지 이해가 안 돼서 받아들일 수가 없어요."

"아닐세. 어딘가에서 무슨 실수를 한 거야. 나도 그 이야기를 하려던 참이네. 뭐, 우리가 정말 실수를 저질렀든, 교묘한 술책에 빠져 도저히 승산 없는 게임을 하고 있든, 자네라면 반드시 사실을 밝혀낼 걸세. 여하튼 우리는 지금까지 할 수 있는 모든 일을 다 했네."

마크도 이번에는 순순히 동의했다.

"그렇습니다. 모든 조사를 통상적인 절차에 따라 수행했죠. 하지만 시간만 허비했다는 생각이 듭니다. 우리끼리 얘기지만 저는 저 자신이 부끄럽습니다, 경위님. 제가 뭔가를 놓친 게 분명합니다. 가장 중요한 뭔가를 말입니다. 분명히 이정표가 서 있었을 텐데 제가 못 보고 놓쳤을 겁니다."

경위가 동의한다는 듯 고개를 주억거렸다.

"그럴 때가 종종 있지. 성가시기 짝이 없지만 말이야. 이런 일이 벌어지면 시민들은 우리 경찰을 조롱하며 그러고도 월급을 받느냐고 하지. 자네 말처럼 가끔 어떤 사건에서는 낯짝에 붙은 코처럼 확실하게 위험 신호가 보일 때도 있어. 하지만 다른 실마리를 추적하거나 이게 분명하다는 느낌이 드는 가설에 빠져 있다가 진짜 중요한 단서를 놓치고 말지. 그러다가 된통 당하는 거야. 그때는 너무

늦었을 테지. 우리는 완전 멍청이가 되는 거야."

마크는 경험에서 우러난 경위의 말에 절로 고개를 끄덕였다. 그가 말문을 열었다.

"현재로서는 두 가지 상황을 가정해 볼 수 있습니다. 아무런 동기가 없는 살인일지 모른다는 겁니다. 다시 말해서 미친 자의 소행이라는 뜻입니다. 아니면 뿌리 깊은 이유가 있어서 그 때문에 레드메인이 펜딘을 죽였을 수도 있습니다. 사전에 범행을 철저하게 계획한 후 단숨에 처리한 거죠. 첫 번째 경우, 시신을 도저히 찾을 수 없는 방법으로 교활하게 자살을 하지만 않는다면 레드메인은 언젠가는 나타날 겁니다. 두 번째 경우라면 우리는 무척 영리한 자를 상대하는 게 되겠죠. 페인턴으로 오토바이를 몰고 가 시신을 처리한 모든 과정이 미친 자의 소행처럼 보이게 했다니, 악마처럼 교활하기 짝이 없어요. 미쳤든 아니든 살아 있다면 편지에 쓴 대로 했을 겁니다. 분명히 프랑스나 스페인의 항구로 도주를 했겠죠. 그러므로 저는 그를 태우고 떠난 배를 끝까지 찾아내겠습니다."

마크는 공언한 대로 다음 날 플리머스로 향했다. 플리머스에 도착해서는 바비칸에 있는 선원들의 여인숙에 방을 잡았다. 항만 관리국의 도움을 받아 문제의 시기에 플리머스에 있었던 소형 선박을 열 척도 넘게 추적했다.

마크는 꼬박 한 달 동안 배의 행적을 추적하는 데 매달렸다. 하지만 아무런 소득도 없었다. 조사를 받은 선장들 중에 정보가 될 만

한 소식을 들려준 이는 아무도 없었다. 눈에 불을 켜고 경계 태세를 유지했지만 항구 경찰은 물론 플리머스의 그 누구도 로버트 레드메인과 비슷한 남자를 보지 못했다.

마침내 마크 브렌던은 런던으로 복귀 명령을 받았다. 런던의 동료들은 그의 실패를 실컷 놀려 댔다. 하지만 그가 유난히 실의에 잠긴 모습을 보이자 다들 그마저도 그만두었다. 마크의 철저한 실패에 상관이 깜짝 놀랄 정도로 이번 사건은 몹시 까다로운 사건으로 여겨졌다. 어쨌든 상관은 마크의 설명에 만족하는 눈치였다. 로버트 레드메인은 영국에서 자살로 생을 마감했을 것이고 그 시기는 플리머스에서 벤디고 레드메인에게 편지를 보낸 직후일 것이다. 이렇게 말이다.

마크 브렌던은 얼마 후 미들랜드에서 발생한 다이아몬드 강도 사건에 전념해야 했다. 몇 달이 흘렀다. 여전히 마이클 펜딘의 시신은 발견되지 않았다. 바깥세상은 이 사건을 까맣게 잊어버렸고 런던 경찰청이라는 작은 세상도 이 사건을 미해결 사건으로 분류하고 잊어버렸다.

그동안 마크 브렌던은 남몰래 안도의 한숨을 내쉬었다. 이 사건이 자신의 관심에서 멀어지도록 내버려 두면서도 한편으로는 이 사건에서 비롯된 결과를 마주하려는 마음의 준비를 했다. 모든 것이 희미해진 지금 그에게 남은 것은 제니 펜딘뿐이었다. 그는 좀처럼

그녀를 잊을 수 없었다. 사실 매일 그에게 떨어지는 업무를 처리하는 시간이 아니면 그의 머릿속은 언제나 제니 펜딘이었다. 그녀를 보고 싶은 생각이 간절했다. 사건을 조사하는 동안은 계속 연락하고 조사 결과를 상세하게 알려 주었지만 이제는 그런 핑계도 통하지 않았다. 그녀는 그가 보낸 편지를 다 받았지만 늘 간결한 답장만 보내왔다. 그가 아무리 미래 계획이나 근황에 대해 물어도 묵묵부답이었다. 그래도 그녀가 특별한 호의를 베푼 덕에 한 가지 소식은 들을 수 있었다. 그녀는 마이클 펜딘의 설계에 따라 집을 다 지었고 현재는 임대 계약을 대신 맡아 줄 사람을 구하고 있다고 했다. 그녀는 편지에 이렇게 썼다.

> 저는 이제 다트무어를 볼 수 없을 거예요. 그곳은 제 인생에서 가장 불행한 시절과 행복한 시절을 모두 의미하니까요. 다시는 그때처럼 행복해질 수 없어요. 최근에 겪었던 극심한 정신적 고통을 다시는 겪을 일이 없기만 바랄 뿐이에요.

그는 이 부분을 몇 번이고 읽으며 단어 하나하나의 의미를 골똘히 생각했다. 제니 펜딘에게서 가장 큰 기쁨의 근원은 영원히 사라졌지만 현재의 슬픔에서 벗어나 좀 더 진실한 평온함과 만족감을 느끼는 때가 오기를 기대하고 있다고 마크는 결론을 내렸다.

막상 그렇게 생각하고 보니 의아한 기분이 들었다. 마크는 제니

가 단어를 잘못 선택한 것이라 여겼다. 예상보다 더 빨리 마음의 평온을 찾게 될 듯하다는 뜻으로 쓴 것 같았기 때문이다. 마크는 고작 사 개월로는 그녀를 짓누르는 슬픔의 무게가 가벼워질 리 없다고 믿었다. 그러려면 최소한 일 년은 흘러야 한다고 말이다. 이 의미심장한 문장을 자신이 오독했을 뿐, 제니는 결코 그럴 의도가 없다는 사실을 믿어 의심치 않았다. 그는 그녀가 너무나 보고 싶었다. 그러던 중 우연하게 소원을 이룰 기회가 제 발로 찾아왔다. 그는 지체 없이 그녀를 만날 계획을 짜기 시작했다.

십이월 중순의 어느 날 마크 브렌던은 뉴욕을 출발해 플리머스에 도착할 러시아인 두 명을 체포하라는 명령을 받았다. 두 사람의 신원을 파악하고 영국에서의 과거 행적을 입증하고 나니 짬이 생겼다. 그는 아무에게도 연락하지 않은 채 다트머스로 발길을 옮겼다. 그날 밤은 그곳에서 묵고 다음 날 아침 9시에 크로우즈 네스트를 향해 발걸음을 옮기기 시작했다.

마크는 가는 내내 가슴이 두근거렸다. 제니를 만날 생각에 가슴이 설레기도 했지만 그곳 사람들을 놀라게 하고 싶은 다른 이유도 있었다. 그는 벤디고 레드메인이 동생에게 몰래 협력하고 있을지도 모른다는 의심을 어렴풋하게나마 품고 있었다. 아직은 짐작일 뿐이었지만 완전히 포기할 수가 없었다. 지금과 같은 깜짝 방문을 머릿속으로 몇 번이나 계획했다가 지웠을 정도로 말이다.

하지만 강어귀 서쪽의 고지대를 올라가는 사이에 그런 의심 따위는 금세 잊어버렸다. 출발한 지 두 시간, 멀리 크로우즈 네스트가 보였다. 까마득히 높은 절벽과 한겨울의 잿빛 바다 사이에 걸려 있는 집이 눈에 들어오자 오매불망 사모하는 여인밖에 떠오르지 않았다.

이 무렵 마크는 놀라운 사건들이 자신을 기다리고 있다는 사실을 꿈에도 몰랐다. 자신의 짝사랑을 담은 이야기에 얼마나 어마어마한 사건들이 새로 기록될지 조금도 예상하지 못했다.

그가 가는 길은 절벽 위로 길게 이어져 있었다. 주위를 살펴보니 겨울 하늘 아래 흙이 드러난 갈색 들판이 펼쳐져 있었다. 여기저기서 갈매기가 머리 위를 끼욱끼욱 울며 날아다녔다. 그 이외의 사람은 말에 쟁기를 매고 밭을 가는 농부 한 명이 다였다. 농부의 뒤에는 더 많은 갈매기들이 날개를 퍼덕거리며 따라다녔다. 마크는 마침내 도로로 나 있는 하얀 대문에 도착했다. 드디어 도착한 것이다. 대문 위에는 동판에 '크로우즈 네스트'라는 글자가 찍혀 있었다. 그 위로 야간에 등을 매다는 부분이 달린 장대가 솟아 있었다. 건물로 이어진 내리막길은 몹시 가팔랐다. 저 아래편으로 깃대와 건물 위로 솟은 꼭대기 방이 보였다. 날씨마저 궂어 유난히 황량하고 쓸쓸해 보였다. 바람이 한숨 소리를 내며 지나가자 죽은 풀들 사이로 빛이 흔들렸다. 수평선은 안개에 파묻혀 보이지 않았다. 썰물의 잿빛 수증기를 뿌리던 바다는 간간히 포말이 뒤섞인 채 단조롭게 끊

임없이 이어지는 잔물결을 등에 업고 절벽을 기어오르려 했다.

내리막길을 따라 집 쪽으로 가자 정원에서 육십 센티미터 높이의 철조망을 치는 사람이 보였다. 골짜기의 녹색 비탈에서 굴을 파 정원의 화단까지 들어오는 토끼를 막으려는 것 같았다.

어디선가 흥얼거리는 노랫가락이 들렸다. 지난번 배를 몰았던 도리아의 목소리였다. 마크는 도리아가 서 있는 곳에서 사오십 미터가량 떨어진 곳에 가만히 서 있었다. 마침내 도리아가 인기척을 느끼고 일감을 놓아둔 채 마크에게 다가왔다. 그는 맨머리에 가늘고 검은 토스카나산 시가를 피우고 있었다. 시가의 중간 부분을 감은 밴드는 이탈리아의 국기 색깔이었다. 주제페는 마크를 알아보고 먼저 말을 걸었다.

"브렌던 탐정님이 오셨군요. 주인님에게 새로운 소식이 있어서 오신 겁니까?"

"아닐세. 아쉽게도 새로운 소식이 없군. 플리머스에 올 일이 있어서 펜딘 부인과 레드메인 씨에게 인사나 드릴까 하고 왔네. 그런데 왜 나를 탐정이라고 부르는 건가?"

"범죄 소설에서는 탐정이라고 하던걸요. 미국식인가 봅니다. 이탈리아어로는 '스비로'라고 하고요. 영국에서는 '경관'이라고 하죠."

"다들 안녕하신가?"

"다들 안녕합니다. 시간이 흐르면 눈물은 말라붙죠. 신께서 보살펴 주시니까요."

"자네는 아직도 부유한 여자를 만나 도리아 가문의 성을 복원할 생각인가?"

주제페는 웃음을 터뜨리더니 눈을 감고 끔찍한 냄새가 나는 담배를 한 모금 빨았다.

"두고 봐야죠. 계획은 우리가 하지만 결정은 신께서 하시니까요. 브렌던 씨, 이 세상에는 큐피드라는 신이 있습니다. 큐피드는 저기 보이는 농부가 딱정벌레와 온갖 벌레들의 비밀스러운 은신처를 갈아엎듯이 우리의 계획을 손바닥처럼 뒤집어 버리죠."

느닷없이 마크의 심장이 세차게 뛰기 시작했다. 도리아가 무슨 이야기를 하는지 알 것 같았다. 신경이 쓰이기는 했지만 놀랍지는 않았다. 도리아는 마크의 마음을 아는지 모르는지 계속 떠들어 댔다.

"야망은 아름다움 앞에 무릎을 꿇기 마련이죠. 아이가 쌓은 모래성이 파도에 무너지듯 조상의 성채는 사랑의 물결에 허물어질 뿐입니다. 뼈아픈 진실이죠!"

도리아는 한숨을 푹 쉬더니 마크의 얼굴을 찬찬히 뜯어보았다. 도리아는 딱 붙는 갈색 울 셔츠를 입고 있었다. 어두운 배경의 그림처럼 근사한 체형이 도드라졌다. 마크는 할 말이 없어 내려갈 준비를 했다. 그는 그동안 무슨 일이 있었는지 궁금했다. 눈앞의 낭만적인 인물보다 제니 펜딘에 더 신경이 쓰였다. 이 외로운 곳에 유배된 것처럼 지내는 동안 이 낯선 남자가 이곳에 함께 있었다는 사실이 이자의 말만큼이나 많은 진실을 말해 주었다. 이자가 아무 소득

도 없이 자신의 야망을 버리고 크로우즈 네스트에 묶여 있을 리 만무했다. 하지만 마크는 주제페의 고백에 담긴 중요한 의미를 못 알아들은 척했다.

"아! 좋은 주인이군! 잘 사귀기만 하면 늙은 선원만큼 좋은 친구도 없지."

도리아도 인정했다.

"주인님은 제가 바라는 점을 전부 갖추고 있죠. 그분도 저를 좋아해요. 제가 그분을 잘 이해하고 존중하니까요. 밖에서 개일지라도 제집에서는 사자나 다름없죠. 이곳은 레드메인이 통치합니다. 하기야 통치할 수 없는 집이 남자에게 무슨 소용이 있겠습니까? 우리는 친구가 맞아요. 아, 언제까지 우리 관계가 지속될지. 말하자면……."

그는 느닷없이 말을 뚝 끊더니 지독한 냄새가 나는 담배 연기를 뿜었다. 그리고 다시 철조망 작업으로 돌아갔다. 마크가 가던 길을 가려 하자 도리아는 잠시 몸을 돌려 말을 했다.

"마돈나가 집에 있습니다."

그가 소리치듯 말했다. 마크는 누구를 말하는 것인지 짐작했다.

그는 오 분 만에 크로우즈 네스트에 도착했다. 그를 맞이한 사람은 다름 아닌 제니 펜딘이었다. 그녀가 말문을 뗐다.

"삼촌은 꼭대기 방에 계세요. 금방 불러 드릴게요. 무슨 일로 오셨는지 제게 먼저 말씀해 주세요. 형사님을 만나서 기뻐요. 정말요!"

그녀는 흥분한 기색이 역력했다. 커다랗고 아련한 분위기의 푸른 눈동자가 환하게 빛났다. 마크의 눈에는 그녀가 전보다 훨씬 더 사랑스러워진 듯 보였다.

"따로 말씀드릴 내용은 없습니다, 펜딘 부인. 적어도, 아뇨. 전혀 없습니다. 저는 모든 가능성을 다 타진해 봤습니다. 부인은, 새로운 소식이 없으십니까? 아니면 제게 알려 주실 일이라도?"

"아무것도 없어요. 뭐든 소식이 들어왔다면 삼촌이 분명히 말씀해 주셨을 거예요. 돌아가셨다고 믿고 있어요. 로버트 삼촌 말이에요."

"저도 그렇게 생각합니다. 실례가 안 된다면 부인의 이야기를 조금 들려주시겠습니까."

"항상 저를 배려해 주시는군요. 그 점을 늘 감사하고 있어요. 저는 잘 지내요, 형사님. 아직도 제겐 살아야 할 날들이 남아 있으니까요. 이곳에서 도움이 될 만한 일을 이것저것 찾아냈어요."

"만족하십니까?"

"네. 만족은 행복의 보잘것없는 대용품이기는 하지만요. 어쨌든 지금 이 상황에 만족하고 있어요."

그는 좀 더 친밀한 대화를 나누고 싶었다. 하지만 그런 대화의 물꼬를 틀 만한 그럴싸한 구실이 떠오르지 않았다.

"제 힘으로 지금의 만족감을 행복감으로 바꿔 드리고 싶군요."

간신히 그렇게 운을 뗐다. 제니는 마크에게 웃으며 대답했다.

"친절한 마음, 고맙습니다. 진심이라는 걸 알아요."

"진심입니다."

"언젠가 런던에 가게 되면 잠시 짬을 내서 말동무가 되어 주세요."

"하루빨리 런던을 찾아 주시길 바랍니다."

"저는 여전히 둔하고 어리석은 여자일 뿐이에요. 상태가 몹시 안 좋아질 때가 있어요. 가끔은 삼촌의 목소리조차 견디기 힘들어요. 그러면 저는 모든 걸 닫아걸어 버리죠. 제 자신에게 사슬을 채우고 다시 견딜 수 있을 때까지 흉포한 야수처럼 참고 기다리는 거예요."

"관심을 돌릴 대상이 필요합니다."

"이곳에는 그런 대상이 많아요. 형사님은 상상도 못 하시겠지만요. 주제페 도리아는 내게 노래를 불러 줘요. 가끔은 배를 타고 외출도 해요. 벤 삼촌을 대신해서 다트머스에 볼일을 보거나 살림에 필요한 물건들을 사러 가거든요. 봄에는 닭을 키울 생각이에요."

"그 이탈리아 남자는……."

"그는 신사랍니다, 브렌던 형사님. 대단한 신사예요. 전 그가 어떤 사람인지 잘 몰라요. 하지만 그와 함께 있으면 안전한 듯한 기분이 들어요. 그라면 비열하거나 옹졸한 행동은 하지 않을 거예요. 제가 여기 처음 왔을 때 그는 자신의 비밀을 털어놓더군요. 부유한 아내를 얻을 꿈을 꾸고 있다고요. 그를 사랑하고 그가 이탈리아에서

성과 가문을 재건할 수 있도록 힘을 줄 아내를 말이죠. 도리아는 머리부터 발끝까지 낭만적이에요. 에너지가 넘치고 기묘하면서도 신비로운 힘을 지니고 있어요. 그러니 언젠가는 꼭 꿈을 이룰 거예요."

"아직도 그런 야망을 버리지 않았습니까?"

제니는 말문을 닫았다. 그녀의 시선은 어느새 창문을 넘어 물결치는 바다를 향하고 있었다.

"그러면 안 될 이유라도 있나요?"

"분명히 그는 여자들이 사랑에 빠질 만한 남자더군요."

"네, 그래요. 엄청난 미남인데다 훌륭한 생각을 많이 하고 있어요."

마크는 경고를 해 주고 싶었지만 그러면 주제넘게 보일 것 같아 입을 다물었다. 하지만 그녀는 그의 마음을 읽은 것 같았다.

"저는 재혼할 생각이 없어요."

그녀가 대뜸 말했다.

"결혼을 권유하는 사람은 아무도 없을 겁니다. 당신이 겪어야 했던 고통에 대해 아는 사람이라면 말이죠. 하지만 오래가지는 않겠죠."

그는 어색하게 대답했다. 갑자기 제니가 충동적으로 마크의 손을 잡으며 말했다.

"당신은 이해하시겠죠. 제가 보기엔 앵글로색슨족과 라틴족 사이에는 좁혀야 할 큰 차이가 있어요. 그 사람들의 마음은 우리보다

훨씬 빨리 움직여요. 그들은 걸신이 들린 것처럼 인생에서 가능한 모든 것을 움켜쥐려고 하죠. 여러 면에서 도리아는 아이 같아요. 쾌활하고 시적인 아이죠. 하지만 영국이 그의 뜨거운 열기를 조금 식혀 버린 것 같아요. 그가 단언하더군요. 이탈리아에는 부유한 여자가 더 이상 없다고요. 하지만 여전히 이탈리아를 그리워해요. 그는 곧 고국으로 갈 것 같아요. 봄이 되면 벤 삼촌 곁을 떠날 거예요. 내게 그랬어요. 삼촌에게는 말씀드리지 마세요. 삼촌은 도리아를 매우 높이 평가하기 때문에 그를 보내려고 하지 않으실 거예요. 그는 뭐든지 할 수 있고 마치 마법처럼 우리의 소원과 변덕을 알아차리니까요."

"저, 제가 부인을 너무 오래 붙잡아 놓고 있었군요."

"아니에요. 형사님을 다시 만나서 얼마나 기쁜지 몰라요. 식사를 하고 가시겠어요? 우리는 한낮에 만찬을 먹는답니다."

"그래도 될까요?"

"당연히 그러셔야죠. 차도 드시고 가세요. 이제 삼촌에게 올라가 보세요. 두 분이 한 시간 정도 얘기를 나누고 계세요. 그동안 저녁을 준비할게요. 주제페도 늘 우리와 함께 들어요. 괜찮죠?"

"도리아 가문의 마지막 후손과 함께요! 그렇게 고귀한 분과 식사를 함께 하다니, 영광인걸요!"

그녀는 마크를 데리고 늙은 선원의 성소로 향하는 계단으로 올라갔다.

"벤디고 삼촌, 브렌던 씨가 오셨어요!"

그녀의 목소리에 벤디고 레드메인이 커다란 망원경에서 눈을 뗐다.

"강풍이 오고 있어! 바람이 남쪽으로 방향을 바꿨어. 해협에서는 이미 악천후가 시작되었다네."

그가 소리쳤다.

두 남자가 악수를 나누는 사이 제니는 자리를 떴다. 벤디고는 마크를 다시 만나 기뻐했다. 하지만 동생에 대한 관심은 거의 남아 있지 않았다. 그는 로버트 레드메인에 대한 이야기가 나오면 대화를 피했다. 그러다가 마크가 어리둥절할 정도로 솔직하게 심중을 털어놓기도 했다.

"나는 별 볼일 없는 늙은이라네. 그래도 날씨를 보는 눈만은 날카롭지. 그래서인지 지난여름에 자네가 여기 처음 왔을 때 내 착한 조카에게 홀딱 반했다는 사실도 금세 알아봤네. 그 애는 확실히 남자들의 혼을 빼놓는 부류지. 나로 말하자면 젖 뗀 후부터 여자들이 싫었어. 게다가 여자란 동물들이 미덥지 않더군. 동료들이 여자 때문에 인생 망치는 꼴을 많이 보기도 했고. 그래도 제니가 우리 집 살림을 무척 잘하고 내게 살갑게 굴려고 애를 많이 쓰는 것을 못 알아볼 정도는 아니라오."

"진심으로 가깝게 여기고 있을 겁니다. 레드메인 씨."

"내 말을 끊지 말고 들어 주게나. 요즘 내게 성가신 일이 생겼

어. 내 오른팔인 주제페 도리아 말일세. 제니에게 눈독을 들이기 시작했거든. 주제페는 쓸모가 많은 사람이고 제니도 소중한 아이이지. 두 사람 다 독신 남녀로서는 거리낄 게 없어. 그 비렁뱅이는 제니 주위를 어슬렁거리다 어느새 그 애의 마음을 얻겠지. 그러면 두 사람은 내년쯤 결혼을 하고 냉큼 이곳을 떠날 게 분명해!"

마크는 갑작스러운 노인의 진심 어린 고백에 당황스러웠다.

"제가 어르신이라면 도리아에게 확실한 경고를 하겠습니다. 이탈리아에서 어떤 행동이 적절한지는 그가 우리보다 더 잘 알겠죠. 아니, 알아야 합니다. 신사처럼 보이긴 하니까요. 하지만 이곳 영국에서는 남편을 여읜 지 얼마 되지 않은 미망인에게 구애를 하는 것이 얼마나 예의에 어긋나는지 말씀하시면 됩니다. 지극하게 사랑하던 남편을 비극적인 사건으로 잃은 펜딘 부인이라면 더욱 안 될 말이죠."

"그 말이 맞아. 문제가 도리아뿐이라면 나도 그렇게 했을 걸세. 어차피 도리아는 오래 머무를 생각은 없는 것 같아. 대놓고 말하지는 않지만 제니 때문에 이곳에 붙어 있는 것 같단 말이지. 게다가 제니의 마음도 무시할 수 없어. 물론 제니가 도리아에게 추파를 던졌다거나 그런 말이 아니야. 그 애가 그런 짓을 할 리는 없지. 하지만 나도 눈치가 있는 늙은이야. 가만 보면 제니도 도리아가 영 마음에 없는 것 같지 않단 말이야. 그자는 미남인데다 수완도 좋지 않소. 제니도 아직 젊고."

"저는 도리아가 돈 때문에 고국을 떠났다고 들었습니다. 가문의 영광을 되찾을 돈을 마련하려고요."

"그랬지. 도리아도 제니의 이만 파운드로는 어림없다는 사실을 잘 알아. 하지만 사랑에 빠지면 두려움만 아니라 많은 것을 초월하게 되지. 사랑은 야망을 망치기도 해. 설령 잠깐 동안이라고 해도. 게다가 인생의 경주에서 사랑에 빠진 남자는 모든 면에서 불리해. 지금 도리아가 원하는 것은 제니뿐이야. 내 짐작이 옳다면 제니를 차지할 거야. 두 사람이 내 곁에서 계속 함께하고 앞으로도 지금처럼 지낸다면 나도 개의치 않을 거야. 하지만 그렇게 될 리가 없지. 이러니저러니 해도 도리아는 지금 내 친구나 다름이 없어. 돈을 받은 만큼, 아니 그 이상으로 잘해 주고 있어. 고용인이긴 해도 하인보다는 손님 같은 존재라오. 그가 떠나면 나는 몹시 그리울 거야."

"어르신도 입장이 곤란하시겠군요."

"그러게 말일세. 조카의 행복을 방해하는 훼방꾼이 되고 싶지는 않다네. 솔직히 도리아가 좋은 남편이 되지 못할 거라고 단정할 수도 없어. 비록 사방을 둘러봐도 좋은 남편 보기는 힘들지만 말이지. 이탈리아에서는 더 찾아보기 힘들고. 그래서 둘이 결혼해서 일 년 정도 살다가 다시 야망이 고개를 쳐들어 돈이 필요해지면 변심을 할지도 모르지. 언젠가는 제니도 부유해질 걸세. 불쌍한 로버트의 돈도 결국 그 아이의 몫이 될 거야. 내가 아는 한 내 돈과 앨버트 형님의 재산도 그 애에게 돌아갈 테지. 부디 내 예상이 틀리면 좋겠

군. 내가 이런 이야기를 털어놓는 건 자네가 유명한 사람인데다 분별력도 있기 때문이라네."

"믿고 마음을 털어놓아 주셨으니 저도 제 생각을 들려 드리겠습니다."

마크는 잠시 생각에 잠겼다가 대답했다.

"저는 펜딘 부인을 진심으로 존경합니다. 물론 그분은 놀랄 정도로 아름답죠. 천성이 우아하고 매력적인 분이에요. 그러니 당장 무슨 일이 일어나지 않을 거라고 봐도 되지 않겠습니까. 펜딘 부인은 영원히는 아니더라도 앞으로 오랫동안 고인이 된 남편의 추억에 충실할 겁니다."

벤디고가 맞장구를 쳤다.

"나도 그렇게 믿고 있네. 아마도 내년까지, 어쩌면 더 오랫동안 그럴지도 모르지. 하지만 지금 상황은 이래. 둘은 매일 함께 어울리고 있다네. 제니가 내게 애써 감추고 있지만. 어쩌면 자기 자신조차 속이고 있을지도 모르지. 결국에는 도리아가 그 아이의 마음을 얻을 거야."

마크는 아무 말도 하지 않았다. 힘이 쭉 빠지는 것 같았다. 그는 속내를 숨기려는 시늉조차 하지 않았다.

"알겠나? 이왕이면 내 입장에서는 영국인이 낫지. 하지만 여기는 달리 다른 사람도 없지 않나. 그러니 주제페가 독주를 하는 거나 다름이 없지."

노인은 갑자기 화제를 바꾸었다.

"그래, 내 불쌍한 동생 소식은 좀 있소?"

"아무것도 없습니다, 어르신."

"이 흉악한 사건을 다른 각도로는 볼 수 없나? 그 피는 사람 피가 맞소?"

"네."

"그렇다면 바다가 또 하나의 비밀을 품고 있는 거로군. 펜딘은 바다 어딘가에 잠들어 있겠지. 로버트 역시 어디에 묻혔는지 끝내 알 수 없겠지."

"저도 레드메인 대위가 죽었으리라 보고 있습니다."

잠시 후 아래층에서 징 소리가 나자 두 사람은 식사를 하기 위해 내려갔다. 저녁을 먹는 내내 이야기를 주도한 사람은 주제페 도리아였다. 그는 대단히 자기중심적인 사람이 분명했다. 야망을 접었다고 고백한 것도 잊은 듯이 화려한 야망을 기꺼이 사람들에게 들려주었다.

"우리 가문은 한때 이탈리아 서쪽 지역을 다스렸습니다. 내륙으로 중간쯤 가다 보면 벤티밀리아와 보르디게라 사이에 가문의 오래된 요새가 있습니다. 강물을 옆구리에 끼고 산악 지대를 굽어보고 있죠. 고대의 다리가 지금도 무지개처럼 네르비아 강에 걸려 있습니다. 집들이 포도 넝쿨과 올리브 나무들 사이로 비탈을 따라 옹기종기 모여 있고요. 이 모든 풍경을 찌푸린 표정으로 지켜보는 것이

바로 과거의 위대한 망령인, 폐허가 된 도리아 성의 유적이죠. 부산스럽게 돌아가는 인간들의 세상사 가운데서 백 년 전부터 인간의 관심에서 밀려난 채 우뚝 서 있는 겁니다. 텅 빈 채 휑합니다. 저 아래 절벽에 부딪히는 파도처럼 사람들이 늘 밀려왔다 사라지죠. 요즘은 온갖 인간들이 들어와 살고 있어요. 예로부터 모자를 벗고 우리 조상들에게 무릎을 꿇었던 인간들이죠. 태생이 천한 자들이 성의 방들을 돌아다닙니다. 마을 사람들은 이불보를 가지고 와서 대리석 바닥에 펼쳐 놓고 말리기도 하죠. 아이들은 위대한 섭정가들의 벽장에서 놀고, 공주들이 앉았거나 꿈을 꾸었거나 두려움에 떨었던 여닫이창으로 박쥐들이 푸다닥 날아가기도 합니다!"

그는 계속 떠들었다.

"우리 선조들은 오랫동안 서서히 몰락의 길을 걸었습니다. 그러다가 최근에 순식간에 망해 버렸죠. 제 조부는 고작 산지기에 불과했어요. 산에서 석탄을 캐서 노새 두 마리에 싣고 다녔죠. 삼촌은 멘토네에서 레몬을 키워서 몇 천 프랑인가 모았는데 숙모가 흥청망청 다 써 버렸다더군요. 저는 이제 혈혈단신입니다. 제가 마지막 후손이니까요. 도리아 성은 오래전에 매물로 나온 상태입니다.

성을 사면 작위도 받을 수 있습니다. 그게 기괴하기 짝이 없는 이탈리아 방식이죠. 돼지 잡는 백정이든 버터 장수든 주머니에 돈만 그득하다면 내일이라도 도리아 백작이 될 수 있다 이 말입니다. 그렇다고 해도 선불리 덤빌 수가 없어요. 영지와 작위는 헐값으로

나왔지만 폐허를 복구해 예전의 영광을 되찾으려면 백만장자는 되어야 하거든요."

그는 실컷 떠들더니 식사를 마친 후 투스카니산 시가를 하나 피우고 벤디고 레드메인이 마크를 위해 특별히 꺼낸 브랜디를 한 잔 마신 후 자리를 떠났다.

남은 세 사람은 도리아를 주제로 이야기를 이어 나갔다. 마크는 특히 제니의 태도를 살펴보고 싶었다. 하지만 그녀의 태도에서 특별한 점은 엿보이지 않았다. 그녀는 주제페의 목소리가 좋고 다재다능하고 품성이 좋다는 칭찬만 했다.

제니가 말했다.

"도리아는 손재주가 정말 좋아요. 오늘 오후에는 원래 낚시를 하려고 했어요. 하지만 바다가 너무 거칠어서 정원 일을 계속해야 할 거예요."

그녀는 도리아가 부유한 아내를 만나 야심만만한 계획을 모두 이루기를 바란다고 했다. 확실히 펜딘 부인의 장래 계획에 도리아가 들어설 자리는 조금도 없는 것 같았다. 그런데 제니는 여전히 도리아에 대한 이야기를 하면서 두 남자가 깜짝 놀랄 이야기를 시작했다.

그녀는 선언하듯 말했다.

"도리아는 여자를 싫어해요. 솔직히 여자들을 경멸하는 꼴을 보고 있노라면 분통이 터질 때도 있죠. 벤 삼촌만큼 나쁜 사람이에요.

삼촌은 무정한 마음의 늙다리 독신남이시죠. 삼촌은 이렇게 말씀하세요. '여자와 사제와 닭은 절대 만족할 줄 몰라.' 하지만 탐욕으로 말하자면 여자보다 남자가 훨씬 더해요. 늘 그렇죠."

조카의 말에 늙은 선원은 너털웃음을 터뜨렸다. 세 사람은 함께 테라스로 나갔다. 주위는 어느새 땅거미가 내려앉고 있었다. 태풍은 아직 거세게 몰아치지 않았다. 해가 내려앉은 서쪽 하늘은 강렬한 빛들이 환하게 타오르는 듯했고 거센 바람이 구름을 날려 버렸는지 한동안 하늘은 쾌청했다. 스타트 등대가 어둠이 점점 깊어 가는 바다를 향해 별처럼 반짝이는 하얀 눈을 활짝 뜨자 거대한 파도가 텅 빈 천둥처럼 절벽을 때리는 소리가 들렸다. 세 사람은 집으로 들어왔다. 벤디고 레드메인은 마크에게 진기한 수집품들을 보여 주었다. 그들은 5시경에 차를 마셨다. 한 시간 후 마크는 떠날 채비를 했다. 벤디고는 또 오라는 일상적인 초대를 마크에게 건넸다. 그는 언제라도 마크가 찾아와 주면 기쁠 거라는 말도 잊지 않았다. 마크는 늙은 선원의 초대에 마음이 끌렸다.

"대단하시네요. 삼촌의 마음에 드셨나 봐요. 초대받는 사람이 별로 없거든요."

바깥 대문까지 배웅을 나온 제니가 마크에게 말했다.

"제가 레드메인 씨의 초대를 받아들여서 연말에 며칠 다녀가도 괜찮을까요?"

그가 조심스럽게 물었다. 제니는 물론 마크가 와 주면 기쁠 것

이라고 대답했다.

마크는 약간 흥분하여 발걸음을 재촉했다. 하지만 그녀와 함께 있다는 사실에 들떴던 기분도 금세 가라앉았다. 그의 마음은 온통 의심으로 가득 찼다. 제니가 도리아를 무심하게 대하는 것이 연기라는 생각도 반쯤은 있었다. 그는 제니가 상을 당한 지 얼마 되지도 않아 도리아에 대한 속내를 드러내지는 않으리라 짐작했다. 그녀의 자존심에 차마 그러지는 않을 것 같았다. 그러면서도 제니 펜딘이 내년 여름쯤에 재혼을 할지도 모른다는 생각에 씁쓸한 마음을 금할 수 없었다.

그는 크로우즈 네스트를 다시 찾는 것이 현명한 행동인지 고민스러웠다. 솔직히 꼭 다시 오고 싶었다. 이튿날 또 와야 할 일이 생길 줄은 꿈에도 모른 채 봄이 되면 벤디고 레드메인에게 자신이 초대받은 사실을 일깨워야겠다고 다짐했다. 그 무렵이면 좋은 일이 일어날지도 몰랐다. 제니와 어떻게든 편지를 주고받으며 기회를 볼 생각이었다. 편지를 주고받는 사이에 운명의 힘이 작용하게 될지도 모르지 않는가.

외롭게 길을 가는데 달이 두둥실 떠올랐다. 조만간 환한 달빛을 압도할 기세로 먹구름이 모여들고 있었지만 틈새로 환한 달빛이 쏟아져 길을 비추었다. 구름이 재빠르게 흘러갔다. 마크의 머리 위로 뻗어 있는 전선이 기세등등해지는 폭풍 소리에 맞춰 윙윙거렸다. 마크의 생각은 변덕스럽고 시끄러운 바람처럼 제멋대로 가지를 뻗

어 갔다. 그는 제니의 말을 한 마디씩 곱씹어 보았다. 그녀가 자신을 바라볼 때 지은 표정의 의미를 파악하려고 고민했다.

그는 벤디고 레드메인의 예상이 결국 틀릴 것이라고 자신을 설득했다. 마이클 펜딘의 미망인이 이탈리아에서 온 이방인에게 상심으로 가득 찬 가슴을 빼앗길 리가 절대 없다고 말이다. 그럴 리가 만무했다. 제니 펜딘처럼 훌륭한 성품을 갖춘 여자가, 느닷없이 일어난 비극으로 남편을 잃은 여자가 철저하게 자기중심적인 수다쟁이 미남에게 슬픔을 위로받거나 미래의 행복에 대한 약속을 꿈꿀 리 없지 않는가. 그는 생각하면 할수록 자신의 짐작이 그럴듯해 보였다. 하지만 그도 이것까지는 모른 척할 수 없었다. 조금만 생각해 봐도 알 수 있지 않은가. 한창 무르익은 사랑은 어떤 가설도 뒤엎을 수 있고 그 누구보다 성실하던 사람의 태도조차 뒤바꿀 수 있다는 사실을 말이다.

마크는 골똘히 생각에 잠긴 채로 터덜터덜 걸었다. 얼마를 걸었을까. 길은 바람이 들이치는 높은 비탈과 소나무 숲 사이로 계속 이어졌다. 바로 그 순간 마크는 너무 놀라 심장이 튀어나올 뻔했다.

길과 나란히 위치해 뒤쪽의 잡목림을 향해 활짝 열린 대문에 로버트 레드메인이 서 있었다!

두 사람 사이를 가로막는 것이라고는 살대 다섯 개뿐이었다. 거구의 레드메인은 가장 높은 살대를 양팔로 감싸 안고 있었다. 달빛이 그의 얼굴에 그대로 쏟아졌다. 바람이 휘몰아칠 때마다 머리 위

로 가지를 드리운 소나무들이 불만스러운 듯 굉음을 토했다. 저 아래에서는 성난 바다가 절벽을 때리는 소리가 들려왔다. 붉은 머리의 남자는 미동도 않은 채 가만히 앞만 바라보았다. 그는 마크가 포긴터 채석장에서 봐서 잘 기억하고 있는 트위드 재킷과 모자, 붉은 조끼 차림이었다. 놀란 눈동자는 달빛에 희번덕거렸다. 커다란 콧수염과 그 아래 하얀 치아가 보였다. 그의 얼굴은 두려움과 고통으로 일그러져 있었지만 광기는 엿보이지 않았다.

그는 그곳에서 누군가를 만나기로 한 것 같았다. 물론 그가 기다린 사람이 마크 브렌던은 아니었을 것이다. 그는 한동안 바로 앞에 버티고 선 형사를 물끄러미 바라보았다. 그러다가 마침내 마크를 알아본 것 같았다. 설령 알아보지 못했다 하더라도 자신에게 위험한 사람이라고 판단한 것 같았다. 그는 불쑥 돌아서더니 뒤편의 잡목림으로 뛰어들었다. 순식간에 로버트 레드메인의 모습은 사라졌고 무섭게 몰아치는 폭풍우 소리는 공포에 차 도망치는 소리마저 지워 버렸다.

006

로버트 레드메인의 소식이 들리다

한동안 마크는 꼼짝도 않은 채 달빛이 환히 비추는 대문과 그 뒤의 흐릿한 숲만 뚫어져라 바라보았다. 소나무 아래에는 진달래와 월계수가 빼곡하게 들어서 도저히 파고들 수 없는 녹색 은신처를 이루고 있었다. 서둘러 도망자를 뒤따라 가 봐야 허사였다. 위험하기도 했다. 저런 곳에서는 사냥꾼이 사냥감의 손아귀에 놓일 수도 있으니 말이다.

망령 같은 로버트 레드메인의 출몰에 마크는 어안이 벙벙했다. 그도 그럴 것이 거기에는 엄청난 사실이 내포되어 있었기 때문이다. 그가 막 나온 크로우즈 네스트에는 배신과 거짓이 횡행하는 것이 분명했다. 마침 마크가 찾아온 날 로버트 레드메인이 형의 집 근

처에 느닷없이 나타나다니. 상상할 수조차 없는 우연의 일치가 아닌가. 하지만 마크가 찾아가겠다고 미리 알리지도 않았으니 그들이 짜고 마크를 속였을 리는 없어 보였다.

마크는 자신이 헛것을 본 것이 아닌지 생각해 보았다. 하지만 이성적인 정신 상태로 있지도 않는 유령을 본다니 말이 되지 않았다. 물론 그도 뭔가를 상상할 줄은 알았다. 하지만 그에게 상상력은 약점이 아니라 힘의 근원이었다. 그의 강인한 정신력 앞에서는 어떤 미신도 힘을 쓰지 못했다. 게다가 방금 마크는 로버트 레드메인에 대한 생각은 조금도 하지 않았다. 그랬다. 그는 유령이 아니라 살아 있는 사람을 본 것이다. 그것도 절대 스스로 모습을 드러낼 리가 없는 사람을 말이다.

마크는 이 일을 절대 그냥 지나치지 않을 생각이었다. 그는 로버트 레드메인을 체포할 마음의 준비를 했다. 벤디고 레드메인의 집에서 체포를 하게 된다고 해도 개의치 않을 작정이었다. 다만 다트머스 경찰의 지원을 요청하기 전에 제니 펜딘의 생각을 들어 보고 싶었다. 제니가 자신을 속이거나 거짓말을 할 거라고는 생각하지 않았다. 그 순간 제니가 이미 거짓말을 했을 수도 있다는 생각이 퍼뜩 지나갔다. 그 생각만으로도 마크는 가슴이 찢어지는 것 같았다. 레드메인이 형의 집에 은신해 있었다면 도리아와 한 명뿐인 하녀를 비롯해 그 집 사람들이 한통속이 되어 입을 조개처럼 굳게 다무는 것이 당연하지 않은가.

제니가 그의 손을 부여잡고 눈감아 달라고 애원한다면 마크는 그럴싸한 핑계로 부탁을 들어줄 수 있을까? 이런 희망을 품은 채 사모하는 여인의 부탁을 들어주고 자신의 욕심을 챙기려 드는 남자도 있을 것이다. 하지만 마크는 사랑에 눈이 멀어 의무를 저버리는 남자가 아니었다. 하물며 의무를 버려야만 사랑을 얻을 수 있는 상황을 아무렇지도 않게 생각할 사람은 더욱 아니었다. 마크가 이런 상황을 떠올린 것은 자신의 의지를 다지기 위해서였다. 그는 이튿날 로버트 레드메인을 체포하게 된다면, 제니도 벤디고 레드메인도 이 세상 그 누구도 자신을 막을 수 없으리라 다짐했다. 실제로 그는 로버트 레드메인의 체포가 임박했다는 사실을 의심하지 않았다. 그날 밤은 서두를 이유가 없었다. 그날따라 몸도 마음도 유난히 피곤했기에 그는 푹 잤다. 다음 날 아침 그는 늦잠을 잤다. 8시 반에 일어나 옷을 입고 있는데 객실 담당 하녀가 왔다.

"어떤 분이 당장 손님을 만나고 싶어 하세요. 도리아 씨라는 분이에요. 크로우즈 네스트의 레드메인 선장님 댁에서 왔다고 하셨어요."

하녀가 말했다.

의외로 일이 간단해졌다는 생각에 마크는 손님을 들이라고 말했다. 이 분도 되지 않아 주제페 도리아가 방으로 들어왔다.

"형사님을 찾아내다니 역시 난 똑똑해요. 형사님이 다트머스에서 묵을 거라고만 짐작했지 어디인지는 몰랐죠. 가만히 생각해 보니 제일 좋은 호텔에 묵으실 것 같더군요. 역시 내 짐작이 맞았어

요. 아침을 함께 먹어도 될까요? 식사를 들면서 여기까지 온 이유를 말씀드리도록 하죠. 형사님이 떠나기 전에 만날 수 있을지가 관건이었는데 늦지 않아서 다행입니다."

"그래, 마이클 펜딘을 죽인 로버트 레드메인이 나타났군?"

마크는 면도를 마치며 물었다. 그 말에 도리아는 놀라움을 감추지 못했다.

"코르포 디 바코! 어떻게 아셨습니까?"

"어제 돌아오는 길에 딱 마주쳤지. 다트무어에서 사건이 벌어지기 전에도 한 번 봤고. 그래서 알아볼 수 있었다네. 그자도 나를 알아본 눈치더군."

"무서워 죽겠습니다. 아직 주인님 댁까지 들어오지는 않았지만 분명히 근처에 있을 겁니다."

도리아가 말했다.

"그자가 집에 오지도 않았는데 어떻게 근처에 있다는 걸 아나?"

"이런 일이 있었거든요. 저는 매일 새벽에 위쪽 비탈에 있는 스트레트 농장으로 우유와 버터를 사 오는 게 아침 일과입니다. 오늘 아침에도 갔는데, 농장 사람들이 이상한 이야기를 하지 않겠습니까. 지난밤에 어떤 남자가 농장에 들어와서 음식을 훔쳐 먹었다는 거예요. 농부는 남자가 부엌으로 들어와 떡하니 앉아서 음식을 먹어 치우는 소리를 들었답니다. 붉은 머리에 붉은 콧수염을 하고 붉은 조끼까지 입은 거구의 남자였다는군요. 그 남자는 브룩 씨—아,

농부의 이름입니다—를 보더니 자신이 들어온 부엌의 뒷문으로 도망을 쳤답니다. 브룩 씨는 그 남자가 누군지 몰랐기 때문에 이상한 일이라며 제게 들려준 거죠. 저는 곧장 집으로 돌아가 파드론 미오, 주인어른에게 말씀을 드렸죠.

제가 그 남자 얘기를 하니 주인님과 마돈나는 까무러치게 놀라시더군요. 두 사람은 누군지 금세 알아차린 거예요. 바로 살인자였죠! 두 사람은 당장 형사님을 떠올렸고 최대한 빨리 형사님을 만나고 오라고 절 자전거에 태워 보낸 겁니다. 어떻게든 형사님이 떠나기 전에 만나야 한다고 말이죠. 형사님을 만났지만 전 여기서 계속 노닥거릴 수는 없습니다. 어서 가서 집을 지켜야 하니까요. 힘쓸 사람이 없어서 걱정이에요. 주인님은 바다를 두려워하지 않지만 동생은 좀 무서운가 보더군요. 제니 부인은 벌벌 떨고 있죠."

어느새 몸단장을 마친 마크가 말했다.

"일단 아침을 먹으러 가세. 십오 분 후면 차가 준비될 거야. 최대한 빨리 갈 수 있을 걸세."

두 사람은 허겁지겁 아침을 먹었다. 도리아는 점점 더 흥분하기 시작했다. 그는 마크에게 경관들을 데리고 가자고 사정을 했지만 마크는 그 말을 듣지 않았다.

"나중에 불러도 시간은 충분해. 그자는 쉽게 잡을 수 있을 거야. 일단 크로우즈 네스트에서 벤디고 씨를 만나서 그분의 의견을 들어야겠어. 그 후에 어떻게 할지 결정할 걸세. 로버트 레드메인이 이

집 저 집 들어가 배를 채울 정도면 갈 데까지 간 모양이군."

마크가 말했다.

9시가 되자 도리아는 서둘러 집으로 출발했다. 마크도 급히 경찰서로 향했다. 그는 권총 한 자루와 수갑을 빌린 후 최대한 빨리 차를 준비해 달라고 했다. 무슨 일인지는 상세하게 알리지 않았다. 차가 준비되자 경관에게 운전을 맡겼다. 출발하기 전 그는 현지 경찰서장인 대머렐 경위에게 자신의 전화를 기다리며 오전 동안 대기하고 있으라고 일렀다. 절대 이야기가 새어 나가서는 안 된다는 다짐도 잊지 않았다.

마크는 어느새 도리아를 따라잡고 그를 지나쳤다. 폭풍우가 거의 힘을 잃은 덕분에 아침은 화창했지만 날씨는 여전히 쌀쌀했다. 절벽 아래 출렁이는 바다는 빠르게 물이 빠지고 있었다.

마크는 벤디고 레드메인과 제니에게 일말의 의심을 품고 있었지만 두 사람을 보자 그런 의심은 눈 녹듯이 사라지고 말았다. 그도 그럴 것이 벤디고는 몹시 불안해했고 제니도 두려움에 넋이 나간 것처럼 보였으니 말이다. 그 모습을 보니 스트레트 농장에서 음식을 훔쳐 먹은 사람이 로버트 레드메인이라는 사실은 의심의 여지가 없었다. 전날 밤 마크가 마주친 남자도 로버트 레드메인이 틀림없으니 그리 생각해도 될 것 같았다. 마크는 농장 사람들이 도망자가 된 레드메인과 마주치기 몇 시간 전에 그를 목격한 것이다. 그는 지금 어디에 있을까? 왜 이곳으로 온 걸까? 프랑스나 스페인에서

돌아온 것이 분명했다. 그는 가까운 곳에 몸을 숨기고 형을 만날 수 있는 안전한 기회를 엿보고 있을 것이다.

"레드메인 대위의 목적은 바로 이곳이었을 겁니다. 지금은 들키지 않고 어르신에게 접근할 방법을 찾고 있겠죠."

마크가 말했다.

"그 녀석에게 믿을 사람이 있다면 그건 바로 나요. 제니가 해를 끼치지 않을 거라는 사실을 알았다면 제니도 믿었겠지. 하지만 제니가 자신을 용서할 만큼 선한 기독교인이라는 사실을 녀석이 믿을 리가 있겠소. 그게 아니더라도 제니가 이곳에서 지내는 걸 로버트가 알 리가 없지. 지금까지는 로버트가 제정신인 것처럼 말했는데, 지금은 그마저도 의심스럽소."

마크는 벤디고 레드메인이 가지고 있는 그 지역의 정부용 대형 측량 지도를 검토했다. 그리고 그 결과를 바탕으로 인근에서 로버트 레드메인이 숨어 있을 만한 몇몇 지역을 즉시 수색해야 한다고 말했다.

"저는 어르신과 펜딘 부인을 생각해서 드린 말씀입니다. 두 분은 이 일로 시끄러워지는 걸 원하지 않으시겠지만 결국 사람들은 지난 사건을 떠올리며 입방아를 찧을 겁니다. 그러니 경찰을 부르지 않고 레드메인 대위를 잡을 수 있다면 그 편이 훨씬 좋겠죠. 서둘러 그자를 찾아야 합니다. 제가 본 대위의 얼굴은 고통과 광기에 물들어 있었습니다. 아마도 정신적으로 극도로 긴장하고 탈진했을 겁니

다. 그런 상황에서는 차라리 자신에게 우호적인 사람들에게 잡히는 편이 더 낫다고 생각할 겁니다. 즉시 수색에 들어가야 할 구역은 두 곳입니다. 먼저 해안에는 해수면 위로 동굴과 틈이 많습니다. 그런 곳들은 사람들의 눈에도 잘 띄지 않죠. 그리고 이 집 주변의 울창한 숲입니다. 제가 어제 우연히 마주쳤을 때 레드메인 씨는 숲으로 곧장 뛰어들었거든요. 방금 이곳으로 오면서 대충 살펴보았습니다. 숲이 상당히 넓어 보이더군요. 하지만 사냥꾼들이 사용하는 길이 사방으로 나 있습니다. 몇백 미터마다 그 길을 살펴보면 될 겁니다."

벤디고 레드메인이 도리아를 불렀다. 그도 돌아와 있었다.

"지금 바다로 나갈 수 있나?"

벤디고가 물었다. 도리아는 그렇다고 대답했다. 그러자 벤디고가 이런 제안을 했다.

"앞으로 이십사 시간 동안 비밀리에 수색을 진행해 주게. 그렇게까지 했는데도 자네 말마따나 우호적인 방법으로 로버트를 찾아내지 못한다면 그때는 경찰들을 불러서 수색을 해. 오늘은 자네가 말한 곳들을 살펴보도록 하지. 자네라면 그 불쌍한 녀석의 은신처를 찾아낼 수 있을 거야. 가만히 기다리면 어두워지자마자 녀석이 제 발로 이 집에 숨어들 것 같네만. 일단 우리는 자네의 계획대로 해안가와 숲에 흔적이 없는지 살펴보겠네.

로버트의 얼굴을 아는 사람은 나와 자네, 제니까지 셋뿐일세. 제니는 주제페와 함께 배를 타고 해안을 훑는 게 나을 것 같군. 서

쪽부터 수색을 시작하도록 하지. 그곳은 배를 댈 수 있는 후미진 곳들이 많으니까. 내 동생이 그곳에 배를 대고 동굴이나 틈에 몸을 숨기고 있다면 두 사람의 눈에 띌지도 모르네. 동굴들 중에는 터널로 이어져서 저 뒤쪽의 골짜기와 황무지로 나올 수 있는 것도 있네. 이곳은 매우 외진 지역이라 먹을 것을 구하지 못하면 혼자서 오래 버티지 못할 거야. 두 사람이 몇 시간 수고하고 나서 우리가 교대를 하면 되네. 아니면 자네와 내가 먼저 해안을 수색하고 그 두 사람에게 숲을 둘러보게 할까? 자네가 정하게."

마크는 잠시 고민에 빠졌다. 그는 쫓기는 사람은 해안보다 숲을 택할 거라고 생각했다. 게다가 배는 익숙하지 않았다. 지난 폭풍우의 여파로 큰 파도가 몰아치는 상황에서 냉정하게 수색을 할 수 있을지 자신이 없었다.

"펜딘 부인만 괜찮으시고 배가 출항하는 데 문제가 없다면 부인이 해안을 먼저 살펴보시는 편이 좋겠습니다. 도리아가 부인을 잘 보살필 겁니다. 그동안 어르신은 저와 함께 숲을 수색하시죠. 이야기만 할 수 있다면 소란을 피우지 않고 체포할 수 있을 겁니다."

"그 사람을 잡으면 분명 소란이 벌어질 겁니다. 유명한 범죄자 아닙니까. 누구든 끝까지 쫓아가서 끌어내기만 하면 야단법석을 떤게 문제겠어요? 너도나도 칭찬을 해 줄 텐데."

도리아가 끼어들었다.

그는 해안을 수색하기 위해 배를 띄울 준비를 했다. 삼십 분도

지나지 않아 배가 크로우즈 네스트 아래에서 바다로 나갔다. 제니 펜딘은 서쪽으로 뱃머리를 잡았다. 파도는 꽤 거칠었지만 제니가 선미에 앉아서 고성능 망원경으로 해안과 절벽을 살피기 힘들 정도는 아니었다. 두 사람을 태운 배는 어느새 안개 속으로 들어가 하얀 점이 되더니 모습을 감추었다. 이윽고 선원용 두꺼운 모직 상의와 모자를 착용한 벤디고 레드메인이 파이프에 불을 붙이고 커다란 검은색 가시나무 지팡이를 짚은 채 마크와 나란히 출발했다. 경찰차가 여전히 길가에 서 있었다. 두 사람은 차에 올라탔다. 금세 로버트 레드메인이 전날 밤 나타났던 대문에 도착했다. 두 사람은 그곳에 차를 세워 두고 숲으로 들어갔다.

벤디고는 또다시 제니에 대한 이야기를 시작했다. 그는 좀처럼 그만둘 기미가 없었다. 마크로서도 듣고 싶었던 이야기라 노인이 이야기를 꺼내자 내심 반색을 했다.

"제니는 지금 갈림길에 서 있네. 그 애가 무슨 생각을 하는지 빤히 보여. 제니가 죽은 남편을 몹시 사랑했다는 건 인정해. 죽은 조카사위가 그 아이의 성격을 많이 바꿔 놓았더군. 어릴 때와 성격이 많이 다른 걸 보니 말일세. 그런데 지금은 도리아가 끔찍이도 제니를 연모하고 있어. 의심의 여지가 없어. 이런 남자가 사랑한다는데 어떤 여자가 넘어오지 않겠나. 아마 제니도 결국 도리아를 사랑하게 될 거야. 한편으로는 그런 자신이 수치스럽겠지. 그래, 진심으로 부끄러울 거야. 남편이 세상 뜬 지 고작 반년 만에 다른 남자를 좋

아하게 되었으니까."

그러자 마크가 질문을 했다.

"펜딘 씨가 펜딘 부인의 성격을 바꾸어 놓았다니 그게 무슨 뜻입니까?"

"보자, 내 생각에 그 애는 남편에게 분별력을 배운 것 같아. 지금의 제니를 보면 상상도 못 할 걸세. 그 아이도 한때는 붉은 머리 레드메인 사람이었다네. 우리처럼 성격이 불같고 화를 잘 내는 성격이었지. 어릴 때는 그랬어. 우리 형제 가운데 돌아가신 큰 형이 레드메인 집안의 성격이 가장 강했지. 제니가 그 성격을 고스란히 물려받은 거야. 제니는 고집스러운 아이였어. 결단력도 있고 장난을 좋아했지. 학교에서는 동급생들 사이에서 인기도 대단했다네. 규칙 같은 건 우습게 알았거든. 못된 장난질 때문에 퇴학을 당한 적도 있어. 제니가 남편을 잃고 내 집에 왔을 때만 해도 나는 예전의 모습으로만 기억하고 있었다네. 마이클 펜딘이 어떤 사람이었는지는 모르겠지만 적어도 제니에게 분별력과 인내심을 가르치는 재주는 있었나 봐."

"이 정도로 나이가 들고 세상살이를 하다 보면 당연한 거 아닐까요. 끔찍한 사건으로 갑작스럽게 남편을 잃은 충격까지 받지 않았습니까. 그러다 보니 성격이 둥글둥글해지고 성질도 많이 죽은 거겠죠. 시간이 흐르면 원래대로 돌아갈지도 모릅니다."

"그럴 수도 있지. 지금은 차분해 보이지만 원래는 결코 진지한

아이가 아니었어. 삶을 향한 기쁨으로 흘러넘치던 아이였어. 펜딘이든 누구든 단 사 년 만에 그 기쁨을 비워 낼 수는 없어. 펜딘은 엄격한 생활을 중시하는 감리교도였을지도 모르지. 콘월 지방 사람들은 대개 그렇다더군. 남이 좋아하는 꼴은 두고 못 보는 성미였던가. 그가 어떤 사람이었든 사 년 만에 제니를 딴 사람으로 만들 수는 없어. 내 보기엔 도리아와 지내면서 제니는 서서히 원래 성격으로 돌아오는 중이야. 도리아도 보통내기가 아니야. 제니의 허영심을 자극하는 방법을 잘 알거든. 제니는 미인이지만 우쭐대지는 않지. 그래도 저렇게 예쁜데 어떻게 허영심이 없겠나. 그런 제니에게 도리아는 사랑 때문에 야망을 버렸다는 점을 넌지시 알리는 거야. 그자는 영리하게 야망을 버렸어. 게다가 자신이 원하는 방향으로 제니를 이끌고 있어. 그는 남유럽에 있다는 성에 대한 꿈과 돈 대신 제니를 택했어. 내가 잘못 본 게 아니라면 일 년이 지나서 재혼 문제를 점잖게 거론할 수 있게 되면 바로 청혼을 할 걸세."

"어르신은 그녀가 청혼을 받아들일 거라고 생각하시는군요?"

"지금으로서는 내가 엉뚱한 생각을 하는 건지도 모르지. 도리아도 워낙 변덕스러운 인간이라 그때가 되면 마음이 변할지도 몰라."

갑자기 벤디고 레드메인이 다른 질문을 했다.

"우리는 로버트의 서류를 살펴봤지만 유언장은 없었네. 사건 후로 로버트는 제 돈에 손도 대지 않았어. 지금까지 무슨 돈으로 어떻게 버텼는지. 최악의 상황이 벌어져서 내 동생이 정신이 나간 채로

체포되면 동생의 재산은 어떻게 되나?"

"최종적으로 어르신과 어르신의 형님에게 넘어갈 겁니다."

두 사람은 나무 사이를 돌아다니다가 사냥터지기와 만났다. 낯선 사람들과 마주치자 그는 적대감을 드러냈다. 하지만 두 사람이 숲에 들어온 이유와 도망자의 인상착의를 듣자 원하는 대로 숲을 살펴보라며 자신도 살피겠다고 약속했다. 사냥터지기에게는 동료가 둘 있었는데, 그들에게도 방금 들은 사실을 전했다. 그는 상황을 더 알아내기 전까지는 이 사실에 대해 절대 함구해야 한다는 당부도 잘 알아들었다.

새로운 소식이 들어왔다고 해도 적어도 마크와 벤디고 레드메인에게는 아니었다. 두 사람은 로버트 레드메인의 흔적이나 실마리를 전혀 발견하지 못했다. 온 숲을 세 시간이나 꼼꼼하게 살핀 탓에 벤디고는 완전히 지쳐 버렸다. 결국 두 사람은 빈손으로 차를 타고 크로우즈 네스트로 돌아갔다.

도착해 보니 중대한 소식이 두 사람을 기다리고 있었다. 로버트 레드메인은 해안을 택했을 것이라는 벤디고의 예상이 적중했던 것이다. 제니는 로버트의 모습을 찾아내기만 한 것이 아니라 이야기까지 나누었다. 집으로 돌아온 그녀는 심한 충격을 받은데다 히스테리 기미마저 보였다. 둘의 만남에 대단한 활약을 한 도리아는 그 일을 떠벌리고 싶어 입이 근질거렸다. 하지만 기묘한 모험의 여주인공인 제니 펜딘에게 직접 이야기를 하라고 했다. 제니는 심하게

동요하고 있었다. 이야기를 하는 도중 아예 두세 차례 말이 끊어지기도 했다. 벤디고는 제니가 들려주는 동생의 모습에 마음이 온통 가 있어서 제니가 얼마나 힘든지 안중에도 없는 듯했다. 제니는 도리아와 함께 해안선을 살피다가 로버트 레드메인을 목격했다는 말로 이야기를 시작했다.

"해안선을 따라 삼 킬로미터 넘게 갔을 때였어요. 삼촌이 보였어요. 삼촌은 바다에서 오십 미터도 떨어지지 않은 곳에 앉아 계셨죠. 삼촌도 우리 쪽을 보고 계셨어요. 하지만 망원경이 없어서 저를 알아보지는 못하신 것 같았죠. 우리는 해안에서 팔백 미터도 넘게 떨어져 있었거든요. 주제페가 배를 해안에 대자고 했고 그쪽으로 배를 몰았어요. 일단은 삼촌과 만나야 했어요. 저는 삼촌이 두렵지 않았어요. 다만 삼촌이 제 인생을 망쳐 버렸다는 사실을 깨닫고 저를 피하실까 봐 두려웠죠.

우리는 마치 삼촌을 못 본 것처럼 일단 그냥 지나쳤어요. 작은 절벽을 돌아간 덕분에 모습을 숨길 수 있었죠. 우리는 해안으로 다가가 보트를 단단히 묶어 놓고 조심스럽게 삼촌에게 다가갔어요. 우리가 잘못 볼 리가 없었죠. 쌍안경으로 로버트 삼촌을 확인했으니까요. 도리아가 앞장서서 기다시피 갔고 제가 그 뒤를 따랐어요. 마침내 삼촌과 저희 사이는 이십오 미터도 채 되지 않았어요. 그 가련한 분이 저희를 보시더니 벌떡 일어나셨어요. 하지만 너무 늦었죠. 주제페가 재빨리 달려가서 제가 친구로 온 거라고 설명을 했어

요. 도리아는 삼촌이 도망치려고 하면 붙잡으려고 마음을 먹고 있었는데, 삼촌은 저항하지 않으셨어요. 로버트 삼촌은 많이 지치셨더군요. 그동안 고통스러운 시간을 보내셨으니까요. 저를 보자마자 도망치려고 하시더니 제가 가까이 가자 몸도 제대로 가누지 못하셨죠. 그러더니 제 앞에 무릎을 꿇으셨어요. 저는 삼촌을 잡으러 온 것이 아니라고 차근차근 말씀을 드렸어요."

"제정신이더냐?"

벤디고 레드메인이 물었다. 제니가 대답했다.

"그렇게 보였어요. 지난 일에 대해서는 한마디도 없으셨어요. 그 사건에 대해서도, 그 후로 어떻게 지내셨는지도요. 하지만 어딘가 변하셨더군요. 마치 망령을 보는 것 같았어요. 큰 목소리도 속삭이는 것처럼 작아지셨고요. 눈빛은 멍했어요. 몹시 수척했고 공포에 사로잡혀 계시더군요. 우리 대화를 못 듣게 도리아를 멀찌감치 보내라고 하셨어요. 며칠 전에 이곳에 도착해서 해안선 서쪽의 동굴에 숨어 계셨다더군요. 어딘지는 말씀해 주지 않으셨어요. 아마도 우리가 발견한 곳 근처에 있는 동굴이 분명해요. 입고 있는 옷은 누더기였고 온몸이 상처투성이였어요. 한쪽 손은 당장 치료를 받아야 할 정도로 상처가 심했어요."

"그런데도 제정신처럼 보였다는 겁니까, 펜딘 부인?"

마크가 끼어들었다.

"네. 넋이 나갈 정도로 두려워하는 듯 보인 것만 빼면요. 하지만

그런 상황에서 두려워하는 건 당연한 일 아닌가요? 가련하신 분. 삼촌은 모든 것이 끝났다고 여기세요. 정신 이상을 이유로 극형을 면할 가능성이 있다는 사실조차 모르시는 것 같았어요. 저는 삼촌에게 함께 벤디고 삼촌을 만나자고 애원했어요. 벤 삼촌의 친구들을 믿고 도움을 구하시라고 했죠. 그런 말을 하는 순간에도 로버트 삼촌을 배신한다는 생각은 들지 않았어요. 비록 지금은 제정신인 것 같지만 실은 미치신 게 틀림이 없으니까요. 그게 아니라면 그 사건을 어떻게 설명하겠어요. 그러니 재판에서도 정상 참작이 되지 않겠어요? 하지만 삼촌은 좀처럼 의심을 거두지 않으시더군요. 제게 고맙다면서 마음이 불편할 정도로 굽실거렸어요. 그러면서도 저와 도리아를 끝내 믿지 않으셨어요. 배에 타려고도 하지 않으셨고요. 신경이 바짝 곤두서서 우리가 기습을 할 거라고 의심을 하셨죠. 그게 아니면 다른 식으로라도 붙잡아 갈 거라며 겁을 집어먹으셨어요.

그래서 저는 뭘 원하시는지, 어떻게 도와 드리면 될지 물어봤어요. 삼촌은 잠시 생각을 하시더니 벤디고 삼촌과 단둘이 만나게 해 달라고 하셨어요. 이야기가 끝나면 절대 떠나는 길을 막지 말라고, 그렇게 하겠다고 맹세하라고 하셨어요. 그렇게만 해 주면 모두가 잠든 후에 크로우즈 네스트로 오실 거예요.

먹을 것과 은신처를 밝힐 등을 달라는 말씀도 하셨어요. 하지만 삼촌, 무엇보다 꼭 삼촌과 단둘이 이곳에서 이야기를 하게 해 달라고 신신당부를 하셨어요. 그 말씀을 하신 후에 우리가 정말 친구라

면 가 달라고 하셨어요. 이렇게 하면 돼요. 로버트 삼촌을 만나실 거라면 자정 이후로 시간을 지정해 주세요. 그러면 그 시간에 로버트 삼촌이 오실 거예요. 하지만 먼저 벤 삼촌은 주위에 아무도 없으며 함정을 설치했거나 붙잡을 의도가 없다는 사실을 글로 맹세를 하셔야만 해요. 로버트 삼촌은 돈과 갈아입을 옷을 얻어 갔으면 하세요. 안전하게 영국을 떠나 앨버트 삼촌이 계신 이탈리아로 가실 수 있도록요. 삼촌은 우리가 만난 장소를 절대 말하지 않겠다는 다짐을 받으셨어요. 그리고 어두워진 후에 벤 삼촌의 편지를 가져다 놓을 장소도 지정해 주셨어요. 저는 편지를 두고 곧장 돌아올 거예요. 그러면 벤 삼촌의 지시에 따라 로버트 삼촌이 찾아오실 거예요."

이야기를 다 들은 벤디고 레드메인이 고개를 끄덕였다.

"가는 길에 그 불쌍한 애에게 먹고 마실 것과 등을 준비해 가려무나. 지난 반년 동안 어디서 무엇을 하며 지냈을꼬."

"프랑스에 있었다고 하셨어요."

벤디고 레드메인은 별다른 고민 없이 결정을 내렸다. 마크도 선선히 받아들였다. 벤디고 레드메인이 말했다.

"겉으로야 얼마나 멀쩡해 보이든 동생은 미친 게 틀림없소. 제니의 이야기를 들어 봐도 그렇고. 로버트가 두 나라 경찰을 잘도 따돌린 걸 보면 그놈의 광기 덕분에 엄청나게 교활해졌는지도 모르겠군. 하지만 제니의 말처럼 로버트도 이제 한계에 다다른 걸 테지. 동생은 내 집도 알고 여기까지 오는 길도 아오. 그러니 녀석이 시키

는 대로 하겠소.

오늘 밤이나, 아니, 새벽에 만나지. 새벽 1시가 적당하겠군. 도착하면 문이 열려 있고 홀에 불이 켜져 있을 거야. 곧장 들어와서 꼭대기 방으로 올라오면 돼. 시키는 대로 다 할 테니까. 주위에는 아무도 없고 원하면 다시 가도 괜찮아. 그러면 로버트도 진정을 할 테고 나도 동생의 상태와 우리 상황을 제대로 살펴볼 여유가 생기겠지. 물론 함정을 만들 수도 있지만 제정신도 아닌데 그런 짓을 할 수는 없어."

"그럴 필요는 없습니다. 레드메인 대위가 두렵지 않으시다면 뜻대로 하십쇼. 하지만 그 사람이 원하는 대로 법망을 피하도록 도와주시는 것은 절대 안 됩니다. 아시겠습니까?"

벤디고 레드메인이 고개를 끄덕였다.

"나도 그럴 생각은 없네. 게다가 로버트를 앨버트 형에게 보낼 수는 없어. 형님은 나약하고 신경질적인 분이라서 로버트가 불쑥 나타나 정신 병원을 찾는다는 생각만으로도 발작을 일으키실 거야."

그러자 마크가 말했다.

"레드메인 대위가 들어갈 정신 병원은 국가가 알아서 정할 겁니다. 그의 미래는 더 이상 가족이 신경 쓸 문제가 아닙니다. 우리는 무엇보다 당사자와 다른 사람들이 안전하도록 조치를 취해야 합니다. 레드메인 씨, 일단은 동생분을 만나서 도움을 주고 이야기를 들어 주세요. 그 후의 일은 제게 맡겨 주십시오."

벤디고 레드메인은 곧장 그날 밤 1시에 오라는 편지를 쓰기 시

작했다. 그는 편지에 맹세코 안전할 것이며 떠나고 싶을 때 마음대로 떠날 수 있다는 말도 덧붙였다. 하지만 크로우즈 네스트에서 지내라는 말과 앞으로의 일에 대한 충고도 간곡한 심정으로 적었다. 배를 띄울 준비를 마치자 제니가 편지를 주머니에 넣고 출발했다. 제니는 혼자 가겠다고 했다. 그녀도 도리아만큼 배를 능숙하게 몰 수 있었기 때문이다. 하지만 벤디고는 조카가 혼자 가도록 허락하지 않았다.

마침내 제니가 출발했다. 주제페는 그 작은 배가 낼 수 있는 최대 속도로 배를 몰았다. 주위는 어느새 어둑어둑했다.

바로 그때 마크는 생각지도 못한 부탁을 받았다. 그는 깃대 아래에 서서 배가 출발하는 모습을 보고 있었다. 제니를 태운 보트는 어둠이 내려앉은 잿빛 바다를 향해 서쪽으로 순식간에 모습을 감추었다. 그러자 벤디고 레드메인이 생각지도 못한 말을 하는 것이 아닌가.

"이보게. 오늘 밤에 혼자 동생을 만나려니 불길한 예감이 드네. 이유는 잘 모르겠지만 말이야. 나는 겁쟁이가 아니라네. 지금까지 내 의무를 내팽개친 적은 한 번도 없어. 하지만 솔직히 이런 이유만으로 동생과 대면하고 싶지는 않아. 미친놈은 미친놈이야. 아무리 요령껏 군다고 해도 미친놈을 상대하면서 분별력 있는 행동을 기대할 수는 없잖나. 로버트가 이성을 잃거나 내가 하는 충고에 화를 내며 덤비기라도 한다면 나는 방어할 방법이 없어. 총을 드는 것 외에는. 동생을 멈출 방법이 총뿐이라면 총을 드는 사람은 내가 아니길

바라네.

나는 동생을 혼자 만나겠다고 약속을 했어. 그 불쌍한 녀석에게 거짓말을 하고 싶은 마음은 조금도 없어. 모든 상황이 순조롭고 로버트도 난폭하게 굴지 않으면 주위에 누가 있다는 사실을 모른 채 지나갈 수 있겠지. 하지만 만에 하나 내가 위험해졌을 때 곁에 누가 있으면 안전하게 그 애를 저지할 수 있을 거야. 혼자인 상태에서 로버트가 내게 위협을 한다면 나로서는 생각조차 하고 싶지 않은 방법으로 대항할지도 몰라."

마크는 그의 말에 일리가 있다는 생각이 들었다.

"그렇게 생각하시는 것도 당연합니다. 지금과 같은 상황에서 약속을 지키지 않았다고 자책하실 필요는 없습니다."

"하지만 나는 맹세를 지켜야만 하네. 동생에게 오는 것도 가는 것도 자유라고 맹세를 했어. 동생 때문에 부득이하게 맹세를 깰 경우가 생기지 않는 한 나도 약속을 지키고 싶어."

"어르신은 현명하신 분입니다. 저도 어르신 생각에 동의합니다. 이번에 보니 도리아는 여러 면에서 믿음직하더군요. 완력도 대단하고요."

그 말에 벤디고 레드메인이 고개를 가로저었다. 그러더니 이렇게 대답했다.

"아닐세. 제니와 도리아를 다 보내 놓고 이 이야기를 꺼낸 건 다 이유가 있어서일세. 나는 더 이상 두 사람을 이 일에 연루시키고 싶

지 않아. 그 둘은 물론 누구에게도 로버트가 꼭대기 방에 왔을 때 내 친구가 숨어 있었다는 사실을 들키고 싶지 않아. 두 사람은 내가 로버트를 혼자 만난다고 알고 있어. 그래서 도리아와 제니에게는 나타나지 말라고 미리 말해 두었네. 저 위에서 함께 있어 주었으면 하는 사람은 자네, 바로 자네뿐일세."

마크는 생각에 잠겼다.

"솔직히 말씀드리면 레드메인 대위의 전갈을 들었을 때 저도 그런 생각을 했습니다. 하지만 그때 상황에서는 차마 제 의견을 밀어붙일 수가 없더군요. 저도 어르신과 같은 생각입니다. 게다가 집안사람들은 물론 아무도 제가 그곳에 있다는 사실을 모르는 편이 좋을 겁니다."

"그럼 그렇게 하지. 일단 차를 보내고 보고는 내일 한다고 하게. 그러면 경찰도 다음 상황이 일어날 때까지 우리를 귀찮게 하지 않을 거야. 자네는 일단 꼭대기 방으로 올라가서 깃발과 잡동사니 들을 넣어 두는 큰 벽장에 들어가 있게. 남자 머리 정도 되는 높이에 환기용 구멍이 몇 개 뚫려 있어. 그 안에 숨어 있으면 밖에서 벌어지는 일을 모두 보고 들을 수 있네. 내 목숨이 위험해지면 오 초 만에 튀어나올 수도 있지."

마크가 고개를 끄덕였다.

"알겠습니다. 그다음은 어떻게 하실 겁니까? 레드메인 대위가 일단 그곳을 떠난다고 하죠. 그러면 펜딘 부인이 어떻게 되었는지

알아보려고 분명히 올라올 겁니다. 아무리 저라도 밤새도록 벽장에 숨어 있을 수는 없지 않습니까."

그러자 벤디고가 대답했다.

"동생이 가고 나면 그런 건 상관없지 않겠나. 지금 중요한 건 일단 자네가 차를 보내는 거야. 차가 없으면 다들 자네가 다트머스로 돌아갔으니 내일 아침에나 올 거라고 생각할 걸세."

마크는 벤디고 레드메인의 계획에 동의했다. 그는 차를 보내고 대머렐 경위에게 다시 연락을 할 때까지 아무 조치도 취하지 말라고 일렀다. 그리고 벤디고와 함께 꼭대기 방으로 올라가 그가 말한 벽장을 살펴보았다. 그 안이라면 바깥의 상황을 편안하게 지켜볼 수 있을 것 같았다. 길쭉한 벽장의 양쪽 문에는 동전만 한 구멍이 여럿 뚫려 있었다. 바닥에 높이가 팔 센티미터가량 되는 받침대가 있어서 귀와 눈이 적당한 높이에 닿았다.

마크는 다음 상황을 생각하기 시작했다.

"이제 상황이 끝난 후에 제가 어떻게 빠져나갈지가 문제군요. 레드메인 대위가 이곳을 떠나면 당장 펜딘 부인이 무슨 일이 있었는지, 어르신이 어떻게 하셨는지 알아보려고 달려올 겁니다. 도리아도 오겠죠."

벤디고는 아까와 같은 말을 했다.

"그 후는 중요하지 않네. 나는 아래층까지 내려가 로버트를 배웅하겠네. 그러면 자네는 나를 따라와 로버트가 모습을 감추면 이

집을 빠져나가게. 아니면 그 후에 자네가 나와서 제니에게 이렇게 해명을 하면 어떤가. 나 이외에 아무도 모르게 머무른 것은 자네의 생각이었다고 말일세. 그게 가장 좋을 것 같군. 그러면 자네가 여기서 편히 하룻밤 묵을 수 있도록 제니가 신경을 써 줄 걸세."

마크는 노인의 계획을 받아들였다. 배가 돌아오자 벤디고 레드메인은 제니에게 마크가 좀 더 조사할 것이 있다며 떠났고 아침 일찍 돌아온다고 했다고 전했다. 제니는 마크가 떠났다는 소식에 깜짝 놀랐다. 하지만 어차피 로버트 레드메인이 오기 전에 이곳을 떠나야 했다며 크게 신경 쓰지 않았다.

"편지와 등과 음식을 삼촌이 말씀하신 곳에 두고 왔어요. 그곳은 오래된 융기 해안 위쪽, 커다란 바위들이 있는 외진 곳이에요."

제니가 말했다.

드디어 상황이 정리가 되었다. 마크는 꼭대기 방의 벽장에 몸을 숨겼다. 벤디고는 그곳에 되도록 가지 않도록 조심했다. 벤디고가 사용하지 않을 때는 꼭대기 방을 잠가 두는 것이 규칙이었다. 그래서 밤이 올 때까지 그곳을 잠가 두었다. 그는 제니와 도리아와 함께 저녁을 들었다. 마크에게는 미리 음식을 들여보낸 후였다. 벤디고는 자연스럽게 11시 무렵 꼭대기 방으로 올라갔다. 마크도 그때까지 발각되지 않고 여전히 벽장에 숨어 있었다.

약속한 시각이 되자 도리아와 벤디고가 함께 꼭대기 방으로 올라왔다. 도리아는 등을 들고 있었다. 제니도 두 사람을 따라 올라

왔지만 십 분 정도 있다가 침실로 갔다. 어느새 폭풍우가 다시 몰려와 비가 쏟아지기 시작했다. 서쪽에서 불어오는 거센 바람에 꼭대기 방의 불빛이 일렁거렸다. 빗방울이 창문을 힘껏 때렸다. 벤디고는 초조하게 서성이며 눈에 잔뜩 힘을 주고 칠흑 같은 밤의 어둠 속을 뚫어지라 바라보았다.

"그 불쌍한 녀석이 물에 빠지거나 컴컴한 밤중에 올라오다가 목이나 부러지는 일은 없어야 할 텐데."

그가 걱정스럽게 말했다.

도리아는 물 한 주전자와 술 한 병, 작은 담배통, 도제陶製 파이프 두세 개를 챙겨 왔다. 노선장은 저녁 전에는 담배를 피우지 않지만 잠자리에 들기 전에 피운다는 걸 알고 있었기 때문이다.

벤디고 레드메인이 몸을 돌려 도리아에게 물었다.

"오늘 내 동생의 모습을 직접 보았지. 자네는 영리하고 사람도 볼 줄 알잖나. 직접 보니 어떤 것 같던가?"

"제가 아주 꼼꼼하게 뜯어보고 하는 말도 들었죠. 딱 보니 이런 생각이 들더군요. 이 남자는 많이 아프구나."

"미쳐서 다시 누군가의 목을 딸 것 같지 않던가?"

"그런 일은 없을 겁니다. 제가 장담합니다. 그분이 마돈나의 남편을 죽였을 때는 정신이 나갔던 겁니다. 하지만 지금은 멀쩡합니다. 그보다 더 멀쩡할 수는 없을걸요. 그분이 원하는 것은 단 한 가지뿐입니다. 평화죠."

08

약속

벤디고 레드메인은 파이프에 불을 붙인 후 자신이 가진 단 한 권의 책을 펼쳐 들었다. 그것은 『모비딕』이었다. 허먼 멜빌의 이 고전은 그에게 있어 유일한 문학 작품이 된 지 오래였다. 이 소설에는 그가 평생 흥미를 품었던 것들이 다 있었다. 그는 이 책을 통해 다가오는 죽음과 그 이후의 존재에 대한 생각을 자연스럽게 받아들일 수 있었다. 『모비딕』을 읽으며 그는 자신의 삶에서 없어서는 안 될 바다에서 여전히 생활하는 기분을 느꼈다.

그가 도리아에게 말했다.

"자, 자네는 가 보게. 위층과 아래층이 모두 별일 없는지 평소처럼 잘 살피고. 홀에 불은 켜 두고 현관문은 잠그지 말고 닫아만 둬.

혹시 내 동생이 시계를 가지고 있던가?"

"없었습니다. 하지만 펜딘 부인이 그 점을 미리 생각하고 벌써 차고 있던 시계를 주고 왔습니다."

벤디고는 고개를 끄덕인 후 파이프를 집었다. 그러자 도리아가 다시 말을 시작했다.

"불안하지 않으십니까? 어디 숨어 있다가 제가 필요할 때 바로 튀어나올까요?"

"아니, 그럴 필요는 없네. 어서 들어가서 잠이나 자게. 자네는 신사니까 엿보는 짓을 하지 않으리라 믿겠네. 나는 동생에게 이성적으로 이야기를 할 걸세. 다 잘될 거야. 알다시피 내 동생은 전쟁 신경증이 있지 않나. 그것 때문이야. 법도 내 동생에게 가혹하게 하지 못할 거라는 게야."

"펜딘 부인은 로버트 레드메인에게 천사 같았습니다. 처음에는 자신을 경찰에 넘기려고 왔다고 생각했겠죠. 하지만 그분의 눈빛을 본 순간 깨달은 겁니다. 그녀는 오로지 선의로 왔다는 사실을요. 가기 전에 조카분에 대해 잠시 말씀을 드려도 될까요?"

벤디고는 둥근 어깨를 으쓱하더니 손으로 붉은 머리를 쓸어 넘겼다.

"그 애와 이야기를 나누지도 않고 나와 먼저 이야기를 하는 게 무슨 소용이 있나. 자네 속셈이 뭔지 잘 알아. 하지만 칼자루를 손에 쥔 사람은 내가 아니라네. 제니지. 제니는 어렸을 때부터 하고

싶은 대로 하던 아이야. 여자의 모습을 하고 있지만 제 아버지의 고집을 그대로 물려받았지."

마크 브렌던이 이 이야기를 한마디도 빠짐없이 듣고 있다고 생각하니 벤디고는 조금 불편했다. 하지만 어쩔 수 없었다. 도리아가 자신의 입장을 설명했다.

"우리 이탈리아에서는 사랑하는 사람의 부모님에게 먼저 말씀을 드려야 합니다. 그게 이탈리아 방식이죠. 주인님의 허락을 얻으면 목적지까지 한참 가까워진 셈이죠. 왜냐하면 주인님이 그녀의 부모님이나 다름없으니까요. 그렇지 않습니까? 그녀가 언제까지 혼자 살 수는 없습니다. 신이 그녀를 독신이나 과부로 평생 살도록 했을 리도 없고요. 이탈리아에는 이런 속담이 있습니다. '아름답게 태어난 여자는 결혼을 하도록 태어났다.' 저는 다른 사람이 먼저 청혼을 할까 봐 걱정이 됩니다."

"자네의 야망은 어쩔 셈인가? 부유한 상속녀와 결혼을 해서 몰락한 조상의 작위와 영토를 되찾겠다고 호언장담하지 않았는가?"

도리아는 마치 예전의 꿈과 희망을 모두 던져 버리듯 양손을 오른쪽으로, 왼쪽으로 크게 휘둘렀다.

"이게 운명이니까요. 저는 사랑을 뺀 채 인생 계획을 세웠습니다. 한 번도 사랑을 해 보지 못했고 사랑을 원하지도 않았습니다. 돈과 결혼을 해서 사랑을 하는 데 필요한 수단과 여유가 생기면 그때 진정한 사랑도 나타나는 것이라고 믿었습니다. 하지만 지금은

생각이 바뀌었습니다. 화살이 쌩하고 날아갔습니다. 제 인생 계획에 꼭 필요했던 부유한 여자 대신 마음을 흔드는 사람이 다가온 겁니다. 이제는 더 이상 돈 많은 여자를 원하지 않습니다. 제 마음속의 열정과 흠모와 경외의 마음을 흔들어 깨운 그녀만을 원합니다. 영국인 마돈나 제니가 없는 인생은 아무것도 아닙니다. 성이며 직위가 아무리 화려하고 영광스러운들 그녀가 없으면 무슨 소용이 있겠습니까? 파르돈 미오, 모든 것이 한 줌 먼지에 불과합니다!"

"그럼 제니는, 주제페?"

"지금 그녀는 마음을 감추고 있어요. 하지만 눈을 보면 알 수 있죠. 그녀는 눈빛으로 제게 희망을 가지라고 말하거든요."

"그럼 나는?"

"아! 사랑은 이기적인 것입니다. 하지만 전 주인님에게 절대로 상처를 주거나 피해를 끼치고 싶지 않습니다. 제게 너무나 잘 대해 주셨고 마돈나도 주인님을 사랑합니다. 일이 잘되면 그녀는 지금껏 자신을 잘 보살펴 주신 주인님의 마음을 아프게 하는 일은 절대 하지 않을 겁니다."

벤디고 레드메인은 기다란 파이프에 불을 붙이며 대답했다.

"어쨌든 그 문제에 대해서는 앞으로 반년 동안 실컷 이야기할 수 있을 거야. 영국처럼 자네 나라에서도 여자에게 구애를 하는 옳고 그른 방법이 있겠지. 내 조카는 남편을 여읜 지 얼마 되지 않았어. 그것도 유달리 비극적인 상황에서 그리되었네. 그러니 한동안

사랑 타령은 입에 담을 수가 없어."

"지당하신 말씀입니다. 저는 제 눈동자의 불꽃마저 숨기고 있는 걸요. 곁눈질로만 감히 훔쳐볼 뿐인데요."

"제니에게 남겨질 재산이 많아. 자네는 영리하니까 잘 알 테지. 하지만 지금은 모든 것이 허공에 붕 뜬 상태야. 죽은 남편이 유언장을 남기지 않았으니 유산의 소유권을 주장하는 사람이 나타나지 않는다면 그 재산은 제니에게 돌아가겠지. 일 년에 오백 파운드쯤 될 거야. 하지만 나중에는 훨씬 큰돈이 제니 앞으로 돌아갈 예정이야. 내 형과 나는 이 나이 먹도록 독신인데다 가까운 친척이라고는 제니밖에 없으니까. 별일이 없다면 앞으로 제니는 상당한 부자가 될 거라고 믿어도 될 걸세. 폐허가 된 성을 복원하기에는 턱없이 부족하겠지만. 어쨌든 상당히 큰 수입이 들어올 거야. 게다가 불쌍한 로버트의 돈도 있지 않나. 로버트가 어떻게 되든 그 돈을 쓸 일은 없어 보이니까."

도리아가 반박했다.

"그런 이야기는 나뭇가지 사이로 빠져나가는 바람 소리에 닭들이 우는 소리로 들립니다. 저는 그런 생각은 한 적도 없고 하고 싶지도 않습니다. 제가 제니에게 느끼는 사랑의 기준은 겨자씨로 무게를 달 수 있을 것이 절대 아닙니다. 제니가 찢어지게 가난하든 백만장자든 제 마음은 변하지 않을 겁니다. 저는 온 마음으로 그녀를 숭배하니까요. 그러므로 제 영혼에는 돈 욕심이 발붙이거나 가난에 대한 두려움이 들어설 틈이 조금도 남아 있지 않습니다. 행복은 돈

이 있거나 없는 데서 오는 게 아닙니다. 사랑이 없으면 이 세상에서 진정한 행복을 찾을 수 없지요."

"자네 말이 헛소리인지 진리인지 나도 모르겠군. 여태껏 사랑을 해 본 적도 없고 내게 한 줌의 애정을 쏟은 사람도 없었으니 말이야. 하지만 지금부터 하는 말은 잘 새겨듣게. 어쨌든 반년은 함부로 날뛰지 말게. 그러는 편이 자네에게 좋을 거야. 확실한 건 제니가 이런 상황에서 관계를 맺을 정도로 자네를 사랑하지 않는다는 사실이야."

도리아가 냉큼 대답했다.

"그건 확실합니다. 절 믿어 주세요. 제 마음을 꼭꼭 숨기고 조심하고 또 조심하겠습니다. 제니의 슬픔을 존중해야죠. 절대 이기적인 이유 때문이 아닙니다. 말씀하신 대로 제가 신사거든요."

"역시 젊긴 젊군. 자네 이탈리아인의 마음에는 우리 같은 북쪽의 유럽인보다 더 뜨거운 정열이 불타오르는군."

갑자기 도리아의 태도가 변했다. 그는 엄격하면서도 호기심이 깃든 표정으로 벤디고를 바라보았다. 그러더니 어느새 미소를 지으며 대화를 끝냈다.

"걱정하지 마세요. 저를 믿으세요. 믿지 못할 이유도 없지 않습니까. 딱 반년 동안 이런 상태가 계속되는 건데요, 뭐. 그럼 안녕히 주무십시오, 주인님."

그가 방을 나갔다. 한동안 정적이 감도는 꼭대기 방에서 들리는

소리라고는 창문을 두드리는 빗소리뿐이었다. 잠시 후 마크가 숨어 있던 벽장에서 나와 기지개를 폈다. 벤디고는 우울하면서도 한편으로는 우습다는 표정을 지으며 그를 바라보았다.

"자, 심중을 슬쩍 떠봤네. 다 들었으니 자네도 상황을 파악했겠지."

벤디고가 말했다. 마크는 고개를 숙였다.

"그럼 어르신은 부인이……."

"그렇다네. 그렇게 생각해. 왜 아니겠나? 아가씨를 꼬이려는 남자를 뜯어말려 본 적이 있나?"

"그가 약속을 지킬까요? 앞으로 반년 동안 자중할까요?"

"사랑에 관해서라면 자네도 나처럼 풋내기군. 이런 나도 그 질문의 답은 아네. 그가 자중할 리 있겠나? 그러고 싶어도 그럴 수가 없을 거야. 두말하면 잔소리지."

"앞으로도 몇 년 동안 펜딘 부인은 재혼 생각만으로도 혐오감을 느낄 겁니다. 분별력 있는 영국인 신사라면 감히 그녀의 신성한 슬픔을 침범하려고 하지는 않을 겁니다."

"그런 건 난 몰라. 내가 아는 건 그 아이가 얼마나 큰 슬픔에 잠겨 있든 지금은 주제페에 푹 빠져 있다는 것뿐이야. 그리고 그 남자는 영국인이 아니지."

두 사람은 한 시간이 가깝도록 이야기를 나누었다. 마크는 벤디고 레드메인이 운명론자라는 느낌을 받았다. 그는 이미 조카가 재혼을 할 것이라고, 그것도 주제페와 할 것이라고 이미 결론을 내린

것 같았다. 벤디고는 제니가 재혼한다 해도 그로 인해 자신이 불편해지는 것에만 짜증을 내는 정도였다. 마크는 벤디고가 개인적으로 주제페를 반대하거나 불신하지는 않는구나 싶었다. 제니의 삼촌은 그녀가 그런 자를 두 번째 남편으로 맞아 후회하게 될 것이라고 여기지 않았다. 제삼자인 마크는 솔직히 변덕스럽고 놀랍도록 잘생긴 이 젊은이가 제니의 앞날에 고난이라는 먹구름을 드리울 것만 같았다. 그는 자신의 사랑이 얼마나 순수한지 잘 알았다. 하지만 현재로서는 그 사랑을 내보여 봤자 희망이 없을 것 같았다. 그녀에게 도움이 될 만한 가능성도 보이지 않았다. 하지만 그는 끈기 있는 사내였다. 지금은 실낱같은 희망이라도 그러모으기로 했다. 설령 제니가 그의 헌신을 보상해 주지 않더라도 언젠가는 그녀에게 소용이 될 사람이 되겠다고 말이다.

그는 자신이 어떤 사람인지 잘 알았다. 그는 이유를 알 수 없고 낯설기만 한 이 사랑이 적어도 자기에게 있어서는 이기적이고 순수한 행복을 향한 개인적인 욕망을 넘어서는 심오하고 전지전능한 감정이라고 여겼다. 도리아는 시련이 닥치더라도 자신의 열정보다 제니의 행복을 우선하겠다고 장담을 했지만 마크는 과연 그럴까 의심스러웠다.

약속한 시간이 다가오자 마크는 몸을 숨겼다. 그런데 그 전에 로버트 레드메인의 이야기를 다시 끄집어냈다. 벤디고의 마지막 말에 마크는 곧 닥쳐올 상황에 대해 깊은 의심이 들었다.

벤디고는 이렇게 말했다.

"만약 내 동생이 그 일에 대해 뭐든 합당한 이유가 있거나 날 설득시킬 수 있다면 말일세. 가령 제 목숨을 지키려고 펜딘을 죽였다면 나는 그 애 편에 설 거야. 내 동생을 지킬 수 있다면 절대 경찰에 넘기지 않겠네. 그러면 자네는 위법 행위라고 하겠지. 하지만 이런 상황에서는 결국 피가 물보다 진하지 않겠나."

벤디고에게서 전에 보지 못한 태도였다. 마크는 아무 대꾸 하지 않았다. 아래층 홀의 시계가 1시를 치자 그는 재빨리 벽장으로 들어가 문을 꼭 닫았다. 벤디고가 파이프에 불을 붙이자마자 계단을 올라오는 발소리가 들렸다. 그런데 그 발소리에서는 머뭇거리거나 조심하는 기색이 느껴지지 않았다. 계단을 오르는 남자는 조금도 주저하지 않았다. 애써 소리를 죽이려는 노력조차 하지 않았다. 그는 재빨리 올라왔다. 벤디고는 정신을 집중한 채 가만히 동생이 나타나기만을 기다렸다. 그런데 꼭대기 방에 나타난 남자는 로버트 레드메인이 아니라 주제페 도리아였다.

그는 불안한 기색이 역력했고 눈이 희번덕거렸다. 숨을 거칠게 몰아쉬며 이마로 흘러내린 머리를 쓸어 넘겼다. 빗속을 뛰어왔든지 어깨며 얼굴이 물에 젖어 번들거렸다.

"술 한 잔만 주십시오. 너무 놀라서 정신이 없어요."

그가 말했다.

벤디고는 술병과 빈 잔을 그가 서 있는 쪽으로 밀었다. 그러자

도리아는 자리에 털썩 앉으며 술을 따라 마셨다.

"도대체 무슨 일인가? 어서 말해 보게! 내 동생이 언제 올지 모르네."

"아뇨. 안 옵니다. 제가 방금 그 사람을 만나 이야기까지 했거든요. 주인님을 만나러 오지 않을 겁니다."

도리아는 술을 홀짝거리며 마시더니 금세 기운을 회복했다. 그리고 자초지종을 털어놓았다.

"저는 주위를 돌아보던 중이었습니다. 평소처럼 대문을 지나면서 등불을 끄려다가 레드메인 씨가 떠오른 겁니다. 그때가 삼십 분 전이었어요. 불을 끄지 않고 그냥 두는 게 낫겠다 싶더군요. 오늘처럼 날씨가 험하고 컴컴한 밤에는 등불이 방향을 알려 줄 테니 말입니다. 제가 사다리를 내려왔을 때는 그가 저를 보고 있었습니다. 그 사람은 맞은편 길가에 있는 커다란 바위 아래에서 기다리고 있었어요. 바위가 툭 튀어나온 곳 말입니다. 저를 보더니 낮에 만난 걸 기억하더군요. 그리고 다가와서 잠시 이야기를 했어요. 여전히 두려움과 고통에 사로잡혀 있었어요. 사람들이 자기를 수색하고 있다지 않나 지금도 자신을 잡아가려고 근처에 남자들이 숨어 있다는 거예요. 그래서 그렇지 않다고 설득을 했죠. 그런 사람은 아무도 없고 도와주려는 친구들뿐이라고 맹세까지 했다니까요. 저는 최선을 다해서 구슬렸어요. 어서 들어가라고 빌다시피 했죠. 그래야 제가 바깥문도 잠글 수 있고 배도 단단히 매어 둘 수 있다고 말입니다. 하

지만 점점 더 의심을 하더군요. 쫓기는 사냥감처럼 잔뜩 겁에 질린 눈빛이더라구요. 그 사람은 제 진심을 결국 몰라 줬어요. 공포에 정복당한 거죠. 제가 안심시키려고 한 말이 오히려 거꾸로 작용을 한 겁니다. 그는 절대로 안 들어오겠다면서 대신 말을 전해 달라고 했어요. 자신을 구하고 싶다면 만나러 오라더군요. 그 사람의 영혼은 큰 병이 들었어요. 앞으로 얼마 버티지 못할 겁니다. 저는 등불에 반짝이는 그의 눈빛에서 죽음을 봤습니다."

한동안 두 사람은 아무 말도 하지 않았다. 벤디고는 갑작스럽게 변한 상황을 천천히 파악하는 듯했다. 그러더니 목소리를 높여서 말했다. 도리아가 아니라 벽장 속에 숨어 있는 마크를 향해서였다.

"어서 나오게, 마크. 방금 들은 대로 오늘 밤 게임은 끝났네. 도리아가 로버트를 만났어. 겁을 줘서 그 불쌍한 녀석을 쫓아버렸어. 녀석은 오지 않을 거네."

마크가 나타나자 주제페는 놀라서 그를 바라보았다. 순간 벤디고와 나눈 대화가 떠올랐을 것이다. 그는 분노로 얼굴이 벌겋게 달아올라 욕설을 퍼부었다.

"코르포 디 바코! 내 비밀을 다 들었겠군. 비겁한 자식!"

벤디고가 소리쳤다.

"그만하게! 동생의 안전을 위해서 내가 여기 있어 달라고 부탁했네. 그래서 와 있었던 거야. 무슨 일이 벌어지는지 마크가 알았으면 했어. 자네의 사랑 이야기는 이 일과 아무런 관계도 없어. 무엇

을 들었든 마크는 일과 관계없는 내용이라면 신경도 쓰지 않을 거야. 로버트가 뭐라고 하던가?"

하지만 도리아의 분노는 쉽사리 사라지지 않았다. 그는 무슨 말을 하려고 입을 벌렸다가 다물어 버렸다. 마크를 노려보았다가 다시 벤디고를 보면서 거칠게 숨을 몰아쉬었다.

"진정하게. 지금 나가면 내 동생을 만날 수 있나? 아니면 벌써 가 버렸나?"

마크가 덧붙였다.

"나는 신경 쓰지 말게. 내가 여기 와 있는 이유는 단 하나뿐이니까. 물론 자네도 아는 이유야. 자네와 자네의 개인적인 희망과 야망은 나와 아무런 관계도 없어."

마크의 말에 비로소 도리아는 화를 가라앉혔다.

"저는 일개 하인일 뿐입니다. 그리고 제가 봉사해야 할 분은 레드메인 씨죠."

그는 이렇게 말문을 열더니 이야기를 이어 나갔다.

"그 사람은 이렇게 말했습니다. 형과 단둘이 만나기 전에는 집 안에서는 절대 형을 믿고 만날 수 없답니다. 지금은 펜딘 부인과 제가 처음 그 사람을 발견한 곳 근처에 숨어 있습니다. 바닷가 근처 동굴에요. 바다하고 연결이 되어 있어서 보트로도 갈 수 있습니다. 하지만 안으로 꽤 들어가야 합니다. 덕분에 바로 뒤쪽 절벽에서 동굴로 내려갈 수도 있죠. 그곳에서 주인님이 올 때까지 있을 겁니다.

내일 밤 자정 넘어서 가시면 됩니다. 육지로 가는 길은 잘 감춰져 있기 때문에 절대 알려 주지 않을 겁니다. 주인님은 바다로 가셔야 합니다. 그 사람은 제게 이야기를 하는 동안 계획을 조리 있게 말하더군요. 동굴에 등불을 밝혀 놓을 겁니다. 배에서 그 불빛을 보면 동굴로 들어가 동생에게 가시면 됩니다. 이게 바로 그 사람의 요구 사항입니다. 주인님 이외에 배에서 내리는 사람은 곧장 쏘아 버리겠답니다. 그렇게 맹세하더군요. 이런 말도 했습니다. 형님이 자초지종을 들으면 결국 자신을 용서하고 자신의 편이 되실 거라고요."

"그런 말을 할 때 정신 상태는 멀쩡해 보였나?"

마크가 물었다.

"멀쩡한 사람처럼 이야기를 하더군요. 하지만 이제 한계인 것 같습니다. 과거에는 체력이 좋았겠지만 지금은 지쳐서 금방이라도 쓰러질 것 같았어요."

마크의 머릿속으로 불편한 생각이 스쳐 지나갔다. 혹시 도리아가 벤디고에게 개인적인 감정을 털어놓았을 때 벽장 안에 마크가 숨어 있다는 사실을 알아차린 것은 아닐까? 그래서 로버트 레드메인에게 형을 만나러 가지 말라고 경고를 한 것은 아닐까? 하지만 마크는 곧장 의심을 거두었다. 마크가 벽장에서 나왔을 때 도리아가 보인 놀라움과 분노는 진짜였기 때문이다. 게다가 그가 로버트 레드메인을 감쌀 만한 이유가 떠오르지 않았다.

벤디고가 대답했다.

"그렇게 하지. 녀석의 생사가 걸린 문제니까. 하룻밤을 더 기다려야 한다니 유감이군. 배를 타고 가서 불빛이 보이면 들어가서 만나면 되겠어."

그는 마크를 돌아보며 말을 이었다.

"내가 불쌍한 동생을 만날 때까지 하루 더 참아 줄 수 있겠나. 로버트의 형으로서 이렇게 부탁하네."

"알겠습니다. 일단 레드메인 대위를 만나고 상황을 들려주세요. 그때까지는 아무 조치도 취하지 않겠습니다. 일반적인 경우는 아닙니다만 인간적인 도리로 그렇게 해야 할 것 같군요."

벤디고가 말했다.

"내일 밤에 이곳에서 머물러도 좋네. 동생을 설득해서 이곳으로 데려오도록 애써 보겠네. 그러면 이성적으로 이야기를 나눌 수도 있겠지. 기억하게. 그 아이의 입장을 들은 사람은 아직 아무도 없다는 사실을 말이야."

그러자 마크가 대뜸 대답했다.

"레드메인 대위에게 입장이 있었다면 도주를 하거나 공을 들여서 시신을 숨기지 않았을 겁니다. 어르신, 무슨 사정이 있었을 거라는 생각은 마십시오. 전쟁 신경증 때문에 살인을 했다는 사실을 증명하면 그를 구할 가능성이 커질 겁니다. 마이클 펜딘을 죽일 이유가 없어야 레드메인 대위가 이성을 잃었고 그 결과 죄의식도 못 느낀 채 범행을 저질렀다는 주장이 더 그럴듯하게 보인다는 사실을

잊지 마십쇼."

도리아가 끼어들었다.

"그 사람은 지금 아주 멀쩡하고 많이 후회하고 있어요. 굶주린 새처럼 주인님의 손에 매달릴 겁니다, 시뇨르."

벤디고가 대답했다.

"이 이야기는 이제 그만하지. 다들 돌아가서 좀 쉬게. 남는 방에 잠자리를 봐 두었네. 욕실에는 필요한 게 다 있어. 면도날만 빼고. 자네 젊은이들은 신식 안전 면도날을 쓴다지. 면도날은 주제페가 빌려 줄 걸세."

도리아는 다음 날 아침 일찍 욕실에 면도날을 가져다 놓겠다고 약속했다. 그는 이내 자신의 거처로 물러났다. 벤디고는 속이 출출하다며 식당으로 내려갔다. 마크와 벤디고는 요기를 한 후 잠자리에 들었다.

마크는 노인의 침실 바로 옆방인 작은 방의 침대에 누웠다. 동생이 가엾고 불쌍한 마음에 혼자 투덜거리는 벤디고 레드메인의 목소리가 들렸다. 마크는 이 가족이 처한 상황에 마음이 아팠다. 한편으로는 몇 시간 후면 모든 사실이 밝혀질 것이라는 생각에 후련하기도 했다. 그는 흡족한 마음을 숨길 수 없었다. 그는 로버트 레드메인이 한동안 정신 병원에 수감되었다가 풀려나리라 보았다. 물론 그 전에 내보내도 좋다는 의학적 소견이 있어야 하겠지만 말이다.

그의 생각은 이내 자신의 문제로 돌아갔다. 그는 제니에게 품을

수 있는 희망이 점점 열어지고 있다는 사실을 받아들였다. 이제는 그녀의 입장까지 더해져 그녀를 향한 마음이 점점 더 복잡해졌다. 제니가 자신이 모아 놓은 재산보다 더 돈이 많은 부자가 되리라고는 생각도 해 보지 않았다. 그는 다음 날 제니와 단둘이서만 이야기를 나눌 수 있는 기회가 오기를 바랐다. 그럴 가능성은 충분히 있었다. 하지만 그녀에게 무슨 말을 할 수 있을까? 폭풍우는 기세가 잦아들었다. 잠이 까무룩 들 무렵 어느새 동쪽 하늘이 밝아 오기 시작했다.

다음 날 아침 벤디고는 기분이 영 좋지 않았다. 혼자 있고 싶어 했다. 그는 심리적인 동요가 꽤 심한 듯이 보였다. 그러더니 파이프와 『모비딕』을 들고 꼭대기 방에 틀어박혔다. 그가 방에 들인 사람은 제니뿐이었다. 그녀는 한동안 삼촌과 그곳에서 이야기를 나누었다. 제니는 그날 아침 마크에게서 지난밤의 상황을 들었다. 차를 끓이는데 마크가 나타나자 그녀는 소스라치게 놀랐다. 잠시 후 도리아가 식사를 하러 왔다. 하지만 평소처럼 일찍 일어난 벤디고 레드메인은 아침을 먹으러 오지 않았다. 그래서 제니가 아침을 가져다 주어야 했다.

벤디고는 점심을 먹을 때가 되어서야 내려왔다. 식사를 마친 후 도리아는 마크를 배에 태워 다트머스까지 데려다 주었다. 마크는 곧장 경찰서를 찾아가 하루 더 미뤄진 상황에 대해 설명했다. 더 이상 수색을 펼칠 필요가 없었다. 마크는 대머렐 경위에게 도망자가 발견되었으며 아마도 스물네 시간 안에 투항할 것 같다고 알렸다.

런던 경찰청에 전화로 같은 내용을 보고한 후 크로우즈 네스트로 돌아갔다. 바다는 고요했지만 가는 빗줄기가 흩날리는 하늘은 흐렸다. 그래도 바람이 없어 밤바다는 고요할 것 같았다.

도리아는 마크를 내려 주고 천천히 해안선을 따라 배를 몰았다. 그는 배를 타고 돌아봐도 되는지 일단 마크에게 허락을 구했다. 밤에 다시 와야 하기 때문에 거리를 대충 파악해 두고 싶다는 이유에서였다. 로버트 레드메인과 처음으로 이야기를 나눴던 융기 해안은 그곳에서 팔 킬로미터가량 떨어진 곳이었다. 그 사실을 바탕으로 주제페는 서쪽으로 더 간 곳에 레드메인의 은신처가 있을 거라고 짐작했다.

도리아는 일정한 속도로 배를 몰아 한 바퀴 휙 돌고 돌아왔다. 시간은 어느새 사십오 분이나 흘렀고 주위는 어둠이 스멀스멀 내려오고 있었다. 그는 아무런 소득도 올리지 못했다. 은신처로 짐작이 가는 동굴은 어디에도 없었다. 마크는 로버트 레드메인의 은신처가 자신들의 예상보다 더 가까운 곳에 있는 것이 틀림없다고 생각했다.

마침내 밤이 찾아왔다. 하늘은 칠흑처럼 검었지만 구름이나 바람은 없었다. 크로우즈 네스트 아래의 바다는 두런두런 속삭이듯 절벽의 발치로 끊임없이 몰려와 해안 절벽 곳곳에 만들어진 작은 해변을 철썩이며 때렸다. 밀물이 다 들어온 참이었다. 악천후에 대비해 단단히 옷을 입은 벤디고는 자정이 되자 긴 계단을 따라 해안으로 내려왔다. 브렌던과 제니는 깃대 아래 서 있었다. 잠시 후 배

가 어두운 물살을 가르며 출발하는 소리가 들렸다.

먼저 말문을 연 쪽은 제니였다.

"마침내 끔찍한 긴장감에서 해방되겠군요. 제게는 지금까지의 시간이 잔인한 악몽 같았어요, 브렌던 형사님."

"얼마나 힘드셨겠습니까, 펜딘 부인. 저는 부인의 인내심에 탄복했습니다."

"그 가련한 분에게 인내하는 것 외에 무엇을 할 수 있겠어요? 삼촌은 저지른 죗값을 치르셨어요. 저조차도 그렇게 말할 수 있어요. 죽음보다 더한 고통도 있답니다, 형사님. 로버트 삼촌을 만나 보시면 그분의 눈에서 고통을 읽으실 수 있을 거예요. 삼촌을 만나고 나서는 주제페조차 숙연해졌을 정도니까요."

제니가 이탈리아인 하인의 이름을 무심하게 입에 올리자 까닭 모를 안타까운 감정이 마크의 가슴을 파고들었다. 그는 그녀의 마지막 말을 구실로 질문을 했다.

"도리아가 한 말을 모두 믿습니까? 이곳에서 그는 식구나 다름없습니까?"

그녀가 미소를 지었다.

"식구나 다름없다기보다 상전이라고 해야겠죠. 네, 믿어요. 그 사람의 말을 의심할 이유가 없잖아요. 그는 확실히 훌륭한 신사이고 선한 마음을 타고났어요. 본성과 교육은 별개의 문제예요. 그 사람은 많이 배우지 못했어요. 하지만 섬세한 정신을 타고났어요. 형

사님도 그런 면을 느끼시겠죠."

"그에게 관심이 있으십니까?"

"네. 그에게는 신세 진 게 많아요. 눈치가 빠르고 재치도 있어서 늘 제 기분을 맞춰 주죠."

제니는 솔직하게 인정했다.

"드문 기회를 잘 잡았군요."

마크가 분한 듯이 말했다.

"그런 셈이죠. 하지만 기회가 있다고 누구나 잡는 건 아니죠. 여기에 처음 왔을 때만 해도 저는 무척 혼란스러웠어요. 반쯤 실성한 상태였다고 할까요. 삼촌은 제게 상냥하게 대하려고 애를 쓰셨어요. 하지만 삼촌은 상상력이 무엇인지 모르시는 분이에요. 절 위로하겠답시고 『모비딕』을 읽어 주실 정도였으니까요. 도리아는 저와 나이도 비슷한데다 남자들에게 부족한 여성적인 면모도 지녔어요."

"여자들은 여성스러운 남자를 싫어하는 줄 알았는데요."

"제가 표현을 잘못했나 보네요. 제 말은 도리아는 통찰력이 있고 공감을 잘한다는 뜻이었어요. 이런 것들은 남자보다 여자들이 더 잘하잖아요."

마크가 아무 말도 하지 않자 이번에는 제니가 질문을 했다.

"형사님은 도리아를 좋아하지 않으시는 것 같군요. 제 말이 심했나요? 그렇다면 도리아가 어떤 모습을 보여도 형사님은 인정해 주지 않는다고 할까요? 도리아의 태도에서 어떤 점이 마음에 안 드

시는 거죠? 형사님의 태도에는 아무 문제가 없나요? 도리아도 형사님을 좋아하지 않아요. 그도 형사님도 제게는 너무나 상냥하고 잘 대해 주시죠. 형사님은 외국인에 대한 편견도 없으시지 않나요. 형사님처럼 여러 나라를 돌아다닌 남자잖아요."

이런 도발적인 질문에 마크는 자신이 무의식적으로 근거도 없는 반감을 품어 왔다는 사실을 깨달았다. 어쨌든 딱 부러지게 댈 만한 근거가 없는 것은 사실이었다. 그래서 솔직하게 대답했다.

"제가 드릴 수 있는 대답은 이것뿐입니다, 펜딘 부인. 저는 시뇨르 도리아에게 질투심을 느낍니다."

그의 대답에 제니는 살짝 당황한 것 같았지만 크게 놀라지 않았다.

"질투심이라고요? 왜죠? 브렌던 형사님이 왜 그 사람에게 질투심을 느끼신다는 거죠?"

"짐작도 못 하실 겁니다. 도리아가 신사라면 이렇게 질투심에 사로잡힐 필요가 없을 겁니다. 어떤 남자도 제가 마음에 품고 있는 이 말을 한동안 꺼낼 수 없을 테니 말이죠. 그러니 그를 질투하는 것은 당연합니다. 왜 질투를 하느냐고 물으셨죠. 솔직하게 대답해 드리겠습니다. 운명이 당신의 어깨를 짓누르는 잔인한 짐을 덜어 줄 특권을 바로 그 남자에게 선사했기 때문입니다. 당신이 말씀하신 통찰력과 공감할 줄 아는 재주 덕분이었겠죠. 영국 남자라면 그럴 만한 사람이 없다고 생각하시겠죠? 아마 맞을 겁니다. 하지만

지금도 어떤 영국 남자의 마음속 깊은 곳에서는 그런 기회를 거부당했다는 애석함이 타오르고 있습니다."

그는 이렇게 대답했다. 하지만 제니는 이미 그의 마음을 정확하게 꿰뚫고 있었다.

"형사님도 제게 친절하게 대해 주셨어요. 제가 그런 고마움도 모르는 여자라고 생각하지 마세요. 로버트 레드메인을 찾아내지 못한 건 형사님의 잘못이 아니었어요. 잡는다 한들 얻는 게 뭐죠? 불행한 남자를 몇 달 먼저 잡는 것뿐이잖아요? 이제 제가 바라는 건 로버트 삼촌이 다 끝났다는 사실을 받아들이고 벤디고 삼촌에게 몸을 맡기고 친구들의 선의를 믿는 것뿐이에요."

어느새 제니는 대화를 도리아와 자신의 이야기에서 다른 곳으로 이끌었다. 마크도 제니의 마음을 충분히 짐작할 수 있었다. 그 이탈리아 남자를 향한 제니의 마음도 사랑의 결실을 맺어 가고 있음이 틀림없었다. 그는 아무래도 이런 제니가 걱정스러웠다. 그러면서도 덮어놓고 제니의 앞날을 걱정하는 건 자신의 이기심에 불과하다는 기분이 들었다. 그 뿌리에는 그녀에 대한 걱정이 아니라 개인적인 실망감이 있는 게 아닌가 싶었기 때문이다.

얼마 후 두 사람은 서쪽 바다에서 붉은빛과 초록빛이 번쩍이는 모습을 보았다. 뒤이어 레드메인의 모터보트가 돌아오는 소리도 들렸다. 출발한 지 삼십 분도 지나지 않았다. 마크는 로버트 레드메인이 형의 설득을 받아들여 이곳으로 오리라는 기대감에 가슴이 부풀

어 올랐다. 하지만 그런 일은 일어나지 않았다. 계단을 올라온 사람은 주제페 도리아뿐이었다. 그가 들려줄 말도 별로 없었다.

"지금은 내가 필요 없어서 일단 돌아왔어요. 모든 일이 순조로워요. 동굴은 이곳에서 상당히 가깝더군요. 삼 킬로미터 정도 가니까 등불이 걸린 동굴이 보였어요. 그래서 그쪽으로 다가갔죠. 작은 해변에 있는 작은 동굴 바깥에 서 있더군요. 그 사람이 소리를 지르며 기껏 한다는 말이, '벤 형 외에 누구라도 배에서 내리면 쏴 버릴 거야!' 이러는 겁니다. 주인님이 걱정할 필요 없다고 하셨죠. 뱃머리가 모래사장에 닿자마자 훌쩍 배에서 뛰어내리셨어요. 제게는 당장 돌아가라고 하셨고요. 두 사람이 함께 동굴로 들어갔어요. 그리고 한 시간 후에 오라고 하셨어요."

그는 동굴의 위치를 설명했다.

"작은 해변 바로 위에 있는데 물이 빠지면 입구가 드러나요. 보배고둥이 발견되는 곳이죠. 거기라면 마돈나와 함께 가 본 적이 있어요. 주인님이 만드는 수공예품에 쓸 작은 조개껍질을 모으려고요."

"벤 삼촌은 조개로 온갖 예쁜 장식품들을 만드시거든요."

제니가 덧붙여 설명했다.

도리아는 담배를 몇 대 피우더니 다시 내려갔다. 이십 분 후 배는 어두운 바다로 사라졌다. 그 모습을 지켜본 제니는 마크에게 잘 자라는 인사를 한 후 집으로 들어갔다. 그녀는 삼촌들이 함께 돌아올 때 보지 않는 편이 낫겠다고 생각했다. 마크도 같은 생각이었다.

008

동굴 속의 죽음

혼자 남은 마크는 울적한 심정으로 미래를 생각했다. 그의 커다란 희망을 앗아 간 장본인은 다름 아닌 우연이라는 생각이 머릿속을 떠나지 않았다. 지금껏 절체절명의 순간이 닥칠 때마다 그의 편이 되어 주었던 우연이 이번만큼은 그를 배신했다. 그 남자는 지금은 우위에 선 경쟁자다. 우연은 한때 그와 비교할 수 없었던, 아니하지 않았던 남자 도리아에게 최고의 기회를 줬으면서 마크에게는 매몰차게 등을 돌렸다. 마크는 자신이 더 영리했다면 없는 기회도 만들어 냈을 것이라고 혼잣말을 했다. 우연이라는 불리한 조건 때문에 승리할 수 없다면 자신의 사랑에는 도대체 무슨 가치가 있는가?

그는 구석으로 밀려난 기분이었다. 게다가 도리아가 아닌 자신

이 언제까지나 제니를 행복하게 해 줄 거라고 주장하면서 자신을 과시하고 사랑을 구할 만한 근거도 없었다. 솔직히 그도 제니를 행복하게 해 줄 사람은 주제페처럼 쾌활하고 재주 많은 남자라는 사실을 잘 알고 있었다. 도리아라면 온 삶을 그녀에게 헌신할 수 있을지 모른다. 하지만 마크에게 있어서 결혼과 가정은 그가 생각하는 미래의 일부분에 불과했다. 이제 그에게 남은 것은 일뿐이었다. 앞으로 제니의 신분이나 위치가 어떻게 되든 자신에게 명성을 가져다 준 이 일만은 떠나지 않으리라. 제니가 아슬아슬해 보이는 근거는 단 한 가지뿐이었다. 도리아처럼 매력적인 젊은이가 전형적인 이탈리아인답게 언제든지 제니에게 싫증을 낼지도 모른다는 두려움이었다. 이런 두려움이 좀처럼 사라지지 않았다.

거기까지 생각이 미치자 상황이 달리 보였다. 그는 제니가 최근에 한 말을 곱씹어 생각했다. 그녀의 말들은 모두 한 가지 결론을 가리키고 있었다. 마크는 시간이 흐르면 제니가 도리아에게 마음을 열 것이라고 확신했다. 그녀의 말을 곰곰이 생각해 보면 이미 마음을 열고 있다는 뜻일지도 몰랐다. 설령 자신은 인식하지 못한다 하더라도 말이다. 그 생각에 마크는 놀라지 않을 수 없었다. 아무리 도리아가 매력적이라고는 하나 제니의 마음속에서 첫 남편의 기억이 이렇게 빨리 희미해졌다는 사실이 도저히 믿어지지 않았기 때문이다. 프린스타운에서 비통한 심정으로 남편의 죽음을 받아들이지 못하던 제니의 모습을 그는 지금도 기억했다. 그녀가 얼마나 깊은

슬픔에 빠졌는지 한눈에 알 수 있을 정도였다. 그녀는 젊었지만 철없거나 경박한 여자로는 보이지 않았다. 하지만 그때는 그녀가 슬픔과 상실감에 잠겨 있을 때였다. 마크는 황무지에서 석양을 받으며 그를 스쳐 지나가던 제니가 얼마나 편안해 보였는지를 떠올렸다. 남편이 죽기 전까지는 그녀도 쾌활하고 늘 웃는 사람이었을 것이다. 하지만 그녀는 경솔한 성격이 아니었다. 마크는 사람의 성격에 대해서라면 자신이 있었기에 확신했다. 그녀의 얼굴에서는 사랑스러움은 물론 강인함이 느껴졌다. 오랜 시간을 함께하지는 않았지만 그녀는 진지한 주제에도 흥미를 느꼈다. 어쩌면 그것은 그녀가 주변의 반응에 대해 섬세한 기계처럼 반응하기 때문인지도 몰랐다. 제니와 함께 있을 때면 마크는 언제나 진지하지 않았던가. 도리아와 함께 있을 때 그녀는 가끔 미소를 짓거나 고통을 잊는 것 같았다. 제니는 도리아가 틈만 나면 떠들어 대는 가문 운운하는 이야기를 들으며 울적한 심정을 때로는 잊는 것이 분명했다. 어떤 경우든 앞길이 구만리 같은 제니가 언제까지 상심에 잠겨 있을 리 만무했다.

그때 배가 돌아오는 소리가 들렸다. 마크는 퍼뜩 생각에서 빠져나왔다. 제니가 빠른 걸음으로 집으로 돌아간 지 한 시간 정도 흘렀다. 벤디고와 로버트 레드메인 형제가 배에 타고 있을 것이므로 그는 서둘러 집으로 들어가려고 했다. 로버트 레드메인이 기꺼이 그와 앞으로의 일을 의논하려고 할 마음이 생길 때까지 모습을 드러

내지 않을 작정이었다.

그런데 이번에도 크로우즈 네스트에 도착한 사람은 도리아뿐이었다. 그가 들려준 이야기에 마크는 계획을 급히 수정해야 했다. 주제페는 벤디고를 걱정하며 안절부절못했다. 그는 겁에 질린 채 악마가 주인님을 삼킨 것 같다고 떠들어 댔다.

그의 이야기는 이랬다.

“시간이 되어서 배를 몰고 갔죠. 밀물이 들어와서 동굴 입구로 몇 미터 더 들어갔어요. 등불은 환하게 켜져 있었는데 아무도 보이지 않았어요. 큰 소리로 두 번이나 불렀지만 조용하더군요. 무덤처럼요. 해안에 가까이 다가가 봤는데 아무도 없었어요. 동굴은 텅 비었어요. 그 사실을 확인하고 겁이 나서 이렇게 온 겁니다.”

“배에서 내리지는 않았나?”

“해안에 대지는 않았어요. 하지만 동굴 안으로 오 미터 정도 들어갔어요. 밀물이 들어와서 수위가 높아지고 있어요. 불빛에 비추어 보니 텅 비었더군요. 함께 가서 살펴 주세요. 아무래도 무시무시한 일이 벌어진 것 같아요.”

깜짝 놀란 마크는 서둘러 권총과 손전등을 챙겼다. 그는 도리아와 함께 절벽에 난 계단을 내려가 곧장 배에 올라탔다. 두 사람을 태운 배는 잠시 후 최고 속도로 물살을 가르기 시작했다. 이윽고 방향을 바꾸는가 싶더니 절벽 아래로 들어갔다. 앞을 보니 물이 차서 시커먼 절벽을 배경으로 등불이 해수면에 둥둥 뜬 것처럼 보였다.

반딧불처럼 외롭게 빛을 밝히고 있는 등불이 눈에 들어왔다. 도리아는 배의 속도를 줄인 채 동굴 안으로 들어갔다. 잠시 후 그는 엔진을 껐다. 로버트 레드메인의 은신처 앞에 있는 작은 해변에 배를 댔다. 등불은 환하게 빛나고 있었다. 덕분에 동굴이 텅 비었다는 사실을 확인할 수 있었지만 머리 위까지 환하게 밝힐 정도는 아니었다. 터널로 이어져 있다는 다른 출구도 보이지 않기는 마찬가지였다. 이 터널 끝에 나오는, 돌을 대충 깎아 만든 계단으로 절벽을 오를 수 있을 터였다.

도리아가 말문을 열었다.

"주인님을 따라 예전에 한 번 온 적이 있어요. 과거에 밀수꾼들이 이 동굴을 사용했는데, 그 사람들이 계단을 만들었다더군요."

두 사람은 배에서 내렸다. 주제페는 배부터 단단히 매어 뒀다. 비극적인 사건의 증거들이 곧바로 눈에 띄었다. 동굴 바닥은 모래와 자잘한 조약돌이 뒤섞여 있었다. 양옆의 벽은 파도에 심하게 깎여 있었다. 암반의 지층은 주름지고 휘어 있었다. 커다란 바위 위에 세워 놓은 등불은 아래쪽 바닥에 빛의 동심원을 그리고 있었다. 바로 그곳에 전날 레드메인에게 가져다준 음식과 음료수가 모여 있었다. 로버트 레드메인은 그곳에서 배불리 먹고 마신 것 같았다. 하지만 누가 두들겨 파헤친 것 같은 지면이 마크의 눈길을 끌었다. 무거운 장화가 땅을 헤집고 파헤친 것 같았다. 어떤 지점에는 마치 커다란 물체가 쓰러진 것 같은 흔적이 남아 있었다. 자세히 보니 피였

다. 벌써 말라붙어 시커먼 얼룩이 되어 있었다. 피가 조약돌과 모래 바닥에 흡수된 지 오래였다.

그곳에 남은 흔적은 피 웅덩이라기보다 얼룩이었다. 가져간 손전등으로 비춰 보니 동굴 안쪽으로 핏자국이 불규칙하게 이어져 있었다. 누군가가 쓰러진 흔적이 있고 거기부터 조약돌 바닥 위에는 뭔가를 질질 끈 길쭉한 자국이 뒤쪽으로 나 있었다. 그 흔적으로 미루어 마크는 둘 중 한 사람이 다른 한 사람을 쓰러뜨린 후 뒤쪽 출구까지 끌고 들어갔으리라 생각했다. 핏자국과 무거운 사람을 끌고 간 것 같은 자국은 돌계단까지 이어지다가 사라지고 말았다.

마크는 걸음을 멈추고 위로 이어진 계단을 조심스럽게 살폈다. 도리아는 동굴을 살펴보자 혼비백산해서 제대로 대답도 하지 못했다. 주제페는 겁에 질린 채 동굴에서 벌어졌을 비극을 상상하며 감정을 주체하지 못했다.

"분명히 누가 죽은 거예요. 죽었다고요!"

그는 이 말만 되풀이했다. 말을 하다가도 입을 멍하니 벌린 채 두려움에 가득 찬 눈빛으로 컴컴한 주위를 계속 살폈다.

"제발 정신 차리고 나를 도와주게. 우리가 서두르면 상황은 달라질 수 있네. 누군가 위쪽으로 질질 끌려간 것 같은데, 그게 가능한가?"

"힘이 아주 센 사람이라면 끌고 올라갈 수도 있을 겁니다. 하지만 그 사람에게는 무리일 거예요. 몹시 쇠약해 보였으니까요."

"이 통로는 어디로 통하나?"

"야트막한 계단을 지나고 나면 한참 경사가 이어지는데 경사가 끝나면 고개를 숙이고 구멍으로 기어 나가야 해요. 나가 보면 절벽 중간 정도에 평평한 곳이 나와요. 널찍한 바위인데 그곳에서부터 외길이 시작되죠. 험하고 가파른데다 우리 이탈리아의 급커브 길처럼 꼬불꼬불 올라가죠. 그 길을 끝까지 올라가면 절벽 정상이에요. 하지만 길이 험하고 가팔라서 야간에는 무리예요."

"그래도 우리는 저 길로 반드시 올라가야 해. 배는 잘 묶어 놓았나?"

"배를 동굴로 끌어 올려 놓아야 하니 형사님이 도와주세요. 그러면 수색을 하는 동안에 배는 안전할 겁니다."

마크는 일분일초가 아쉬운 상황에서 이렇게 꾸물거리고 있어야 한다는 생각에 속이 탔다. 그래도 도리아를 도와 배를 만조 수위보다 높이 끌어 올렸다. 마침내 마크는 등불로 계단을 비추며 앞장서서 오르기 시작했다. 여기저기 떨어져 있는 핏자국 외에는 어떤 단서도 보이지 않았다. 돌계단이 끝나고 지하 통로가 왼쪽으로 꺾어진 곳에 다다랐을 때였다. 통로는 여전히 암벽에 나 있었는데, 천장에서 떨어진 물로 미끄러운 경사로의 진흙 바닥 위로 뭔가가 곧장 끌려간 흔적이 남아 있었다. 오십 미터 가까이 나아가자 통로는 좁아지고 천장도 낮아졌다. 하지만 무거운 물체가 끌려간 자국은 여전히 선명했다. 가끔 주고받는 말을 제외하면 두 사람은 아무 말도

하지 않았다. 하지만 가끔 도리아가 중얼거리는 소리가 들렸다.

"파드론 미오, 파드론 미오, 주인님이 돌아가신 게 분명해!"

그는 이렇게 되풀이해 말했다.

통로가 구 미터 정도 남았을 때부터 마크는 기어서 앞으로 나가야 했다. 마침내 통로가 끝이 나 밖으로 나와 보니 저 위의 땅과 아래쪽 바다 한가운데 걸린 넓은 바위 위였다. 사방은 컴컴하고 쥐 죽은 듯이 조용했다. 그는 도리아에게 손을 내밀어 끌어당겼다. 두 사람은 무슨 소리가 들리지 않는지 가만히 귀를 기울였다. 저 아래 절벽을 때리는 파도 소리 외에는 아무것도 들리지 않았다. 그 무엇도 주위에 내려앉은 정적을 감히 깨려 들지 않았다. 발아래에는 겨울이 되어 갈색으로 시든 잔디와 바닷새의 흔적이 사방에 깔려 있었다. 주제페는 손전등으로 평평한 바위를 이리저리 비추더니 갈색 깃털 몇 개를 집어 올렸다.

"주인님이 파이프에 쓰던 것들입니다. 깃털로 파이프를 청소하셨거든요."

머리 위로 절벽이 하늘에 잉크로 그은 선처럼 길게 이어져 있었다. 그 위로 두둥실 뜬 연한 구름들이 대조를 이루었다. 마크는 아래서 끌고 올라온 시신이 이곳에 한동안 놓여 있었던 증거를 발견했다. 게다가 근처 풀밭에서 살아 있는 누군가가 고군분투 끝에 잠시 쉬었음이 분명한 흔적도 찾아냈다. 근처 풀밭에도 피가 엉겨 붙어 있었다. 하지만 주위가 너무 어두워서 다른 흔적은 보이지 않았

다. 마이클 펜딘의 죽음을 떠올린 마크는 살인이 벌어졌다는 전제하에 상황을 재구성하기 시작했다. 로버트 레드메인이 벤디고를 죽였을 가능성이 농후해 보였다. 그는 지난번처럼 피해자를 해치웠을 것이다. 그러고는 시신을 자루에 넣어 동굴 바닥으로 끌고 와서 그곳까지 올라왔으리라. 마크가 방금 올라온 길에 난 자국을 보면 둥그스름한 형체의 무거운 물체가 같은 모습으로 계속 끌려온 것이 분명했다.

그는 이 분 정도 가만히 서 있다가 말문을 열었다.

"길이 어디서 시작되나?"

마크의 질문에 도리아는 바위의 동쪽을 조심스럽게 살피더니 그곳에서 위로 이어지는 바위투성이의 오솔길을 가리켰다. 길은 무척 험했고 다니는 사람이 별로 없는 것 같았다. 주위에 검은딸기나무, 시든 식물들이 널브러져 있었다. 두 사람은 길을 따라 계속 올라갔다. 마크가 도리아에게 아무것도 건드리지 말라고 주의를 주었다. 필요할 경우 날이 밝으면 꼼꼼하게 조사를 해야 할지도 모르기 때문이다. 오솔길은 좌우로 급격하게 방향을 틀면서 계속 올라갔다. 그래도 생각만큼 가파른 편은 아니어서 천천히 올라갈 수 있었다. 어느덧 길이 돌연 뚝 끊어지나 싶더니 절벽의 정상이 나타났다. 황량한 황무지가 오십 미터가량 이어진 후 절벽과 밭의 경계를 나누는 낮은 담이 나왔다. 하지만 그곳에도 사람의 모습은 전혀 보이지 않았다. 근처 풀밭에서 발자국은 사라졌다.

"어떻게 생각하십니까? 형사님은 이런 극악무도한 소행들을 보고 신속하고 능숙하게 판단을 하시잖아요. 제 주인님이자 친구인 그분이 돌아가신 겁니까? 그 늙은 바다 늑대는 이미 산 사람이 아닙니까?"

마크가 침통한 표정으로 대답했다.

"그렇네. 내가 보기에는 의심의 여지가 없어. 누군가 목숨을 잃은 사건이 발생한 것이 분명해. 내가 구할 수 있었던 목숨이었는데. 처음부터 그자를 너무 믿었어. 너무 곧이곧대로 믿었단 말일세."

"형사님 잘못이 아닙니다. 그 이야기를 의심해야 할 이유가 없었잖습니까?"

도리아가 마크를 두둔했다.

"아무것도, 아무도 믿어서는 안 되는 게 내 일 아닌가. 누굴 비난했다거나 나를 속이려 했다고 말하는 게 아니야. 확실하고 논리적으로 들린다는 이유로 직접 확인하지 않고 그자의 말을 그대로 믿은 게 뼈아플 뿐이야. 도리아, 자네는 이해할 수 없을지도 모르겠군. 하지만 다른 사람이라면 금세 이해할 거야."

"형사님은 최선을 다하셨습니다. 모두 그랬죠. 그놈이 자기 형을 죽이러 온 사실을 누가 알기나 했겠습니까?"

"미친놈이라면 무슨 짓이든 못하겠나. 그놈이 멀쩡한 정신으로 왔다고 생각한 내 잘못이야."

"그럼 어떻게 생각해야 하는데요? 어떻게 달리 생각할 수 있겠

어요? 미쳤으니까 마돈나의 남편을 죽인 거고 멀쩡히 제정신이니까 그 후에 경찰들을 따돌린 거 아닙니까? 그러니까 형사님도 그놈이 미쳤다가 정신을 차렸다고 생각하신 거죠. 그런데 그놈이 다시 미친 겁니다."

마크는 최대한 빨리 다트머스로 돌아가 새벽부터 서둘러 수색을 시작하고 싶은 마음이 간절했다. 도리아는 뱃길과 육로 중 어느 쪽이 빠를지 잠시 생각해 보더니 육로보다는 배로 항구까지 데려다주는 편이 훨씬 빠르다는 결론을 내렸다.

"올라온 통로로 내려가서 동굴로 돌아가야 합니다. 배로 돌아갈 다른 방법이 없거든요."

도리아가 말했다.

마크는 도리아의 말에 따르기로 했다. 두 사람은 꼬불꼬불한 외길을 따라 내려가 평평한 바위에 도착한 후 지하 통로로 내려갔다. 잠시 후 돌계단이 나왔고 마침내 동굴에 도착했다. 여전히 주위를 은은하게 밝히고 있는 등불을 끈 후 재빨리 배에 올라탔다. 동이 터오는 가운데 작은 배는 전속력으로 물살을 가르며 달렸다. 뱃머리가 두 갈래로 하얀 물살을 헤치고 나가면 뒤편의 잔잔하고 컴컴한 수면 위에는 하얀 포말이 길게 이어졌다.

크로우즈 네스트의 깃대 아래에서 사람 형체가 보였다. 제니 펜딘이었다. 그녀는 아무런 신호도 보내지 않았다. 하지만 그녀의 모습에 주제페는 마음이 혼란스러워진 것 같았다. 그는 배를 멈추고

는 마크에게 부탁을 했다.

"놀라서 심장이 튀어나올 것 같습니다. 겁도 나고요. 이 미친놈이, 그러니까 그럴 수도 있잖습니까? 제일 가까웠던 친구들과 가족까지 배신하는 짓 말입니다. 미치광이들이 할 만한 짓 있잖습니까. 우리가 이곳을 비운 동안 그런 일이 일어난 건 아닐까요? 그렇게 생각하지 않으십니까? 지금 크로우즈 네스트에는 여자 둘뿐입니다. 갑자기 그놈이 돌아와서 해치우면 어떻게 하죠?"

"자네는 그렇게 생각하나?"

"하느님과 악마는 뭐든 할 수 있으니까요."

도리아는 고개를 들어 절벽 위에 서 있는 집을 바라보며 말했다.

"자네 말이 옳아. 어서 가 보자고. 펜딘 부인이 위험할지 모르니까."

도리아가 의기양양해서 말했다.

"천하의 형사님도 놓치는 게 있군요."

마크는 이 말에 아무런 대꾸도 하지 않았다. 남은 사람들을 잘 지켜야 한다는 막중한 책임감과 일을 그르쳤다는 낭패감에 휩싸여 있었다.

그러나 일단은 도리아에게 해야 할 일을 지시했다.

"펜딘 부인과 하녀에게 문을 모두 걸어 잠그고 우리와 함께 가자고 전해. 다트머스로 함께 가는 편이 더 나을 거야. 나를 데려다 준 후에 다 함께 돌아가면 되니까. 두 사람에게 어서 서두르라고 전

해 주게."

도리아는 지시를 따랐다. 십 분 후 그는 창백하고 멍한 표정의 제니와 겁에 질린 채 버둥거리며 단추를 여미는 하녀를 데리고 나왔다. 그들은 두려움에 사로잡힌 채 두서없는 말을 늘어놓았다. 마크는 모두에게 조용히 하라고 했다. 그는 제니에게 벤디고 레드메인에게 최악의 상황이 벌어진 것 같다고 귀띔을 했다. 느닷없는 비보에 제니는 입을 다물어 버렸다. 마침내 출발한 배의 속도를 올렸다. 네 사람은 동이 트기 전에 항구로 들어가 부잔교에 배를 댔다.

도리아의 임무는 끝이 났다. 마크는 그에게 여자들을 집으로 데려다 주라고 지시하며 새로운 소식이 들어올 때까지 절대 집을 떠나지 말라고 모두에게 단단히 일렀다.

"무슨 일이 생기면 경찰서로 전화를 하게. 그자가 나타나 들어오려고 하면 절대 들이지 말고."

마크가 말했다. 세 사람은 마크에게 지시 사항을 더 들은 후 마침내 집으로 돌아갔다.

삼십 분 후 사건 소식이 전해졌다. 수색팀은 육로로 출발했다. 마크는 대머렐 경위와 경관 두 명과 함께 항만 관리소장의 증기선을 타고 바다로 나갔다. 먹을 것은 미리 실어 놓았다. 마크는 아침을 들며 지난밤의 상황을 설명했다. 8시 무렵 경찰이 동굴에 도착했다. 그들은 동굴과 절벽으로 이어지는 통로까지 체계적으로 수색을 시작했다. 마크는 도리아에게 무슨 소식이 있으면 크로우즈 네

스트에서 깃발을 올려 신호를 하라고 지시했다. 하지만 아무 일도 없었는지 깃대에는 아무것도 없었다.

마침내 절벽과 동굴 안으로 난 지하 통로에 대한 철저한 수색이 시작되었다. 아침 햇살이 텅 빈 동굴을 가득 채웠다. 경찰들은 체계적으로 한 곳도 빠짐없이 철저하게 조사를 했다. 환한 햇빛 아래 경찰들이 꼼꼼하게 조사를 했지만 결과는 어둑어둑한 한밤중에 마크 혼자서 알아낸 것과 크게 다르지 않았다. 그곳에는 다져진 모래 사장과 먹고 남은 음식, 바위 위에 세워 놓은 등불, 검게 엉겨 붙은 핏자국, 둥그스름한 형체를 돌계단까지 질질 끌고 간 얕은 고랑 자국 외에는 아무것도 없었다. 썰물이 빠져나간 자그마한 해변에도 물이 찼을 때 남겨진 흔한 흔적 외에는 아무것도 없었다. 대머렐 경위는 증기선으로 돌아와 선장에게 다트머스로 돌아가라고 했다.

"우리는 저 위에서 자동차로 돌아갈 거요. 사람들에게 내 소형차를 호크비크힐 꼭대기로 가져오라고 전해 주시오. 그리고 오는 길에 샌드위치하고 배스 맥주 여섯 병을 가져오라고도 전해 주시오. 정오 무렵이 되면 배가 고플 테니."

배가 출발하자 경찰들은 계단을 지나 경사진 통로를 올라간 후 절벽 중간에 걸린 평지로 나와 꼼꼼하게 수색을 진행했다. 걷는 속도로 수색을 했지만 돌멩이에 떨어진 피 한 방울과 전날 밤에 문제의 물체를 위로 끌고 간 흔적 외에는 아무것도 발견하지 못했다.

"그자는 삼손이 분명하군요. 경위님이나 제가 체구가 실팍하고

체중이 칠십 킬로그램 정도 되는 남자를 자루에 넣고 이리로 끌어 올린다고 생각해 보십시오."

경위가 대꾸했다.

"난 그렇게 못 할 걸세. 하지만 그자는 해냈군. 지난여름 베리 헤드와 똑같은 꼴이 나겠군. 사냥개처럼 절벽을 샅샅이 뒤지다가 결국 깊은 바다 위로 솟은 절벽 꼭대기에 다다르게 되겠지. 그곳을 뒤지면 토끼나 오소리 굴에 누군가 처넣은 자루를 찾아낼 수 있을 거야. 그걸로 끝인 거지."

평지에서 경찰들은 휴식을 취했다. 그때 마크는 선명하게 찍힌 발자국을 발견했다. 무겁고 징이 박힌 장화였다. 그는 그 발자국을 알아보았다. 동굴 입구 바로 바깥쪽의 폭신폭신한 흙 위에도 똑같은 발자국이 찍혀 있었다. 밑창의 징과 징을 고정하는 삼각형 못머리가 기억이 났다.

그는 대머렐 경위를 불렀다.

"이것들을 포긴터에서 뜬 본과 비교해 보시면 같은 장화라는 걸 아실 겁니다. 물론 당연하겠죠. 하지만 우리가 지금 동일인을 추적하는 것이 맞는지 확인해 둬야 합니다."

"그자는 육 개월 전과 같은 방법으로 흔적도 없이 사라지겠군. 내 말을 잘 듣게, 브렌던 형사. 이 일은 한 사람이 저지른 짓거리가 아닐세. 도무지 실마리가 잡히지 않은 이 사건 뒤에는 뭔가가 잔뜩 숨어 있어. 지난번 사건도 마찬가지일 거야. 동기를 찾을 수 없으니

범인은 미치광이일 거다. 이렇게 말하기는 쉬워. 그런 설명이 가장 그럴듯해 보이니까. 이자는 형을 이곳으로 불러내서 죽였어. 수법도 교활하지. 그는 이야기를 지어낸 후 찾아가겠다고 약속을 했어. 그런데 곧장 마음을 바꿔서 새로운 계획을 짜. 그 계획으로 일단 벤디고 레드메인 영감을 완전히 제압하는 거야. 그런 후에……."

"하지만 그가 흉악한 짓을 계획중이라는 사실을 과연 누가 알았겠습니까? 우리는 사실만 봐야 합니다. 펜딘 부인은 로버트 레드메인을 직접 만나 이야기까지 나눴습니다. 도리아도 그랬죠. 어쨌든 펜딘 부인의 말은 절대 의심할 수 없습니다. 그녀는 아무것도 숨기지 않았습니다. 선한 기독교도처럼 행동했고요. 삼촌의 가련한 몰골을 본 후에는 통곡을 했습니다. 그의 전갈을 벤디고에게 전했죠. 그런데 그자가 갑자기 마지막 순간에 발작처럼 두려움에 사로잡힌 겁니다. 그런 상황에서는 어찌 보면 당연한 일이겠죠. 그는 벤디고 레드메인에게 자신의 은신처로 혼자 와 달라고 간청을 했습니다. 너무나 당연한 일이었습니다. 제 눈에는 의심을 할 만한 것이 아무것도 보이지 않았습니다."

대머렐 경위는 마크의 말에 고개를 끄덕였다.

"그래, 맞아. 나도 상황이 종료된 후에 그것 보라며 생색을 내는 사람이 아니라네. 하지만 전에도 말했듯이 우리가 수색을 연기한 채 범인을 체포할 수 있는 순간에 상황의 통제권을 비전문가의 손에 맡긴 것이 실수였단 말일세. 자네가 상황을 지휘했기 때문에 우

리는 그대로 따랐어. 하지만 살인자가 무슨 말을 했든 그의 형한테 말한 내용을 우리에게도 전해야 마땅했네. 어떤 경우에라도 범인이 형에게 위법 행위를 하도록 꼬일 수도 있지 않은가. 결국 무고한 사람이 또 목숨을 잃었고 미쳤든 안 미쳤든 위험천만한 범죄자가 제멋대로 날뛰고 있어. 범인이 한 명이 아닐 확률이 매우 높아. 이제 와서 이런 말을 해 봐야 무슨 소용이 있겠나. 어서 그자들을 잡아들이는 수밖에. 할 수 있다면 말이야."

마크는 아무런 대꾸도 하지 않았다. 짜증이 났지만 경위의 말이 옳다는 것을 통감했기 때문이다.

그는 주변을 다시 살펴보았다. 이번에도 둥근 물체에 눌린 흔적과 그 옆으로 누군가 앉아 있던 자국을 발견했다. 그 지점에서는 바다로 시신을 유기할 수 없었다. 그 아래로 약 삼십 미터에 걸쳐 군데군데 흙이 드러나 있었는데, 바다까지 경사진 선반처럼 이어져 있었다. 그곳에서 시신을 던졌다면 분명히 경사진 흙 위로 떨어져 누군가의 눈에 띄었을 것이다. 하지만 아무리 아래를 봐도 사라진 로버트도 목숨을 빼앗긴 벤디고도 보이지 않았다. 절벽 정상까지 난 꼬부랑길에는 뭔가를 끌고 간 흔적은커녕 징이 박힌 구두 자국도 남아 있지 않았다. 찍힌 지 얼마 되지 않은 신발 자국은 있었다. 하지만 그것들은 지난밤에 생긴 마크와 도리아의 발자국이었다. 경찰들은 꼬부랑길을 따라 올라가며 사방을 철저하게 조사했다. 마침내 정오가 지나서 정상에 도착했다. 절벽은 바다를 내려다보면 아

찔할 정도로 높았다. 백팔십 미터나 되는 절벽에는 곳곳에 바위가 튀어나와 있었다. 정상인 호크비크힐에서 아래로 뭐든 던지면 튀어나온 바위에 걸리거나 바위 위로 떨어질 수밖에 없었다.

대머렐 경위는 잠시 쉬며 숨을 골랐다. 그는 헉헉거리며 근처 풀밭 위에 털썩 주저앉았다.

“어떻게 생각하나?”

그는 마크에게 대뜸 물었다. 마크는 근처의 지면을 꼼꼼하게 살피고 절벽 아래로 튀어나온 바위들을 훑어본 후 이렇게 대답했다.

“그자는 이곳까지 오지 않았습니다. 적어도 이곳에서 시신을 유기하지는 않았습니다. 아까 쉬었던 평평한 바위 아래쪽 일대를 수색해야 합니다. 로버트 레드메인이 아는 내리막길이 있을 겁니다. 아마도 그자는 그곳에서 시체를 유기한 후 직접 내려가서 돌무더기 속에 시신을 숨겼을 겁니다. 그곳일 수밖에 없습니다. 이유는 간단합니다. 다른 곳일 수가 없거든요. 그자가 시신을 이곳까지 끌고 왔다면 우리가 알아냈을 겁니다. 제 생각에는 설령 그러고 싶었다고 해도 힘에 부쳤을 겁니다. 완력이 대단하다고 해도 중간 바위까지 가는 동안 힘을 많이 썼을 테니까요. 더 이상 끌고 올라올 힘도 남아 있지 않았을 겁니다. 그러므로 시신은 바위 아래 어딘가에 숨겨져 있을 겁니다.”

“그 문제는 요기를 하고 나서 생각하도록 하세.”

경위가 말했다. 지시한 대로 이미 차가 세워져 있는 제일 가까

운 큰길로 향했다. 경찰들은 그곳에서 점심을 먹었다. 차를 몰고 온 경관은 아무런 소식도 가져오지 않았다. 하지만 마크는 다트머스에 가면 새로운 정보가 들어와 있을지도 모른다는 기대를 버리지 않았다. 이번만큼은 수색 대상을 머지않아 찾아낼 수 있을 것이라고 확신했다.

그들은 자동차를 사슬로 매어 놓았다. 차를 몰고 온 경관도 동료들과 합류해 중간 바위 아래 돌무더기가 잔뜩 흩어져 있는 일대를 수색하기 위해 내려갔다.

대머렐 경위가 내려가면서 말했다.

"시체 없는 살인만큼 증오스러운 범죄도 없어. 조사를 시작할 만한 확실한 근거가 있는지조차 확신할 수 없지. 어떤 조치를 취하든 필요성을 입증할 것이 정황 증거뿐이라는 사실이 꼬리표처럼 따라다니지. 모든 조치가 허사가 될 수도 있어. 진실에 가까이 다가가는 것처럼 보일수록 실제로는 더 멀어질 수도 있지. 피 웅덩이를 찾았다고 살인이 일어났다고 볼 수는 없어. 그나저나 이 로버트 레드메인이라는 놈은 핏자국을 남기는 걸 유난히 좋아하는군."

마크는 잠자코 경감의 말을 들었다. 곧 중간 바위에 도착했다. 그들은 서둘러 아래로 내려갔다. 아래까지 내려가기는 그리 어렵지 않았다. 험하기는 해도 내려가는 데 문제가 없는 길이 열 개도 넘었다. 하지만 마크와 다트머스 경찰은 최근에 사람이 내려간 흔적을 찾아내지 못했다.

경찰들은 돌무더기로 뒤덮인 땅을 사등분했다. 그리고 제일 먼저 돌무더기가 별로 없는 곳부터 파헤친 흔적이 없는지 체계적으로 철저하게 조사를 시작했다. 그들은 돌무더기를 옮기고 드러난 흙을 꼼꼼하게 조사했다. 일 제곱미터마다 조사를 했지만 발로 다지거나 건드린 흔적은 어디에도 없었다. 마크는 중간 바위에서 바로 아래로 시신이 든 자루를 던졌을 때 떨어져 있을 것 같은 지점부터 살펴보았다. 하지만 그곳에도 뭔가가 떨어졌던 흔적은 없었다. 돌무더기를 파헤쳐 보았지만 핏방울은 고사하고 그 외진 곳에 뭔가가 있었던 흔적조차 찾을 수 없었다. 어느덧 세 시간이 흘렀다. 절벽 위로 땅거미가 스멀스멀 기어들었다. 경찰들은 최선을 다해서 능숙하고 꼼꼼하게 수색을 진행했다. 하지만 아무런 소득도 거두지 못한 채 수색을 끝내야 했다. 그렇게 자신만만하게 말했던 마크의 이론은 무참하게 깨어지고 말았다. 마크는 솔직하게 자신의 실패를 인정하지 않을 수 없었다.

경찰들은 다시 절벽을 올라 정상으로 되돌아갔다. 근처의 큰길가에서 그날 하루 경찰을 도와준 주민 한두 명을 만났다. 하지만 도망자를 목격했거나 소문을 들은 사람은 아무도 없었다.

크로우즈 네스트의 대문은 경찰이 다트머스로 돌아가는 큰길을 향해 활짝 열려 있었다. 마크는 그곳에 이르자 느닷없이 잠깐 차를 세우게 하고 혼자 내리막길을 내려가 주인을 잃은 집으로 향했다. 집 안이 슬픔에 휩싸여 있고 쥐 죽은 듯이 조용했다. 마크는 제니를

만나러 왔다고 했지만 겁에 질린 하녀는 제니가 손님을 만날 수 있을지 모르겠다고 대답했다.

하녀가 말했다.

"불쌍하게도 마님은 지금 몹시 슬퍼하고 계세요. 글쎄, 자신이 불행을 불러들였다는 거예요. 불쌍한 주인님 대신 자신을 데려가라고 주님에게 빌고 있어요. 도리아 씨가 진정을 시키려고 했는데 아무 소용이 없었어요. 마님이 도리아 씨에게 그냥 나가라고 했어요. 아침부터 내내 울어서 눈이 퉁퉁 부어 버렸지 뭐예요."

"펜딘 부인답지 않군. 마님은 어디 계신가? 도리아는 어디에 있지?"

마크가 물었다.

"마님은 침실에 계세요. 도리아 씨는 편지를 여러 통 쓰고 있어요. 당장 새 일을 찾아봐야 한다는 거예요. 한 달 후면 분명히 여기서 해고될 거라면서요."

"펜딘 부인에게 내가 잠시 뵙자고 한다고 전해 주게."

마크가 말했다. 그러자 하녀는 물어보겠다며 자리를 떴다. 잠시 후 그녀가 가져온 대답에 마크는 실망하지 않을 수 없었다. 오늘은 못 만나겠다는 말을 전해 왔기 때문이다. 내일은 기운을 차릴 테니 볼일이 있으면 내일 보자고 했다고 하녀는 전했다.

그 말에 마크는 아무 대꾸도 못 한 채 황망히 차로 돌아왔다. 바로 그때 주제페가 집에서 불쑥 나왔다. 그가 전한 소식은 하루 종

블러드하운드 bloodhound

/

뛰어난 후각을 가진 개로

범죄자들을 추격하거나

미아를 추적하는 데에 주로 투입된다.

일 크로우즈 네스트에서는 아무 일도 일어나지 않았다는 소식뿐이었다.

"손님도 목사님 한 분뿐이었어요. 우리는 주인님이 두고 가신 그대로 아무것도 건드리지 않고 있습니다."

도리아가 말했다.

"내일 다시 오겠네."

마크가 말했다. 그는 경위가 타고 있는 차에 올라타 다트머스로 돌아갔다.

다트머스에 도착하니 놀랍고도 실망스러운 소식이 그들을 기다리고 있었다. 그날 하루 수색을 했지만 아무런 소득도 거두지 못했다는 것이다. 로버트 레드메인의 흔적은 어디에서도 발견되지 않았다. 경위는 그가 자살을 한 것이 아니냐고 말했다. 마크는 그 설을 일축했다.

마크는 이렇게 대답했다.

"레드메인은 반년 전에 비하면 지금은 죽은 사람이나 다름이 없습니다. 하지만 그자에게는 위장을 하거나 몸을 숨기는 체계적인 방법이 있는 것 같아요. 그러니 일상적인 수색 방식으로는 도저히 실마리를 잡을 수 없습니다. 내일은 블러드하운드를 몇 마리 풀어보죠. 지금쯤이면 냄새가 많이 약해졌겠지만 쓸 만한 단서를 찾을 수 있을지도 모르니까요."

"지난번처럼 플리머스에서 편지를 쓸지도 모르지."

경위가 말했다.

마크는 몸도 마음도 지칠 대로 지친 채 경찰서를 나와 호텔로 돌아갔다. 수사를 하면서 크게 당황한 적은 한두 번이 아니었다. 훌륭한 크리켓 선수는 첫 이닝에서 득점을 내지 못해도 크게 실망하지 않는다. 자신이라면 두 번째 이닝에서 몇백 점을 올릴 수 있다는 사실을 알기 때문이다. 그도 마찬가지였다. 당황스러운 상황이 한두 번이 아니었지만 그때마다 딱히 시련이라고 여기지 않았다. 하지만 이번은 달랐다. 그는 같은 사건을 두 번이나 실패했다는 사실에 신경이 쓰여 견딜 수 없었다. 그는 이 사건들이 어떻게 된 건지 영문을 알 수 없었다. 그러나 더 이해할 수 없는 것은 바로 자신이었다. 그는 사건의 비밀이 주는 자극과 수수께끼가 던지는 피할 수 없는 도전에 예전처럼 반응할 힘을 잃은 것만 같았다.

자신의 지혜가 예전처럼 문제의 핵심을 파고드는 대담하고 독창적인 길을 알려 주기커녕 자신을 가지고 노는 것만 같았다. 영감의 촛불이 던져 주는 빛은 단 한 줄기도 보이지 않았다. 아니, 이 사건에서는 영감을 조금도 발휘할 수 없었다. 과거에도 이런 적이 한 번 있었다. 독감에 걸려 심하게 앓은 후 그는 지금처럼 영감이 말라붙어 버린 것처럼 허약하고 무능했던 것이다.

이 생각 저 생각에 뒤척이다 까무룩 잠이 들었다. 잠이 드는 그 순간까지도 그의 머릿속을 채운 사람은 행방을 감춘 늙은 선장이 아니라 제니였다. 삼촌의 갑작스러운 실종에 몸을 가누지 못하는

것은 당연한 반응이었다. 그녀가 슬픔 때문에 정신을 놓는다고 해도 새삼스럽지 않았다. 원래 세심한 성격이지 않았는가. 최근에는 끔찍한 비극도 겪었다. 그런데 같은 일이 또 일어났다는 사실에 신경이 버티지 못하고 끊어질 수도 있다. 이제 누가 그녀를 구해 줄 수 있을까? 누구에게 의지해야 할까? 이제 그녀는 어디로 갈까?

마크는 이튿날 아침 일찍 일어났다. 그는 대머렐 경위와 함께 하루 동안 주위를 수색할 계획을 꼼꼼하게 세웠다. 오전 9시, 대대적인 수색이 시작되었다. 하지만 오전 내내 전보도 전화도 새로운 소식을 전해 주지 않았다. 로버트 레드메인이 여전히 활개를 치고 돌아다니는 것이 틀림없었다.

마크는 크로우즈 네스트로 향했다. 그의 머릿속은 온통 제니뿐이었다. 그녀가 도리아를 어떻게 생각하고 느끼고 있든지 큰 도움이 되지 않는 것이 분명했다. 도리아는 형편이 좋을 때만 친구일 뿐이었다. 제니가 처리해야 할 일들은 많았다. 하지만 마크가 아는 한 그녀를 돕고 위로할 만한 것은 아무것도 없었다. 제니는 많이 지쳐 있었지만 진정이 된 것 같았다. 그녀는 이탈리아에 있는 삼촌에게 전보를 보냈다고 했다. 그가 영국의 겨울 날씨에도 불구하고 이곳으로 와 줄지 자신은 없었지만 꼭 와 주면 좋겠다는 내용으로 말이다.

그녀가 말했다.

"모든 게 혼란스럽기만 해요. 프린스타운에서와 똑같아요. 며칠 전에 벤디고 삼촌이 말씀하셨어요. 로버트 삼촌은 돌아가신 것

이 틀림없다고요. 법적으로 사망 선고가 나려면 몇 년은 걸릴 거라고 하셨죠. 그런데 죽었다던 삼촌은 멀쩡히 살아 있는데 가련한 벤디고 삼촌이 돌아가셨어요. 시신이 발견되지 않았으니 벤 삼촌의 사망 선고도 나지 않겠군요. 로버트 삼촌의 서류와 물건들을 살펴봤는데 유언장이 없었어요. 법적인 절차가 해결되면 로버트 삼촌의 재산은 남은 두 삼촌들이 물려받으셨을 테죠. 그런데 이제 모든 재산은 이탈리아에 계신 큰삼촌에게 돌아가겠군요. 벤디고 삼촌은 유언장을 작성해 놓으셨을 거예요. 무척 꼼꼼하신 분이었으니까요. 하지만 이 집과 돈을 어떻게 처리하려고 하셨는지 지금은 말씀드릴 수가 없어요."

제니의 말이나 행동에서 마크는 아무 도움을 받지 못했다. 그녀는 신경이 잔뜩 곤두서서는 가능하면 빨리 절벽 위의 고독한 집을 떠나고 싶어 했다. 하지만 그 전에 앨버트 레드메인의 결정을 기다려야 했다.

"삼촌은 충격을 받으실 거예요. 그분은 이제 '붉은 레드메인 가족'의 마지막 자손이니까요. 호주에서는 우리 가족을 이렇게 부르죠."

"왜 '붉은 머리'라고 부르는 겁니까?"

"모두 붉은 머리였으니까요. 제 아버지와 삼촌들은 모두 붉은 머리였어요. 할아버지도 그러셨고요. 할머니도 붉은 머리셨죠. 보시다시피 그분들의 유일한 자손인 저도 붉은 머리잖아요."

"당신은 붉은 머리가 아니에요. 감히 말씀드리자면 당신의 머리카락은 그 무엇보다 아름다운 적갈색이죠."

그녀는 마크의 칭찬에도 전혀 고마워하는 기색이 아니었다.

그저 이렇게만 대답했다.

"그래 봤자 곧 백발이 되겠죠."

009

웨딩 케이크 한 조각

앨버트 레드메인은 영국으로 오는 것이 자신의 의무라고 여겼다. 그는 그 의무를 지켰다. 제니는 긴 여정 끝에 무사히 도착한 큰삼촌을 다트머스 항구까지 마중 나갔다.

그는 체격이 작고 허약해 보이는 남자였다. 큰 두 눈이 형형하게 빛났고 두상이 큰 대머리였다. 아직까지 남아 있는 머리카락은 레드메인 집안의 일원답게 붉은색이었다. 하지만 민머리 주위에 남아 있는 머리카락은 듬성듬성 하얗게 세었고 길고 가는 턱수염도 희끗희끗했다. 그는 상냥하고 부드러운 목소리로 말했는데, 말을 할 때 남부 유럽의 몸짓이 살짝 섞였다. 그는 이탈리아식의 커다란 망토를 두르고 앞으로 축 늘어진 커다란 모자를 쓰고 있었다. 이 모

습에서 책벌레의 분위기는 전혀 느껴지지 않았다.

"아! 피터 건스가 여기에 있었다면!"

그는 한숨을 푹푹 쉬면서 거대한 석탄 난로에 최대한 가까이 몸을 내밀었다. 제니는 지금까지 일어난 일을 최대한 자세하게 삼촌에게 들려주었다.

"경찰이 동굴에 블러드하운드를 풀었어요, 앨버트 삼촌. 브렌던 형사님이 수색을 감독했지만 아무런 단서도 찾지 못했고요. 동굴에 풀어 놓은 사냥개들은 재빨리 계단을 지나서 긴 통로를 통과해 절벽 중간의 바위로 나갔어요. 하지만 그곳에서 냄새는 끊어졌어요. 거기서부터 절벽 꼭대기로도 바위 아래로도 개들이 추적할 냄새가 없었던 거예요. 사냥개들은 주위를 돌아다니며 짖어 대다가 결국 다시 통로로 내려가 동굴로 나왔어요. 브렌던 형사님은 이런 경우에는 사냥개도 별 도움이 안 된다고 생각하고 계세요."

"로…… 로버트에 대해서는 아무것도 모르니?"

"로버트 삼촌의 흔적은 어디에도 없어요. 저는 사람이 할 수 있는 일은 다 했다고 봐요. 군정 위원과 경찰을 비롯해 대단한 분들이 브렌던 형사님의 수사를 도왔어요. 하지만 불쌍한 로버트 삼촌의 흔적은 아무것도 찾지 못했어요. 그 끔찍한 밤 이후로 삼촌에게 무슨 일이 생겼는지 알려 줄 만한 것이 아무것도 없어요."

"벤디고도 마찬가지겠지. 이번 일은 네 남편이 당한 일과 똑같지 않니. 혈흔은 있지만, 맙소사, 그것 말고는 아무것도 없다니."

앨버트 레드메인이 중얼거리듯 말했다.

제니는 지치고 초췌해 보였다. 그래도 정성을 다해서 노인이 편히 지내도록 보살폈다. 혹시라도 여행으로 건강을 해치지나 않을지 신경을 썼다.

앨버트 레드메인은 그날 밤 푹 잤다. 하지만 이튿날 아침 그는 유난히 우울하고 울적해 보였다. 멀리서 소식을 전해 듣기만 했을 때도 고통스러웠지만 사건이 일어난 무대 한가운데 와 있으니 더 고통스러웠던 것이다. 그는 마크 브렌던과 오랜 시간에 걸쳐 이야기를 나누었다. 도리아에게도 이런저런 질문을 했다. 두 사람에게 이야기를 들었지만 도움이 될 만한 말을 하지 못했다. 하루가 지나니 이 노인은 자신이 아무런 도움이 되지 않는다는 사실을 깨달았다. 놀라고 겁에 질려 있었던 것이다. 그는 크로우즈 네스트와 파도가 외롭게 출렁이는 소리를 못 견뎠다. 그리고 최대한 서둘러서 이탈리아로 돌아가겠다고 했다. 특히 해가 지면 몹시 불안해했다.

"아, 피터 건스만 여기에 있어도!"

그는 제니나 마크가 지금까지의 상황을 들려줄 때마다 몇 번이나 이 말을 되풀이했다. 마침내 제니가 피터 건스를 부르면 어떻겠냐고 하자 그는 현재 미국에 있어서 연락을 할 수 없다고 했다.

그가 말했다.

"건스는 내게 가장 친한 친구란다. 아니, 좀 더 친한 친구가 있긴 하지. 그 친구는 벨라조에 살아. 내가 사는 코모 호수의 반대편

이지. 시뇨르 비르길리오 포지는 유럽에서도 알아 주는 애서가인데, 누구보다 영리한 사람이지. 엄청난 천재에다 지난 이십오 년 동안 절친한 내 동료였단다. 건스도 여러모로 놀라운 사람이지. 직업은 형사인데 재주가 많아. 특히 인간의 본성을 잘 이해하고 있단다. 그가 있으면 귀중한 통찰력을 얻을 수 있을 거야.

나는 건스와 달리 사람의 마음을 읽는 재주가 없어. 사람보다 책을 더 잘 알지. 뉴욕에서 건스와 어울릴 수 있었던 것은 내가 책에 대해 가지고 있던 유별난 지식 덕분이었단다. 뉴욕에서 벌어진 놀라운 사건에 내가 건스에게 큰 도움을 준 거야. 그를 도와서 어떤 범죄를 증명했는데, 메디치 가문을 위해 만든 어떤 종이 덕분이었지. 그런데 그 사건이 해결된 후 더 놀라운 일이 벌어졌어. 바로 그 건스와 내가 우정을 맺은 거야. 책을 아무리 읽어도 못 배울 것들을 그 사람에게 배웠단다. 그는 천사의 편에 선 마키아벨리야."

그는 귀에 딱지가 앉을 정도로 피터 건스라는 사람에 대한 이야기를 늘어놓았다. 그러자 주제페 도리아가 자신의 문제를 꺼냈다. 그는 이곳을 어서 빨리 떠나고 싶다고 딱 잘라 말했다. 그리고 법적으로 문제가 없다면 떠나도 되는지 물어보며 이렇게 말했다.

"전적으로 나쁘기만 한 일은 없죠. 이왕 이렇게 된 거 런던으로 가고 싶어졌어요."

하지만 주제페 도리아는 브렌던으로부터 공식적인 수사가 끝날 때까지는 움직일 수 없다는 대답을 들었다. 수사가 진행되었지만,

벤디고 레드메인의 살해에 대해서도, 그 동생의 실종에 대해서도 아무런 성과를 거두지 못한 채 조사는 종료되었다. 법정에서는 포긴터 채석장 사건까지 함께 거론되어 사람들의 호기심을 부채질했다. 하지만 두 사건을 연결할 만한 동기는 찾을 수 없었다. 결국 로버트 레드메인 사건은 점점 더 미궁 속으로 빠져들었다. 이들 사건에는 아무런 동기가 없었다. 드러난 사실들마저 전적으로 믿을 수 없는 상태였다. 두 사건 모두 시신이 발견되지 않았기 때문에 로버트 레드메인이 살인을 저질렀다는 사실도 입증할 수 없었다.

앨버트 레드메인은 자신의 의무를 다한 후 곧장 데번셔를 떠났다. 경찰에게 아무런 도움을 줄 수 없다는 사실이 분명해졌기 때문이었다. 그는 이탈리아로 돌아가기 전날 밤 동생의 빈약한 서재로 들어갔다. 수집가로서의 그의 관심을 끌 만한 책은 아무것도 없었다. 그는 동생을 추억하는 마음에 길이 잘 든 낡은 『모비딕』을 가져가기로 했다. 또 제니에게는 열 권에 가까운 동생의 일기장을 싸 달라고 했다. 그는 집에 돌아가면 시간이 날 때 동생의 일기를 읽어 보겠다고 하며 돌아가는 순간까지도 피터 건스가 그곳에 없다는 사실을 연신 애석해했다.

"내 친구는 내년이나 되어야 유럽에 올 수 있다는구나. 피터 건스야말로 범죄 수사라는 이 끔찍한 과학 분야에서 가장 뛰어난 업적을 거둔 사람일 거야. 그 친구가 이 자리에 있었다면 이 혐오스러운 상황에서 우리가 미처 알아차리지 못한 의미를 읽어 냈을 텐데."

그는 제니에게 이렇게 덧붙였다.

"그렇다고 내가 브렌던 형사와 이곳 경찰들의 노고를 평가 절하하는 건 아니야. 하지만 그 사람들은 아무것도 알아내지 못했잖니. 이 모든 일은 그들의 지성이 도저히 뚫고 들어갈 수 없을 만큼 깊은 곳에서 사악한 힘이 활개를 치고 있어서 그런 거야."

그는 자신은 물론 그 누구도 찾아낼 수 없는 어떤 사악한 힘에 자신의 가족이 희생되고 있다고 확신한 채 영국을 떠났다. 그는 제니에게 사건에 대해 자신이 알고 있는 모든 내용을 미국 친구에게 소상하게 알리겠다고 약속을 했다.

"그 사람이라면 이 비극적인 사건을 해결할 수 있는 새로운 관점을 제시할 수 있을 거야."

앨버트 레드메인이 장담을 했다.

"우리가 보지 못하는 것을 볼 수 있는 사람이거든. 그 친구의 뇌는 정신적 엑스선이라고밖에 설명할 수 없는 놀라운 능력이 있단다. 그 엑스선이 평범한 사람의 머리로는 불가능한 방식으로 상황을 꿰뚫어 보고 분석하는 거야."

그는 코모의 산 아래 있는 자신의 작은 빌라로 돌아가기 전에 제니와 애정에 찬 작별 인사를 나누었다. 그리고 상황이 정리되자마자 이탈리아로 찾아가겠다는 다짐을 받았다.

그는 도리아와 제니 사이에 형성된 감정적인 유대감을 알아차리지 못했다. 다만 주제페의 인간성을 마음에 들어 했다. 이렇게 힘

든 상황에서 이탈리아인이 보여 준 따뜻한 성품과 태도를 높이 산 것이다. 그는 떠나기 전에 도리아에게 돈을 좀 주었다. 필요하다면 그를 위해 추천서도 써 주겠다고 약속을 했다. 제니에 대해서는 그녀가 원한다면 조부의 유언에 따라 유산을 받을 수 있다고 했다. 그는 앞으로 제니가 자신과 함께 지낼 것을 믿어 의심치 않았다.

앨버트 레드메인은 마침내 이탈리아로 돌아갔다. 야심만만하게 시작되었던 레드메인 사건의 수사는 시간이 지날수록 흐지부지해지더니 어느새 그대로 끝이 나 버렸다. 그렇게 수색과 조사를 했지만 결국 단 하나의 실마리나 진전의 기미도 보이지 않았다. 로버트 레드메인은 자신의 형과 함께 땅속으로 꺼지듯 사라져 버렸다. 제니는 마침내 그곳을 떠나 좀 더 많은 결실을 거둘 수 있는 일들로 돌아가는 마크에게 레드메인 가문에서 남은 가족은 앨버트 레드메인과 자신뿐이라고 쓸쓸해하며 말했다.

마크는 가능한 한 빨리 앨버트 레드메인에게 가라고 제니에게 충고를 했다. 그리고 자신이 도울 수 있는 일이라면 뭐든 돕게 해 달라고 애원하다시피 덧붙였다. 제니는 품위를 유지한 채 마크가 베풀어 준 모든 일에 진심으로 고마워하고 있다고 대답했다.

그녀는 이렇게 말했다.

"형사님의 인내심과 선한 마음을 절대 잊지 않을게요. 정말 고마웠어요, 브렌던 형사님. 형사님을 위해서라도 언젠가는 반드시 이 불행한 사건의 진실이 남김없이 드러나기를 바라요. 아무에게도

원한을 사거나 미움을 받은 적이 없었던 선량한 두 남자가 가족에 의해 무참히 살해되었다는 사실을 인정해야만 하다니, 악몽이에요. 주님은 언젠가 진실에 빛을 비추어 주실 거예요. 저는 그렇게 믿고 있어요."

마크는 어느 때보다 더 깊고 큰 사랑을 가슴에 품은 채 제니를 떠났다. 하지만 두 사람의 이별에서 그 어떤 희망이나 약속을 읽을 수는 없었다. 그러면서도 마크는 두 사람이 언젠가 반드시 다시 만나리라는 사실을 믿어 의심치 않았다. 제니는 자신이 어떤 결정을 내리든지 마크에게 알리겠다고 했다. 하지만 이탈리아에서 함께 지내자는 삼촌의 말을 따를지 확실하지 않다고 했다. 그렇게 헤어지면서 마크는 제니가 분명히 도리아와 미래를 함께 할 것이라고 확신하게 되었다. 혹시라도 제니가 당장 코모로 향한다면 그 쾌활하고 굳은 의지의 이탈리아인도 재빨리 뒤를 따를 것만 같았다.

정작 주제페는 자신의 문제 외에는 관심이 없는 것만 같았다. 그는 마지막으로 크로우즈 네스트에서 배로 마크를 데려다 주면서 템스 강 근처에 좋은 일자리를 벌써 구했다고 말했다.

"아마도 형사님과는 다시 만날 겁니다. 조만간 잘나가는 도리아의 멋진 모험을 듣게 되시겠죠. 도리아가 부자를 만나 결혼을 하고 영웅이 되는 소식을 말입니다!"

마크는 도리아와 이야기를 하다 보니 이 약삭빠른 남자가 자신을 놀리고 있다는 생각이 자꾸 들었다. 마크는 그런 느낌을 좀처럼

지울 수가 없어 짜증이 났다. 도리아의 태도는 더할 나위 없이 정중했다. 하지만 남부 유럽 특유의 유머 감각은 이런 상황에서 냉소적으로 보였고 심지어 비인간적으로까지 느껴졌다.

두 사람은 미제로 남은 사건에 대해 이야기를 나누었다. 도리아는 아무리 생각해도 그 사건이 어찌 된 영문인지 모르겠다고 했다. 그러더니 야비하게도 마크가 실패했다는 생각을 거리낌 없이 내비쳤다. 실제로 마크는 도리아가 은연중에 내비친 생각을 그로부터 반년 후 좀 더 책임 있는 입장인 누군가로부터 다시 듣게 된다.

"무엇보다도 제가 이 끔찍한 사건에서 제일 이해가 안 되는 부분이 뭔지 아십니까? 바로 당신입니다, 브렌던 형사님. 당신은 뛰어난 형사이지 않습니까. 그런데 지금까지 벌어진 이 무시무시한 사건 앞에서는 어리석은 우리와 전혀 다를 바가 없습니다. 아무리 생각해도 놀랍지 뭡니까. 그런데 이제는 뭐, 새삼스럽지도 않습니다."

도리아가 말했다.

"맞아, 나는 사건을 결국 해결하지 못했어. 뭔가 중요한 것을 못 보고 지나쳤어. 아치의 이맛돌 같은 것을 말이야. 그런데 왜 이제는 새삼스럽지도 않다는 거지? 지금은 나를 잘 아니까? 내가 미련하고 무능한 사냥개라는 사실을 알았기 때문에?"

"그럴 리가요. 그게 아닙니다. 형사님은 아주 똑똑하고 영리한 사냥개입죠. 우리 이탈리아에 이런 말이 있습니다. '고양이를 장갑

에 넣어 두면 쥐를 잡을 수 없다.' 형사님은 마돈나가 과부가 되었다는 사실을 안 순간부터 장갑 속에 들어가 계셨던 겁니다."

"그게 무슨 말인가?"

"무슨 말인지 잘 아시잖아요."

그 뒤로 두 사람은 아무 말도 하지 않았다. 마크는 얼굴을 찌푸린 채 입을 다물어 버렸다. 부잔교가 가까워지자 주제페는 배의 속도를 줄이기 시작했다.

두 사람은 마침내 작별 인사를 나누며 악수를 했다.

"언젠가 다시 만날 것 같은 예감이 듭니다, 마르코."

그는 이런 말을 남겼다. 마크도 왠지 그럴 것만 같은 강한 예감에 사로잡혀 고개를 끄덕였다.

"그럴지도 모르지."

그는 이렇게 대답했다.

그러나 그로부터 몇 달 동안 마크는 이 미해결 사건에서 저마다의 역할을 담당했던 사람들의 소식을 들을 수 없었다. 그도 바빴다. 최상의 솜씨로 혁혁한 공로를 세운 덕에 금이 간 명성을 어느 정도 회복했다. 하지만 자존심은 좀처럼 회복되지 않았다. 가슴속에서 활활 타오르는 불꽃 역시 조금도 사그라지지 않았다.

그러던 어느 날 그는 제니에게 전갈을 받았다. 이탈리아로 떠나기 전에 런던에서 한번 보고 싶다는 내용이었다. 제니가 앨버트 레드메인과 함께 지내기로 했다는 사실에 마크는 마음이 편해졌다.

하지만 그 이후로 아무런 소식도 듣지 못했다. 크로우즈 네스트에서 온 제니의 편지에 답장도 보냈다. 하지만 잘 받았다는 연락도 없었다. 그렇게 몇 주가 흘렀다. 제니가 더 이상 편지를 보내지 않았기 때문에 마크는 그녀가 아직도 데번셔에 있는지 아니면 런던으로 왔는지 이탈리아로 떠났는지 알 길이 없었다.

그는 이른 봄에 앨버트 레드메인 앞으로 장문의 편지를 써서 보냈다. 하지만 이탈리아에서도 아무런 소식이 오지 않았다. 그러던 중 그동안 어떤 일이 있었는지 알게 되었다. 사실 제니는 런던에 있었다. 하지만 어떤 이유로 해서 마크에게 그 사실을 알리지 않았다. 그녀는 마크를 떠올리거나 보고 싶다고 생각할 겨를조차 없었다. 그녀의 인생을 차지한 사람은 다른 이였기 때문이다.

삼월 말 마크는 외국에서 자그마한 삼각형 상자를 받았다. 상자 안에는 웨딩 케이크 한 조각이 들어 있었다. 케이크와 동봉된 편지에는 딱 한 줄이 적혀 있었다.

'주제페와 제니 도리아 부부가 드립니다. 따뜻하고 고마운 추억을 담아.'

그녀가 주소를 적지 않아서 선물을 잘 받았다는 편지를 보낼 수도 없었다. 하지만 포장지에 찍힌 소인으로 이탈리아에서 보냈다는 사실은 확인할 수 있었다. 그것도 도리아가 언젠가 폐허가 된 성과 몰락한 자신의 가문을 떠벌릴 때 언급했던 벤티밀리아에서 말이다.

예상하지 못한 일도 아니었다. 하지만 급작스러운 일이라 마크

는 이게 끝이 아니라는 예감을 지울 수 없었다. 실제로 시간이 흐르면 마크는 제니와 다시 만날 운명이었다. 마크는 그 무렵 반드시 그렇게 될 것이라는 예감이 들었다. 하지만 이렇게 확실한 사실을 앞에 두고 예감만으로 울적함을 치료할 수는 없었다. 어쩌면 영원히 제니를 위해서 살 수도 있다는 무의식적인 자신감에 너무 빠져 있었던 것일지도 몰랐다. 어쨌든 그는 자신의 사랑에 영원히 이별을 고해야만 했다. 이제 아무런 희망도 없었다. 의무를 다한다고 해도 어떤 형태의 의무가 될지 알 수조차 없었다. 밤이면 쉬 잠들지 못하고 뒤척이며 도리아의 아내가 된 제니와 함께했던 순간들을 떠올리며 스스로를 괴롭혔다.

그런데 그녀와의 추억을 더듬은 불면의 밤에 또 다른 기억이 문득 떠올랐다. 그 기억을 계기로 그는 아직도 풀리지 않은 미스터리를 진지하게 다시 생각해 보게 되었다. 제니는 구 개월 전만 해도 남편의 죽음을 애도하던 상냥한 여자였다. 그런 제니가 이렇게 홀가분하게 인생의 기쁨을 만끽하며 다른 남자를 남편으로 맞이하는 일이 과연 가능할까? 마크의 기억 속에는 남편을 잃은 슬픔에 잠겨 있던 제니의 모습밖에 없었다. 그런데 얼마 전까지 생판 남이었던 남자의 행복하고 만족스러운 아내가 되었다. 이게 말이 되는 일일까?

현실에서는 그런 일도 벌어지는 모양이다. 실제로 그런 일이 벌어지지 않았는가. 하지만 느닷없이 그렇게 일이 진행된 데는 분명

무슨 까닭이 있을 것이다. 그것만 안다면 제니가 자신의 진정한 본모습과는 전혀 어울리지 않는 경솔한 행동을 한 이유도 알 수 있을 것이다. 깨져 버린 꿈과 가눌 길 없는 상실감 못지않게 무정한 사랑이 기적을 일으켜 제니가 외국인과의 불투명한 미래를 위해 과거의 결혼 생활을 깨끗이 지워 버렸다는 사실에 그는 더욱 풀이 죽었다.

겉으로 드러나지 않은 무엇이 있었다. 마크는 자신이 사랑하는 여인의 명예를 위해 그것을 꼭 파헤치고 싶었다.

그리안테 산에서

이탈리아의 새벽이 밝았다. 꿀처럼 샛노란 아침 햇살이 산안개를 노랗게 물들였다. 높은 구릉 아래의 세상은 여전히 잠들어 있었다. 황금색과 청록색의 라리안 호수는 온통 꽃으로 둘러싸인 채 햇살을 받아 보석처럼 반짝거렸다. 하루 중 이 시간에 이곳은 무척 조용했다. 흰색과 분홍색이 뒤섞인 조개 무더기처럼 코모 호수 주위에 흩어져 있는 작은 마을들은 마을 종탑에서 가느다란 음악 소리가 울려 퍼질 때까지 꿈을 꾸었다. 종소리에 종소리가 응답을 하고 호수 주위로 노랫가락이 울렸다. 선율은 수면 위로 퍼져 나가 새들이 지저귀듯 하늘 위로 올라갔다.

두 여자가 그리안테 산의 가파른 산길을 함께 올랐다. 한 명은

까무잡잡했고 나이가 지긋했다. 검은색 옷에 주황색 천으로 머리를 감싼 차림이었다. 억세고 근육이 불거진 체형으로 어깨에는 텅 빈 커다란 고리버들 바구니를 매고 있었다. 다른 한 명은 분홍색의 실크 원피스를 입고 있었다. 그녀는 아침 햇살을 받아 빛이 났다. 아름다운 풍경은 그녀로 인해 또 다른 아름다움이 더해졌다.

제니는 나비처럼 사뿐사뿐 산을 올랐다. 그녀는 아침 햇살보다 사랑스러웠다. 하지만 그녀의 이마에는 아직도 안개 같은 의혹이나 조심스러운 슬픔이 걸려 있는 것 같았다. 제니는 아름다운 두 눈을 들어 이탈리아 여자와 함께 걷고 있는 가파른 산길을 바라보았다. 그녀는 발걸음을 늦춰서 나이가 더 많은 동행의 느릿한 걸음걸이에 맞췄다. 두 사람은 길가에 세워진 자그마한 잿빛 기도소에 다다르자 발걸음을 멈췄다.

앨버트 레드메인의 누에들은 그의 빌라 뒤쪽에 있는 바람이 잘 통하는 큰 사육장에서 고치를 거의 다 짰다. 유월이 되자 저 아래 골짜기에서 매년 따 오는 뽕잎들은 바닥이 났다.

그래서 늙은 애서가의 가정부 아순타 마르젤리는 하루 쉬며 요즘 그의 집에서 지내는 제니와 함께 산에 오르기로 했다. 산에 가면 느려 터진 애벌레들이 변태를 하기 위해 필요한 먹이가 있을 터였다.

두 사람은 동이 트기 전에 집을 나섰다. 말라붙은 물길을 건넌 후 무성한 포도 넝쿨을 지났다. 만개한 올리브 나무의 꽃에서 향기

가 났다. 주위에는 자그마한 포도송이들이 지천으로 달려 있었다. 두 사람은 쐐기 울타리와 밭을 지나쳤다. 밭에는 샛노랗게 잘 익어 수확을 앞둔 옥수수와 싱싱한 푸른 잎사귀가 달린 어린 옥수수가 무리를 지어 서 있었다. 무화과와 아몬드 나무와 줄지어 선 붉은색과 흰색의 뽕나무들이 잎사귀가 다 떨어진 헐벗은 가지를 드러낸 채 작물들 사이에 우뚝 서 있었다. 새빨간 체리를 수확하는 밭의 생울타리가 반짝거렸다. 저쪽에서는 양과 염소들이 달콤한 풀이 자라는 자그맣고 환한 목초지에서 풀을 뜯고 있었다. 좀 더 높은 곳에는 밤나무 숲이 반짝반짝 빛이 났다. 잎사귀들이 밝게 빛나는 모습은 아직도 어둠에 감싸인 산 위의 소나무들과 대조를 이루었다.

얼마를 갔을까. 편백나무가 한 그루씩 길 양편에 서 있었다. 제니와 아순타는 작은 기도소가 나오자 잠시 쉬기로 했다. 제니는 점심 도시락을 넣어 들고 온 바구니 위에 걸터앉았다. 아순타는 뽕잎을 담아 갈 커다란 바구니를 어깨에서 내렸다.

산 아래 호수는 녹아 버린 옥을 담은 컵처럼 자그맣게 보였다. 그 호수 위로 빛의 띠가 호수 가장자리에 걸친 산 그림자 속으로 쏜살같이 튀어 나갔다. 하지만 보는 이의 시선을 사로잡은 것은 호수 위에 떠 있는 배들이었다.

배들은 쌍둥이처럼 닮았다. 장난감 어뢰정 같은 배들이 고물의 난간에 이탈리아 국기를 단 채 수면 위를 붉고 검은 띠처럼 누비고 있었다. 물론 이런 작은 선박들은 장난감이 아니었다. 아순타는 이

런 배들이 끔찍이도 싫었다. 낯선 선박은 산악 지대의 밀수업자들을 단속하기 위해 정부가 벌이는 끊임없는 전투를 말해 주는 증거였기 때문이다. 그녀는 십 년 전 무법자 남편의 죽음을 문득 떠올렸다. 세자르 마르젤리는 자주 국경을 넘나들었다. 그러다가 세관원들과 접전을 벌이게 되었고 그만 목숨까지 잃고 말았다.

장엄한 빛의 기둥들이 산속에 꽂히고 호수에 흠뻑 빠졌다. 더 작은 구릉의 어깨선들의 윤곽이 또렷해졌다. 그 아래로 흐르는 물이 반짝거렸다. 저 멀리 눈이 시리게 푸른 하늘을 배경으로 아침 안개가 낀 고원에는 군데군데 지난겨울 내린 눈이 남아 햇살을 반사했다.

두 여자가 앉은 곳 바로 옆의 작은 기도소 위에는 녹이 슨 철 십자가가 세워져 있었다. 기도소의 지붕을 덮은 오래된 기와들은 부드러운 갈색으로 말라붙어 있었다. 그곳은 마리스 스텔라•를 위해 세운 곳이었다. 안으로 들어가면 제단 아래에는 먼 옛날 페스트에 스러져 간 수많은 남녀의 두개골과 갈비뼈가 하얗게 반짝이고 있었다.

"모르티 델라 페스테••."

제니는 제단의 앞쪽에 적힌 글귀를 읽었다. 지난날이 떠올라 우울해진 아순타는 고개를 가로저으며 젊은 안주인에게 말을 했다.

"시뇨라, 가끔은 이 사람들이 부러워요. 이 사람들은 더 이상 고통받을 일이 없잖아요. 고통 속에서 흐느끼던 저 머리통들은 이제는 고통 때문에 울 일이 없을 거예요."

아순타가 이탈리아어로 말했기 때문에 제니는 그녀의 말을 다 알아들을 수는 없었다. 하지만 그녀도 아순타를 따라 제단 앞에 무릎을 꿇고 바다의 별인 마리아에게 아침 기도를 올렸다. 그리고 그들의 영혼이 가장 바라는 일을 이루어 주십사 간절히 빌었다.

마침내 두 사람은 일어섰다. 아순타는 기도를 올린 탓인지 좀 더 편안해 보였다. 두 사람은 다시 산을 오르기 시작했다. 아순타는 이탈리아와 스위스를 오가며 정직하게 자유 무역을 하던 자신의 남편이 저 아래 정부의 선박에 타고 있는 노예들에 의해 목숨을 잃은 사건이 얼마나 비열하고 끔찍한 일이었는지 설명을 하려고 애썼다. 제니는 연신 고개를 주억거리며 알아들으려고 애를 썼다. 그녀의 이탈리아어 실력은 꾸준하게 늘었다. 아순타의 빠른 말투와 사투리를 이해하려면 아직은 멀었지만 말이다. 하지만 아순타의 입에서 흘러나오는 이야기의 주제가 죽은 밀수업자 남편이라는 사실을 알았기에 그 마음을 잘 안다는 듯이 고개를 끄덕였다.

"개자식들!"

아순타가 소리를 쳤다. 이윽고 길이 가팔라지자 마침내 조용해졌다. 제니 도리아를 느닷없이 과거의 비극 속으로 돌려보낸 그날의 대사건은 아직 일어나지 않았다. 그녀가 사건과 마주하려면 아직도 몇 시간이나 남았다. 두 여자는 이제 작은 풀밭을 지났다. 그곳에는 귀여운 꽃들이 곳곳에 만발해 있고 무성한 뽕나무들 사이로 고산 지대의 잔디가 자라고 있었다. 이곳이 두 사람이 작업을 할 곳

- **마리스 스텔라** _ Maris Stella, 바다의 별.
- •• **모르티 델라 페스테** _ Morti della peste, 페스트로 죽은 이들을 위하여.

이었다. 작업을 시작하기 전에 두 사람은 도시락으로 싸 온 달걀과 빵, 호두, 말린 무화과를 함께 먹고 레드 와인 작은 병 하나를 나눠 마셨다. 마지막으로 체리 한 줌까지 먹은 후 아순타는 곧장 뽕잎을 따 커다란 바구니에 넣기 시작했다. 제니는 주위를 어슬렁거리며 담배를 한 개비 피웠다. 담배는 결혼 후 생긴 습관이었다.

잠시 후 제니는 아순타를 도와 뽕잎을 따기 시작했다. 이윽고 가져간 바구니에는 두 사람이 딴 잎사귀가 수북하게 쌓였다. 제니는 그 작은 계곡에서 자란 큼지막한 골든오렌지릴리 한두 송이도 꺾었다. 마침내 두 여자는 집으로 발걸음을 옮기기 시작했다. 일 킬로미터 넘게 걸었을까. 그들은 산기슭의 서늘한 그늘에서 잠시 쉬었다 가기로 했다. 그들의 집은 산 아래 북쪽 호숫가에 있었다. 인가가 옹기종기 모여 있기도 하고 점점이 흩어져 있기도 한 메나조를 내려다보던 제니는 피아네초 빌라의 붉은 지붕과 삼촌이 누에를 키우는 높은 갈색 사육장이 보인다고 말했다.

호수 건너편에는 벨라조 마을이 소박하게 들어서 있었다. 그 뒤로 구름 한 점 없는 하늘을 배경으로 레코 호수의 거울 같은 수면이 햇살에 반짝거렸다. 바로 그때였다. 허공에 유령이 떠오르듯 느닷없이 길가에 키 큰 남자의 형체가 나타났다. 모자를 쓰지 않아 붉은 머리가 보였다. 그 아래로 유난히 사납고 퀭한 두 눈이 햇살에 희번덕거렸다. 멀리서 보기에 남자는 황갈색 콧수염을 더부룩하게 기르고 트위드 재킷과 헐렁한 반바지에 붉은색 조끼를 받쳐 입고 손에

는 모자를 쥐고 있었다.

로버트 레드메인이었다. 그 사실을 모른 채 멍하니 보던 아순타는 자신의 팔을 잡은 제니의 손에 일순 힘이 들어가는 것을 느꼈다. 제니는 두려움에 찬 비명을 지르며 그대로 기절했다. 아순타는 생각할 겨를도 없이 제니 곁에 앉아 자신도 울먹이면서도 제니를 안심시키고 겁내지 않아도 된다고 다독여 주었다. 제니는 좀처럼 의식이 돌아오지 않았다. 한참 후에야 의식이 돌아왔지만 여전히 제정신이 아닌 것 같았다.

"그 사람 봤어?"

제니가 헐떡이며 물었다. 매달리듯 아순타를 꼭 잡은 그녀는 두려움에 찬 시선으로 삼촌이 서 있던 곳을 바라보았다.

"네, 봤어요. 덩치가 크고 머리가 붉은 남자였어요. 우리를 해치려는 것 같지 않았어요. 마님이 비명을 지르시니까 그 남자가 우리보다 더 놀란 것 같더라고요. 붉은 여우처럼 펄쩍 뛰어서 숲 속으로 사라졌어요. 이탈리아 사람으로 보이지는 않았어요. 독일인이나 영국인이었던 것 같아요. 스위스에서 홍차와 담배, 커피, 소금 같은 걸 몰래 들여오려는 밀수꾼이었을 거예요. 세관원에게 몫을 충분히 떼 주면 눈감아 줄 거고 안 그러면 쏴 버리겠죠. 나쁜 놈들!"

"당신이 본 걸 꼭 기억해 둬! 아까 본 남자가 어떻게 생겼는지 잘 기억해, 아순타. 앨버트 삼촌에게 본 대로 말씀드릴 수 있도록. 그 남자는 삼촌의 막내 동생인 로버트 레드메인이야!"

제니는 벌벌 떨며 말했다.

아순타 마르젤리도 그 사건에 대해 얼마간 알고 있었다. 주인님의 동생이 엄청난 범죄를 저지르고 도망중이라는 사실도 말이다.

그녀는 팔짱을 끼며 말했다.

“자비로우신 주님! 사악한 인간 같으니라고. 머리는 얼마나 새빨갛던지! 여기서 어서 도망가요, 시뇨라.”

“어느 쪽으로 갔지?”

“우리 앞쪽에 있는 숲으로 곧장 들어가던걸요.”

“나를 알아봤을까, 아순타? 나를 아는 것 같았어? 나는 감히 똑바로 쳐다볼 수도 없었어.”

아순타는 제니의 질문을 완전히 이해하지 못한 채 대답했다.

“아뇨. 그 남자는 아무도 보지 않았어요. 저쪽 호수를 보더군요. 영혼을 잃어버린 얼굴 같지 뭐예요. 그러다가 마님이 소리를 지르셨고 여전히 이쪽은 보지도 않고 그대로 사라졌어요. 화가 난 것 같지는 않았어요.”

“왜 이곳에 왔을까? 어디서 어떻게 온 걸까?”

“그걸 누가 알겠어요? 주인님은 아실지 모르죠.”

“삼촌이 너무 걱정이 돼, 아순타. 어서 빨리 집으로 가야 해.”

“그 남자가 주인님을 해칠 수도 있단 말인가요?”

“나도 몰라. 그냥 그럴지도 모르겠다 싶어서.”

제니는 커다란 바구니를 들어 올리는 아순타를 도와 어깨에 걸

어 주었다. 그리고 나란히 섰다. 하지만 산을 내려가는 속도는 짜증이 날 정도로 느렸다.

"아순타, 걱정스러워서 죽겠어. 최대한 서둘러야 할 것 같아. 내가 먼저 가면 아순타 혼자 무서울까?"

아순타는 가까스로 제니의 말을 알아듣고는 괜찮다고 했다.

"저는 그 붉은 머리 남자와 아무 문제도 없어요. 제게 왜 해코지를 하겠어요. 어쩌면 사람이 아니라 유령일지도 몰라요, 시뇨라."

그 말에 제니가 대답했다.

"차라리 그랬으면 좋겠어. 하지만 숲으로 뛰어드는 소리를 들었으니 유령은 아니겠지, 아순타. 지름길로 달려가야겠어."

두 사람은 그 자리에서 헤어졌다. 제니는 서둘러 달리다가 몇 번이나 넘어져 목이 부러질 뻔했다. 그녀는 젊음의 활기로 두려움의 날개에 걸터앉은 채 전속력으로 달렸다. 아순타는 제니가 한두 번 멈춰서 몸을 돌리고 주위 소리에 귀를 기울이는 모습을 보았다. 이윽고 툭 튀어나온 바위와 무성한 숲에 가려 그녀의 모습이 보이지 않게 되었다.

제니는 자신의 인생에 또다시 난입한 사람의 모습과 소리를 더 이상 보고 듣지 못했다. 제니는 앨버트 레드메인이 안전한지 온통 그 생각뿐이었다. 삼촌과 만나면 방금 로버트를 본 이야기를 들려주고 사건의 중요성을 따져 본 후 앨버트의 안전을 위해 어떤 조치를 취해야 할지 생각해 보아야 했다. 집에 도착해 보니 앨버트는 벨

라조에 가고 없었다. 하인이자 아순타의 동생인 에르네스토는 앨버트 레드메인이 절친한 친구이자 애서가인 비르길리오 포지의 집에 점심을 먹으려고 갔다고 전했다.

"우편 배달부가 책을 한 권 배달했는데 말입니다, 시뇨라. 주인님이 배를 빌려서 당장 호수를 건너가야 한다고 말씀하셔서요."

에르네스토가 사정을 설명해 주었다. 그는 영어가 뛰어났으며 그 사실을 자랑스러워했다.

제니는 초조하게 삼촌이 돌아오기를 기다렸다. 앨버트가 돌아왔을 무렵에는 아예 부잔교에 나가 있었다. 그는 조카를 보더니 미소를 지으며 구부정한 커다란 모자를 벗었다.

"비르길리오가 내가 발견한 유명한 책을 보고 어찌나 좋아했는지 몰라. 그 책은 토마스 브라운 경의 『프세우도독시아 에피데미카•』 이탈리아 판본인데 진품이었지 뭐니. 오늘은 우리 두 사람 모두에게 축하해야 할 날이야! 아니, 왜 그러니?"

그는 제니의 겁에 질린 눈빛과 자신의 팔에 얹은 손이 떨리는 것을 느꼈다.

"무슨 일이냐? 놀란 것 같구나. 주제페에게 나쁜 일이라도 생긴 거니?"

제니가 대답했다.

"어서 집으로 돌아가요. 가서 전부 설명해 드릴게요. 무시무시한 일이 벌어졌어요. 어떻게 해야 할지 모르겠어요. 상황이 확실해

질 때까지 삼촌을 절대 떠나지 않겠다는 생각밖에 안 들어요."

집에 돌아오자마자 앨버트 레드메인은 망토와 모자부터 벗었다. 그리고 서재에 자리를 잡고 앉았다. 그곳은 입이 떡 벌어질 만한 곳이었다. 사치스럽지만 어두운 색으로 장정이 되어 칙칙한 분위기가 나는 책들이 높은 천장까지 가지런히 꽂혀 있었다. 무려 오천 권이나 되었다. 제니는 삼촌에게 로버트 레드메인을 목격한 이야기를 들려주었다. 그로부터 꼬박 오 분 동안 앨버트는 곰곰이 생각을 하더니 놀랍고 당황스럽다고 털어놓았다. 두려움을 드러내지는 않았다. 커다랗게 빛나는 두 눈이 작고 쪼그라든 얼굴에서 유난히 드러나 보였다. 첫 반응이 어쨌든 그는 이 놀라운 사건에 숨은 위험을 재빨리 읽었다.

그는 조카에게 물었다.

"네가 본 사람이 로버트가 확실하니? 중요한 건 바로 그거야. 행방불명된 불쌍한 내 동생이 여기 나타난 모습을, 그것도 바로 내 집 근처에서 네가 목격한 거라면, 너무 놀랍구나, 제니. 헛것을 본 것 아니니? 로버트를 닮은 남자를 본 게 아니냐? 그런 게 아니라고 장담할 수 있니?"

"저도 아니라면 좋겠어요, 앨버트 삼촌. 하지만 제가 두 눈으로 똑똑히 봤어요."

"로버트가 네가 마지막으로 봤을 때처럼 커다란 트위드 정장과 붉은색 조끼를 입고 나타났다는 말이 사실이라면 혹시 네가 헛것을

● **프세우도독시아 에피데미카** _ Pseudodoxia Epidemica, 전염병처럼 퍼지는 잘못된 생각이라는 뜻.

본 것 아닐까? 그 녀석이 정말 살아 있다면 어떻게 일 년 동안 같은 옷차림으로 유럽을 반이나 횡단했겠니?"

"끔찍한 일이죠. 하지만 그곳에 로버트 삼촌이 서 계셨어요. 지금 삼촌을 보는 것처럼 확실하게 봤어요. 그 순간에 로버트 삼촌을 생각하던 것도 아니었어요. 저는 별생각 없이 아순타와 누에에 대해 이야기를 하고 있었어요. 그런데 이십 미터도 안 되는 곳에서 불쑥 나타나셨다니까요."

"그래서 어떻게 했니?"

제니가 털어놓았다.

"바보같이 굴고 말았어요. 아순타 말이 제가 비명을 지르더니 비틀거리며 쓰러져 기절을 했대요. 정신을 차리니 아무도 없었어요."

"아순타도 네가 본 사람을 봤니?"

"저도 그것부터 확인했어요. 아순타는 아무것도 못 봤기를 바랐거든요. 그랬다면 어떤 면에서는 다행이죠. 삼촌 말씀처럼 제가 헛것을 본 것이 맞았을 테니까요. 하지만 아순타도 똑똑히 봤어요. 어느 정도로 확실히 봤냐면 붉은 머리 남자에 이탈리아 사람이 아니라 영국인이나 독일인이라고 할 정도였어요. 게다가 소리도 들었어요. 제가 비명을 지르니까 펄쩍 뛰어서 숲으로 도망쳤대요."

"그 남자가 너를 알아봤니?"

"그건 모르겠어요. 아마 그랬을 거예요."

앨버트 레드메인은 난로 옆에 세워 둔 작은 탁자 위 시가 상자

에서 시가를 꺼내 불을 붙였다. 그는 담배를 몇 모금 깊이 빨아들인 후 마침내 말문을 열었다.

"불안하구나. 이런 일이 일어나지 않기를 바랐는데. 하지만 지레 겁먹을 필요는 없다. 벤디고가 사라진 걸 생각하면 나도 두렵지만. 무슨 기적으로 지난 반년 동안 로버트가 경찰의 추적을 피하고 온전하지 못한 정신 상태를 숨길 수 있었는지 모르겠구나. 이런 사실들을 생각해 보면 지금 무시무시한 위험이 나를 덮치려 하고 있다는 실감이 나는구나, 제니. 나는 식솔들을 안전하게 지킬 수 있도록 최선을 다해야만 한단다. 너도 어쩌면 위험한 상황인지 몰라."

그러자 제니가 대답했다.

"그럴지도 몰라요. 하지만 삼촌이 더 중요해요. 삼촌, 오늘, 아니 지금 당장 신속하게 대비책을 마련해야 해요."

앨버트 레드메인이 동의했다.

"그래. 주님이 우리를 혹독한 시험에 들게 하시는구나, 얘야. 하지만 하늘은 스스로 돕는 자를 돕는다고 하지 않았느냐. 기억하기로 나는 지금껏 한 번도 육체적인 위험에 처한 적이 없어. 그래서 지금 몹시 불쾌하구나. 진한 차부터 한잔하자. 그리고 앞으로 어떻게 할지 의논을 해 보자꾸나. 솔직히 말하자면 몹시 불안하구나."

말과 달리 그의 표정은 무척 평온하고 절제되어 보였다. 하지만 앨버트 레드메인은 평생 한 번도 거짓말을 하지 않았다. 그러므로 제니는 삼촌이 얼마나 놀랐는지 누구보다 잘 알았다.

"오늘 밤은 여기서 지내시면 안 돼요. 벨라조로 건너가서 상황이 확실해질 때까지 포지 씨 댁에서 지내세요."

제니가 말했다.

"생각해 보자. 우선 차를 준비해 주겠니. 삼십 분 정도 혼자 생각을 하고 싶구나."

"하지만, 하지만 로버트 삼촌이 언제 들이닥칠지 몰라요."

"그런 생각은 말거라. 그 불쌍한 아이는 밤의 존재야. 남자들이 있는 이 집을 대낮에 침입해 오겠니? 걱정은 안 해도 돼. 혼자 있게 해 다오. 그리고 에르네스토에게는 모르는 사람은 절대 집에 들이지 말라고 해. 다시 한번 말하지만 어두워지기 전에는 걱정할 필요가 전혀 없어."

삼십 분이 지난 후 제니는 차를 가지고 서재로 돌아왔다.

"방금 아순타가 돌아왔어요. 로버트 삼촌이 그 후로는 나타나지 않았대요."

앨버트 레드메인은 아무 말도 하지 않았다. 그는 차를 마시고 커다란 마카롱을 먹었다. 이윽고 그는 자신의 계획을 제니에게 들려주었다.

"한 가지 점에서 주님은 분명히 우리 편이야. 원래 구월에 오기로 되어 있는 유능한 내 친구인 피터 건스가 지금 영국에 도착해 있다는구나. 지난겨울에 그 사건에 대해 알려 줬는데 이런 일이 또 일어났다고 하면 지체 없이 계획을 변경해서 와 줄 거야. 장담해. 피

터는 워낙 규칙을 좋아해서 뭐든 바꾸는 걸 싫어하지만 상황이 상황이니만큼 최대한 빨리 올 거야. 그 친구는 나를 무척이나 좋아하거든. 장담할 수 있다."

"분명히 그러실 거예요."

제니도 맞장구를 쳤다.

"편지를 두 통 써 주려무나. 한 통은 런던 경찰청의 젊은 형사인 마크 브렌던에게 보내는 거야. 실력 있는 형사인 것 같더구나. 런던에서 피터 건스를 만나서 상황이 허락하는 대로 최대한 빨리 이곳으로 와 달라고 써. 그리고 나머지 한 통은 네 남편에게 보내. 도리아에게도 하루라도 빨리 오라고 해. 주제페는 두려움을 모르고 의지가 굳은 사람이니 당연히 우리를 보호해 줄 거야."

그런데 제니는 삼촌의 제안을 별로 마음에 들어 하지 않았다.

"저는 삼촌과 한 달을 평화롭게 보내려고 왔어요."

그녀가 부루퉁한 표정으로 말했다.

"나도 그러고 싶었단다. 하지만 이런 상황에서 어떻게 평화로울 수 있겠니? 게다가 도리아가 옆에 있으면 나도 안심이 될 것 같아. 그는 힘도 세고 쾌활하고 늘 원기 왕성하니까 말이야. 게다가 용감하기도 하지. 지난 일도 잘 알고 있어. 불쌍한 로버트를 보면 알아볼 수도 있고. 로버트가 이 근처에 있으면서 이곳을 호시탐탐 노리고 있는 게 사실이라면 도리아 같은 사람이 우리를 지켜 주면 좋겠구나. 만약 로버트가 너나 다른 사람을 통해서 벤디고를 만날 때처

럼 밤에 단둘이 만나자고 하면 단호하게 거절할 거다. 만나더라도 무장한 남자들과 함께 만나든지 아니면 아예 만나지 말아야겠지."

제니는 한동안 도리아를 떠나 지냈다. 삼촌과 함께 있기로 한 기간이 끝날 때까지 그를 보고 싶은 생각이 없는 것 같았다.

"사흘 전에 그이에게서 연락이 왔어요. 그이는 지금 벤티밀리아를 떠나 토리노로 갔어요. 전에 그곳에서 일을 했고 친구들도 많거든요. 그 사람은 따로 계획이 있어요."

"다음에 만나면 진지하게 이야기를 해 봐야겠구나. 너도 알다시피 나는 매력적인 네 남편을 높이 평가하고 있어. 그는 유쾌한 젊은이지. 하지만 지금은 너의 이만 파운드와 미래에 대해서 진지하게 생각할 때가 되었어, 제니. 당연히 내가 가진 것은 모두 네 것이 될 거야. 불쌍한 벤디고의 재산을 정리하면 현재의 내 수입은 거의 두 배로 늘어나겠지. 사망 선고가 늦춰지면 그 시기도 미뤄질 수 있지만 말이다. 어쨌든 네가 조만간 유산을 물려받으리라는 사실은 변함이 없어. 그래서 주제페를 앉혀 놓고 자신의 책임을 제대로 이해하도록 이야기를 했으면 하는 거야."

"책임감을 가지라고 말한다고 들을 사람이 아니에요, 삼촌."

"그런 말 마. 그는 똑똑한 사람이야. 너를 헌신적으로 깊이 사랑해. 명예가 뭔지도 분명히 아는 사람이야. 그렇다고 네 돈을 흥청망청 써서는 안 되지. 내가 그렇게 놔두지 않을 게다. 토리노로 편지를 보내서 당장 이쪽으로 와 달라고 내가 부탁을 했다고 전해. 오래

붙잡고 있지는 않을 거야. 적어도 피터와 브렌던 형사가 언제 오는지 알 때까지만이라도 우리를 지켜 줄 수는 있지 않겠니."

제니는 썩 내키지 않는 태도로 알겠다고 했다.

"그 사람은 비웃으면서 안 오겠다고 할걸요. 하지만 삼촌이 현명하게 판단하신 일이니 오늘 있었던 일을 알리고 서둘러 와 달라고 얘기해 볼게요. 그동안 오늘 밤과 내일 밤은 어떻게 하죠?"

"오늘 밤은 호수를 건너 벨라조로 갈 거야. 너도 함께 가자. 우리가 그곳에 있으리라고는 로버트도 알 길이 없을 거야. 포지가 우리를 잘 돌봐 줄 거야. 내가 위험에 처했다고 하면 나를 지키려고 애를 쓸 거야."

"그분이라면 그러실 거예요. 경찰에 로버트 삼촌을 신고하고 인상착의를 알려야 하지 않을까요?"

"그 문제는 아직 마음을 못 정했어. 내일 다시 생각해 보자꾸나. 나는 이탈리아 경찰들의 방식이 별로 마음에 들지 않아."

"오늘 밤 이곳은 사람들에게 망을 보게 하셔야 해요. 혹시라도 삼촌이 나타나면 잡을 수 있도록요."

제니가 말했다. 하지만 앨버트는 아무 조치도 하지 않기로 결정했다.

"당분간은 아무것도 하지 않으련다. 새로운 소식이 들어올지 아침까지 기다려 보자꾸나. 흉악한 존재가 코앞까지 왔다는 사실이 불쾌하구나. 내일까지는 로버트에 대해서 더 이상 생각하고 싶지

않아. 내가 이른 대로 편지를 쓰도록 해. 편지를 다 쓰면 필요한 물건을 챙겨서 어두워지기 전에 호수를 건너자."

"이 책들은 걱정되지 않으세요, 삼촌?"

"아니. 책에 대해선 아무 걱정을 할 필요가 없어. 내 목숨을 노리는 자가 이곳까지 왔다면 책이나 살피며 머뭇거리고 있겠니? 로버트는 정신이 멀쩡할 때도 책의 가치는 물론이고 책에 대해서 아무것도 몰랐어. 그러니 책을 건드리지는 않을 거야. 이곳에 온다고 해도 책에 관심을 가질 리 없을 거야."

"로버트 삼촌은 예전에 이곳에 온 적이 없나요? 이탈리아를 잘 아시나요?"

제니가 물었다.

"내가 아는 한 한 번도 안 왔어. 나를 찾아온 적도 없어. 그 녀석을 마지막으로 본 것도 언제인지 모르겠구나. 이제 그 불쌍한 녀석을 본다고 해도 알아볼 수나 있을지."

제니는 삼촌이 부탁한 편지 두 통을 써서 부쳤다. 그런 후에 자신과 삼촌의 짐을 챙기고 아순타와 에르네스토에게 이튿날 앨버트가 돌아올 때까지 모르는 사람을 절대 집에 들이지 말라고 신신당부를 했다. 앨버트 레드메인은 호수를 건널 준비를 했다. 하지만 그 전에 서재의 문을 잠그고 빗장을 지른 후 다른 것들보다 훨씬 더 값어치가 나가는 책 여섯 권을 위층 침실에 있는 강철 금고로 옮기는 것을 잊지 않았다.

뱃사공은 신속하게 벨라조의 부잔교까지 배를 몰았다. 두 사람은 금세 앨버트의 친구 집에 도착했다. 포지는 놀라면서도 반갑게 친구들을 맞이했다.

시뇨르 포지는 키가 작고 뚱뚱한 남자였다. 머리는 벗겨지고 눈썹이 두꺼웠으며 눈이 반짝거렸다. 그는 손님들의 손을 맞잡고 느닷없이 찾아온 이유를 귀 기울여 들었다. 그는 영어를 곧잘 했는데, 영어를 연습할 기회가 생기면 기꺼이 그 기회를 활용하곤 했다.

이야기를 다 들은 포지가 말했다.

"도저히 믿기 힘든 이야기군! 앨버트에게 적이라니! 도대체 어떤 사람이 이 친구의 적이 될 수 있지? 모든 사람의 친구인데 말이야. 시뇨라 제니, 무슨 로맨스가 있기에 당신 삼촌이 이런 위험에 빠진 거요?"

그 질문에는 앨버트가 대신 대답을 했다.

"감쪽같이 행방을 감춘 내 동생이 위협과 공포의 대상이 된 거라네. 비르길리오, 자네도 느닷없이 나타난 로버트와 사라진 벤디고에 대한 끔찍한 사실들을 알잖아. 내 동생의 무시무시한 짓거리가 마침내 끝이 났고 더 이상 이 세상 사람이 아니라고 믿기 시작했는데, 이제 와서 느닷없이 산에서 훌쩍 튀어나왔다지 뭔가! 내 동생이 살아 있다는 사실도 확실해졌어. 그 아이는 유령이 아니라네, 친구여. 그림자를 달고 있는 산 사람이야. 그리고 정신이 나간 탓에 내 목숨을 호시탐탐 노리고 있어."

비르길리오가 말했다.

"이거야말로 로맨스군. 하지만 우울하고 고통스러운 사연이 깃든 로맨스야. 두 사람은 내 집에 있으면 안전해. 두 사람을 지키기 위해서라면 기꺼이 내 피라도 흘릴 수 있다오."

앨버트 레드메인이 말했다.

"자네라면 당연히 그럴 테지. 자네만 한 사람이 어디에 있겠나. 하지만 우리는 자네의 용기와 너그러움에 그리 오래 기대지 않아도 될 걸세. 영국에 있는 피터 건스에게 편지를 썼네. 주님의 은총으로 지금 영국에 와 있어. 몇 달 후면 나를 보러 올 계획이라네. 주제페 도리아에게도 어서 돌아오라고 연락을 했어. 주제페만 돌아오면 나도 안심하고 집에서 잠을 청할 수 있을 걸세. 하지만 금방 돌아오지는 않을 거야."

시뇨르 포지는 서둘러서 식사를 준비하라고 했다. 그의 아내도 앨버트 레드메인을 좋아했으므로 두 사람이 편히 지낼 수 있도록 서둘러 준비했다. 포지는 제일 좋아하는 친구들을 대접할 수 있다는 생각에 기쁠 따름이었다. 저녁으로 풍성한 식탁이 준비되었고 제니는 안주인을 도왔다.

포지는 자신의 제일 좋은 벗인 앨버트 레드메인이 언제까지 행복하기를 기원하며 건배를 했다. 앨버트도 최고의 벗에게 똑같은 행복을 빌며 잔을 들었다. 네 사람은 즐거운 분위기에서 맛있는 저녁을 들었다. 식사를 마친 후에는 비르길리오의 장미 정원으로 나

와 유월의 황혼을 감상하고 산들바람을 맞으며 협죽도와 은매화의 향기를 마음껏 즐겼다. 올리브 나무와 시커먼 편백나무 주위를 반딧불이들이 작은 불빛을 밝히는 모습을 지켜보며 캄피오네 산과 크로체 산의 정상 부근에서 여름 천둥이 으르렁거리는 소리를 들었다.

제니는 일찍 잠자리에 들었다. 마리아 포지도 그녀와 함께 들어갔다. 하지만 비르길리오와 앨버트는 밤이 늦도록 이야기를 나누고 시가를 잔뜩 피운 후에야 비로소 잠자리에 들었다.

이튿날 9시에 앨버트 레드메인과 제니는 다시 호수를 건너 집으로 돌아왔다. 하지만 밤새 피아네초 빌라를 침입해 온 사람은 아무도 없다는 소식이 두 사람을 기다리고 있었다. 그날 낮에도 특별한 일은 없었다. 두 사람은 어두워지기 전에 다시 벨라조로 향했다. 그렇게 사흘이 지났다. 마침내 토리노에서 도리아의 전보가 도착했다. 당장 코모로 가겠으며 밀라노를 경유할 것 같다는 내용이었다. 도리아가 메나조로 출발한 아침 제니는 마크 브렌던으로부터 짧은 편지를 한 통 받았다. 피터 건스를 만났으며 며칠 안에 함께 이탈리아로 출발할 것이라는 내용이었다.

앨버트는 편지와 전보의 내용을 확인한 후 이렇게 말했다.

"이 사람들이 전부 이 집에 묵을 수는 없어. 시뇨르 불로에게 말해서 빅토리아 호텔에 좋은 방을 잡아 달라고 연락해야겠구나. 호텔은 거의 찼겠지만 내 친구들을 위해서라면 방을 잡을 수 있을 거야."

피터 건스의 등장

마크 브렌던은 제니 도리아가 보낸 장문의 편지를 착잡한 심정으로 받아 들었다. 편지는 런던 경찰청에 도착해 있었다. 선반에서 그 편지를 집어 들어 기억 속에 깊이 자리하고 있는 필체를 본 순간 또다시 가슴이 두근거리기 시작했다. 정신없이 이어지는 현재에 한동안 과거가 그림자를 드리울 일은 거의 없었다. 그런데 그의 휴가가 시작되려는 즈음 또다시 로버트 레드메인이 나타난 것이다. 그동안 마크는 인생 최대의 실패를 만회하느라 바빴다. 이제 제니를 떠올려도 오래된 상처를 건드리는 고통밖에 느끼지 못할 거라고 그는 되뇌었다. 제니의 편지는 마크가 휴가를 떠나기 일주일 전에 도착했다. 그는 스코틀랜드로 갈 생각이었다. 다시는 다트무어를 떠

올리고 싶지 않았다. 휴가지에 등을 돌리게 된 것은, 그 자신도 이해할 수 없었지만, 수사에 실패했기 때문이 아니었다. 당시의 기억이 너무나 고통스럽고 아팠기 때문이었다. 그래서 그는 새로운 곳을 개척해 새로운 인상을 만들어 즐기고 싶었다.

그랬는데 이런 편지가 도착한 것이다. 그는 편지를 차마 뜯지 못하고 망설였다. 하지만 순식간에 편지를 읽은 후 마음을 정했다. 제니가 편지를 쓴 것은 삼촌만이 아니라 자신을 위해서이기도 했기 때문이었다. 그녀는 마크의 선의를 떠올리며 그가 와 주면 개인적으로 반갑고 고마울 것이라고 썼다. 함께 있어 주면 더 안심이 되고 용기를 낼 수 있을 것 같다고도 덧붙였다. 마크는 편지를 읽으며 제니가 그다지 행복하게 지내는 것 같지 않다는 인상을 받았다. 그 사실은 길고 긴 편지에 미묘하게 드러나 있었기 때문에 편지의 발신인에게 그다지 관심이 없는 사람이라면 좀처럼 알아차릴 수 없었을 것이다.

마크는 앨버트 레드메인의 친구가 온다는 사실이 약간 신경 쓰였다. 그러나 피터 건스보다 며칠 일찍 떠날 수 있으리라는 기대를 품고 유명한 미국인의 소재를 알아보기 시작했다. 그를 찾기는 어렵지 않았다. 피터 건스는 이미 런던 경찰청을 방문했으며 그곳에 지인도 몇 명이나 있었다. 덕분에 마크는 피터 건스가 트래펄가 광장의 그랜드 호텔에 머무르고 있다는 사실을 알아냈다. 호텔로 가 만나고 싶다는 전갈을 보내자 심부름꾼 소년이 마크를 흡연실로 안

내했다.

마크는 흡연실에 도착하자마자 주위를 둘러보았다. 하지만 유명한 미국인으로 보이는 사람은 어디에도 없었다. 유월의 아침 흡연실은 텅 빈 것이나 다름없었다. 그도 그럴 것이 그곳에는 편지를 쓰는 젊은 군인 한 명과 빛을 등지고 《타임스》를 읽고 있는 백발의 뚱뚱한 신사밖에 없었기 때문이다. 말끔하게 면도를 한 노신사의 육중한 얼굴은 코뿔소를 닮아 있다. 이목구비가 큼직하고 코는 부어올랐는데 보라색 핏줄이 살짝 도드라져 있었다. 두 눈은 대모갑 테 부엉이 안경 뒤에 숨어 있었다. 이마는 넓고 평평했다. 바로 그 위에서 풍성한 백발은 곧장 뒤로 빗어 넘겨져 있었다.

마크는 시선을 돌려 다른 곳을 살폈다. 하지만 심부름꾼 소년은 뒤도 돌아보지 않고 가 버렸다. 바로 그때 뚱뚱한 노신사가 자리에서 일어났다. 일어서니 그는 어깨가 넓고 다리가 둔중해 보이는 것이 풍채가 상당히 좋았다.

"만나서 반갑소, 브렌던 형사."

그는 따뜻한 목소리로 인사를 했다. 그는 마크와 악수를 한 후 안경을 벗고 자리에 앉았다.

"떠나기 전에 한번 봤으면 했는데 잘 오셨소. 브렌던 씨에 대해서 많이 들었소. 전쟁중에 보여 준 활약상을 들으며 몇 번이나 모자를 벗고 경의를 표했다오. 당신도 내 이야기는 들었겠죠?"

"이 바닥 사람이라면 모르는 사람이 없죠, 건스 씨. 하지만 지금

은 영웅을 찬양한다는 소리나 하며 건스 씨의 시간을 빼앗으러 온 것이 아닙니다. 저를 만나 반가우시다니 저도 영광입니다. 건스 씨를 직접 만나는 것도 대단한 특권이죠. 오늘 이렇게 찾아온 것은 화급을 다투는 어떤 일 때문입니다. 오늘 이탈리아에서 제 앞으로 온 편지에 선생님의 성함이 중요하게 거론되어 있었습니다."

"그랬소? 이탈리아는 가을에나 갈 예정이라오."

"그런데 선생님께서 계획을 변경해 더 일찍 이탈리아로 오시도록 해 달라는 내용이라서 문제죠."

노신사는 마크를 빤히 쳐다보더니 조끼 주머니에서 황금색 상자를 꺼내 뚜껑을 열었다. 그리고 상자를 톡톡 두드려 한 줌의 코담배를 들이마셨다. 그 습관으로 보아 그의 코가 왜 그렇게 기형적인지 짐작할 수 있었다. 코에서 유난히 윤기가 나고 비대하게 큰 것은 술이 아니라 담배 때문이었다.

건스는 재깍 대답했다.

"나는 한번 정한 일정은 바꾸기를 싫어한다오. 이 세상에서 나보다 질서를 좋아하는 사람은 없을 거요. 내 일정을 바꾸게 할 수 있는 사람은 온 이탈리아에 딱 한 명 있다오. 그리고 모든 일이 순조롭게 진행된다면 그 사람을 구월에 만날 거라오."

마크는 제니의 편지를 꺼냈다.

"이 편지를 쓴 사람이 바로 그 사람의 조카입니다."

마크는 이렇게 말하며 편지를 피터 건스에게 내밀었다.

피터는 안경을 쓰고 편지를 천천히 읽었다. 사실 마크는 이렇게 천천히 편지를 읽은 적이 단 한 번도 없었다. 건스는 마치 편지가 암호문이라 힘들게 해독을 하는 것 같았다. 피터는 편지를 다 읽은 후 마크에게 돌려주고 잠시 조용히 있고 싶다고 했다. 마크는 담배에 불을 붙여 물며 곁눈질로 피터를 관찰하기 시작했다.

마침내 미국인이 말문을 열었다.

"브렌던 씨는 어쩌실 거요? 당신도 갈 수 있소?"

"네. 상관에게 이야기를 해서 이 사건을 다시 수사할 수 있도록 허락도 받았습니다. 곧 휴가라 원래 목적지인 스코틀랜드 대신 이탈리아로 가기로 했습니다. 아시다시피 저는 처음부터 이 사건에 관계했으니까요."

"나도 잘 아오. 내 오랜 벗인 앨버트 레드메인에게 들어서 다 안다오. 그 친구의 편지는 내가 읽은 어떤 글보다 딱 부러지게 사건을 설명했더구려."

"가실 겁니까, 건스 씨?"

"가고말고. 앨버트가 부르는데 가야지."

"일주일 안에 출발하실 수 있습니까?"

"일주일이라고! 오늘 밤 당장 떠나야지!"

"오늘 밤이라고요! 레드메인 씨가 지금 위험에 처해 있다고 보십니까?"

"당신은 그렇게 생각하지 않소?"

"그분은 경고를 한 겁니다. 보시다시피 철저하게 대비를 하려는 거죠."

그러자 피터가 말했다.

"브렌던 씨, 가서 도버나 포크스턴에서 출발하는 밤배를 알아봐 주시오. 내일 아침이면 파리에 도착해 밀라노로 가는 급행 기차를 탈 수 있을 거요. 코모에는 그다음 날이면 도착할 테고. 우리가 이 일정대로 움직일 수 있는지 알아봐 주시오. 그리고 이 부인에게 전보를 보내서 우리가 일주일 후에 출발한다고 하시오. 내 말 알겠소?"

"그쪽에 알린 예정일보다 먼저 도착하시려는 겁니까?"

"바로 그거요."

"앨버트 레드메인 씨가 정말로 위험하다고 생각하시는군요."

"생각하는 게 아니오. 그는 정말 위험에 처해 있다오. 하지만 이 수수께끼가 아직 그에게 닥치지 않았고 빈틈없이 경계를 하면 앞으로 몇 시간은 괜찮겠지. 그렇게 바라고 있소. 그동안 우리는 서둘러 도착해야 하오."

그는 코담배를 한 줌 더 집은 후 읽고 있던 신문을 들었다.

"2시에 이 호텔 식당에서 함께 점심을 들겠소?"

"네, 그러겠습니다, 건스 씨."

"좋소. 우리가 일주일 후에 출발한다는 전보부터 보내시오."

두 사람은 몇 시간 후 다시 만났다. 마크는 스테이크와 완두콩

을 앞에 두고 연락 열차가 11시에 빅토리아 역을 출발하고 급행열차는 이튿날 아침 6시 반에 파리를 떠난다고 보고했다.

마크는 이야기를 계속했다.

"우리는 다음 날 정오가 조금 지난 시각에 베바노에 도착합니다. 그러면 밀라노까지 가서 코모로 돌아간 다음 배로 레드메인 씨가 살고 있는 메나조로 갈 수 있습니다. 아니면 기차로 베바노를 출발한 후 마조레에서 증기선을 타고 루가노로 건너간 후 다시 코모로 건너가는 방법이 있습니다. 그러면 곧장 메나조에 내릴 수 있죠. 어떻게 가든 걸리는 시간은 비슷합니다."

"두 번째 방법으로 가지. 그러면 호수 지방을 볼 수 있을 거요."

피터 건스는 식사를 가볍게 들었고 말은 많이 하지 않았다. 그는 튀긴 서대기를 먹고 화이트 와인을 두 잔 마셨다. 그는 완두콩을 한 접시 먹으며 완두콩과 풋옥수수 가운데 뭐가 더 좋은지 비교하기도 했다. 그는 마크가 먹성 좋게 음식을 먹어 치우는 모습을 즐겁게 지켜보았다. 그러면서 스테이크와 버톤 맥주 천 시시를 함께 들 수 없는 신세를 한탄했다.

"자네는 좋겠군. 젊을 때는 나도 그랬지. 나는 음식을 무척 좋아한다네. 소고기를 먹고 맥주를 마실 수 있는 한은 일이 힘들다고 걱정할 필요가 없어. 하지만 요즘은 힘든 일은 아예 하지 않아. 그러기엔 난 너무 늙고 뚱뚱하니까."

"당연히 그러셔야죠. 할 만큼 하지 않으셨습니까. 미국 경찰들

중에 건스 씨만큼 거물급 범죄자들과 치열하게 싸우고 그들의 총소리를 더 자주 들은 사람이 어디에 있겠습니까?"

"그건 그렇지."

피터 건스는 왼손을 들어 보였다. 세 번째와 네 번째 손가락이 없었다.

"빌리 베니언이 마지막으로 총을 발사한 증거라네. 대단한 자였어, 빌리는. 그런 자는 다시 없을 거야."

"보스턴 살인마 말씀이십니까? 천재적이었죠!"

"정말 그랬다네. 대단한 두뇌의 소유자였지. 그자를 전기의자에 앉혔을 때는 코끼리를 죽이는 부시맨이 된 심정이었지."

"잡아들인 자들을 동정도 하시는군요?"

"늘 그렇지는 않아. 하지만 가끔은 황소가 투우사를 처치하거나 야만인이 선교사를 잡아먹으면 좋겠다 싶을 때가 있지."

식사를 끝낸 두 사람은 다시 흡연실로 왔다. 그때부터 마크는 건스로부터 생각지도 못한 놀라운 이야기를 듣게 되었다. 이야기를 다 들은 후 그는 교장 선생님과 면담을 나눈 초등학교 사학년이 된 것 같은 기분이 든 자신에게 깜짝 놀랐다.

피터 건스는 커피를 주문한 후 코담배를 들이마셨다. 그리고 마크에게 자신의 이야기를 중간에 끊지 말고 들어 달라고 부탁을 했다.

"우리는 이 사건을 함께 수사하게 될 걸세. 나는 자네가 이 사건에 대해 명확한 그림을 머릿속에 집어넣었으면 좋겠네."

그는 이렇게 말문을 뗐다.

"지금 자네에겐 그런 게 없기 때문이야. 이 사건을 우리가 해결하자는 말이 아닐세. 만약 사건이 해결되면 공은 내가 아니라 자네 것이 되겠지. 우리는 얼마 후면 레드메인 사건을 맡게 될 거야. 그 전에 먼저 마크 브렌던이라는 인물부터 살펴보자고. 자네가 지루해서 죽을 지경만 아니라면 말이야."

그 말에 마크가 웃음을 터뜨렸다.

"마크 브렌던은 그리 인상적인 대화 주제가 아닌걸요. 적어도 이 사건에서는 말입니다, 건스 씨."

건스는 부드러운 태도로 인정했다.

"그래 보이지. 하지만 실상은 정반대라네. 이 사건에서 브렌던 형사는 실력 발휘를 못 했어. 자신은 물론 상관들까지 당황하게 할 정도로 말이야. 그러니 우리가 사건과 직접 맞붙기 전에 그 관점에서 사건을 살펴보자 이 말일세."

그는 커피를 휘휘 젓고는 코냑을 조금 넣고 홀짝홀짝 마셨다. 잠시 후 그는 안락의자에 편안하게 기댔다. 그리고 커다란 손을 모두 바지 주머니에 집어넣은 채 마크를 빤히 바라보았다. 작고 연한 푸른색 두 눈은 푹 들어가 있었는데, 여전히 날카로운 총기를 자랑하며 반짝거렸다.

"자네는 런던 경찰청의 경위야. 런던 경찰청은 전 세계의 경찰 조직들 가운데 여전히 최고지. 뉴욕의 중앙 경찰국도 꽤 근접했어.

물론 프랑스와 이탈리아의 첩보부에 대해서도 나는 높이 평가하고 있어. 하지만 런던 경찰청이 최고라는 사실은 변함이 없어. 그곳에서 자네는 성공을 거두었네. 그곳에서의 위치를 확실하게 꿰찬 거야. 그건 정말 대단한 일이야. 노력과 운이 없었다면 절대 불가능했을 일이지, 브렌던 형사. 하지만 이 레드메인 사건은 대단한 골칫거리야. 자네는 마침 현장에 있었고 덕분에 처음부터 수사에 개입했어. 필요한 지원도 받을 만큼 받았지. 그런데 결과는 어땠나? 경찰이 된 지 일주일밖에 안 된 신참도 그보다는 잘했을 거야. 한마디로 자네는 그 사건에서 명성을 뒷받침할 실력을 보여 주지 못했어. 자네의 실력은 처음부터 아무 소용도 없었던 거야. 도대체 왜일까? 자네는 한 가지 이론을 만들었어. 그리고 그 이론에 발목이 잡혀 버린 거야."

"그런 말씀은 마십쇼. 애초에 이론 같은 것은 없었습니다."

"그런가? 그렇다면 실패의 원인은 다른 곳에 있겠군. 자네가 이 사건에서 보여 준 형편없는 수사 방식이 나는 무척이나 흥미롭네. 내가 이 사건을 샅샅이 알고 있고, 그러므로 헛소리를 하는 게 아니라는 점을 명심하게. 그러니 이제 자네가 어쩌다가 자충수를 두게 되었는지 살펴보도록 하지.

마크, 영화를 생각해 보게. 어쩌면 이런 과정이 자네에게 어떤 실마리를 던져 줄지도 몰라. 영화는 완전히 다른 성과물 두 개를 보여 주지. 실제로는 열 개지만 우리는 두 개만 살펴보도록 하세. 영

화는 간단히 말하면 하얀 장막과 그것을 통과하는 빛이야. 영화가 되기 위해 빛은 연속적으로 얼굴과 그림자를 통과하지. 그렇게 생긴 얼룩들은 렌즈를 통해 확대된 후 스크린에 닿아. 영화가 만들어지는 과정에서 가장 정교한 부분이지만 관객들은 그런 것 따위는 신경 쓰지 않아. 왜냐하면 이런 기계적인 부분이 마음의 다른 측면을 사로잡거든. 관객은 장막과 전등, 필름이 만들어 내는 환상을 보면서 이런 것들이 존재한다는 사실은 물론 그 역할까지 모조리 잊어버려.

우리는 영화를 볼 때 이것저것 따지며 보지 않아. 빛과 어두움이나 톤과 하프톤 같은 영화의 규칙을 따지지 않고 그대로 받아들여. 왜일까? 움직이는 얼룩과 그림자들이 살아 움직이는 삶을 보여주거든. 평소에 우리가 흔히 보는 사물의 모습을 한 채 이야기를 조리 있게 들려주기 때문이지. 하지만 우리는 이것이 현실의 모방에 불과하다는 사실도 알고 있어. 다만 관객들은 무의식에서만 진실을 알고 있는 거지. 사진이나 소설, 연극과 마찬가지야. 과학과 예술을 기발한 방식으로 결합한 결과 사실처럼 보이는 것을 만들어 내고 이야기를 들려주게 된 거야. 음, 이번 레드메인 사건에서도 그런 기발한 장치들이 결합해서 자네에게 어떤 이야기를 들려줬어. 자네가 이야기에 집중한 나머지 그 부분을 간과한 걸세. 그런데 제일 먼저 고려해야 할 부분이 바로 그 기계적인 부분이야. 마술사는 자네의 관심을 그곳에서 돌려서 자신들의 목적을 달성하지. 그러니 이

보게, 지금은 그 부분을 살펴보세. 사건의 이면에 어떤 장치가 숨겨져서 자네를 현혹했는지 알아보자는 걸세."

마크는 솟구치는 감정을 억누르기 힘들었다. 하지만 건스가 코담배를 한 움큼 흡입하는 동안 잠자코 기다렸다.

잠시 후 피터 건스가 다시 이야기를 시작했다.

"내가 이 세상에서 거둔 보잘것없는 성공은 우리가 귀에 딱지가 앉도록 들었던 연역적 사고가 아니라 종합적 사고 덕분일세. 사실을 연관 짓는 게 내 특기였지. 그것이 바로 성공의 근간이야. 여러 사실을 연관 지을 수 없다면 결과는 뻔해. 실패지. 나는 여러 사실로 만들어진 단단한 뼈대가 없는 이론에는 단 한 순간도 시간을 낭비하지 않아. 마크, 사실을 찾아내는 것은 자네 몫이었어. 그런데 자네는 사실을 찾지 않았어."

"제가 확보한 사실들이면 백과사전도 만들 수 있을 겁니다."

"그건 나도 인정해. 하지만 자네의 백과사전은 'A'가 아니라 'B'로 시작해. 우리는 어서 'A'로 돌아가야 해."

"제가 모은 사실들이 변변치 않다고 해도 절대 부정할 수 없는 것들입니다."

마크는 격해진 감정을 살짝 드러내며 항변했다.

"그것들은 무쇠처럼 단단합니다. 제 눈과 관찰력은 정확하고 빈틈없이 사실을 보도록 훈련받았습니다. 아무리 종합적 사고로 본다고 해도 일 더하기 이가 삼이 되는 것을 막을 수는 없지 않습니까,

건스 씨."

"그렇지 않아. 일 더하기 이는 이십일이 될 수도 있고 십이가 될 수도 있어. 아니면 이분의 일이 될 수도 있고. 왜 무작정 결론부터 내리나? 자네는 사건에 관련된 사실을 찾았어. 하지만 유용한 사실을 전부 찾아낸 것은 아니야. 아니면 전부 찾은 것처럼 보이는 거겠지. 벽도 세우기 전에 지붕부터 올릴 셈인가? 게다가 자네가 말하는 '무쇠처럼 단단한' 사실들은 사실도 뭣도 아니야."

"그럼 대체 뭐란 말입니까?"

"정교하게 조작된 허구라네, 마크."

피터 건스의 대답은 도발이나 다름이 없었다. 마크는 순간 피가 솟구치는 것 같았다. 하지만 피터의 태도는 너무나 너그럽고 따뜻했다. 절대로 젊은 형사에게 자신의 승리를 과시하려는 것처럼 보이지 않았다. 건스의 말에 자존심이 상했지만 그에게 화가 나지는 않았다. 오히려 자신에게 더 화가 났다. 피터는 마크의 능력을 잘 알았다. 그는 마크의 마음을 손바닥처럼 들여다보았다. 마크의 입장과 직위를 볼 때 자신보다 나은 사람의 비판에 무조건 발끈할 만큼 속 좁은 사내가 아니라는 사실도 잘 알았다. 그래서 자신의 생각을 계속 들려주었다.

"자네에게 이런 말을 하는 건 단지 내가 조금 더 살았기 때문이라네. 자네가 이런 말을 후배들에게 할 때가 언젠가는 오겠지. 그때는 그들도 지금 자네처럼 적절한 존경심과 관심을 가지고 귀를 기

울일 거야. 내 나이 정도 되면 자네도 나처럼 완벽한 자신감을 발휘하게 될 걸세. 젊음이라는 건 신뢰할 수가 없어. 자네는 신뢰를 얻게 될 거야. 우리와 같은 일을 하다 보면 절대적인 신뢰보다 더 큰 자산은 없다네. 신뢰를 얻을 수 없으면 힘을 가진 척할 수도 없어. 자네가 있지도 않는 능력을 발휘하는 척해 봐야 사람들은 금세 꿰뚫어 본다네. 나는 늘 그러듯이 이번에도 전반적인 상황을 공정하게 바라보고 있어. 그렇기 때문에 내가 이 사건을 두고 자네를 멍청이라고 해도 자네가 근거 없는 자부심을 내세우거나 허황된 자기 확신에 차 발끈하지 않으리라는 걸 알아. 그러기엔 자네는 야심도 있고 분별력도 뛰어나니 말일세."

"그렇다면 증명해 주십시오, 건스 씨. 그렇게만 해 주시면 군말 않고 인정하겠습니다. 그 사건에서 제가 얼마나 멍청하게 굴었는지 저도 잘 압니다. 오래전에 깨닫고 있었습니다."

마크가 솔직하게 인정을 했다.

"좋아. 증명해 주지. 그건 쉬워. 자네가 왜 멍청이가 되었는지 그 이유를 알아내는 게 더 어렵지. 자네는 멍청이처럼 굴어서는 안 되었어. 자네 정도의 경력을 가진 사람답지 않아. 외모와 전체적인 마음가짐과도 어울리지 않아. 나는 대개 눈을 통해서 낯선 이의 머릿속을 들여다본다네. 자네의 눈을 읽어 보니 내 짐작이 옳더군. 그러니 자네는 어디에서 길을 벗어났는지 이제부터 내게 말해 줄 걸세. 자네가 모른다면 내가 말해 주어야겠지. 자네의 이야기에서 숨

은 의도를 찾아내면 말이야. 자, 사건을 다시 한번 살펴보도록 하지. 십중팔구 자네가 실마리를 찾아낼 걸세."

그는 거기까지 말을 한 후 황금 코담뱃갑을 꺼내 코담배를 들이마시고는 이야기를 시작했다.

"단순하게 설명하기 위해 사건과 관련된 사람들은 빼겠네. 일단 자네 이야기만 하자고. 당시 자네는 처음부터 잘못된 가정에서 시작했어, 마크. 첫발을 잘못 내딛는 실수는 보기 드문 일이 아니야. 나라도 그대로 했을 걸세. 탐정 소설에 나오는 탐정이 아니고서야 다 똑같았을 거야. 하지만 잘못된 방향을 계속 가는 건, 다시 말해서 자네처럼 뛰어난 추리력과 지혜를 타고난 사람이 잘못된 가정 위에 엉터리 가정을 쌓아 올리는 건 정말 흥미로운 재앙 아닌가."

"하지만 선생님이라고 사실을 외면하실 수 있습니까?"

"확실히 그것만큼 힘든 일도 없지. 자네는 프린스타운을 떠나는 순간 사실에 작별을 고했네. 자네는 나보다도 사실을 몰라. 아니, 사건에 책임이 있는 사람들을 제외한 그 누구보다 모른다고 할까. 자네는 직접 관찰했거나 다른 전문가들과 다양한 민간인들이 보고한 현상을 사실이라고 판단했어. 그 와중에도 머릿속 어디선가는 그것들이 사실일 리 없다고 자네를 설득하려 했겠지. 마크, 자네는 자신의 이성에게 기회를 주지 않았어.

이제 내 말을 잘 듣고 솔직하게 생각해 보게. 자네는 이런저런 일들이 확실히 일어났다고 하겠지. 나는 아니라고 할 거야. 왜냐하

코담뱃갑

/

코담배는 무연 담배의 일종으로,
분말 담배를 코로 들이마셔서
코의 점막을 자극하는 방법으로 피운다.

면 그럴 리가 없다고 말할 수 있는 확실한 근거가 있기 때문이야. 사건의 진상을 말해 주겠다는 게 아니야. 아직은 그 근처에도 못 갔으니까. 미리 말하지만 나보다 자네가 먼저 알아차릴 걸세. 지금부터 나는 자네가 사실이라고 생각하는 몇 가지가 실은 사실이 아니라는 것을 증명해 보이겠네. 자네가 당연하게 여기는 사건들이 실제로 일어난 적이 없음을 말이야. 우리 인간은 고작 몇 가지 감각밖에 없어. 그 감각들은 쉽게 착각에 빠지지. 기껏해야 어설프게 짜깁기를 한 도구 상자일 뿐이야. 나는 쓸데없는 잡동사니들 때문에 내 감각이 확실하다고 단언할 수 있는 것들을 무시하는 짓은 결코 하지 않아. 어떤 현자가 '예술은 수많은 진실로부터 우리를 보호하기 위해 존재한다'고 말했지. 나라면 이렇게 말하겠네. '이성은 우리의 감각이 내세우는 거짓 섞인 수많은 증거들로부터 우리를 보호하기 위해 존재한다'고 말일세.

자, 이제 로버트 레드메인에 대한 증거와 그가 처음으로 모습을 감춘 후부터 보여 준 속임수들을 논리적으로 따져 보세. 어떤 일이 일어나면 그것을 설명할 확실한 방법은 몇 가지가 되지 않아. 수적으로 제한되지. 첫 번째 사건에서는 로버트 레드메인이 마이클 펜딘을 죽였을 수도 있고 아닐 수도 있어. 정말 죽였다면 범행 당시 그는 정신이 나간 상태였을 수도 있고 아니었을 수도 있겠지. 그건 부인할 수 없는 당연한 사실이야. 그가 미치지 않았다면 모종의 동기로 살인을 했겠지. 그런데 철저한 수사에도 불구하고 동기는 전

혀 나오지 않았네. 나는 증언을 중요하게 보지 않아. 누구 입에서 나왔든 마찬가지야. 펜딘 부인은 남편과 삼촌의 사이가 무척 좋았다고 말했어. 그래서 그게 뭐 어떻단 말인가? 하지만 로버트 레드메인이 프린스타운에서 펜딘 부부와 일주일 동안 잘 지냈으며 그 부부를 페인턴으로 초대했다는 사실은 일말의 중요성을 지니고 있어. 나는 로버트 레드메인이 마이클 펜딘과 아무런 불화 없이 잘 지냈을 거라고 믿고 싶네. 마이클 펜딘이 모습을 감춘 그 순간까지도 말일세. 레드메인이 조카사위에게 그런 흉악한 범죄를 저지른 이유를 말해 줄 동기는 그림자조차 찾을 수가 없었어. 그가 미치지 않았다면 어떨까? 그렇다면 살인을 할 이유가 없어지지. 달리 설명할 방법은 있어. 그가 그 순간에 미쳐서 이성을 잃고 펜딘을 죽였다고 하면 돼.

하지만 이런 종류의 범행을 저지른 미치광이는 대체로 어떻게 되나? 그런 자가 경찰의 추적을 교묘하게 따돌리고 일 년이나 자유롭게 온 유럽을 떠돌아다닐 수 있나? 미치광이의 교활함이나 이런 사실을 입증하는 온갖 자료들을 인정하더라도 미치광이가 이런 짓을 저지르고 런던 경찰청의 추적과 체포를 비웃었다는 이야기를 들어 본 적이 있나? 그 남자는 시체를 아무도 모르게 처리한 채 하숙집으로 돌아와 식사를 하고 대낮에 감쪽같이 모습을 감추었어. 그러더니 반년 만에 나타나 사람들을 속이고 또 범죄를 저질렀지. 이게 과연 말이 될까? 그자는 다시 한번 법과 질서를 조롱한 후 반년

동안 종적을 감추었지. 그런데 이번에는 이탈리아에 사는 마지막 남은 형의 집 앞에 보란 듯이 나타나서는 붉은 조끼와 붉은 콧수염을 보여 줬단 말일세. 아니야, 마크. 이런 말도 안 되는 짓거리를 하는 사람은 절대 미치지 않았어. 그렇기 때문에 나는 예비 단계의 가설로 다시 돌아갈 수밖에 없네.

방금 나는 이렇게 말했네. '로버트 레드메인이 마이클 펜딘을 죽였을 수도 있고 아닐 수도 있다.' 그리고 이것도 덧붙여야겠지. 로버트 레드메인이 벤디고 레드메인을 죽였을 수도 있고 아닐 수도 있다. 지금은 일단 첫 번째 가정에만 집중하도록 하지. 이제 자네가 던져야 할 질문은 바로 이것이야. '로버트 레드메인이 마이클 펜딘을 죽였을까?' 바로 그 부분에서 자네가 '사실'이라고 부르는 것들이 힘을 잃기 시작해. 어떤 사람이 죽었다는 사실을 알 수 있는 방법은 한 가지뿐이야. 그 사람의 시신을 보고 생전에 그를 알았던 사람들의 증언을 통해 그 시체가 다름 아닌 그의 것이라는 사실을 법에게 확인시키는 것 말일세."

"세상에! 그럼 선생님의 생각은……."

"나는 아무것도 생각하지 않아. 생각은 자네가 해. 이건 자네가 해결할 골칫거리니까. 지금까지는 그래. 이제 자네가 구름 뒤에서 튀어나온 해처럼 우리를 놀라게 해 주게. 지금은 자네 생각에 일어났을 리 없는 일에만 집중해. 바로 그곳에서 시작하는 거야. 어쨌든 자네는 펜딘도 벤디고 레드메인도 죽었다고 장담할 수 없다는 것을

명심하게나. 두 사람은 우리처럼 멀쩡히 살아 있을 수도 있어. 잘 생각해 보게. 꽤 가능성이 높은 이야기야. 어쩌면 우리는 고약한 악당들과 맞서야 할지도 몰라. 아직은 나도 확신할 수는 없지만 말이야. 중요한 점들이 많이 보여. 이런 것들은 나보다 자네가 더 상세하게 알고 있겠지. 이유는 잘 모르겠지만 아무래도 자네는 당시 매우 불리한 입장이었던 것 같아. 내 말을 곰곰이 생각해 보게. 편견 없이 머릿속을 잘 들여다보라고. 그러면 놓친 것들이 저절로 보일 테니까."

마크는 생각에 잠긴 채 말문을 열었다.

"그렇게까지 말씀해 주시니 감사합니다. 입이 열 개라도 할 말이 없습니다. 당시 사건에 개입한 사람치고 저만큼 모든 면에서 유리한 사람은 없었습니다. 심지어 사건을 꼭 해결하려고 열의를 불태울 만한 계기도 있었죠. 저는 모든 것을 확보한 채 최적의 상황에서 수사에 뛰어들었습니다. 선생님의 말씀을 듣고 나니 오히려 진실이 더 잘 보이는 것 같습니다. 당시에는 모든 것이 너무나 명확했어요. 그래서 그 이면에 완전히 다른 실체가 존재하다는 생각은 전혀 못 했죠. 이제 그럴지도 모른다는 생각이 드는군요."

"나도 그렇게 생각한다네. 누군가 카드에 장난을 쳐서 자네에게 슬쩍 넘겼어. 자네는 그것을 덥석 받아 들었고. 누구나 그럴 때가 있어. 우리보다 더 영리한 사람들도 피해 갈 수 없지. 언젠가 에밀 가보리오는 이렇게 말했지. '일어날 법한 일을 가장 많이 의심하

라. 그리고 불가능해 보이는 것을 믿는 것에서 시작하라.' 프랑스인이 한 말이라 과장이 심하네만 이 말에는 일말의 진실이 들어 있네. 명백한 것을 보고 있으면 나는 불편한 기분이 들어. 뭔가가 자네의 입맛대로 풀린다면 일단 의심하고 보게. 일뿐만 아니라 사생활에서도 마찬가지야."

두 사람은 그 뒤로 삼십 분 정도 더 이야기를 나누었다. 피터 건스는 마침내 자신의 목적을 달성했다. 마크는 결국 두 사람이 협력하게 된 문제를 처음부터 다시 살피기 시작했다. 피터는 마크가 마음을 열어 놓고 선입견을 배제한 채 기본적인 사실들을 재검토하기를 바랐다.

피터가 말했다.

"펜딘 부인에게 수사 의뢰를 받은 시점이나 그 전에 혹시 그 사람들과 관계가 있었다면 그때부터 이 사건을 새롭게 검토해 보게. 그리고 오늘 밤 기차에서 그 결과를 들려주게. 나는 자네의 시각에서 전체 상황을 다시 보고 싶어. 내 이야기를 들었으니 사건을 처음부터 되짚어 나가면 이번에는 전과 다른 곳에서 서광이 비칠지도 몰라."

"정말 그럴지도 모르겠군요."

마크가 선선히 인정을 했다. 원래 배포가 큰 남자였기 때문에 그는 당장 대선배에게 찬사를 보냈다.

"선생님은 정말 훌륭하십니다. 방금 들려주신 건 저도 다 아는

초보적인 내용입니다. 하지만 지금의 제게는 무척 의미심장하게 들립니다. 선생님과 함께 있으니 제가 작아진 것 같습니다. 이런 느낌은 처음입니다. 제가 굳이 말하지 않아도 다 아시겠죠. 그런데 한 가지는 선생님의 뜻을 따를 수 없습니다. 사건이 해결된 후 말입니다. 이 사건이 말끔히 해결된다면 그것은 선생님 덕분입니다. 공은 선생님께 돌아가야 합니다."

그 말에 피터 건스는 껄껄 웃음을 터뜨리며 보랏빛 콧구멍으로 코담배를 빨아들였다.

"말도 안 돼! 말도 안 돼! 나는 뒷방 늙은이일 뿐이네. 본선에서 물러났어. 실제로 은퇴를 해서 여가를 즐기며 취미에 몰두하는 사람이야. 이 사건은 나와 아무 관계도 없어. 그저 옆에서 자네를 지켜보는 걸로 만족하겠네."

"형사의 취미라면 결국 수사 아닌가요?"

마크가 그렇게 말하자 피터도 인정했다.

"문학과 범죄, 맛있는 음식과 술, 코담배와 어크로스틱•이 여유로운 시간을 채워 주는 나의 악덕들이지.

평생 동안 이런 것들에 한 번씩 몰두했었지. 요즘은 내 취미에 여행이 추가되었어. 거동을 못 하게 되기 전에 유럽을 다시 보고 싶었네. 소중한 친구인 앨버트 레드메인과 그의 친구들과도 우정을 나누고, 그의 집을 찾아가고, 지루하지만 순진한 그의 지혜를 듣고 싶었지.

헌신적인 우정의 유일한 단점이 뭔지 아나, 마크. 아무리 좋은 우정도 언젠가는 끝난다는 사실일세. 그 늙은 책벌레에게 '잘 있게' 라고 인사를 하고 헤어지면 아마도 우리는 다시 못 볼 거야. 하지만 그런 이별이 두려워서 진정한 우정을 거부할 사람이 어디에 있겠나? 우의를 다지고 서로의 마음을 이해하고 자신과 비슷한 영혼을 가진 사람을 찾아내는 것은 인간이 누릴 수 있는 가장 소중한 경험이라네. 사랑은 우정보다 더 멋진 모험일 걸세. 하지만 젊은이, 사랑의 장밋빛 마차 곁에는 뇌성벽력이 도사리고 있다네. 말로 설명할 수 없는 귀한 선물을 쟁취했다면 기꺼이 대가를 치러야 하는 법이지. 그러니 내게는 이런 차분한 우정이면 족하네!"

그는 쾌활하게 이야기를 이어 나갔다. 마크는 피터 건스가 앨버트 레드메인의 단순하고 인간적인 면을 보고 자신과 많이 닮았다고 느꼈을 것이라고 추측했다. 마크가 보기에 피터의 인간적인 신념은 유약해 보였다. 노상 속아 넘어가는 것은 아니겠지만, 인간의 본성을 저토록 희망적으로 보는 사람이 어떻게 그 특별한 재능들을 지니게 되었는지 의아할 따름이었다. 하물며 그의 명성은 따뜻하고 인간에 대한 근본적인 신념이 아니라 이런 재능들로 얻은 것이 아닌가.

● **어크로스틱** _ 각 행의 첫 글자를 연결하는 특정한 어구나 되는 시나 글.

012

피터 건스가 키를 잡다

은퇴한 형사와 현역 형사가 밤이 내려앉은 켄트 지방을 통과해 불로뉴로 가는 기차에 올랐다. 마침내 마크는 건스를 위해 사건의 전모를 세세하게 들려주었다. 마크는 자신의 메모를 다시 읽고 각 사건과 관련한 모든 상황을 명확하고 풍부하게 들려줄 수 있도록 이미 준비를 마친 상태였다. 한 번도 마크의 이야기를 끊지 않고 끝까지 들은 피터는 마크가 말을 끝내자 칭찬을 건넸다.

"이 영화는 매우 선명해. 하지만 여전히 종합적이지 않아."

그는 낮에 했던 비유를 다시 들었다.

"우리가 어떤 결말에 도달해 있든 처음에 몇 가지 예비 장면이 있었을 거야. 그런 생각이 자꾸 드는군."

“저는 처음부터 새로 검토한 겁니다, 건스 씨.”

하지만 피터는 아니라는 듯이 고개를 저었다.

“사건의 시작을 파악하면 반은 이긴 셈이야. 사건이 제일 먼저 시작된 부분만 알아내면 해결한 거나 다름없다고까지 말할 수 있어. 마크, 자네는 꼬일 대로 꼬인 레드메인 사건의 시초까지 파헤치지 못했네. 만약 그랬다면 미로에서 빠져나올 실마리를 벌써 찾았겠지. 사건을 듣고 생각할수록 우리가 찾아야 하는 진실은 과거를 열심히 파헤쳐야 나올 것이라는 확신만 강해져. 삽으로 파야 할 것들이 무척 많아. 그러니 자네와 나 둘 중 한 명은 영국으로 돌아가야 할지도 몰라. 쉽게 구할 수 없다면 그런 수고도 마다해서는 안 돼. 나는 이런 일에 요행을 바라지 않네.”

“저는 어째서 사건의 시초를 제대로 파악하지 못한 건가요?”

마크가 물었다. 하지만 피터는 당분간은 귀띔을 해 줄 생각이 없었다.

“걱정할 필요 없네. 지금은 사건은 미뤄 두고 자네 이야기나 하지.”

피터가 말했다.

두 사람이 시간 가는 줄 모르고 이야기를 나누었다. 시간은 어느새 새벽이었다. 기차는 파리에 도착했다. 한두 시간 후면 이탈리아를 향해 달리고 있을 터였다.

피터 건스는 호수 지역을 지나 메나조에 깜짝 도착을 할 계획이

었다. 그는 다시 자신 앞에 놓인 문제로 신경을 집중했다. 그래서인지 말수가 줄어들었다. 그는 노트를 활짝 편 채 앉아서 곰곰이 생각을 하다가 가끔 뭔가를 끼적거렸다. 마크는 신문을 읽다가 어떤 페이지를 피터에게 보여 주며 말했다.

"선생님에게 어크로스틱에 대한 이야기를 듣고 나니 어떤 퍼즐인지 궁금해지더군요. 마침 여기 하나 있습니다. 이걸 푸느라 한 시간을 끙끙댔습니다. 쉬워 보이는데, 어딘가에 함정이 있나 봅니다. 선생님도 쩔쩔매실지 궁금한데요."

피터는 웃으며 노트를 내려놓았다.

"어크로스틱을 푸는 건 출제자가 생각하는 방식을 찾아내는 거야. 자꾸 풀다 보면 점점 틀에 맞춰 생각하게 돼. 그러면 이런 문제의 트릭 정도는 금방 알아차리지. 자네도 이 퍼즐에 익숙해지면 출제자들이 생각하는 방식을 깨닫게 될 거야. 그 사람들이 생각하는 방식이 고만고만하고 다들 비슷하게 속이려 든다는 걸 간파하게 되지. 내게 어크로스틱을 들이대다니 곧 후회하게 될 걸세."

마크는 퍼즐을 가리키며 말했다.

"한번 풀어 보시죠. 저는 도무지 종잡을 수가 없습니다. 어크로스틱의 논리를 꿰뚫고 계신다니 이 문제는 문제도 아니겠군요."

피터는 퍼즐로 시선을 돌렸다. 문제는 이러했다.

When to the North you go,

(북쪽으로 가면)

The folk shall greet you so.

(사람들이 당신을 정말로 환영할 것이다)

1. Upright and light and Source of Light.

   (올바르고 찬란한 빛의 근원)

2. And Source of Light, reversed, are plain.

   (그리고 빛의 근원은, 뒤집으면, 평범하다)

3. A term of scorn comes into sight

   And Source of Light, reversed again.

   (경멸의 말이 보이기 시작하고

   빛의 근원이 다시 뒤집어져 있다)

피터는 말없이 잠시 문제를 들여다보더니 미소를 짓고 마크에게 신문을 돌려주었다.

"상당히 깔끔한 문제야. 하지만 평범한 편이군. 이 문제는 평범한 영국식 유형이야. 우리 미국 쪽 문제가 조금 더 기발하지. 하지만 모든 문제는 한 가지 형태로 귀결되네. 위대한 어크로스틱을 만드는 능력은 타고나는 것이 아니야. 어크로스틱이 체스만큼 대단하다면 걸작을 만들어 내는 대가들도 나올 텐데."

"그런데 이 문제는……. 혹시 벌써 푸셨습니까?"

"초보적인 문제라네, 마크."

피터는 노트에 뭔가를 재빨리 쓴 후 그 페이지를 찢었다. 그리고 마크에게 문제의 해답이 적힌 종이를 건넸다.

종이에는 이렇게 적혀 있었다.

G	O	D(신)
Omega	Alpha	A(마지막이자 처음)
D	O	G(개)

"자네가 함순의 소설•을 알았다면 금세 풀었을 거야. 몰랐다면 고생했겠군."

그는 마크를 지긋이 바라보고 활기를 띠며 이야기를 시작했다.

"이 문제를 푸는 방법은 두 가지가 있어. 첫째 행은 너무 어렵게 만들어서 답을 이해하려면 머리가 하얗게 세어 버릴 거야. 두 번째 행은 그냥 함정인데, 여기에는 정답이라고 할 만한 것이 세 개나 있군. 하지만 두 번째는 첫 번째에 비하면 더 확실하게 답이 보여. 그리고 세 번째는 앞선 두 행들보다 더 확실하게 보이고."

"이런 문제는 대체 누가 만듭니까?"

"평범한 사람들이지. 인생은 너무 짧아. 하지만 내가 딱 일 년을 들여서 완벽한 어크로스틱을 만들면 자네는 답을 구하는 데 꼬박 일 년은 고민해야 할 거야. 이건 암호 해독과 같아. 우리 같은 사

• **함순의 소설** _ 노르웨이의 소설가인 크누트 함순이 쓴 「굶주림」이라는 소설에는 굶주림을 참다못한 주인공이 개에게 준다며 살점이 약간 붙은 뼈다귀를 얻어 빛도 없는 컴컴하고 황폐한 곳에서 뼈다귀의 살점을 먹는 장면이 나온다. 이 부분을 말하는 듯하다.

람들은 수사를 하면서 암호를 접할 일이 있지 않은가. 숫자 암호는 대부분 조잡해. 하지만 약간만 고민을 하면 아주 아름다운 암호로 만들 수 있을 거라는 생각이 종종 든다네. 범죄 소설 작가들은 가끔 뛰어난 암호를 만들어 내지. 그런데 책을 보면 똑똑한 누군가가 암호를 해독해 다른 사람들의 의문을 일거에 풀어 주더군. 마침 악당의 서재에서 해독법이 들어 있는 책을 찾아낸 덕분에 말이야. 하지만 나는 책에 기대서 암호를 풀지 않아."

피터는 한동안 이야기를 이어 나갔다. 그러더니 돌연히 말을 멈추고 노트를 다시 보았다.

이윽고 그가 고개를 들었다.

"우리가 해결해야 할 난제는 바로 이걸세. 로버트 레드메인 혹은 그의 유령과 이야기를 나눠 봐야 해. 마크, 유령에는 두 가지 종류가 있네. 일단 진짜 유령이 있어. 자네는 이런 존재를 믿지 않겠지. 나는 믿기는 하되 의심을 한다는 입장일세. 나머지 한 가지는 가짜 유령이지. 가짜라면 사기꾼들뿐 아니라 우리에게도 소용이 될 거야."

"유령을 믿으신다는 말씀이십니까?"

"그런 말은 안 했네. 모든 가능성을 열어 놓겠다는 거지. 나는 믿을 만한 사람들로부터 재미있는 이야기를 많이 들었다네."

"만약 로버트 레드메인이 유령이라면 그게 해결책이 되겠군요. 그렇다면 왜 앨버트 씨의 안전을 걱정하십니까?"

"나는 로버트 레드메인이 유령이라고 말한 적이 없네. 물론 유령이라고 생각하지도 않아. 다만……."

그는 잠시 입을 다물더니 대화의 주제를 다른 곳으로 돌렸다.

"나는 지금 레드메인이 내게 보낸 편지와 자네가 들려준 이야기를 비교하고 있었네."

그는 자신의 노트를 톡톡 두드리며 말했다.

"내 오랜 친구는 자네가 말해 준 것보다 훨씬 더 이전 이야기까지 해 주었네. 자네보다 훨씬 더 아는 것이 많으니까. 그 내용이 여기 다 있지. 나는 내 눈을 소중히 여긴다네. 그래서 편지의 내용을 타자기로 쳐 뒀어. 자네도 읽어 보는 게 좋을 거야. 로버트 레드메인을 어린 시절부터 알 수 있어. 조카와 그녀의 돌아가신 아버지에 대해서도 나와 있네. 도리아 부인의 아버지는 거친 사람이었더군. 곧잘 흥분하는 로버트는 아무것도 아닐 정도로 말이야. 상식을 벗어난 사람이었던 모양이야. 하지만 공공연히 법을 어긴 적은 없었다더군. 자네는 로버트의 죽은 형인 헨리 레드메인을 알아봐야겠다는 생각도 못 했겠지, 안 그런가? 하지만 가족을 잘 살피면 그들의 성격도 파악할 수 있고 우리가 부딪힌 모순도 이해할 수 있어. 믿기지 않겠지만 사실이라네."

"저도 읽어 보고 싶습니다."

"이 내용은 우리에게 무척 소중해. 그도 그럴 것이 아무런 편견 없이 쓰였거든. 그 점이 자네의 명쾌한 보고보다 나은 점이라네, 마

크. 자네의 이야기는 마치 면직물에 섞인 비단실처럼 어딘가 튀는 부분이 있어. 그런데 이 글은 그렇지 않아. 이보게, 자네의 설명은 처음부터 뭔가가 자꾸 걸렸어. 비단실을 꺼내 보지 않아도 자네가 실패한 이유를 바로 그 비단실에서 찾을 수 있을 것만 같아."

"무슨 말씀이신지 모르겠습니다, 건스 씨."

"그렇겠지. 아직은 모를 거야. 그렇다면 다른 비유를 들어 볼까. 누군가가 길 맞은편에 붉은 청어•를 놓아뒀어. 그런데 자네가 미끼를 냉큼 물어 버린 거야. 시작은 제대로 했지만 엉뚱한 냄새를 맡고는 올바른 냄새는 내팽개친 거라네."

"그렇다면 이제부터 붉은 청어를 찾아야겠군요."

마크가 말했다.

피터가 미소를 지으며 대답했다.

"나는 이미 찾은 것 같네. 반대로 아직 못 찾았을지도 몰라. 어쨌든 하루만 지나면 답을 알게 될 걸세. 내가 옳았기를 바랄 뿐이야. 자네를 위해서라도 말이야. 내가 옳다면 자네는 경력에 아무런 오점도 남지 않겠지. 하지만 내가 틀렸다면 이 사건은 자네 경력에 큰 오점이 될 거야."

마크는 아무 대꾸도 하지 않았다. 그의 양심과 지성도 그 점에 대해서는 아무런 대답도 해 주지 않았다. 피터는 다시 노트로 주의를 돌렸다. 그러고는 사소한 사건을 끄집어내더니 의심스러운 부분을 지적하기 시작했다.

"크로우즈 네스트를 처음 방문한 날 밤, 그곳을 나와 다트머스로 돌아가던 때를 기억하나? 대문 옆에 서 있는 로버트 레드메인을 우연히 만났었지. 달빛 덕분에 그자의 모습이 한눈에 드러났어. 그러자 그자는 풀쩍 뛰어서 뒤쪽 숲으로 사라졌어. 왜 그랬을까?"

"저를 아니까요."

"어떻게 말인가?"

"프린스타운에서 만난 적이 있습니다. 제가 낚시를 하던 포긴터 채석장의 못가에서 잠시 이야기를 나눴거든요."

"그랬군. 그런데 그때는 자네가 경찰이라는 걸 몰랐잖은가. 반년 전 해 질 무렵에 채석장에서 자네를 만난 사실을 기억했다고 쳐. 그렇다고 해도 왜 자네가 자신을 추적하는 사람이라고 생각했을까?"

마크는 그 질문에 잠시 생각에 잠겼다.

"생각해 보니 그렇군요. 하지만 그날 밤 누구를 봤더라도 도망치지 않았을까요? 사람들 눈에 띄고 싶지 않았을 테니까요."

"그냥 물어보는 거야. 레드메인이 모두가 자신을 뒤쫓고 있다고 생각했다면 쉽게 설명할 수 있지. 쫓기는 상태다 보니 사람이 가까이 다가오기만 해도 기겁을 하고 도망을 쳤을 거야."

"어쩌면 저를 몰랐을지도 모릅니다."

"어쩌면. 그의 행동은 여러 가지로 설명할 수 있어. 자네를 조심하라는 경고를 받았을지도 몰라."

● **붉은 청어** _ the Red Herring. 사냥에서 사용되는 훈제 청어. 고의적으로 주의를 돌리는 표현이나 방법을 의미한다.

"그자에게 미리 경고를 할 만한 사람이 아무도 없습니다. 그때는 아직 조카를 만나거나 이야기를 나누지 않았거든요. 굳이 생각해 본다면 벤디고 레드메인 정도 아니겠습니까?"

피터는 더 이상 그 주제를 파고들지 않았다. 그는 노트를 덮고 하품을 하더니 코담배를 들이마셨다. 그리고 식사를 들 준비나 하겠다고 말했다. 긴긴 하루가 지나갔다. 두 사람은 일찍 잠자리에 들어 새벽까지 잠을 잤다.

정오가 되기 전에 바베노에 도착해 증기선을 탄 두 사람은 깊고 푸른 마조레 강을 건넜다. 마크는 이탈리아의 호수를 한 번도 본 적이 없었다. 그는 말을 잊은 채 아름다운 풍경을 넋을 잃고 바라보았다. 피터도 아무 말도 하지 않았다. 두 사람은 나란히 앉아 구릉과 협곡들, 땅과 호수를 비추는 찬란한 아침 햇살, 사람들의 모습, 산속에 지은 작은 집들, 호수에 정박되어 있는 작은 범선들의 모습이 파노라마처럼 펼쳐지는 광경을 바라보았다.

배가 루이노에 도착하자 두 사람은 배에서 내려 이번에는 트레사로 향했다. 트레사로 가는 짧은 기차 여행중에 두 사람은 철로 옆에 높은 말뚝 울타리가 서 있는 모습을 보았다. 울타리에는 종이 달려 있고 철조망이 쳐져 있었다. 이십 년 전에 이곳을 여행한 적이 있는 피터는 스위스와 이탈리아 사이의 밀수가 끊이지 않아 방비책으로 설치해 둔 것이라고 했다.

"사실 '오직 인간만이 비도덕적이지'•."

그는 이렇게 말을 끝맺었다. 이 말에 씁쓸함이 파도처럼 밀려와 마크의 가슴을 적셨다.

마크가 대꾸를 했다.

“그리고 우리 인생은 인간의 비도덕성을 맴돌죠. 저는 가끔 제가 싫습니다. 식료품 가게나 포목점을 하거나 군인이나 선원이 되었다면 차라리 더 좋지 않았을까요? 건스 씨, 제 인생을 건 일이 누군가의 사악함에 의지할 수밖에 없다는 사실에 모멸감을 느낍니다. 우리 기술이 활과 화살처럼 진부한 것이 될 날이 오기만 바랄 뿐입니다.”

그 말에 피터는 웃음을 터뜨렸다.

“괴테가 뭐라고 했던가? 인간이 백만 년을 살아도 성가신 장애물이나, 그 장애물을 정복하도록 몰아붙이는 압박감은 줄어들지 않을 거라고 했지. 그리고 그 누구보다 현명했던 몽테뉴도, 자네 꼭 몽테뉴를 읽어 보게, 이런 말을 했지. 인간의 지혜는 자신이 정한 완벽한 이상에는 절대 도달할 수 없다고 말이야. 설령 그곳에 도달하더라도 다시 그 너머의 또 다른 이상을 넘어서도록 자신을 몰아붙인다는 거야. 다시 말해서 인류가 존재하는 한 이 세상에 나쁜 놈들이 부족할 일은 없을 거야. 그런 놈들을 다 잡아들이도록 사람들을 훈련할 수도 없어. 어떤 형태로든 범죄는 계속될 걸세. 인류가 존재하는 한 말이야. 게다가 범죄자들은 나날이 영리해질 거야. 그러니 우리도 분발해야겠지.”

- **오직 인간만이 비도덕적이지** _ 영국의 성직자이자 찬송가 작사가인 레지널드 허버가 1819년에 쓴 찬송가의 가사이다. 여기서 말하는 '인간'은 지금의 스리랑카인 실론 사람들로, 아름다운 실론에 실론 사람들만 비도덕적이라는 내용을 담고 있다.

"저는 인간의 본성이 그보다는 나을 줄 알았습니다."

마크가 대꾸하자 피터는 맞장구를 쳤다.

"그렇게 볼 수도 있겠지. 자네는 아직 젊으니까."

기차는 루가노를 건너 호숫가 북쪽을 비추는 저녁노을 속으로 들어갔다. 두 사람은 기차를 갈아탔다. 기차는 고지대로 계속 올라가더니 마침내 코모 직전의 메나조에 도착했다.

피터가 말문을 열었다.

"이제부터 우리는 덫을 여기 두고 곧장 피아네초 빌라로 가세. 우리 때문에 그 친구가 좀 놀랄 거야. 이렇게 말하면 돼. 일이 순조롭게 잘 정리되어서 예정보다 일주일 먼저 도착했다고 말이야. 그 친구가 위험에 처한 것 같다는 말은 입도 벙긋해서는 안 되네."

이십 분도 되지 않아 두 사람을 태운, 말 한 마리가 끄는 마차가 레드메인의 아담한 집에 도착했다. 집에서는 세 사람이 막 저녁 식사를 시작하려던 참이었다. 앨버트 레드메인과 도리아 부부가 동시에 나왔다. 앨버트는 이탈리아식으로 건스를 포옹하고 볼에 입을 맞추었다. 한편 제니는 마크 브렌던을 반갑게 맞이했다. 그는 다시 한번 제니의 눈동자를 바라보았다.

그녀는 새로운 경험을 하면서 변한 것 같았다. 마크의 날카로운 눈길은 그 흔적을 놓치지 않았다. 그녀는 미소를 지으며 얼굴에 홍조를 띠고 삼촌을 위해 이렇게 빨리 유럽을 가로질러 와 준 마크에게 놀라움과 고마움을 표했다. 그런데 그렇게 생기 넘치고 활발해

보이는 모습에도 새로 새겨진 표정은 사라지지 않았다. 그 모습에 마크는 심장이 세차게 고동치기 시작했다. 그는 그녀에게 자신이 도움을 줄 수도 있겠다고 생각했다. 그도 그럴 것이 여전히 미소를 짓고 있지만 그녀의 얼굴에서는 울적한 기색이 영 사라지지 않았기 때문이다.

도리아는 아내가 삼촌의 친구를 반갑게 맞는 동안 뒤로 살짝 물러나 있었다. 하지만 곧 앞으로 나와 마크를 다시 만나 반갑다며 인사를 했다. 그는 이번에야말로 진실이 밝혀져 떠돌이 도망자의 불길한 이야기가 종말을 맞을 것을 믿어 의심치 않는다고 했다.

앨버트 레드메인은 오랜 친구인 피터 건스를 만나 기뻐 어쩔 줄을 몰랐다. 그는 너무나 들뜬 마음에 친구가 온 이유조차 잊어버린 것 같았다.

"비르길리오 포지를 자네에게 소개하는 것이 나의 마지막이자 영원한 소망이었다네. 우리 셋이 둘러앉아 마주 보며 도란도란 이야기를 나누면 얼마나 좋을까. 늘 이런 꿈을 꿨지. 그런데 이렇게 소원이 이루어졌군. 이곳을 방황하는 불길한 영혼 덕분에 행복한 소원을 성취하게 되었네그려."

제니와 아순타는 서둘러 손님들의 저녁을 차렸다. 잠시 후 모두 저녁 식탁에 둘러앉았다. 마크는 빅토리아 호텔에 그와 피터 건스의 방을 이미 예약해 두었다는 이야기를 들었다.

마크가 도리아의 아내가 된 제니에게 말했다.

"그렇게 하는 편이 나을지도 모릅니다. 하지만 제 생각에는 건스 씨가 이곳에 머무르는 편이 좋을 것 같군요. 이번 수사는 건스 씨의 지휘로 진행되니까요. 솔직히 말씀드려서 실패를 거듭한 제가 다시 이 사건에 반드시 개입해야 할 이유가 없죠."

제니는 그를 상냥한 눈빛으로 바라보았다.

"이렇게 와 주셔서 저는 무척 고마운걸요."

그녀는 그만 들을 수 있게 속삭이듯 말했다.

"그렇게 생각해 주시니 저도 고맙습니다."

마크가 대답했다.

즐거운 분위기에서 식사를 마친 후 피터 건스는 그날 저녁 코모 호수를 건너 시뇨르 포지를 찾아가는 일은 무리라고 말했다.

"앨버트, 호수라면 오늘 물리도록 보았네. 지금은 우리를 이곳까지 부른 일에 대해 이야기를 나누고 싶군. 마크와 내가 이미 알고 있는 것 외에 더 밝혀진 사실들도 대략적으로 파악하고 싶네. 도리아 부인, 제게 편지를 보내신 후에 어떤 일이 있었습니까?"

"자네가 이야기를 하게, 주제페."

앨버트 레드메인이 말했다.

"자네 선물이네, 이 황금 코담뱃갑 말이야. 코담배 좀 하겠나."

피터는 책벌레 친구에게 자신의 코담배를 권했다. 피아네초 빌라의 주인은 코담배 대신 자신의 시가에 불을 붙였다.

"친애하는 피터, 나는 냄새를 맡는 것보다 직접 피우는 게 더 좋

다네.”

그가 대답했다. 도리아가 이야기를 시작했다.

“제 아내가 선생님께 편지를 쓴 후로 그 사람은 두 번 더 나타났습니다. 한번은 언덕에서 저와 딱 마주쳤지 뭡니까. 그때 저는 제 문제를 골똘히 생각하면서 혼자 걷고 있었거든요. 그저께 밤에는 여기까지 왔더군요. 다행스럽게도 삼촌의 방은 호수에 면해 있고 정원의 담이 높아서 안으로 들어올 수는 없었어요. 하지만 삼촌의 하인인 에르네스토의 침실은 길을 향해 나 있습니다.

로버트 레드메인은 새벽 2시경에 왔습니다. 창가에서 자갈돌을 던지는 소리가 나서 에르네스토가 잠에서 깼죠. 그 사람은 형을 만나야 하니 들여보내 달라고 했습니다. 하지만 에르네스토에게는 그런 일이 벌어지면 어떻게 말하고 행동해야 하는지 이미 지시를 해 두었지요. 그 사람은 영어를 잘해서 로버트 레드메인에게 낮에 다시 오라고 했습니다. 에르네스토는 어떤 장소를 말해 줬습니다. 인적이 드문 계곡인데, 그곳에 작은 다리가 걸려 있습니다. 여기서 이 킬로미터도 안 떨어진 곳이죠. 에르네스토는 로버트에게 다음 날 정오에 그곳에서 앨버트 레드메인을 기다리라고 전했습니다. 이건 삼촌이 로버트 레드메인이 다시 나타났을 경우를 대비해 계획해 놓으신 거죠.

그 말을 듣자 남자는 아무 말도 하지 않고 그대로 떠났습니다. 그 일에 용기를 잔뜩 얻으신 삼촌이 약속을 지키려고 그곳까지 나

가겼죠. 삼촌은 저만 데리고 가셨습니다. 우리가 그곳에 도착한 건 정오 전이었습니다. 우리는 2시까지 기다렸습니다. 하지만 아무도 오지 않았어요. 그곳에서 남자고 여자고 아무도 못 봤어요.

제 생각을 말씀드리면 말이죠, 로버트 레드메인은 분명히 근처에 숨어 있었을 겁니다. 삼촌이 혼자 오셨다면 잽싸게 튀어나왔겠죠. 하지만 앨버트 삼촌이 그런 곳을 혼자 가실 리 없지 않습니까. 어떤 일이 있어도 우리가 그렇게 하시도록 가만히 있지 않을 테니까요."

피터는 도리아의 말을 한마디도 빠짐없이 잘 들었다.

"자네가 그자를 만났을 때의 상황도 들려주게."

"로버트 레드메인은 저와 마주칠 거라고는 상상도 못 했을 겁니다. 그날 저는 생각에 골똘히 잠겨 있었죠. 제 아내가 그 남자를 처음 본 곳 근처였습니다. 모퉁이를 도는데 어떤 남자가 길가 바위에 앉아 있는 겁니다. 남자는 내 발을 보더군요. 그러더니 점점 시선을 들어 얼굴을 봤어요. 저를 한눈에 알아봤습니다. 잠시 망설이는 것 같더니 훌쩍 덤불 속으로 뛰어들었어요. 쫓아가려고 했지만 벌써 멀리 도망을 쳤더군요. 산속을 떠돌고 있으니 그곳에 사는 숯 굽는 사람들과 만났을 수도 있습니다. 힘이 세고 몸놀림도 재빠르더군요."

"행색은 어떻든가?"

"크로우즈 네스트에서 봤던 옷차림 그대로였어요. 벤디고 레드

메인 씨가 사라졌을 때 말입니다."

"그의 옷을 만든 재단사를 알아봐야겠군. 그렇게 질기고 튼튼하게 잘 만들다니."

피터 건스가 말했다.

그러더니 그는 당면한 문제와 그다지 관계가 없어 보이는 질문을 했다.

"이 지역 산에는 밀수꾼들이 많겠지?"

"많다마다요. 제 영혼도 그들과 함께랍니다."

도리아가 냉큼 대답했다.

"그자들은 세관원을 피해 가끔은 야음을 틈타 국경을 넘기도 하겠지?"

도리아는 쾌활하게 대답했다.

"제가 이곳에 오래 머무른다면 더 자세히 알 수 있을 겁니다. 시뇨르 건스, 제 마음은 늘 그들에게 가 있습니다. 그들은 용감하고 심지가 굳은 사람들이죠. 이들은 위험과 긴장이 넘치고 흥미진진한 삶을 살고 있습니다. 이 사람들은 절대 악당이 아닙니다. 영웅이죠. 우리 집 아순타의 죽은 남편도 자유 무역업자였죠. 아순타는 그 사람들 중에 친구도 많아요."

앨버트 레드메인은 작은 잔 다섯 개에 황금색 액체를 따르면서 말했다.

"피터, 무슨 생각을 하고 있는지 슬슬 말해 주지 않겠나? 내 동

생이 나를 해치려 들 거라고 생각하나?"

"나는 그렇게 생각하네, 앨버트. 내 의견이 궁금한가? 사실 의견이라고 할 만한 틀도 잡히지 않았어. 그러면 자네는 이렇게 말하겠지. '일단 로버트 레드메인을 잡고 나머지는 그때 가서 처리하자.' 그럴 거야. 그런데 재미있는 이야기 하나 해 줄까? 우리는 로버트 레드메인을 잡지 않을 거라네."

"포기하시는 겁니까, 시뇨르?"

주제페가 깜짝 놀라 되물었다.

"피터, 예전에 자네는 잡으려고 마음먹은 사람은 모두 잡아들이지 않았나?"

앨버트가 물었다.

"그럴 만한 이유가 있다네."

피터 건스는 베네치아에서 만든 작은 잔을 홀짝이며 대답했다.

"설마 로버트 삼촌이 유령이라고 생각하시는 건가요?"

제니가 눈을 휘둥그레 뜨며 물었다.

"레드메인 대위는 이미 유령이 되었을지도 모릅니다. 유령에도 여러 종류가 있지요, 도리아 부인. 이제 저도 압니다. 피와 살을 가진 유령도 있습니다."

마크가 대신 대답했다.

"그자가 유령이라면 몸뚱이가 탄탄한 유령일 겁니다."

도리아가 끼어들었다. 피터가 수긍하며 말했다.

"그럴 걸세. 어쨌든 내게 있어서 그는 유령이야. 이제 일반적인 이야기를 해 보세. 이런 상황에서 범죄로 이득을 보는 사람을 찾을 필요는 없어. 늘 그런 건 아니지만, 살해당한 사람의 유산 상속자가 죽음과 아무런 관련이 없는 경우도 꽤 많거든. 예를 들어 보지. 법이 벤디고 레드메인 씨의 사망을 인정하면 앨버트는 유산을 물려받을 거야. 같은 절차를 통해 도리아 부인도 죽은 남편의 재산을 물려받겠지. 시뇨르 도리아, 그렇다고 해서 부인이 전남편을 죽였다는 말은 아니오. 마찬가지로 여기 내 친구가 자신의 동생을 죽였다는 뜻도 아니지.

그렇다면 용의자가 범죄로 무슨 이득이 있는지 고민하는 쪽이 논리적이겠지. 이 문제를 잘 생각해 보면 로버트 레드메인은 마이클 펜딘을 죽여 봤자 아무것도 건지지 못한다는 사실을 알 수 있어. 그의 목숨을 빼앗고 싶다는 급작스럽고 강렬한 욕망을 채우는 것 이외는 아무것도 없지. 마이클 펜딘을 살해한 탓에 레드메인은 부랑자 신세로 전락했어. 자신의 재산과 소득에는 손도 까딱할 수 없게 됐어. 모두에게 쫓기고 있고 교수대의 망령에 시달리는 도망자가 되었지. 그런데 말일세, 그가 경찰의 추적을 따돌리는 모습을 보면 이건 숫제 기적이야. 그런데도 그는 자신에게 쏠리는 의혹을 다른 곳으로 돌리려고 하지 않았어. 오히려 의심을 사고 싶어 안달을 하는 것 같아. 시체를 자신의 오토바이에 싣고 베리 헤드까지 가지 않나. 그 후로도 자신이 미쳤다고 주장하는 것 같은 행동을 연거푸

했어. 그런데 정작 가장 중요한 사실이 빠져 있어. 그가 정말 미치광이라면 벌써 잡혔을 거야. 그런데 아직 잡히지 않았지.

그는 페인턴에서 사라졌다가 크로우즈 네스트에 다시 나타나. 그곳에서 또 한 명의 목숨을 빼앗지. 또다시 아무 이유도 없이 제 형의 목숨을 빼앗은 후 아무런 단서도 남기지 않고 사라지지. 이렇게 이해가 안 되는 상황에서 우리는 명백한 사실들을 제쳐 놓고 중요한 질문을 해 보아야 해. 그 질문이 뭐겠나, 시뇨르 도리아?"

주제페가 냉큼 대답했다.

"저도 그 질문을 해 보았습니다. 제 아내에게도 물어보았죠. 하지만 제가 대답할 수 없는 질문입니다. 저도 아는 게 많지 않으니까요. 로버트 레드메인을 제외하고 그 질문에 대답할 수 있을 만큼 상황을 제대로 아는 사람이 또 있을까요?"

건스는 고개를 끄덕이며 코담배를 킁킁거렸다.

"맞는 말이야."

앨버트 레드메인이 궁금증을 이기지 못하고 물었다.

"그 질문이 도대체 뭔가? 주제페가 자문해 보고, 피터, 자네도 자문해 본 질문이 도대체 뭐란 말인가? 나처럼 아둔한 사람은 짐작도 가지 않는다네."

"친구여, 질문이란 바로 이거라네. 로버트 레드메인이 마이클 펜딘과 벤디고 레드메인을 죽였을까? 이제 좀 더 중요한 질문이 떠오를 걸세. 이 두 사람은 정말 죽었을까?"

제니가 몸을 격하게 떨기 시작했다. 그녀는 본능적으로 한 손을 뻗어 바로 옆에 앉아 있던 마크 브렌던의 팔을 움켜쥐었다. 마크가 제니를 보니 그녀는 기묘한 공포와 의심이 담긴 눈빛으로 도리아를 바라보고 있었다. 한편 도리아는 피터의 말에 크게 놀라는 표정을 지었다.

"코르포 디 바코! 그렇다면……."

도리아가 말문을 열었다.

"그렇다면 수사의 범위를 상당히 확대해야겠지."

건스가 온화한 태도로 말했다. 그는 제니를 돌아보며 말했다.

"부인, 재혼을 한 상황에서 이런 말은 어마어마한 충격일 거요. 당장 뭔가를 주장하려는 게 아니오. 그저 잡담을 나누는 수준에 불과하다오. 우리가 원하는 것은 사실이오. 로버트 레드메인이 마이클 펜딘을 죽이지 않았다고 해서 현재 펜딘 씨가 살아 있다고 생각할 수는 없소. 과거에도 이런 가설을 깊게 생각하지 않았으니 지금도 그럴 필요는 없다오."

"그렇다면 어떻게든 불쌍한 동생을 찾아내는 것이 급선무군."

앨버트가 말문을 열더니 이렇게 덧붙였다.

"그러고 보니 흥미로운 일이 기억나는군. 불쌍한 벤디고는 로버트가 자신을 보러 왔다는 말을 들었을 때 유령이 분명하다고 생각했어. 벤디고는 미신을 많이 믿었거든. 선원들이 잘 그러잖나. 제니가 로버트를 만나서 이야기까지 하고 왔다니까 그제야 로버트가 살

아 있는 사람이라고 믿었을 정도야."

그때 마크가 끼어들어 부연 설명을 했다.

"그때 찾아온 사람이 로버트 레드메인이고 유령도 아니었다는 사실은 바로 그 덕분에 확인이 된 셈입니다, 건스 씨. 크로우즈 네스트를 찾아온 남자가 로버트 레드메인이 확실하다고 우리가 믿는 근거는 도리아 부인입니다. 부인은 자신의 삼촌을 누구보다 확실하게 알고 있으니까요. 이제 우리는 이곳을 찾아온 떠돌이가 로버트 레드메인인지 확인해야 합니다. 그런데 로버트 레드메인이라는 사실은 의심의 여지가 없는 것 같습니다. 그자가 경찰에 잡히지 않았다는 사실은 경이로울 정도로 놀랍습니다. 하지만 보이는 것만큼 경이롭지 않을 수도 있어요. 더 기이한 일들도 일어났으니까요. 좌우지간 그가 아니라면 도대체 누구겠습니까?"

그러자 피터가 말을 이었다.

"자네 말을 듣고 있으니 한 가지 생각나는 게 있군. 벤디고 레드메인 씨가 일기를 쓴다는 내용이 있었지. 그 사람은 일기를 꼼꼼하게 썼어. 그렇게 썼지, 앨버트? 일기를 보고 싶군. 내게 보낸 편지에 자네가 그 일기를 보관하고 있다고 썼지 않은가."

앨버트는 이렇게 대답했다.

"그랬지. 그거라면 여기 있네. 그 일기장과 벤디고에게 '성서'나 다름없는, 나는 그렇게 불렀다네, 『모비딕』도 함께 가져왔지. 아직 일기는 읽어 보지 못했네. 동생의 일기인지라 너무 친밀하고 마음

이 아파서 말이야. 언젠가는 읽을 생각이네."

"일기와 책이 들어 있는 꾸러미는 서재 서랍에 있어요. 제가 가져올게요."

제니가 말했다. 그녀는 사람들이 둘러 앉아 있는 호수가 내려다 보이는 방을 나갔다. 잠시 후 갈색 종이로 싼 꾸러미 하나를 들고 돌아왔다.

"왜 이것들이 필요한가, 피터?"

앨버트가 물었다. 피터의 대답에 그는 만족했지만 마크는 그렇지 않았다.

"상황을 모든 각도에서 보는 것은 늘 흥미롭기 때문이라네. 자네 동생이 우리에게 하고 싶은 말이 있을지도 모르지."

피터는 이렇게 대답했다.

그런데 벤디고의 일기에 귀중한 정보가 들었는지는 끝내 알 수 없게 되었다. 제니가 꾸러미를 열자 그곳에는 일기가 없었다. 꾸러미에 든 것은 텅 빈 노트 한 권과 『모비딕』이 전부였다.

"하지만 내가 분명히 일기를 넣었어. 그 일기장은 이 노트와 똑같은 방식으로 제본이 되어 있었어. 내가 착각을 한 건가. 벤디고의 일기장을 펼쳐서 한두 페이지가량 읽은 후에 꾸러미에 쌌는데."

앨버트가 말했다.

그러자 도리아가 기억을 더듬으며 말했다.

"주인님은 다트머스에 마지막으로 가셨을 때 새 일기장을 구입

하셨습니다. 제가 그 일을 잘 기억하고 있어요. 그 공책으로 뭘 하실 거냐고 제가 물어봤거든요. 주인님은 일기장을 다 썼기 때문에 새것이 필요하다고 하셨지요."

"다 쓴 일기장과 백지 상태인 새 일기장을 실수로 바꿔 넣지 않은 건 확실한가?"

피터 건스가 친구에게 물었다.

"확실하게는 모르겠어. 하지만 잘못 넣었을 줄은 꿈에도 생각하지 못했네."

"그렇다면 누가 일기장을 바꿔치기했겠군. 그게 사실이라면 흥미로운 일이 아닐 수 없어."

제니가 반박을 했다.

"그럴 리가 없어요. 그런 짓을 할 사람이 없잖아요, 건스 씨. 우리 외에 또 누가 불쌍한 벤디고 삼촌의 일기에 관심이나 있겠어요?"

건스는 생각에 잠겼다.

"이 의문을 풀 수 있다면 우리의 고민도 많이 줄어들 텐데. 하지만 의문을 못 풀지도 모르겠군요. 부인의 삼촌이 착각을 했을지도 모릅니다. 저 친구가 책을 두고 착각을 하는 모습은 단 한 번도 못 봤지만 말이죠."

그는 빈 노트를 집어 페이지를 넘겼다. 바로 그때 마크가 이제가 봐야 한다고 말했다.

"우리 때문에 레드메인 씨가 쉬시지도 못하는군요. 건스 씨, 짐은 이미 호텔로 보냈습니다. 이 킬로미터도 안 된다고 하니 슬슬 일어나 걸어가죠. 졸리지 않으십니까?"

그는 제니를 돌아보며 말했다.

"영국을 출발한 이후로 한잠도 주무시지 않았을 겁니다, 도리아 부인."

마크의 농담에도 피터는 웃음을 터뜨리지 않았다. 그는 깊은 생각에 잠긴 듯 보였다. 그러다 갑자기 말을 시작하는 바람에 나머지 사람들은 깜짝 놀랐다.

"자네는 내가 형제보다 더 끈끈한 친구라는 걸 이번에 깨닫게 될 걸세, 앨버트. 누가 호텔에 가서 내 짐을 이곳으로 가져와 주면 좋겠군. 이 상황이 말끔하게 해결되기 전까지 절대 자네를 시야에서 놓치고 싶지 않으니까 말이야."

그 말에 앨버트 레드메인이 반색을 하며 대답했다.

"정말 자네답군, 피터! 자네다운 모습이야! 이 친구야, 자네가 나를 그냥 둘 리가 없지. 내 침실 옆방을 쓰게나. 그 방은 책이 많이 있기는 하지만 내 침실에 있는 큰 소파를 가져가 침대로 쓰면 된다네. 삼십 분이면 자네가 지낼 수 있도록 정리가 될 거야. 소파지만 침대만큼 편안하다네."

앨버트가 제니에게 말했다.

"아순타와 에르네스토를 불러서 그곳을 건스 씨가 쓸 수 있도록

치워 놓으라고 전해. 주제페, 자네는 브렌던 씨를 빅토리아 호텔로 모셔다 드리고 오는 길에 피터의 짐을 가져다주게."

제니는 삼촌의 지시 사항을 전하기 위해 서둘러 자리를 떠났다. 마크도 인사를 한 후 다음 날 아침 일찍 다시 오겠다고 말했다.

피터가 말했다.

"마크만 괜찮다면 내일은 이렇게 할 작정이네. 시뇨르 도리아가 마크에게 로버트 레드메인이 나타났다는 언덕을 보여 줬으면 좋겠어. 그동안 나는 도리아 부인만 괜찮다면 부인과 이야기를 나누고 싶군요. 지난 일들을 살펴보고 싶거든요. 부인은 마음을 굳게 먹고 내 이야기를 잘 들어야 할 겁니다."

피터는 그렇게 말하더니 호수로 귀를 기울이며 가만히 들려오는 소리에 집중했다.

"저 요란한 소리는 뭔가? 멀리서 대포를 쏘는 것 같군."

도리아가 웃으며 대답했다.

"산 위에서 치는 여름 번개 소리입니다."

013

갑작스러운 귀국

뛰어난 탐정이나 형사는 무엇보다 어떤 문제든지 그것에 영향을 미치는 양쪽 입장을 다 고려할 줄 알아야 한다. 수사 과정에서 마주치는 문제의 열에 아홉은 오로지 한 가지 면밖에 없다. 그런데 탐정이든 형사든 이런 능력이 부족한 탓에 엉뚱한 사람을 교수대로 보내는 경우가 종종 발생한다. 다시 말해 그럴듯한 가설을 따라가 잘못된 전제를 바탕으로 명백하고 뻔한 결론만 좇다 보니 논리적인 전제는 끝장이 나 버리는 것이다.

피터 건스는 이런 능력을 훌륭하게 갖춘 사람이었다. 골상학을 배우는 학생이라면 누구나 그의 큰 얼굴만 봐도 그 점을 알 수 있을 것이다. 그는 입으로는 미소를 지었지만 눈만은 진지했다. 그렇다

고 비꼬거나 조롱하는 기색도 없었다. 그는 늘 상냥하면서도 엄격한 표정을 지었다. 두 눈은 모든 것을 예리하게 주시하면서도 끈기가 있었다. 인간의 고귀한 천성만 아니라 나약함에도 정통한 눈이었다. 그는 누군가가 타고난 천재성의 깊이를 잴 수도 있었지만 지극히 평범한 사람들의 지성도 가늠할 줄 알았다. 인간의 본성에 대한 올바른 판단력과 인간이 벌이는 희극에 대한 광범위한 경험으로 정리할 수 있는 피터 건스의 남다른 능력은 그의 두 눈에 들어 있었다. 한편 이집트인 같은 두툼한 입술에는 미소를 닮은 진지한 무엇이 자리 잡고 있었다.

그는 다음 날 아침 앨버트 레드메인과 함께 앉아 이야기를 나누었다. 두 사람은 빌라의 식당에서 뻗어 나와 호수가 내려다보이는 작은 회랑에 자리를 잡았다. 피터는 제니가 이야기를 나눌 준비가 될 때까지 삼십 분가량 친구와 이야기를 주고받았다.

앨버트는 자신의 철학관을 밝혔다.

"이보게, 피터. 나는 오래전에 신을 향한 마음을 버리고 인간에 대한 믿음을 간직하려고 노력했네. 하지만 요즘 들어 확실하게 알 것 같아. 우리가 우리 자신을 이해하려면 조물주에 대한 믿음이 없으면 안 된다는 사실을 말일세. '더 나은'은 '좋은'의 적이고 '최고'는 오직 순교자와 영웅에게나 붙일 수 있는 찬사 중의 찬사지."

그 말에 피터 건스는 이렇게 대답했다.

"사람들은 두 가지 일에 최선을 다한다네, 앨버트. 그건 바로 사

랑과 증오야. 이 두 가지 감정이 우리를 부추길 때 우리는 비로소 자신의 능력을 한계까지 끌어올릴 수 있어."

"옳은 말이야. 그 말이 지금의 유럽 분위기를 설명해 줄 수 있겠군. 전쟁이 끝난 후 뛰어난 업적을 이룰 만한 우리 능력은 모두 사라지고 말았네. 열정은 죽었어. 그 결과 선의에서 비롯된 열정은 유럽에서 사라지고 운명의 키를 잡고 우리를 인도해 줄 위대한 이 없이 떠돌고만 있을 뿐이지. 머리와 심장은 합심해서 한길을 따라 전진하기커녕 다른 길을 가겠다며 싸움이나 하고 있어. 물론 지도자들이 있기는 해. 지도자들이 대단하다는 것도 이들이 이끄는 사람들에 비해 대단하다는 말일 뿐이야. 역사는 우리를 난쟁이들의 세대로 기억할 걸세. 그리고 이 시대는 위기에 맞설 능력자가 나타나지 않으면 어떻게 사람들이 운명의 기로에 서게 되는지 보여 줄 거야. 과거에 대한 내 지식을 아무리 뒤져 봐도 이런 시대는 없었어. 지금까지 어느 시대나 영웅은 있었네."

피터 건스는 하얀 조끼의 먼지를 떨며 말했다.

"자네 말대로 우리는 떠돌고 있어. 우리 모두는 일종의 전쟁 신경증으로 고통을 받고 있어, 앨버트. 내가 관찰해 보니 범죄는 불안감과 밀접하게 연결되어 있어. 식자층이 보여 주는 무관심은 일반 대중에게서는 위법 행위로 표출되지. 경제 법칙이 붕괴되면 사람들 사이에 분노와 절망이 촉발되지. 평형이라는 것이 사방에서 사라지고 있어. 예를 들어 볼까. 요즘은 일과 여가의 균형이 완전히 깨어

졌다네. 이렇듯 쉴 새 없이 들뜨기만 하는 상황을 바로잡으려면 십 년은 걸릴 거야. 그런데 우리는 전쟁을 치르면서 이렇게 흥분한 상태에 적응을 해야 했어. 그러다 보니 이제 사람들은 계속 흥분하지 않으면 안 되는 상황이 되어 버린 거야. 이런 상황이 자라는 세대의 마음에 위험하면서도 확실한 영향력을 미치고 있어. 지금처럼 열에 들뜬 상황에서 범죄로 자신의 욕구를 충족시키기까지 고작 한 발자국만 내디디면 돼.

우리는 병들어 있어. 우리는 병적인 상태에 빠져 있어. 우리는 기강을 쇄신해서 과거의 굴레를 극복해야 해. 우리는 불안감을 분쇄해야 해, 앨버트. 세상을 이끌어 갈 사람들이 균형 잡히고 건강한 관점을 회복하도록 애써야 한다네. 인간은 천성적으로 무법한 상태가 아니야. 인간은 전체적으로 보면 논리적인 존재야. 하지만 교육이 미신과 이기심을 막는 동안 으레 그렇듯이 교리와 탐욕에 의탁한 문명은 아직 한 발자국도 나가지 못했어."

레드메인이 말했다.

"우선 이 혼란에 선의의 빛을 비추어야 해. 그러면 질서는 돌아올 거야. 남은 건 선의를 키우는 방법이지. 이 문제야말로 종교의 가장 크고 근원적인 관심사가 되어야 해. 결국 선의가 모든 도덕성의 근본 아닌가. 내 이웃을 내 몸처럼 사랑하는 것 말이야."

두 친구는 세상을 바로잡을 방법들을 이야기했다. 두 사람의 생각은 어느새 자비로운 염원의 종교로 흘러 흘러 갔다. 바로 그때 제

니가 왔다. 탐정은 그녀를 피아네초 빌라 뒤쪽에 있는 정원으로 데리고 갔다.

"남편과 브렌던 형사님은 산으로 출발했어요. 이제 편하게 이야기를 나눌 수 있어요, 건스 씨. 제가 상처를 받을까 봐 걱정하지 마세요. 이제는 상처조차 받지 않게 되었으니까요. 작년에 겪은 고통을 생각하면 미치지 않은 것이 놀라울 따름이에요."

피터 건스는 그녀의 아름다운 얼굴을 물끄러미 바라보았다. 얼굴에 비통한 감정이 깃들어 있었다. 하지만 드러난 슬픔 이면에는 불안한 감정이 도사리고 있었다. 그것은 과거나 미래가 아닌 지금 이 순간에 대한 불안이었다. 그녀의 새 생활이 행복하지 않은 것이 분명했다.

"누에고치를 구경해도 될까요?"

피터가 말했다.

두 사람은 빌라 뒤편의 잡목 숲 위로 우뚝 솟은 사육장으로 들어갔다. 덧문이 내려져 있어서 실내가 어스름했다. 벽에는 천장까지 선반이 달려 있었다. 누에가 놓인 상자들 사이에는 섶나무가 지붕에 닿을 듯 서 있었다. 이 고요한 창고의 시원한 어둠 속에서 천 개나 되는 작은 램프 같은 것들이 사방에서 반짝거렸다. 그 불빛은 막대기와 벽은 물론 천장까지 없는 곳이 없었다. 누에가 올라가거나 실을 자을 수 있는 곳이라면 어김없이 그것이 있었다. 그도 그럴 것이 타원형의 반짝이는 누에고치들이 작고 잘 익은 열매처럼 잔가

지에 흩어져서 희끄무레한 어둠을 뚫고 사방으로 섬세한 빛을 발산하고 있었기 때문이다. 앨버트 레드메인의 누에들은 그 옛날 약 천삼백 년 전에 네스토리우스파의 순례자들이 중국에서 훔쳐서 속이 빈 지팡이에 몰래 넣어 콘스탄티노플로 들여온 누에로부터 셀 수도 없이 많은 세대를 내려온 후손들이었다.

누에들은 고치 틀기를 거의 다 끝내 가고 있었다. 생사生絲로 만들어진 집들은 완성을 목전에 두고 있었다. 하지만 아직도 통통하게 살이 찌고 길이는 팔 센티미터가 조금 못 되는 하얀색 괴물 이백 마리는 여전히 선반에 남아서 제니가 갖다 놓은 신선한 뽕잎을 게걸스럽게 먹어 치우고 있었다. 이제 고치를 짓기 시작한 것들도 있었다. 고치의 골격을 이제 막 갖추고, 투명하고 반짝이는 가는 실로 만들어진 예비 주머니에서 분주하게 고치를 짓고 있었다. 최후의 만찬을 끝내지도 않았는데 벌써 노란색으로 변하기 시작한 누에들도 몇 마리 보였다. 제니는 그 누에를 들어 아침 햇빛에 비추어 보았다.

이윽고 피터가 말문을 열었다.

"어떤 미라도 누에고치만큼 정교하게 감긴 것이 없죠."

제니는 기다렸다는 듯이 양잠업과 양잠의 다양한 이익에 대해 쾌활하게 이야기를 시작했다. 하지만 양잠에 대해서라면 피터가 자신보다 더 많이 안다는 사실을 이내 깨달았다.

어쨌든 그는 제니의 말을 귀담아들었다. 그리고 대화의 방향을

자신을 이곳으로 오게 만든 사건으로 조금씩 틀기 시작했다. 마침내 그는 지난밤에 자신이 한 말에서 비롯된 그녀의 입장을 이야기하기 시작했다.

"남편이 실종된 지 구 개월 만에 재혼이라니 대담하다는 생각은 안 해 보셨습니까, 도리아 부인?"

"아뇨. 하지만 어제 선생님의 말씀을 듣고 충격을 받았어요. 그리고 저를 '도리아 부인'이 아니라 '제니'라고 불러 주세요, 건스 씨."

그 말에 피터가 말했다.

"사랑은 언제나 사람을 초조하게 만드는 법이죠. 그런데 사실관계를 따지면 이렇습니다. 영국법은 누구든 살아 있었던 마지막 기록으로부터 칠 년이 지나야 사망 선고를 내립니다. 이례적인 상황이라는 걸 증명할 수 있다면 모를까 예외는 없어요. 구 개월과 칠 년은 너무 큰 차이 아닌가요, 제니."

"돌이켜 보면 기나긴 악몽 속에서 살았던 것 같아요. '구 개월!' 제게는 백 년 같은 구 개월이었어요. 제가 첫 남편을 사랑하지 않았다고 생각하지 마세요. 저는 그를 사랑했고 그의 추억을 지금도 사랑해요. 하지만 외로웠어요. 그때 지금 남편의 마법에 걸려든 거예요. 그런 걸 차치하고라도 끔찍한 변고가 일어났다는 사실을 보여주는 여러 증거를 본 후 어떻게 의문을 품겠어요? 저는 마이클의 죽음을 두 번 생각할 필요 없는 사실로 받아들였어요. 오, 세상에! 재혼을 해서는 안 된다는 사실을 왜 아무도 알려 주지 않았을까요?

넌지시 알려 줄 수도 있잖아요?"

"그럴 기회라도 주셨습니까?"

그녀는 불행에 가득 찬 얼굴로 나를 바라보았다.

"선생님 말씀이 맞아요. 그때 저는 주제페에게 완전히 빠져 있었어요. 끔찍한 실수였죠. 하지만 제가 그 벌을 모면했다고 여기지는 말아 주세요."

피터는 방금 들은 말의 의미를 곰곰이 생각했다. 그리고 그녀의 남편이 아닌 다른 주제를 꺼냈다.

"얘기를 해도 괜찮으시다면 마이클 펜딘 씨에 대해서 들려주시죠."

제니는 그의 말을 듣고 있는 것 같지 않았다. 자신과 현재의 상태에 온통 신경이 쏠린 것이 분명했다.

"선생님을 믿고 말씀을 드릴게요. 선생님은 현명하시고 인생을 아시는 분이니까요. 저는 사람과 결혼한 게 아니에요. 제 남편은 악마예요!"

제니는 양손을 꼭 맞잡았다. 고요하고 어둑어둑한 실내에서 그녀의 하얀 치아가 반짝하는 것을 피터는 놓치지 않았다.

그는 코담배를 맡으며 불행한 여인이 털어놓는 실수에 귀를 기울였다.

"저는 그가 미워요. 지긋지긋하다고요."

그녀는 울부짖듯 말했다. 겉만 번지르르한 주제페가 얼마나 간

교한 인간인지 온갖 말을 다 했다. 마침내 그녀는 숨을 헉헉 몰아쉬며 말을 멈추더니 흐느끼기 시작했다.

피터는 그녀를 찬찬이 뜯어보았다. 별로 가슴 아파하는 것 같지도 않았다. 아니나 다를까 그의 대답은 그녀를 진정시킨다기보다 도발하는 것 같았다.

그는 이렇게 말했다.

"진정하고 인내심을 가지세요. 이탈리아도 어떤 문제에서는 자유로운 나라입니다. 도리아와 살고 싶지 않으면 안 살면 그만입니다."

"만약 남편이 살아 있다면요? 그 사람이 살아 있을까요? 제 남편은 그 사람뿐이에요. 한여름의 광기가 끝났기 때문이죠. 드리고 싶은 말이 많아요. 삼촌만 아니라 저도 도와주세요. 제발요, 이렇게 빌게요. 물론 삼촌이 더 중요하지만요."

"앨버트를 돕다 보면 당신을 도울 방도도 나올 겁니다. 아, 제게 질문을 하셨죠. 대답을 하는 편이 적절하다고 생각되면 저는 항상 대답을 한답니다. 아뇨, 제니, 나는 마이클 펜딘이 살아 있다고 생각하지 않아요. 밖으로 나갈까요? 여기는 답답하군요. 이 점을 명심하세요. 마이클이 죽었다는 말은 아닙니다. 포긴터에서 발견된 혈흔은 사람의 피가 확실했습니다. 벤디고 레드메인의 집이 있던 절벽 아래의 동굴에서 발견된 것도 사람의 피가 분명합니다. 하지만 아직은 누가 그 피를 쏟게 했는지 모릅니다. 마찬가지로 누가 그 피를

흘렸는지도 확실히 말할 수 없습니다. 제가 여기까지 온 것도 바로 그 의문을 풀기 위해서입니다. 저를 도와주실 생각이라면 도울 방법이 분명히 있습니다. 어쨌든 이것만은 확실히 말씀드릴 수 있습니다. 저를 도와주시면 당신은 물론, 삼촌까지 도울 수 있습니다."

"삼촌은 지금 위험한 상황인가요?"

"상황을 생각해 보세요. 시간이 지나면 앨버트의 두 동생들의 재산이 그에게 돌아갈 겁니다. 그렇다면 조만간 상당한 돈이 당신 것이 되겠죠. 앨버트는 노쇠해요. 오래 살지는 못할 겁니다. 그 뒤는 어떻게 되겠습니까? 확실히 레드메인 가문의 유일한 후손인 당신이 모든 재산을 물려받겠죠. 그리고 당신은 결혼을 했고요. 여기에 우리의 문제가 있습니다. 방금 제게 이렇게 말씀하셨죠? 남편이 '악마'이며 당신은 그의 마음을 엿본 후로 그를 증오하게 되었다고 말입니다. 이런 사실들은 완전히 별개로 생각할 수 없습니다. 밀접하게 연결되어 있을 수도 있고 아닐 수도 있죠."

제니는 그를 뚫어지라 바라보았다.

"저는 주제페 도리아라는 남자를 제 입장에서만 봤어요. 설마 벤디고 삼촌과 앨버트 삼촌까지 생각해야 할 줄은 몰랐어요. 벤디고 삼촌은 제가 결혼을 승낙하기 전에, 아니 청혼을 받기 전에 돌아가셨어요. 정말로 돌아가셨다면 말이에요. 앨버트 삼촌께는 제 실수를 비밀로 해 주세요. 제가 불행하다는 사실을 알려 드리고 싶지 않아요."

"누구를 믿을지 결정해야 합니다. 안 그러면 위태로운 지경에 빠질 수 있으니까요."

피터가 말했다.

그녀는 대답을 망설이다가 말했다.

"뭔가 짚이는 게 있으신가 보군요."

"당연하죠. 지금 남편과의 관계에 대해 들으니 이것저것 생각해 볼 문제가 많군요. 하지만 잘 생각하세요. 토끼와 함께 달아나면서 사냥개를 데리고 사냥을 할 수는 없는 법입니다. 얼마나 많은 나쁜 남자와 순진한 남자 들이 양다리를 걸치려다가 슬픔에 빠졌습니까? 대답해 주세요. 주제페는 자신을 향한 당신의 사랑이 식어 버렸다는 사실을 압니까?"

그녀는 고개를 가로저었다.

"지금까지 용케 그 사실을 숨겼어요. 아직은 알릴 때가 아니에요. 사실을 알게 되면 복수를 하려고 들 거예요. 그의 복수가 어떤 것일지 하느님만이 아시겠죠. 그에게서 도망칠 때까지 제 마음이 변했다는 걸 그 사람이 알아차려서는 안 돼요."

"그것이 솔직한 심정입니까? 그렇다면 두 가지 의문이 생기는군요. 그와 헤어질 정당한 근거를 제시할 만큼 그에 대해서 잘 알고 있습니까? 그렇다고 한다면 내게 아는 것을 다 말할 각오는 되어 있습니까?"

제니는 곧장 대답했다.

"실은 잘 몰라요. 그는 경박하고 시원시원해 보이지만 실은 굉장히 영리한 사람이에요. 아마 충실한 남편처럼 굴 거예요. 남이 곁에 있으면 애정이 깊은 남편처럼 보이려고 무척 조심하죠. 하지만 저는 이렇게 생각해요. 그 사람은 선생님이 방금 말씀하신 사실을 잘 알고 있을 거예요. 결국 제가 머지않아 레드메인 가문의 전 재산을 물려받게 될 거라는 사실을요."

"그렇다면 당신에게 악마 같은 모습을 보인 적이 있습니까? 그랬다면 그리 영리해 보이지는 않는데."

"말로 설명하기 어려워요. 제가 말을 너무 많이 했나 보군요. 그는 교묘하게 잔인한 기질을 내보이죠. 이탈리아 남편들은."

"저는 이탈리아 남편들에 대해 모르는 것이 없습니다. 이 문제에 대해서는 좀 더 생각해 보세요. 그리고 나중에 다시 이야기합시다. 그를 증오하고 불신하는 데는 분명히 이유가 있겠죠. 없는 감정을 있는 척하지는 않을 테니까요. 주제페가 당신에게 충실한 남편이라고 하셨죠. 그렇다면 그렇게 행동하는 이유는 혹시 당신이 저는 물론이고 그 누구에게도 말할 수 없는 어떤 사실과 관련이 있는 건 아닙니까? 그 사실은 우리가 잡아야 할 신비의 사나이 로버트 레드메인과도 관련이 있나요? 도리아가 저나 당신보다 그 남자에 대해 더 많이 안다는 걸 알게 되신 겁니까? 도리아를 증오하게 된 이유들이 많이 있을 수 있겠죠. 그것들을 제게 털어놓으면 당신에게 도움이 될지 어떨지 잘 생각해 보세요."

제니는 흥미롭다는 눈빛으로 피터를 바라보았다.

"정말 대단한 분이세요, 건스 씨."

"그렇지 않습니다. 다만 삶이라는 지그소 퍼즐을 더 많이 해 보았을 뿐이죠. 방금 내가 한 말이나 추측한 내용에 대해서 큰 의미를 부여할 필요는 없습니다. 내가 죄다 틀렸을 수도 있으니까요. 지금으로써는 시뇨르 도리아가 좋은 남편이 아니라는 것밖에 모릅니다. 게다가 당신의 증언밖에는 없습니다. 시뇨르 도리아에 대해 더 잘 알게 되면 당신과 의견이 달라질 수도 있습니다. 당신이 까다로운 건 아닙니까? 첫 남편이 너무 남달라서 일반적인 남편의 기준에 대해 잘 모를 수도 있으니까요. 저는 이런 문제에 대해서는 모든 가능성을 살펴보려고 합니다. 아내가 자기 남편의 성격에 대해서 남들보다 잘 모르는 경우가 종종 있거든요. 증오도 사랑만큼 맹목적이라는 사실을 명심하세요. 증오로 바뀐 사랑은 너무나 복잡해서 노련한 심리 분석가쯤은 되어야 해석할 수 있을 정도입니다. 그러므로 당신의 두려움에 주의를 기울일 필요가 있는지 판단을 내리려면 당신에 대해 더 많이 알아야 합니다.

이 문제는 이 정도에서 끝내도록 합니다. 지금은 내가 당신을 돕고 싶어 한다는 사실만 기억하세요. 그런데 나는 늙은이예요. 마크 브렌던 형사는 아직 젊죠. 젊은 사람이 젊은 사람의 마음을 잘 알지 않겠어요? 명심하세요. 마크라면 당신에게 충직하고 변함없는 친구가 되어 줄 겁니다. 나보다 그에게 더 마음을 터놓는다고 해

도 질투하지 않겠습니다."

제니의 입술이 살짝 움직였지만 아무 말도 하지 않았다. 피터는 그녀가 무슨 말을 하려고 하다가 마음을 바꿔 다른 말을 하려는 것이라고 생각했다. 그녀는 그의 커다란 손을 두 손으로 꼭 잡았다.

"하느님의 축복이 있기를! 선생님이 제 친구가 되어 주시는 것만으로도 만족해요. 브렌던 형사님은 제게 너무 잘해 주셨어요. 말할 수 없을 정도로요. 하지만 선생님은 그분보다 앨버트 삼촌을 더 잘 지켜 주실 거예요."

두 사람은 그렇게 헤어졌다. 제니는 집으로 돌아갔고 탐정은 협죽도 덤불 아래에서 편안한 의자를 발견하고 앉았다. 그는 머리 위에서 흘러내리는 붉은 꽃의 향기를 킁킁 들이마셨다. 코담배를 맡는 습관 때문에 후각이 많이 상해 속이 상했다. 그는 연신 꽃향기를 들이마시며 수첩을 열었다. 그는 삼십 분 동안 꼼짝 않고 수첩에 뭔가를 썼다. 그리고 일어서서 앨버트 레드메인을 찾았다.

앨버트 레드메인은 곧 있을 만남에 대한 생각으로 꽉 차 있었다.

"마침내 오늘 자네와 포지가 만나다니! 피터, 이 친구야. 자네가 비르길리오를 좋아하지 않는다면 몹시 섭섭할 걸세."

"앨버트. 나는 이미 이 년 전부터 비르길리오를 좋아하고 있네. 자네 친구라면 내 친구도 되니까 말일세. 그 말은 우리 우정이 고차원적이라는 뜻이겠지. 친구의 친구보다 우리를 더 당황시키는 게 또 어디에 있나. 하지만 우리는 서로 중요하게 생각하는 것이 비슷

해. 자네가 진심으로 좋아하는 사람이 내 비위를 거스를 가능성은 없는 셈이야. 그런 점에서 자네는 조카를 얼마나 사랑하나?"

레드메인은 한동안 아무 말도 하지 않았다.

"나는 그 아이를 사랑하네. 나는 아름다운 것이라면 뭐든 좋아하니까. 조카라서 하는 말이 아니라 진심으로 지금껏 내가 본 여자들 중에서 가장 아름답다고 생각한다네. 제니의 얼굴은 지금껏 내가 본 사람들 가운데 보티첼리의 비너스를 가장 많이 닮았어. 보티첼리의 비너스는 내가 생각하는 가장 아름다운 얼굴이거든. 그래서 나는 그 아이의 외모를 무척 사랑해, 피터.

하지만 내면에 대해서는 뭐라 말하기 어렵군. 그 아이에 대해서 아는 것이 별로 없어. 그러니 당연한 거 아니겠나. 나는 제니가 어릴 때에도 거의 못 만났어. 사실 최근까지도 거의 연락도 않고 지냈지. 그 아이를 더 잘 알게 되면 겉모습만 아니라 내면까지 사랑할 수 있을 거야. 그런데 솔직히 털어놓자면 그런 날이 올지 모르겠네. 나이 차이가 많이 나서 완전히 이해할 수는 없을 테니까. 내게 혼자 온 것도 아니잖나. 그 아이의 삶은 남편과 함께하는 삶이야. 아직도 신혼이고 남편을 사랑하지."

"제니의 결혼 생활이 불행하다고 생각할 만한 이유는 없나?"

"당연히 없지. 도리아는 대단한 미남에 매력적이야. 여자들이 홀딱 반할 부류지. 이탈리아인과 영국인의 결혼 생활이 그리 순탄치 않으리라는 점은 인정해. 하지만 뭐랄까, 조카사위는 세상 이치

에 무척 밝다네. 좋은 남편으로 지내면 원하는 것은 다 쥘 수 있지만 남편 노릇을 제대로 못 하면 다 잃을 거야. 제니는 자존심이 강해. 재주도 많고. 그 애는 남다른 데가 있어. 도리아가 말도 안 되는 짓거리를 하면 절대 참지 않을 거야. 나도 그러리라는 것을 제니도 알아. 제니를 더 자주 보면 좋겠는데, 신혼살림은 토리노에 차릴 것 같더군."

"가문의 영광과 지위를 되찾겠다는 야망을 버렸나? 마크에게 이야기를 들었네."

"완전히 버렸지. 게다가 어떤 미국인이 돌체아쿠아에 있는 성과 작위를 사들인 것 같다더군. 주제페는 그 문제에 신경을 많이 쓰는 듯하지만 본디 게으른 사람 같아."

점심을 먹기 전에 마크 브렌던이 주제페와 산에서 돌아왔다. 두 사람은 로버트 레드메인을 코빼기도 보지 못했다. 게다가 서로를 지긋지긋해하는 것 같았다.

"선생님께서 시뇨르 마르코에게 지혜와 명랑한 기분을 나눠 주셔야겠습니다."

주제페는 마크가 제니와 목소리가 들리지 않은 곳으로 가자 피터에게 이렇게 말했다.

"저 남자는 미련퉁이 개 같습니다. 제 말을 도무지 들으려고 하지 않아요. 도저히 친해질 것 같지 않아요. 저 남자는 아무것도 알아내지 못할 겁니다. 선생님은 어떠신가요? 좋은 생각이 있으신가

요? 모름지기 새 빗자루가 더 깨끗하게 쓸리는 법이죠."

피터가 부드러운 목소리로 말했다.

"내 생각을 말해 주기 전에 자네 생각부터 먼저 듣고 싶군, 도리아. 이야기를 좀 하세나. 붉은 조끼를 입은 남자에 대해서 어떻게 생각하나?"

"좋습니다. 좋아요, 시뇨르 피터. 저는 그 남자를 여러 번 봤습니다. 영국에서 세 번, 아니 네 번인가. 그리고 이탈리아에서 한 번 봤죠. 그 사람은 늘 똑같습니다."

"유령이 아니었나?"

"영혼요? 아니요. 두 눈을 시퍼렇게 뜨고 살아 있던걸요. 무슨 수로 지금까지 버텼는지 누가 알겠습니까?"

"자네는 로버트 레드메인 때문에 걱정스럽지 않은가?"

도리아가 냉큼 대답했다.

"왜 아니겠습니까. 아내가 그자를 봤다고 했을 때 토리노에서 당장 전보를 쳤습니다. 조심하라고 신신당부를 했어요. 그자를 만날 생각은 꿈에도 하지 말라고 못을 박았습니다. 삼촌도 그 일로 꽤나 놀라셨더군요. 우리는 최대한 그분의 주의를 다른 곳으로 돌리려고 애를 쓰고 있습니다. 걱정을 많이 하면 건강에 안 좋거든요. 제발 어서 이 일을 해결해 주세요. 이건 어떨까요? 덫을 놓아서 잡는 겁니다. 여우나 다른 짐승을 사냥할 때처럼 말이죠."

그러자 피터가 대꾸했다.

"아주 영리한 생각이군. 자네 도움을 받아야겠군, 주제페. 자네와 나와 말뚝 사이에서 우리 친구 마크는 엉뚱한 곳을 보고 짖고 있어. 그래도 우리 세 사람이 힘을 합쳐야 사건을 해결할 수 있지 않겠나. 그래도 안 된다면 우리는 내가 생각한 만큼 대단한 남자들이 못 되는 거겠지."

그 말에 도리아가 웃음을 터뜨렸다.

"행동은 남자가 하는 거고 말은 여자가 하는 거죠. 지금까지 말만 많았어요. 선생님이 오셨으니 사건이 곧 해결되겠군요."

피터와 마크는 점심을 먹은 후에야 비로소 함께 이야기를 할 기회가 생겼다. 비르길리오 포지는 차를 마시기 위해 호수를 건너올 예정이었다. 그래서 두 사람은 차를 마실 시간에 늦지 않게 돌아오겠다는 약속을 한 후 코모 호숫가를 거닐면서 오전의 일들에 대해 이야기를 나누었다. 피터와 이야기를 주고받으면서 마크는 뜨끔했다. 그도 그럴 것이 피터가 내내 알아내지 못한 해답을 막 찾았다는 사실을 깨달았기 때문이다. 결국은 마크 자신이 자초한 일이었으므로 할 말이 없었다.

"화가 납니다. 거지 같은 자식이 아내를 대하는 모습을 보면요. 도리아 말입니다. 돼지 목에 진주 목걸이죠. 그 정도일 줄은 몰랐어요. 하지만 결혼식을 올린 지 이제 석 달입니다."

"도리아가 아내를 어떻게 대하던가?"

"그건, 그녀만 봐도 알 수 있을 겁니다. 물론 이유야 알 수 없죠.

하지만 결과는 눈빛에 드러납니다. 자존심이 강해서 문제를 털어놓지 않을 뿐이죠. 아무리 그래도 표정까지 숨길 수는 없어요. 얼굴만 봐도 알 수 있으니까요."

피터는 아무 말도 하지 않았다. 마크는 계속 말을 했다.

"무슨 실마리라도 잡으셨습니까?"

"중요한 문제에 대해서는 별로 건진 게 없어. 하지만 소소한 문제 하나는 해결했지. 이보게, 나는 자네가 이 사건에서 힘을 못 쓰는 이유를 알아냈네. 자네는 제니 펜딘이 미망인이 되었다는 사실을 안 순간부터 그녀를 사랑했어. 지금은 제니 도리아를 사랑하지. 사건의 주요 관계자를 사랑하게 되면 범인을 추적하는 데 방해가 될 거야. 적어도 이 사건에 관해서는."

마크는 아무 대답도 못한 채 피터를 물끄러미 바라보았다.

"인간의 능력에는 한계가 있네, 마크. 특히 사랑은 무척 과격한 열정이야. 한 여인과의 사랑으로 눈이 멀지 않았다면 절대 하지 않았을, 도저히 할 수 없었을 일을 꼭 해야 한다고 밀어붙이게 되지. 사랑은 질투심이 강해서 경쟁자를 용납하지 않아. 그렇기 때문에 자네가 사랑에 빠졌다면 실력을 제대로 발휘할 수 없어. 하물며 자네가 사랑하는 여자가 사건에 관계된 여자라면 더 그렇지 않겠나?"

마크는 발끈해서 소리쳤다.

"오해입니다. 말도 안 되는 생각입니다. 제 마음은 사건에 결단코 아무 영향도 미치지 않았습니다. 왜냐하면 그녀는 타인의 악행

에 죄 없이 고통받는 피해자이기 때문입니다. 그녀가 사건에 관련되지 않았다는 확실한 근거가 있습니다. 그녀는 저를 방해하기는커녕 도와주었습니다. 고통을 참고 언제나 냉정을 지켰습니다. 제게 마음을 털어놓을 수도 있었지만 자신의 슬픔은 속으로 삼켜 버렸습니다. 설령 그녀를 사랑하게 되었다고 해도 이 사건에 임하는 제 태도에는 아무런 영향도 끼치지 않았습니다."

"하지만 그녀를 대하는 태도는 확실히 달라졌네. 어쨌든 나도 자네의 말을 인정하네, 마크. 그래서 자네가 내린 결론에 나름의 중요성을 부여하려고 하네. 하지만 앞으로는 누구든 사람의 성격을 자네가 판단한다면 곧장 받아들이지는 않을 생각이네. 확실하게 검증부터 한 후에 받아들일지 말지 결정할 걸세. 내가 이런다고 마음 상하지 말게. 내가 이 사건에 나 좋자고 개입한 것이 아니라는 점만 기억하게. 게다가 어떤 이유로든 무조건 믿을 수 있는 사람은 아무도 없네."

마크가 대답했다.

"어떤 것들은 증거가 없어도 알 수 있습니다. 그것을 신뢰하는데 자부심을 느끼기도 하죠. 저는 크나큰 고통과 힘든 상황에 처한 도리아 부인을 직접 보았습니다. 그녀는 놀라울 정도로 용감했습니다. 큰 슬픔을 겪고도 오로지 불행에 빠진 가족 생각뿐이었죠. 그녀는 억장이 무너질 것 같은 슬픔을 가슴에 묻고……."

"구 개월 만에 재혼을 했지."

"그녀는 젊습니다. 남편이라는 자가 어떤지 보셨잖습니까. 그녀를 얻기 위해 무슨 짓을 했을지 누가 알겠습니까? 제가 아는 건 그녀가 끔찍한 실수를 했다는 사실뿐입니다. 안다기보다 느낀다고 해야겠죠. 제 예감이 맞을 겁니다."

피터가 조용한 음성으로 말했다.

"자자. 이렇게 말해 봐야 아무 소용도 없겠군. 어쩌면 그녀의 남편이 죽었을 때 자네는 사랑을 고백하고 청혼을 했을지도 몰라. 그녀가 거절했겠지. 하지만 그렇게 끝이 난 게 아니었어. 그녀는 지금도 자네의 마음을 온통 사로잡고 있어."

"그렇지 않습니다. 건스 씨. 저를 오해하신 겁니다. 아니면 그녀를요."

"나는 많은 것을 바라지 않네. 내가 이 사건을 맡은 것은 앨버트를 위해서야. 그러므로 이것만은 절대 양보할 수 없어. 자네가 제니에게 속내를 털어놓고 그녀가 원하거나 바라는 것은 정의가 실현되고 사건이 해결되는 것뿐이라고 무조건 믿는 한 나는 자네와 함께 수사를 할 수 없네, 마크."

마크는 이글거리는 눈빛으로 피터를 쏘아보며 말했다.

"선생님은 제니를 오해하고 계십니다. 하지만 그게 문제가 아닙니다. 저를 오해하신다는 사실이 더 중요하죠. 저는 지금껏 그녀든 다른 누구에게든 비밀을 털어놓겠다고 생각한 적이 없습니다. 그런 일은 꿈도 꾸지 않았습니다. 털어놓고 자시고 할 것도 없어요. 저는

그녀를 사랑했습니다. 지금도 사랑합니다. 불한당 같은 녀석 때문에 힘들어하는 모습만으로도 마음이 아프고 염려가 됩니다. 하지만 저는 뼛속까지 형사입니다. 무엇보다 늘 제 일을 우선합니다. 그 덕에 이 거친 세계에서 미미하나마 명성을 얻고 있는 겁니다."

"알았네. 무슨 일이 일어나더라도 그 점만은 변치 말게. 그리고 성질을 죽이게. 성질을 부려 봐야 아무것도 건지지 못해. 도리아 부인을 비난하려는 말이 아니야. 다만 도리아 부부에 대해 자네나 나나 별로 아는 것이 없지 않은가 이 말일세. 이 점은 이해해 주게. 시야를 가로막거나 행동을 통제하려 한다면 나는 누구도 두고 보지 않을 거야. 어떤 여자가 자신의 결혼 생활이 불행하다며 은근히 암시를 할 경우 자네처럼 그 여자에게 깊은 애정을 품은 남자라면 자신이 본 대로, 울적한 그녀의 모습이 진짜라고 믿는 게 너무나 당연해. 당연히 그럴 것 같지. 하지만 생각해 보게. 제니 도리아와 주제페 도리아가 꿍꿍이가 있어서 고의로 그런 인상을 풍긴 것이라면? 부부의 목적이 자네와 내가 자신들의 불화를 믿게끔 유도하는 거라면?"

"세상에! 왜 제니를 그렇게 생각하시는 겁니까?"

"중요한 건 내 생각이 아니야. 그녀가 실제로 어떤 사람인지가 중요하지. 사실 여부는 지금부터 밝혀낼 걸세. 제니의 사람 됨됨이는 자네 생각 이상으로 이 사건과 깊은 관련이 있는 것 같으니 말이야."

"조금만 생각해 보시면 제니도 도리아도……."

"잠깐만, 잠깐! 내 말은 거짓이든 진짜든 어떤 인물도 수사의 통로를 막아서는 안 된다는 뜻일세. 도리아가 로버트 레드메인과 공모한 적이 없다는 자네의 생각을 증명해 보게. 그러면 나도 두말 않겠네. 하지만 아직은 그럴 수 없을 거야. 몇 가지 흥미로운 점이 있어. 혹시 벤디고 레드메인의 일기가 왜 없어졌는지 생각해 봤나?"

"저는……. 일기장에 로버트 레드메인에게 불리한 내용이 들어 있을 리가 없지 않습니까."

피터는 그 말에 한동안 아무 말도 하지 않았다. 갑자기 말문을 열더니 다른 이야기를 꺼냈다.

"나는 몇 가지 기초적인 사실을 확인할 게 있네. 여기서는 알아낼 수 없을 것 같아. 예기치 못한 사건이 터져 발이 묶이지만 않는다면 아마도 다음 주에 영국으로 돌아갈 거야."

"저도 함께요?"

"자네는 여기 남아 주게. 하지만 내가 떠나기 전에 서로의 입장을 확실하게 알아 둬야 해."

"그 점에 대해서라면 저를 믿으셔도 좋습니다."

마크가 말했다.

"그럼 믿겠네."

"제가 레드메인 씨를 지켜 드릴까요?"

"아닐세. 그 친구는 내가 지킬 거야. 내가 제일 우선하는 대상이

지. 그 친구에게 아직 얘기는 하지 않았지만 나와 함께 갈 걸세."

마크는 피터의 말에 잠시 생각에 잠기는가 싶더니 얼굴을 붉히며 말했다.

"레드메인 씨의 안전을 제게 믿고 맡기지 못하시는군요?"

"자네를 못 믿어서가 아니야. 뭐랄까, 아직은 추측일 뿐이네. 위험 요소가 너무 많아. 내가 영국에 돌아가려는 건 꼭 알아볼 중요한 문제들이 이곳에서는 여전히 암흑에 감춰져 있기 때문이야. 이 문제들은 영국이 아니면 확인할 길이 없어. 중요하다는 건 내 의견일 뿐이야. 하지만 지금으로서는 앨버트를 혼자 내버려 둘 수 없는 상황이야. 어디에서 어떤 위협이 나올지 그는 짐작도 못 해. 자네도 모르기는 마찬가지야. 그래서 믿고 맡길 수 없는 거라네."

"하지만 선생님이 암시하셨듯이 위험이 도리아에서 비롯된다면 누가 어떻게 그자에게서 레드메인 씨를 구할 수 있겠습니까? 그분은 도리아를 마음에 들어 합니다. 그 자식은 레드메인 씨에게 즐거움을 줍니다. 언제 어디서든 비위를 맞출 정도로 영리하고 간교한 놈입니다. 제 비위도 맞추려고 했습니다. 내일이면 선생님에게도 같은 식으로 접근할 겁니다."

"그래. 쾌활하고 유쾌한 젊은이지. 자네 말대로 영리하기도 하고. 하지만 자네와 내가 보는 모습이나 그의 아내가 보는 모습조차 도리아의 본모습이 맞는지 잘 모르겠네."

"어쩌면 아닐지도 모르죠."

피터 건스는 잠시 생각을 한 후 말문을 열었다.

"이 점은 확실히 이해해 줬으면 좋겠네. 나는 지금까지 혼자 일을 진행하는 것에 익숙하네. 모든 것이 확실하기 전에는 입 밖에 내지 않을 때도 있어. 그러다 보니 자네를 무시하는 듯한 인상을 주는 것 같아. 내 머릿속에서 생각이 어떻게 흐르는지 말해 주겠네. 지금은 암흑 속에서 아무런 갈피를 못 잡고 있어. 내가 그렇게 내버려뒀으니까. 하지만 희미하게나마 이런 생각은 하고 있네. 주제페 도리아는 붉은 조끼를 입은 남자에 대해 우리보다 훨씬 많이 알고 있어. 나는 도리아가 내 오랜 친구를 죽일 거라고는 생각하지 않아. 하지만 누군가 내 친구의 목숨을 앗으려고 할 때 과연 도리아가 그 행위를 저지하려 들지는 확신할 수 없어.

생각해 보게. 앨버트만 없으면 도리아의 아내는 엄청난 재산을 물려받을 거야. 누가 앨버트를 죽여서 제니의 주머니를 두둑하게 만들어 주려 한다고 해도 놀랄 일이 아니잖나. 이 점은 중요한 사실이야. 그러니 내가 영국에 있는 동안 경계심을 풀어서는 안 되네. 주제페 도리아라는 남자에 대해서 최대한 많이 캐 봐. 하지만 제니 도리아로부터는 안 돼. 그 점에 대해서는 더 말하지 않아도 알겠지. 되는 대로 아무 곳이나 찌르고 다니면서 '붉은 조끼의 남자'를 놀라게 해. 잘하면 효과가 있을 거야. 하지만 반대로 자네가 당하지 않도록 조심하게. 무슨 말을 듣든 반의반도 믿지 말고 무엇을 보든 반도 믿지 말게. 내가 부탁하고 싶은 건 그것뿐이라네. 우리가 제

대로 해낸다면 사건의 이면을 들여다볼 수 있을 거야."

"그렇다면 도리아와 로버트 레드메인이 협력 관계일지도 모른다는 말씀이십니까? 혹시 제니 도리아가 그 사실을 알아 버렸기 때문에 지금 남몰래 고통을 받고 있다고 생각하시는 건가요?"

"제니를 끌어들일 필요는 없네. 하지만 자네가 말한 상황도 충분히 가능하다고 보네."

"제가 아는 사실과도 부합합니다. 그녀가 범죄에 자발적으로 가담할 리가 없습니다. 타고난 본성에 반하는 행동이기 때문입니다."

"아까는 뼛속까지 형사라고 하지 않았나, 응? 누가 보면 제니를 고문이라도 하라고 한 줄 알겠네. 나는 여자는 물론이고 남자에게도 고문 같은 건 하지 않아. 그건 추악한 짓거리지. 우리가 하는 이 고귀한 일에 어디 가당키나 한 짓인가. 도리아 부인은 내버려 둬. 일단 도리아에게만 집중할 거야. 도리아에 대해서 흥미로운 사실들을 알아낼 수 있을 것일세."

"그자가 크로우즈 네스트에서 처음 이 사건에 등장했다는 점을 잊으셨습니까?"

"알지도 못하는 일을 어떻게 잊겠나? 자네는 왜 그가 크로우즈 네스트 사건에만 관련이 되었을 것이라고 단정하나? 포긴터 사건에도 관련이 있을 수 있네. 어쩌면 로버트 레드메인이 아니라 다른 사람과 공모해서 마이클 펜딘의 목을 베었을 수도 있지 않은가?"

"말도 안 됩니다. 생각해 보십쇼. 제니가 남편을 죽인 남자와 결

혼을 했다는 겁니까?"

"그럼 안 되나? 나는 도리아가 살인자라는 사실을 제니가 알고 있었다고는 안 했어."

"다른 문제도 있습니다. 도리아는 첫 번째 사건이 벌어졌을 당시 벤디고 레드메인의 하인이었습니다."

"자네는 무슨 근거로 그렇게 철석같이 믿고 있나?"

마크는 짜증을 숨기지 않았다.

"건스 씨, 그건 다 아는 사실입니다."

"다 알다니 뭘 말인가? 첫 번째 살인이 벌어진 날에도 벤디고 레드메인의 하인이었다고 장담할 수 있나? 그 사실을 입증하려면 자네도 깜짝 놀랄 만큼 어마어마한 조사를 해야 할 거야. 이 사람들 중에서 도리아가 언제 크로우즈 네스트에 나타났는지 확실하게 아는 사람은 도리아뿐이야. 제니는 알 수도 있고 모를 수도 있어. 나타난 날짜에 관해서라면 주제페의 말을 곧이곧대로 받아들일 수 없네."

"그래서 벤디고 레드메인의 일기장을 읽으려고 하셨던 겁니까?"

"그런 이유도 있다네. 일기장은 어쩌면 이곳에 있을지도 몰라. 우리가 영국으로 가면 자네는 일기장을 찾을 수 있는지 잘 살피게. 혹시라도 일기장을 찾으면 어떤 페이지가 찢겨 나갔거나 지워졌거나 고친 흔적이 있는지 확인하게."

"레드메인 씨의 주변 인물들이 범죄를 저질렀다고 여전히 생각

하시는군요?"

"그들이 그런 짓을 하지 않았다는 사실을 입증할 필요가 있어. 우리가 돌아오기 전에 자네가 먼저 입증할지도 모르겠군. 이 사건에 대해 가설을 세우려면 먼저 확인해 둬야 할 것들이 산처럼 많아. 솔직히 앨버트가 여전히 살아 있다는 사실이 놀라울 지경이야. 그가 지금껏 살아 있을 이유가 없어. 이미 죽었어야 할 이유는 열 개도 넘는데 말이지."

"선생님이 일정보다 빨리 오겠다고 판단하신 덕분이겠죠."

"누군가를 죽이겠다고 마음먹은 사람은 이 세상의 어떤 지혜와 의지력을 동원하더라도 막을 수가 없어. 말하자면 장차 살인자가 될 사람은 미지의 인물인데다 아직은 자유로운 상태이니 말이야. 마크, 한 가지 더 말해 둘 게 있네. 내가 앨버트와 영국으로 갈 때는 느닷없이 모습을 감출 걸세. 그건 레드메인도 마찬가지야. 아무도 우리가 돌아올 때까지 우리에 관한 소식을 들으면 안 된다는 점을 명심하게. 내게 급히 연락할 일이 생기면 런던 경찰청으로 전보를 치게. 그곳에만 내 소재지를 알려 놓겠네. 그 외에는 아무 데도 알리지 않을 걸세. 그리고 부디 몸조심하게. 믿는다는 이유만으로 쓸데없는 위험을 감수하지 말게. 자네도 위험에 처할 수 있어. 특히 무슨 낌새를 맡게 되면 확실히 위험에 빠질 거야."

이틀 후 늙은 애서가와 피터는 바렌나로 가는 증기선에 몸을 실었다. 그곳에서 밀라노로 가는 기차로 갈아탄 후 영국으로 돌아갔

다. 시뇨르 포지와 피터 건스의 만남은 앨버트에게 특별한 만족감을 주었다. 피터도 이튿날 아침이 될 때까지 쓸데없는 말로 친구의 즐거움에 어두운 그림자를 드리우는 짓은 하지 않았다. 피터는 비르길리오가 무척 마음에 들며 미국으로 돌아간 후에도 연락을 주고받고 싶다고 했다. 그러더니 느닷없이 서둘러 영국으로 가야 한다고 말했다. 피터는 앨버트가 반대를 할 줄 알았다. 하지만 앨버트는 매우 이성적인 사람이기에 반대하지 않았다.

"내가 자네에게 이 수수께끼를 풀어 달라고 부탁을 했네. 그러니 수수께끼를 풀기 위해 자네가 어떤 방법을 쓰든지 나는 절대 의문을 품지 않을 걸세. 피터, 자네가 이 무시무시한 미스터리를 해결할 수만 있다면 그걸로 만족하네. 자네라면 설명하지 못할 일이 없다고 믿고 있네. 나는 자네의 수사를 도와야 하는 입장이니 자네가 가야 한다면 당연히 가야지. 하지만 내가 현실적으로 도움이 되리라는 기대는 말아 주게. 이런 수사에 직접 뛰어드는 건 내 천성에 맞지 않아. 내게 어떤 일이나 모험을 시켜 봐도 모조리 실패할 것이 분명해."

피터가 시원스럽게 대꾸했다.

"그런 걱정은 말게. 자네는 그저 남의 눈에 띄지 않게 즐기기만 하면 돼. 다른 건 아무것도 필요 없네. 위험이 자네를 따를 수도 있고 아닐 수도 있어. 나는 자네를 위협하는 위험을 막아선 채 자네에게서 눈을 떼지 않을 생각뿐이네. 다른 사람들에게는 우리의 행선

지를 밝히지 않을 거야. 제니에게는 큰 가방에 열흘 동안 필요한 물건들을 챙기라고 이르게. 모든 일이 순조롭게 끝나면 다음 주말이면 집으로 올 수 있을 거야."

어느새 두 사람이 출발하는 날 아침이 밝았다. 앨버트가 제니에게 마지막으로 처리해야 할 일들을 이르는 동안 피터와 마크는 선착장을 거닐었다. 마침 외륜선인 플리니 호가 영국으로 가는 긴 여정을 막 시작한 두 여행객을 싣기 위해 벨라조에서 오고 있었다. 마크는 자신의 입장을 정리해서 들려줬다.

그는 이렇게 말했다.

"지금 상황을 정리하면 이렇습니다. 선생님은 도리아가 누군가와 사건을 공모했을지도 모른다고 의심하고 계십니다. 그 사람이 로버트 레드메인인지는 아직 모릅니다. 그러므로 저는 도리아를 감시하고 로버트 레드메인의 허를 찔러 당황하게 만들어야 합니다. 아니면 그에 대한 진실을 밝힐 수 있는지 조사를 해야 하고요. 그동안 선생님은 영국에서 조사를 진행하시겠죠. 그리고 상황이 지금보다 더 확실하고 진전이 있을 때 비로소 조사한 내용에 대해서 말씀을 해 주실 테죠."

"간단명료하군. 마음을 활짝 열어 놓게. 내 부탁은 그것뿐일세."

마크가 대답했다.

"그러겠습니다. 도리아 부인의 고통에 대한 선생님의 설명에 저도 의심이 들기 시작했습니다. 제니는 우리보다 더 많은 사실을 알

고 있을지도 모른다는 생각이 점점 강하게 듭니다. 어쩌면 결혼 생활을 불행에 빠뜨린 남편의 비밀을 알고 있는지도 모르죠."

"아직은 증명해야 할 가설에 불과해. 다음 주 내내 제니를 잘 살펴보게. 이 가설이 옳다고 생각하면 즉각 조치를 취하게."

플리니 호에는 비르길리오 포지가 타고 있었다. 그는 바렌나까지 레드메인과 피터를 배웅하기 위해 몸소 호수를 건너온 것이다. 세 남자가 배에 탔다. 마크와 제니, 도리아는 남아 그들을 배웅했다. 바렌나에 도착하자 비르길리오도 두 사람을 떠나 돌아갔다. 그는 앨버트를 포옹하는 것으로 성에 차지 않는지 피터를 꼭 안으며 애정에 찬 작별 인사를 건넸다.

시뇨르 포지는 이렇게 말했다.

"우리 세 사람은 모두 위대한 남자야. 위대함은 위대함을 부르는 법이지. 앨버트, 최대한 빨리 돌아오게. 그리고 시뇨르 건스가 하라는 대로 하게. 자네 삶에서 먹구름이 한시바삐 걷히기를 바라네. 두 사람을 위해 기도하겠네."

앨버트는 피터에게 시뇨르 포지의 말을 통역해 주었다. 기차가 서서히 역을 출발하자 비르길리오 포지는 다음 배를 타고 집으로 돌아갔다. 그는 집으로 가면서 연신 재채기를 했다. 코담배에 익숙하지 않은 코에 어떤 영향을 가져올지도 모른 채 피터의 코담배를 살짝 들이마셨기 때문이다.

권총과 곡괭이

마크는 주제페 도리아를 짐짓 대수롭지 않게 생각했다. 하지만 그는 누구에게든 공평하게 대하는 사람이었으므로 편견 없는 마음으로 바라보았다. 그는 도리아가 사랑을 얻었다는 사실에 큰 의미를 부여하지 않으려고 했다. 자신이 사랑의 경쟁에서 졌다는 사실을 누구보다 잘 알았다. 그러므로 그런 이유로 색안경을 끼고 도리아를 볼 수는 없었다. 하지만 도리아는 제니를 행복한 아내로 만들어 주지는 못했다. 마크는 그 사실을 잘 알았다. 게다가 그로 인해서 앞으로 자신의 입장이 점점 더 유리해질 수도 있다는 사실을 외면할 수 없었다. 제니의 태도는 확실히 변했다. 장님이 아닌 이상 그런 사실을 알아차리지 못할 리 없었다. 하지만 당분간은 자신의

관심을 옆으로 밀어 둔 채 갖은 능력을 발휘해 눈앞의 문제를 푸는 데만 전념해야 했다. 그는 피터 건스가 돌아올 때까지 중요한 정보를 밝혀내고 싶어 초조했다.

그는 자신이 판단한 대로 행동했다. 하지만 도리아를 신비로운 사건이나 로버트 레드메인과 연결 지을 충분한 근거를 찾을 수가 없었다. 피터로부터 상황을 간단명료하게 분석한 내용을 들었지만 그는 여전히 미지의 범인이 앨버트 레드메인의 동생이라는 인상을 지울 수 없었다. 과거든 현재든 주제페를 미지의 인물과 겹쳐 생각하는 것은 논리적으로 말이 되지 않았다. 마크는 벤디고 레드메인의 실종 당시의 상황을 되짚어 보았다. 하지만 크로우즈 네스트에서 주제페가 보여 준 행동에서 의심스러웠던 부분은 기억나지 않았다. 두 번째 살인 사건에 그가 가담했을지도 모른다는 가정이 어처구니없게 보였다. 덩달아 첫 번째 사건에도 연루되었을지 모른다는 생각은 점점 더 어불성설로 느껴졌다.

도리아가 펜딘의 미망인과 결혼을 한 것은 사실이었다. 그녀와 결혼하기 위해 남편을 죽였을까? 그런 생각만으로도 마크는 모골이 송연해졌다. 게다가 인간의 본성에 관심이 많았던 마크는 도리아가 사람의 목숨을 함부로 대하는 성격을 숨기고 있다는 증거를 찾을 수 없었다. 그는 쾌락을 추구하는 영혼의 소유자였다. 그의 인생관이나 야망이 진지하지 못하기는 했다. 그렇다고 그런 태도가 범죄는 아니지 않은가. 그는 걸핏하면 밀수범들에 대해 떠들었다. 그

들을 이해한다는 말을 서슴지 않았다. 하지만 그런 모습은 다 허풍에 지나지 않았다. 제 입으로도 인정하지 않았던가. 몸으로 부딪치는 일은 하지 않는다고 말이다. 그는 안락하고 평화로운 인생을 추구하는 인간이었다. 아무리 봐도 자유를 박탈당할 위험을 무릅쓰면서까지 법과 질서의 파괴자들과 어울릴 인간으로는 보이지 않았다.

마크는 앨버트 레드메인과 피터 건스가 출발한 직후 도리아와 잠시 이야기를 나누었다. 바로 이때 자신의 판단이 틀리지 않았다는 놀라운 증거를 찾았다. 주제페와 제니는 호수 북쪽의 콜리코에 사는 지인을 방문할 계획이었다. 정오가 지나서 배가 출발하기까지 남은 시간에 마크와 주제페는 메나조 위로 천육백 미터가량 떨어진 언덕을 산책했다. 마크는 주제페와 약간은 사적인 대화를 시작했다. 주제페는 개의치 않고 쾌활한 태도로 이야기를 했다.

마크가 운을 뗐다.

"알겠지만 나는 낮 동안 붉은 머리의 망령을 추적할 생각이네. 괜찮다면 저녁 시간에 들르지. 그런데 출발하기 전에 한 시간 정도 나와 산책이나 하지 않겠나. 하고 싶은 이야기가 있는데."

"좋습니다."

주제페가 선선히 대답했다. 주제페는 그렇게 말하고 잠시 어딜 갔다가 삼십 분 후에 마크에게 돌아왔다. 마침 마크는 사육장의 컴컴한 대문에서 제니와 이야기를 나누던 중이었다. 두 사람에게 다가온 주제페는 마크를 잡아끌며 말했다.

"제니와는 오늘 밤 저녁을 먹은 후에 다시 이야기를 하시죠. 지금은 제 차례입니다. 과수원을 지나면 나오는 조그만 기도소로 갑시다. 성모에게 바치는 기도소야 흔하죠. 하지만 이곳은 바람이나 바다나 별의 마돈나를 위한 기도소가 아닙니다. 이곳을 저는 '마돈나 델 파르니엔테'라고 부릅니다. 고된 노동으로 몸과 머리가 모두 아픈 피곤한 사람들을 위한 성녀라는 뜻이죠."

두 사람은 당장 기도소로 발길을 옮겼다. 도리아는 황금색과 갈색이 섞인 휴일용 슈트를 입고 루비색 타이를 맸다. 마크의 옷은 체크무늬였고 주머니에는 점심이 들어 있었다. 이윽고 도리아의 태도가 변하더니 가벼운 분위기가 싹 사라졌다. 한동안 그는 아예 말문을 닫아 버렸다.

마크가 먼저 대화를 시작했다. 도리아를 의심하는 기색은 내비치지 않았다.

"이 사건에 대해서 어떻게 생각하나? 지금까지 꽤 오랫동안 가까이에서 사건을 지켜보지 않았나. 자네는 짐작 가는 바가 없나?"

도리아가 대답했다.

"아무것도 없습니다. 지금은 내 문제만으로도 골치가 아파요. 그 저주받을 미스터리가 내 인생에 손가락을 쑤셔 넣더니 이제는 아예 깜깜하게 만들고 있어요. 나는 점점 더 불안하고 비참한 남자가 되고 있어요. 왜 그런지 말씀드리죠. 형사님이라면 이해해 주실 테니까요. 이 문제에 대해서 아내 이야기를 하더라도 화내시면 안

됩니다. 이런 속담이 있죠. 여자와 방앗간은 늘 뭔가를 원한다고요. 방앗간이 뭘 원하는지는 알겠어요. 그런데 여자가 뭘 원하는지 누가 알겠습니까? 허구한 날 헛다리 짚는 것도 질렸습니다. 잔인하거나 못되게 굴려는 게 절대 아니에요. 여자에게 잔인하게 굴다뇨, 제가 그럴 리가 있겠습니까? 하지만 형사님의 여자가 형사님에게 잔인하게 굴면 어떻게 하시겠습니까?"

두 사람은 기도소에 도착했다. 기도소라고 해 봤자 다 삭은 벽돌과 석고로 만든 자그마한 벽감이었다. 그 아래에는 길손이 무릎을 꿇거나 앉을 수 있도록 돌로 만든 자리가 있었다. 위의 틈새에는 철사로 얼기설기 보호를 해 놓은 인형이 하나 서 있었다. 인형은 푸른 망토와 황금 왕관을 쓴 것처럼 색칠이 되어 있었다. 작은 그림 앞에 있는 바위는 길가에서 꺾어 바친 꽃들로 장식이 되어 있었다.

두 사람은 자리를 잡고 앉았다. 도리아는 평소처럼 투스카니 시가를 피우기 시작했다. 그는 점점 더 침울해졌다. 그를 보면 볼수록 마크는 당황스러웠다. 제니를 대하는 도리아의 태도는 이미 제니에게 들었지만, 도리아의 입으로 직접 들으니 어찌 그렇지 않겠는가.

도리아는 우울한 분위기로 말했다.

"일 볼토 시올토 에드 이 펜시에리 스트레티Il volto sciolto ed i pensieri stretti. 이 말은 이런 뜻입니다. '그녀의 표정은 밝을지라도 마음은 어둡다네.' 너무 어두워서 남편인 제게도 말할 수 없을 정도죠."

"자네를 두려워하는 건 아닌가? 여자는 비밀을 감추고 있는 남

자 앞에서 늘 약해지니까."

"약해진다고요? 절대 그렇지 않습니다. 제니가 얼마나 자제력이 강하고, 유능하고, 냉정한 여자인지 아십니까? 예쁘장한 얼굴은 가면이에요. 가면 뒤의 얼굴은 못 보셨죠? 형사님은 제니를 사랑했지만 제니는 그렇지 않았죠. 그녀가 사랑한 사람은 저였고 결혼까지 하게 되었어요. 그러니 그 여자의 성격은 형사님이 아니라 제가 더 잘 알겠죠. 제니는 무척 영리해요. 실제 감정보다 훨씬 과장해서 표현할 줄도 알죠. 제니를 다시 만나 보니 불행하고 무기력하게 지내는 것 같던가요? 그렇다면 제니가 고의로 그렇게 보인 거예요. 그녀가 불행할지도 모르죠. 비밀을 감추고 지내면 종종 불행이 꼬여드니까요. 하지만 무기력하지는 않습니다. 눈빛은 무기력해 보여도 입은 그렇지 않아요. 그녀의 입에는 힘과 의지가 도사리고 있죠."

"왜 비밀을 감추고 있다는 건가?"

"왜고 뭐고 비밀 이야기는 형사님이 먼저 꺼내셨잖아요. 저는 비밀이라고는 없습니다. 진짜 비밀을 감춘 사람은 아내인 제니입니다. 그녀는 붉은 머리 남자에 대해서 속속들이 알고 있어요! 저 깊은 땅속 지옥처럼 속을 알 수 없는 여편네라고요."

"무슨 일이 일어났는지 알면서 자네나 삼촌에게는 입을 다물고 있다는 건가?"

"바로 그 말입니다. 제니는 앨버트 삼촌에게 내려진 저주 따윈 관심도 없어요. 금세 본색을 드러낼 겁니다. 명심하세요. 제니의 아

버지는 성질이 악마처럼 고약했다더군요. 어머니의 사촌은 살인죄로 교수형을 당했고요. 전부 사실이에요. 그녀도 부정하지 않을 겁니다. 이런 이야기는 삼촌에게 들었죠. 나는 제니가 두렵습니다. 그녀도 내게 실망을 했죠. 나는 그녀가 생각한 모습이 아니니까요. 게다가 조상들의 재산과 직위를 되찾으려는 노력도 관뒀잖아요."

제니를 무시무시하게 묘사하는 도리아의 이야기에 처음에 마크는 깜짝 놀랐다. 하지만 그 놀라움은 금세 분노로 바뀌었다. 제니와 부부가 된 지 이제 석 달이다. 그런데 어떻게 저런 파렴치한 비난을 사실인 양 떠들어 댈 수 있을까?

주제페는 솔직한 어조로 말했다.

"제니는 대단한 여자예요. 제게는 과분할 정도로 대단한 사람이죠. 메디치나 보르지아 가문에 태어났어야 했어요. 그녀는 경찰이나 형사가 이 세상에 나타나기 몇백 년 전에 태어났어야 할 인물이죠. 제가 거짓말을 한다고 생각하시는군요. 눈빛에 씌어 있어요. 하지만 이건 거짓말이 아니에요. 저는 상황을 제대로 보고 있어요. 지난날을 돌이켜 생각해 보면 눈에서 콩깍지가 벗겨지는 것 같아요. 그녀를 향한 사랑에 빠져 눈이 멀어 갈 때는 몰랐던 것들을 슬슬 알 것 같아요. 로버트 레드메인을 보세요. 저는 악마 로버트라고 부릅니다만. 유령인 줄 알았어요. 그런데 유령이 아니더군요. 멀쩡히 살아 있었죠.

그자를 잡아서 교수형에 처하지 않으면 어떤 일이 일어날까요?

그자가 앨버트 삼촌을 죽이고 나도 죽이겠죠. 그러면 제니와 함께 도망을 칠 겁니다. 한 가지 말씀드릴까요, 형사님. 그자가 삼촌을 죽인다고 해도 나만 건드리지 않으면 어서 빨리 그렇게 하는 게 절 돕는 겁니다. 천벌을 받을 말이라고요? 네, 맞습니다. 하지만 이게 사실인걸요. 천벌을 받을 일들이 대개 그렇잖아요."

"자네 아내와도 아는 사이인 내가 이런 흉악한 이야기를 믿을 것 같나?"

"믿든 말든 상관없습니다. 천하의 망나니라고 생각하고 싶으면 그렇게 하세요. 솔직히 저도 그런 것 같으니까요. 난폭해지고 싶은 마음이 제 안으로 스멀스멀 기어 들어와요. 늑대와 어울리면 늑대처럼 울부짖는 법을 배우게 되죠. 그래서 제가 자꾸 남몰래 울부짖는 겁니다. 조만간 모든 사람이 들을 수 있게 고래고래 소리를 지를 겁니다. 이제는 내가 왜 이렇게 되었는지 아시겠죠. 나는 제니의 비밀에 대해 아무것도 모릅니다. 그게 뭐든 나와 관련된 것만 아니라면 알고 싶지도 않습니다. 제니가 내게 몇천 파운드를 쥐어 주면서 자신의 인생에서 당장 사라지라고 하면 얼씨구나 하고 그렇게 할 겁니다. 돈 때문에 제니와 결혼한 건 아니에요. 하지만 사랑도 사라진 마당에 토리노에서 새 출발을 하려면 돈이 있어야죠. 그러면 제니도 공기처럼 자유로운 몸이 되겠죠. 제니에게 얘기해 주시면 안 될까요? 이야기만 잘 성사되면 형사님에게도 이익 아닙니까?"

마크는 자신의 귀를 믿을 수가 없었다. 정작 도리아는 무척 진

지한 표정을 짓고 있었다. 그는 한동안 더 떠들었다. 그러더니 시계를 힐끔 보며 내려가야 한다고 말했다.

"증기선이 곧 도착하겠네요. 가 봐야겠군요. 제가 도움이 되었기를 바랍니다. 저와 형사님 자신을 도울 방법을 고민해 보세요. 제니가 형사님에게 품고 있는 감정은 저도 몰라요. 언젠가는 형사님의 차례도 오겠죠. 저는 그렇게 생각하고 있어요. 질투는 안 해요. 하지만 제 경고는 명심하세요. 이 붉은 머리 남자는 제게도 형사님에게도 절대 우호적이지 않습니다. 오늘도 그자를 찾아보신다고요? 마음대로 하세요. 하지만 그자를 발견하면 조심하세요. 그래봤자 운명을 거스를 수는 없겠죠. 그럼 저녁 식사 시간에 보죠."

도리아는 칸초네를 흥얼거리며 그 자리를 떠났다. 순식간에 그의 모습은 보이지 않게 되었다. 마크는 예상하지 못한 방향으로 흐른 대화에 머리를 한 대 맞은 것처럼 멍해졌다. 그는 그 자리에서 골똘히 생각에 잠겼다. 그렇게 한 시간을 미동도 않은 채 앉아 있었다. 마크는 척 봐도 거짓으로 가득 찬 정글 같은 앞날을 어떻게 뚫고 나가야 할지 도무지 갈피를 잡을 수 없었다. 이 순간 다른 사람이었다면 도리아가 아내에게 퍼부은 독설에 혹시 사악한 의도가 도사리고 있지 않은지, 하필이면 왜 그런 이야기를 자신에게 했는지 한 번쯤 의심을 했을 것이다. 하지만 마크는 제니에 대한 험담이 추악한 거짓이 분명하다고 결론을 내렸다. 그는 자신의 욕망에 굴복한 채 믿고 싶은 대로 믿어 버렸다. 제니를 향한 헛된 사랑에 눈이

멀어 듣고 싶은 소리만 듣고 그녀가 조만간 또다시 자유로운 몸이 될지도 모른다는 사실에 반색을 했다. 자신이 제니를 잘못 보았을 리 없지 않은가. 그는 주제페가 그에게 그려 준 악의에 가득 찬 그림을 마음껏 비웃었다. 주제페야말로 제니의 허를 찔러서 본인의 범죄를 그녀에게 뒤집어씌우려는 것이 틀림없었다. 그는 주제페에 대한 입장을 확실히 정했다. 그 시간 이후로 그는 피터 건스와 마찬가지로 도리아가 미지의 인물의 목적을 알고 그것을 돕고 있다고 확신했다. 여기서도 마크는 제게 좋은 사실만 기억했다. 도리아처럼 노골적으로 말하지는 않았지만 현재로서는 제니조차 믿어서는 안 된다고 한 피터의 경고를 까맣게 잊은 것이다. 그는 자신을 믿듯 제니를 신뢰했다. 바꿔 말하면 그만큼 도리아를 못 믿는다는 뜻이기도 했다.

그는 앞으로 어떻게 할지 잠시 생각했다. 일단은 로버트 레드메인이 자주 목격된 곳을 살펴보기로 했다. 그가 계속 출몰한 곳들이 있었다. 건스는 영국으로 떠나기 전에 도망자가 숯 굽는 사람들과 함께 산속 어딘가에서 숨어 지낼 것이라는 가설에 큰 무게를 두었다. 도리아에 대한 의심이 확인된 이상 마크는 그 가설이 사실이라는 증거를 찾아내고 싶었다. 가능하다면 붉은 머리 남자의 은신처도 알아내고 싶었다.

도망자는 어차피 혼자 힘으로 찾아낼 수 없었다. 그러므로 도리아를 은밀하게 감시해 그가 누구를 돕고 있는지부터 알아내기로 결

심했다. 그렇게만 되면 일석이조일 것이다. 피터 건스가 돌아오면 수고를 많이 덜 수 있을 것이다.

마크는 천천히 산을 올랐다. 잠시 후 주위보다 지대가 높은 자그마한 평지에 앉아 쉬었다. 그곳에서 자라는 덤불에는 골짜기의 백합과 하얀색 앵초들이 만발해 있었다. 그는 느긋한 기분으로 앉아 담배를 물었다. 저 멀리 반짝이는 호수 위를 증기선들이 물방개처럼 물살을 가르며 나아가는 모습이 보였다. 바위 위에는 갈색 여우 한 마리가 일광욕을 즐기고 있었다. 마크는 피아네초 빌라에 저녁을 먹으러 갈 때 제니에게 줄 골짜기 백합을 몇 송이 꺾었다. 하지만 그 꽃들은 결코 도리아 부인에게 전해질 수 없는 운명이었다.

그는 앞으로 벌어질 일은 꿈에도 모른 채 모처럼 한가한 시간을 보내고 일어섰다. 바로 그때 누가 자신을 보고 있는 기분이 들었다. 앞을 보니 그가 그렇게 찾아다니던 사람이 서 있는 것이 아닌가. 로버트 레드메인은 마크로부터 삼십 미터도 채 떨어지지 않은 곳에 가슴 높이까지 오는 관목의 가지 뒤에 서 있었다. 모자도 쓰지 않은 채 나뭇가지 사이로 몰래 훔쳐보고 있었다. 환한 햇빛에 불처럼 붉은 머리카락과 황갈색의 콧수염이 반짝였다. 대낮에 사람을 착각할 리 만무했다. 마크는 낮이므로 로버트 레드메인을 잡는 건 문제가 아니라고 반색을 하며 꺾은 꽃을 집어 던지고 그를 향해 곧장 달려들었다.

하지만 로버트 레드메인은 마크와 대면하고 싶지 않은 것 같았

다. 그는 몸을 돌려 달리더니 어느새 산의 마지막 절벽 아래로 뻗은 돌과 덤불투성이의 험한 산길을 오르기 시작했다. 은밀한 도주로를 잘 알기라도 한 듯이 붉은 머리의 남자는 절벽을 놀랄 정도로 빠르게 올라갔다. 마크도 뒤질세라 속도를 올렸다. 그는 힘껏 레드메인을 뒤쫓았다. 두 사람의 간격이 점점 좁혀졌다. 물론 마크는 레드메인과 피할 수 없는 육탄전을 벌여 그를 사로잡을 만큼 힘도 충분했다.

하지만 그는 곧 실망하고 말았다. 그도 그럴 것이 십팔 미터까지 간격을 좁혔을까, 마크는 험한 바위 위를 오르느라 속도를 살짝 줄여야 했다. 바로 그때 로버트 레드메인이 우뚝 멈춰 서더니 뒤로 돌아서 권총을 들었다. 총열이 햇빛에 반짝이나 싶더니 총이 발사되었다. 붉은 머리 남자가 총을 쏘자마자 마크는 두 팔을 허우적거리며 앞으로 엎어졌다. 팔다리를 발작하듯 마구 떨더니 그대로 뻗어 버렸다. 마크가 레드메인을 발견해 뒤쫓다가 느닷없이 추격을 끝낼 때까지 걸린 시간은 고작 오 분이었다. 레드메인은 전속력으로 달린 탓에 숨을 몰아쉬며 다가왔다. 쓰러져 있는 피해자는 죽은 것 같았다. 마크는 얼굴을 꽃송이들 속에 파묻은 채 쓰러질 때 모습 그대로 엎어져 있었다. 주먹을 꽉 쥔 채 두 팔을 쫙 펴고 있었고 입에서는 피가 흘렀다. 하지만 그는 미동도 하지 않았다.

레드메인은 자신이 있는 곳을 꼼꼼하게 살폈다. 그리고 주머니에서 칼을 꺼내 마크가 쓰러진 근처의 어린 나무에 칼집을 냈다. 레

드메인은 잠시 후 모습을 감추었다. 마크가 쓰러진 곳은 다시금 평화를 되찾았다. 그가 죽은 듯 누워 있자 소동에 놀라 낮잠에서 깬 또 다른 여우 한 마리가 검은 주둥이로 바위 주위를 찔러 보고 공기의 냄새를 킁킁 맡았다. 하지만 여우는 보이는 모습에 속지 않았다. 꼼짝도 않던 사람이 고개를 슬며시 드는 모습을 보고는 못마땅한 듯 컹 짖더니 총총 달려가 버렸다. 멀리 하늘에서 독수리 한 마리도 쓰러진 남자를 보았지만 금세 산봉우리를 향해 솟구쳤다. 그곳은 인적이 뜸한 외진 곳이었다. 좁은 산길 하나만이 구십 미터가량 뻗어 있었다. 그 길은 숯 굽는 사람들과 노새가 계곡까지 내려갈 때 종종 사용했다.

하지만 그날따라 아무도 오지 않았다. 해는 뉘엿뉘엿 서쪽으로 기울고 절벽의 선선한 그림자가 발치에 놓인 작은 공터를 슬며시 뒤덮기 시작했다. 어느새 몇 시간이 지나갔다. 밤의 어둠이 밀려 들어와 텅 빈 주위를 가득 채우고 나서야 비로소 가까이서 이상한 소리가 들리기 시작했다. 간간히 금속이 땅을 두드리는 소리도 섞여 들렸다. 그 소리는 노간주나무 숲 위로 잿빛 머리를 우뚝 치켜들고 있는 바위에서 났다. 커다란 바위의 평평한 정상 부분이 두둥실 떠오르는 달빛을 받아 하얗게 빛이 날 무렵, 손전등이 깔딱거리는 소리와 함께 두 개의 그림자가 길쭉하게 생긴 구멍 위로 불쑥 솟아 분주하게 움직였다. 두 사람은 두런두런 이야기를 주고받으며 교대로 땅을 팠다. 그러다가 시커먼 형체의 사람이 공터로 나왔다. 주위를

살피고 손전등으로 껍질을 벗겨 표시를 한 나무 밑동을 비추었다. 그는 미동도 않고 누워 있는 갈색 형체로 다가갔다.

영원히 끝나지 않을 것 같은 고요함이 깊은 산속을 지배했다. 저 위쪽 봉우리 부근에는 가마를 달구는 불길이 두 개의 눈빛처럼 붉게 반짝였다. 평지 바로 아래는 동쪽의 들쭉날쭉한 구릉으로 비탈져 있었다. 호수는 구릉의 어깨 뒤에 가려져 보이지 않았다. 꽤 높은 곳이라 반딧불이도 춤추지 않았다. 하지만 음악은 있었다. 마크가 죽은 듯이 쓰러져 있는 곳에서 구 미터가량 떨어진 커다란 도금양에서는 나이팅게일 한 마리가 물처럼 흐르는 듯한 노랫가락을 들려주고 있었다.

점점 다가오는 시커먼 형체는 찾던 대상을 발견하고 서둘러 접근해 왔다. 그의 목표는 자신이 이곳으로 꼬여 내어 죽인 희생자를 파묻는 것이었다. 그 후에는 시체가 있었던 곳에 남아 있을지도 모르는 흔적을 없애는 것이었다. 그는 몸을 구부리고 양손을 꼼짝도 않는 남자의 재킷에 얹었다. 그리고 그가 있는 힘을 다 짜내자 기괴하고 끔찍한 일이 벌어졌다. 시신이 무너져 내린 것이다. 머리통은 데굴데굴 굴러가고 몸통은 여러 조각이 났다. 뒤로 쿵 주저앉은 탓에 몸통을 쳐들게 되었는데, 순간 몸통은 사방으로 흩어져 버렸다. 무거울 줄 알고 힘을 잔뜩 줬는데 코트에 가득 든 것이 풀이라 그 반동으로 나동그라진 것이다.

남자는 누가 숨어 있지 않을까 두려웠던지 발딱 일어섰다. 그는

놀라고 당황한 채 입을 떡 벌렸다.

"하느님, 맙소사!"

그가 소리쳤다. 그의 외침에는 절벽과 동료의 귓전을 때리는 공포 비슷한 것이 울렸다. 하지만 아무도 그를 급습하지 않았다. 그의 이동을 저지하는 총성도 울리지 않았다. 그는 언제 어디서 날아올지 모르는 총알을 피해 도망치는 사슴처럼 잽싸게 몸을 돌려 훌쩍 뛰어서는 바위 뒤로 몸을 감추었다. 악당들은 잠시도 지체하지 않았다. 두 사람의 발소리가 금세 울려 퍼졌다. 시끄러운 소리가 순식간에 사라지자 산중에는 또다시 어둠과 정적이 되돌아왔다.

십 분이나 지났을까. 아무 일도 일어나지 않았다. 이윽고 가짜 시체가 누워 있던 곳에서 십사 미터가량 떨어진 은신처에서 사람의 형체가 일어났다. 그 형체는 달빛을 받은 눈처럼 하얗게 빛났다. 마크 브렌던은 자신이 꾸며 놓았던 덫으로 다가가 코트를 들고 풀을 탈탈 털었다. 나뭇잎 공을 덮고 있던 모자를 집어 들고 바지 안에 든 것들을 모두 비운 후 입었다. 몹시 추웠지만 정신은 차분하게 가라앉았다. 그는 자신이 알게 되리라 기대했던 것보다 더 많은 사실을 알아냈다. 무덤을 판 자들 중 한 명이 내지른 소리 덕분에 적어도 한 명의 신원은 알아차릴 수 있었다. 시신을 처리하려고 온 자는 다름 아닌 주제페 도리아였다. 브렌던을 죽이려고 한 자가 도리아라는 점은 의심의 여지가 없었다.

"'하느님이라고? 어쩌면……. 하지만 마크 브렌던의 시체는 아

니라고, 이 친구야."

마크는 혼잣말을 중얼거렸다. 그는 북쪽으로 발걸음을 옮기기 시작했다. 평지를 울타리처럼 에워싼 거친 덤불숲을 가로질러 천육백 미터가량 아래 노새가 다니는 오솔길에 다다랐다. 그 길은 해가 지기 전에 찾아냈는데, 밤나무 숲을 지나 메나조로 통했다.

그가 거꾸로 쓰러져 일어나지 못한 순간부터 시작된 형사의 작전을 간략하게 정리하면 이렇다.

그와 도망자 사이의 거리가 좁혀졌을 때 도망자는 그에게 총을 발사했다. 총알은 그의 귀를 스쳐 지나갔다. 전에 비슷한 일을 경험했던 기억이 되살아나면서 마크는 재빨리 다음 행동을 정했다.

지난번에도 악당이 가까운 곳에서 총을 발사했지만 빗나갔다. 그는 일단 죽은 척 쓰러져 있었다. 악명 높았던 악당과의 거리는 고작 십오 미터도 되지 않았다. 계략은 성공했다. 지긋지긋한 적에 대한 승리를 확인하기 위해 악당이 슬그머니 다가와 시체를 확인하려는 순간 마크는 총을 발사하여 잡을 수 있었다.

하지만 이번에는 레드메인에게 총이 있었기 때문에 마크는 위험을 감수하지 않고 그대로 쓰러졌다. 그는 레드메인을 자신에게 유인해서 다시 총을 쏘기 전에 선수를 쳐 빼앗기로 했다.

그의 계획은 수포로 돌아가고 말았다. 레드메인은 마크가 머리부터 쓰러진 후 입에서 피를 흘리는 것을 보고 자신의 목적을 달성

했다고 확신했기 때문이었다. 마크는 죽은 척하고 한동안 엎드려 있었다. 자신을 습격한 남자가 떠난 것을 확인한 후 그는 일어섰다. 얼굴에는 멍이 들고 혀를 심하게 깨물고 정강이도 다쳐 통증이 느껴졌지만 그 이상 다친 곳은 없었다.

그는 자신이 처한 상황을 다각적으로 꼼꼼하게 살펴보았다. 아무래도 그가 죽었다고 믿는 자들이 한참 후에 범죄의 흔적을 지우려고 다시 찾아올 것 같았다. 그는 칼집이 난 나무를 확인한 순간 자신의 짐작이 옳았음을 확신했다. 로버트 레드메인에게 희생된 시신을 본 사람은 아무도 없었다. 마지막 희생자가 예외가 될 확률은 미미해 보였다. 마크는 어두워질 때까지 아무도 오지 않으리라 짐작했다. 그래서 추격을 시작했던 지점으로 되돌아갔다. 그곳에서 점심으로 준비해 온 음식과 그 옆에 놓아 둔 레드 와인 병을 찾았다.

음식을 먹고 파이프 담배까지 한 대 피운 후 그는 계획을 세웠다. 그는 일어서서 감쪽같이 레드메인의 눈을 속였던 절벽 아래 공터로 되돌아갔다. 그의 계획은 레드메인을 사로잡는 것이 아니었다. 자신을 대신할 인형을 만들고 바지와 코트는 사람처럼 보이게 속을 채워 야음을 틈타 여기로 돌아오는 사람이 속아 넘어가도록 그럴듯하게 만들었다. 작업을 마친 후 마크는 그곳에서 일어나는 상황을 잘 감시할 수 있고 몸도 숨길 수 있는 은신처를 찾아냈다. 그는 레드메인이 돌아오리라 예상했다. 그리고 그와 함께 공범도 나타날 것이라고 짐작했다. 그는 공범이 누군지 확인하고 싶었다. 적어

도 남편의 사악한 비밀을 암시했던 제니의 말이 맞는지 아내가 레드메인과 공모를 했다는 도리아의 노골적인 비난이 옳은지 확인하고 싶었다. 두 사람 모두 진실을 말했을 리는 만무하니 말이다.

주제페의 목소리가 들렸을 때 마크가 느낀 만족감은 이루 말로 할 수조차 없었다. 기겁을 한 도리아가 총알이 날아올까 봐 허둥대며 잽싸게 도망치는 모습을 보며 씁쓸한 즐거움마저 느꼈다.

마크는 이 일로 많은 사실을 알아냈다. 마음 같아서는 다음 날 아침 눈을 뜨자마자 도리아를 체포하고 싶었다. 하지만 생각을 바꾸었다. 더 확실한 계획이 떠올랐기 때문이다. 제니의 남편을 감옥으로 보내려고 한 야심찬 계획은 좀 더 전문가다운 계획으로 바뀌었다. 하지만 주제페가 선수를 치면 어쩌나 싶었다. 마크가 자신의 비밀을 더 이상 파헤치지 못하도록 겁을 주지 않을지도 모르지 않는가. 그날 밤 볼과 정강이가 욱신거리는 것을 참고 잠자리에 든 마크는 도리아의 입장에서 상황을 다시 살펴보았다. 그러자 아직은 안심해도 될 것 같았다.

도리아와 레드메인은 공동의 이해관계를 바탕으로 앨버트 레드메인을 죽이려는 것이 분명했다. 늙은 애서가가 사라지면 로버트와 제니가 사라진 두 사람의 재산을 차지할 수 있는 레드메인의 마지막 혈육이 된다. 사실 레드메인은 그 재산을 공공연하게 가져갈 수는 없다. 범죄자이니 말이다. 하지만 세월이 흘러 로버트와 벤디고, 앨버트 레드메인 형제들이 법적으로 사망한 것으로 인정되면 제니

가 모든 재산을 상속받을 것이고 그때 로버트가 제니 부부와 은밀하게 재산을 나눌 가능성도 있었다. 이렇게 생각하면 아직도 앨버트가 살아 있다는 사실에 놀라움을 숨기지 않았던 피터 건스의 통찰력도 설명이 되었다. 동시에 건스가 한 가지 중요한 점에서 착각을 했다는 사실도 입증되었다. 로버트 레드메인이 살아 있을지도 모른다는 합리적인 의심이 들어설 자리가 이제는 없지 않은가.

훗날 마크의 가설도 결국 완전한 착각으로 드러났다. 하지만 그때 몹시 지친 그에게는 다른 가능성이 보이지 않았다. 마크는 도리아와 공범이 닥친 문제를 어떻게 해결할지 짐작해 보기 시작했다. 아무것도 모른 채 가짜 시체에 다가가는 동안 얼굴을 들켰거나 목격이 되지는 않았는지 도리아는 레드메인에게 자신 있게 말할 수 없을 터였다. 하지만 그곳이 너무 어두웠던 탓에 시체를 암매장하기 위해 구덩이를 판 자가 도리아라고 아무도 장담할 수 없는 것도 사실이었다. 마크조차 도리아라고 말할 수 있는 근거는 엉겁결에 튀어나온 욕설뿐이었다. 어쩌면 체포라도 당하게 되면 확실한 알리바이를 댈지도 몰랐다. 도리아는 딱 잡아뗄 것이 분명했다. 얼마 후 이 점만큼은 그의 예상이 옳았음이 증명되었다.

망령

이튿날 아침 마크는 뜨거운 물에 몸을 담그고 멍을 문지르며 어떻게 할지 계획을 세웠다. 그는 제니와 도리아에게 전날에 일어난 일을 그대로 들려주기로 했다. 물론 마지막 부분은 밝히지 않은 채 말이다.

그는 아침을 먹고 파이프 담배를 피운 후 피아네초 빌라로 절뚝거리며 발길을 옮겼다. 실제로는 발을 절 만큼 다치지는 않았지만 짐짓 그런 척했다. 빌라에 도착해 정원으로 들어가니 근처 누에 사육장에 함께 있는 제니와 도리아가 보였다. 하지만 그를 맞이한 사람은 아순타뿐이었다. 그가 주제페를 찾자 아순타는 그를 응접실에 둔 채 나갔다. 그녀가 나가자마자 제니가 들어와 반갑게 인사를 하

면서도 저녁에 오지 않은 것을 나무랐다.

"어제 저녁에는 한 시간이나 기다렸어요. 주제페가 더는 못 기다린다고 했죠. 덜컥 겁이 나더군요. 밤새도록 불안에 떨었어요. 이렇게 무사하신 걸 보니 이제야 마음이 놓여요. 안 좋은 일이 벌어진 것 같은 예감에 걱정을 많이 했거든요."

"그런 일이 벌어지긴 했죠. 이상한 일을 당했거든요. 부군도 근처에 계십니까? 이 이야기를 꼭 들어야 합니다. 부군도 다른 사람들만큼 위험에 처해 있을지도 몰라요."

그녀는 초조함을 숨기지 않으며 고개를 가로저었다.

"저를 못 믿으시는 거예요? 물론 그러시겠죠. 절 믿어야 할 이유가 없으니까요. 하지만 도리아가 위험에 처해 있다고요! 왜 당신은 남편에게는 말을 해 주려고 하면서 내겐 해 주지 않는 거죠, 마크?"

제니가 그를 이름으로 부른 것은 이번이 처음이었다. 가슴에 쩌릿한 통증이 밀려왔다. 하지만 그녀에게 모든 것을 사실대로 털어놓고 싶은 마음은 그리 오래가지 않았다.

"아닙니다. 두 분 다 들어야 합니다. 전 당신이 암시해 준 몇 가지 사항을 무척 중요하게 여기고 있습니다. 저를 위해서만이 아니라 당신을 위해서도요. 제니, 당신에 대해서 더 이상 신경을 쓰지 않는 게 아닙니다. 당신의 행복이 내게는 이 세상 무엇보다 중요하다는 사실을 아시잖아요. 저를 믿어 주세요. 곧 증명해 보이겠습니

다. 하지만 지금은 다른 일이 우선입니다. 제가 진심으로 바라는 대로 행동하려면 이곳에 온 목적부터 이루어야 합니다."

"당신을 믿고 말고요. 제가 믿는 사람은 당신뿐이에요. 이렇게 혼란스럽고 불행한 순간마다 당신은 제가 유일하게 믿고 매달릴 수 있는 듬직한 바위 같은 분이셨어요. 절대로 절 버리지 마세요. 제가 바라는 건 이것뿐이에요."

"절대 그러지 않을 겁니다! 제 온 마음을 바쳐서라도 당신을 지켜 드릴 겁니다. 당신이 제게 이렇게 부탁을 해 준 그 마음이 고맙고 이런 제가 자랑스럽습니다. 다시 한번 말씀드립니다. 저를 믿으세요. 이제 부군을 불러 주세요. 두 분에게 어제 제가 겪은 일을 말씀드리겠습니다."

여전히 그녀는 망설이는 눈치였다. 그녀는 강렬한 눈빛으로 그를 바라보았다.

"지금 자신의 행동이 현명하다고 확신하시나요? 당신이 도리아에게 뭐든 다 털어놓아도 건스 씨는 아무 말씀도 하지 않으실까요?"

"제 이야기를 듣고 나면 이해가 될 겁니다."

마크는 또다시 모든 것을 털어놓고 진실을 알고 있다고 말해 주고 싶었다. 하지만 두 가지 생각에 그는 입을 굳게 다물었다. 그 하나는 피터 건스였고 다른 하나는 제니가 많이 알면 알수록 더 위험해진다는 우려였다. 마크는 제니를 반드시 지키겠다는 다짐을 하며

그녀와의 대화를 마무리 지었다.

"부군을 부르십시오. 우리가 몰래 이야기한다는 인상을 줘서는 안 됩니다. 그런 상상조차 들지 않게 각별히 조심해야 합니다."

"제게도 털어놓지 않는 비밀이 있군요. 나는 당신에게 모든 비밀을 털어놓았는데."

그녀는 남편을 부르러 가려고 하면서도 이렇게 중얼거렸다.

"당신에게 숨기는 게 있다면 그것은 당신을 위해서입니다. 당신이 안전하도록 말입니다."

마크가 말했다.

제니는 마침내 그곳을 나가 잠시 후 남편을 데리고 돌아왔다. 도리아는 무슨 일인지 궁금해 조바심을 내는 것처럼 보였다. 여느 때와 다름없이 쾌활해 보였지만 마크는 그가 상당히 불안해하고 있다고 직감했다.

"대단한 모험이라도 하신 모양입니다, 시뇨르 마르코? 말씀 안 하셔도 다 알겠습니다. 얼굴에 그렇다고 대문짝만하게 씌어 있네요. 문으로 오시는데 절뚝거리기까지 하시고요. 사육장에서 형사님을 봤습니다. 도대체 어제 무슨 일이 있었던 겁니까?"

"죽을 뻔한 위기를 넘겼다네."

마크가 선선히 응수했다.

"게다가 아주 멍청한 실수까지 저질렀지. 도리아, 이제부터 내가 하는 이야기를 집중해서 듣게. 왜냐하면 지금부터는 어느 누가

위험한지 아닌지 아무도 장담할 수 없거든. 어제 총격을 당해서 하마터면 죽을 뻔했어. 그 자리에 내가 아니라 자네가 있었다면 그자는 총부리를 자네에게 겨눴을지도 몰라."

"총격이라고요? 설마 붉은 머리 남자는 아니겠죠? 밀수업자들 아니었습니까? 혹시 그들과 우연히 마주쳤는데 이탈리아어를 몰라서……."

"나를 쏜 사람은 로버트 레드메인이었네. 하지만 기적적으로 총알이 빗나갔지."

제니는 두려움에 찬 탄식을 내뱉었다. 그리고 소리를 죽여 이렇게 말했다.

"하느님 감사합니다!"

마침내 마크는 어제 겪은 일을 소상하게 두 사람에게 말해 주었다. 자신이 어떤 계략을 꾸몄는지도 빠뜨리지 않았다. 그는 어느 정도까지는 진실을 벗어나지 않았다. 하지만 끝에 가서는 일어나지도 않은 일을 지어냈다.

"내 시체인 것처럼 꾸며 놓으니 어느새 주위가 꽤 어두워졌더군요. 나는 더 어두워지기 전에 얼른 근처에 몸을 숨겼습니다. 이유야 감시를 하기 위해서였죠. 나는 어두워지면 살인자가 으레 뒤처리를 하기 위해 돌아올 줄 확신했거든요. 그랬는데 생각지도 않게 몸이 안 좋아지는 겁니다. 현기증이 났어요. 어찌나 머리가 띵한지 겁이 덜컥 날 정도였죠. 아침을 먹은 후로 아무것도 먹지 않은데다 점심

키안티 chianti

/

토스카나 지역에서 생산되는
이탈리아의 대표 와인이다.
라피아라는 짚으로 감싼 호리병 모양의
피아스코 병에 담겨 있는 것이 특징.
현재는 보르도 타입의 병을 주로 사용한다고 한다.

으로 가져온 음식과 음료는 팔백 미터나 가야 있었죠. 먹고 마실 것은 내가 레드메인을 추격하기 시작한 곳에 그대로 있었어요. 아직 움직일 힘이 있을 때 음식이 있는 곳까지 가느냐. 아니면 가만히 있다가 체온이 떨어져 점점 약해지느냐. 어느 쪽이든 어서 결정을 내려야 했어요.

내가 무슨 무쇠 인간도 아니고 어제는 내게도 유난히 힘든 하루였어요. 온몸에 멍이 들고 다리를 다쳐 절뚝거리고 지친 상태였습니다. 나는 서둘러 음식이 있는 곳까지 갔다가 달이 뜨기 전에 은신처로 돌아오기로 했습니다. 하지만 생각만큼 쉽지도 않았고 속도도 나지 않더군요. 추격을 시작한 곳으로 가는 데만 한참이 걸렸어요. 도착해서는 샌드위치와 키안티 병을 어디 뒀는지 몰라 한참을 찾아야 했어요. 간신히 음식을 찾아 목에 넘기니 그제야 살 것 같더군요. 기운이 금세 솟는 것 같았어요. 나는 삼십 분 만에 공터로 돌아가기 위해 다시 출발했어요.

하지만 진짜 문제는 그때부터더군요. 와인을 마신 탓에 술기운이 바로 올랐구나 하시겠죠. 그랬을지도 모르죠. 여하튼 나는 완전히 길을 잃고 헤매기 시작했어요. 이거 큰일이다 싶더군요. 그곳으로 돌아가려는 결심을 거의 포기하려던 즈음에 그리안테 산 정상 바로 밑 절벽의 하얀 바위에서 번쩍 빛이 났어요. 대충 내가 있는 곳을 짐작하겠더군요. 그때부터 소리를 죽여서 천천히 전진하기 시작했어요. 주위를 경계하는 것도 잊지 않았죠.

하지만 너무 늦었죠. 기회가 사라진 겁니다. 내가 만들어 놓은 가짜 시체의 상태만 봐도 한눈에 알 수 있었어요. 누가 건드린 게 분명했어요. 몸통은 여기, 풀을 뭉쳐서 모자를 덮어 놓은 가짜 머리는 저기 나뒹굴고 있었어요. 누가 봐도 여우나 다른 짐승의 짓이 아니었어요.

주위는 쥐 죽은 듯이 고요했어요. 이번에는 내가 기습 공격을 당할까 봐 겁이 나더군요. 그래서 한 시간이나 꼼짝도 않고 기다렸어요. 그곳에는 아무도 없었어요. 레드메인이 왔다가 내가 사라진 것을 알고 도망친 것이 틀림없었어요. 그 순간에도 레드메인이 내 옷을 다 가져갔으면 큰일 날 뻔했다는 생각이 퍼뜩 들지 뭡니까. 그랬다면 나는 꼼짝없이 입고 있던 흰 셔츠에 빈약한 속옷 차림으로 호텔까지 가야 했을 겁니다. 어쨌든 나는 재킷과 바지를 입고 모자를 쓰고 양말까지 신은 후에 그곳을 떠날 준비를 했습니다.

그런데 공기 중에 흙냄새가 떠돌더군요. 흙을 갓 파헤쳤을 때 나는 악취 말입니다. 하지만 무슨 냄새인지는 잘 모르겠더군요. 나는 곧장 비탈길을 내려가기 시작했어요. 북쪽으로 오솔길이 나 있더군요. 길을 따라 밤나무 숲을 지나 호텔에 도착한 시간은 새벽 1시경이었어요. 이게 다입니다. 오늘 그곳에 다시 가 볼 생각입니다. 현지 경찰에게 연락할 수도 있어요. 우리를 지원하라는 명령을 이미 받았을 테니까요. 하지만 도리아가 같이 가 준다면 그럴 필요는 없겠죠. 되도록 이곳 경찰에게는 도움을 청하고 싶지 않거든요. 그

렇다고 혼자는 다시 못 갈 것 같아요."

제니는 남편을 바라보며 당연히 함께 가겠다는 대답을 하기를 기다렸다. 하지만 주제페는 앞으로 일어날 일보다 어제 마크에게 일어난 일에 더 관심을 갖는 듯 보였다. 그는 이런저런 질문을 마크에게 퍼부었다. 마침 마크가 사실대로 솔직하게 대답할 수 있는 질문들이었다. 그러더니 사건이 벌어진 곳에 마크와 함께 가겠다고 말했다.

"이번에는 무장을 해야 합니다."

도리아가 말했다. 그러자 제니가 반대를 했다.

"브렌던 형사님은 지금 그 몸으로 거기까지 올라가기 힘들 거예요. 다리도 절뚝거리고 어제 사고의 후유증도 나타날 텐데. 형사님이 올라가지 못하게 말려야 해요."

도리아는 말없이 마크를 물끄러미 바라보았다. 마크는 두 사람에게 자신 있게 말했다.

"한 번 더 올라가면 다리도 훨씬 나아질 겁니다."

"제 아내의 말이 맞습니다. 이렇게 서둘러 갈 필요는 없어요."

"형사님이 가시겠다면 저도 가겠어요."

제니가 조용한 음성으로 말했다. 그러자 마크와 도리아가 그녀를 만류했다. 하지만 제니는 고집을 꺾으려 들지 않았다.

"두 사람이 먹을 음식을 들고 따라갈 거예요."

두 남자가 극구 만류했지만 그녀는 음식을 준비하기 위해 자리

를 떴다. 주제페도 에르네스토에게 그날 할 일을 미리 일러둬야 한다며 자리를 떴다. 제니는 주제페보다 먼저 돌아왔다. 마크는 다시 한번 제니에게 남아 있으라고 설득을 했다. 그러자 제니는 초조한 기색을 드러내며 말했다.

"대단하신 형사님이라면서 어쩌면 그렇게 둔하죠, 마크? 하나에서 열까지 저와 관련된 일이라면 딴사람이 되는 것 같군요. 저는 남편과 함께 있어야 안전해요. 날 죽여 봐야 아무것도 돌아오는 게 없으니까요. 아직은 그렇지 않겠어요? 하지만 형사님은 달라요. 이렇게 부탁할게요. 제발 혼자서는 절대로 그곳에 가지 마세요. 남편은 고양이처럼 교활해요. 무슨 변명이라도 만들어서 자리를 빠져나가 악당을 만날 거예요. 그들은 두 번은 실패하지 않을 거예요. 남자 두 명을 상대로 여자가 무슨 도움이 되겠어요?"

"도움을 바라지 않습니다. 저도 무기를 준비해 갈 테니까요."

세 사람은 마침내 산으로 향했다. 불행인지 다행인지 제니의 걱정은 기우로 끝이 났다. 도리아는 경솔하게 행동하지 않았고 의심스러운 행동도 하지 않았다. 그는 마크 곁을 떠나지 않았고 가파른 길에서는 마크에게 손을 내밀어 도와주었다. 지난밤 일에 대해 이런저런 의견을 계속 말했다. 그는 어제 사건에 무척 관심이 많았으며 레드메인의 총알이 마크를 빗나갔다는 사실에 연신 놀라움을 드러냈다.

도리아는 이렇게 말했다.

"영리한 것보다 운이 좋은 게 더 낫죠. 하지만 형사님의 행동을 누가 영리하지 않다고 할 수 있겠습니까? 뛰어난 계략이었습니다. 총알이 빗나가자 그대로 죽은 척하다니."

마크는 아무 말도 하지 않았다. 문제의 장소로 가는 내내 그는 별로 말이 없었다. 그러자 도리아가 계속 말을 했다.

"주인은 한쪽 눈만으로도 하인 여섯보다 더 많은 걸 보는 법이죠. 피에트로 건스 씨가 이 일을 어떻게 보실지 궁금하군요. 저는 붉은 머리 남자 생각이 듭니다. 지금쯤 그 남자는 무슨 생각을 하고 있을까요? 흉악한 자이지만 지금쯤 잔뜩 겁을 먹었을 겁니다. 우리가 안다는 사실을 그자도 알 테니까요. 그자는 뼛속까지 살인자입니다. 도무지 회개할 생각이 없군요."

세 사람은 어제 마크가 고군분투한 곳을 둘러보았다. 이윽고 제니가 땅이 얕게 파헤쳐진 곳을 발견했다. 제니가 소리를 치자 남자들이 달려왔다. 그녀는 창백한 얼굴로 온몸을 떨고 있었다.

"지금 이곳에 누워 있을 수도 있었어요."

제니가 마크에게 말했다.

마크는 구덩이 옆에 쌓여 있는 흙무더기를 살피느라 정신이 없었다. 여기저기에 깊은 발자국이 찍혀 있었다. 도리아는 징이 찍힌 모습을 보니 산사람들이 평소에 신는 장화인 것 같다고 했다. 주변을 더 살펴보았지만 아무런 소득도 없었다. 주제페는 여전히 자신의 이론을 떠들어 댔다. 마크는 마크대로 골똘히 생각에 잠겨 있었

기에 참견하지 않고 떠들도록 내버려 두었다. 마크는 로버트 레드메인의 유령이 다시 나타날 가능성이 희박하다고 생각했다. 마크를 죽이는 데 실패했기 때문이다. 아마도 레드메인은 한동안 숨을 죽인 채 몸을 사리고 있을 것이라는 예감이 들었다.

마크는 피터 건스가 메나조에 돌아올 때까지 두고 보기로 결정했다. 그동안 도리아 부부의 곁을 되도록 떠나지 않으면서 최대한 두 사람 모두에게 우호적인 태도로 대하기로 마음먹었다. 겉으로 보기에 아무렇지도 않은 세 사람의 관계는 눈에 보이지 않는 팽팽한 긴장감이 감돌았다. 마크는 시치미를 뚝 떼고 빌라 피아네초를 수시로 드나들었다. 그러면서 앨버트 레드메인과 피터 건스가 돌아오기 전에 이미 생각을 굳히고 말았다. 그는 도리아가 비밀에 싸인 악당과 공모해 자신의 목적을 달성하려고 처삼촌을 해칠 계획을 세워 두었다고 믿게 되었다. 한편으로 제니는 남편의 정체를 알지만 정작 사악한 진짜 목적은 모르는 것이 분명하다고 생각했다.

주제페가 로버트 레드메인과 결탁해 앨버트 레드메인의 목숨을 노리고 있다는 사실을 제니가 알았다면 분명히 자신에게 말했을 것이라고 마크는 믿어 의심치 않았다. 한편으로는 결정적인 사실은 아무것도 모르지만 대충은 짐작하고 있으리라는 생각도 들었다. 제니는 마크가 위험해질까 봐 우려를 하지 않았던가. 게다가 피터가 돌아올 때까지 다른 생각은 아무것도 하지 말고 오로지 자신의 몸만 지키라고 몇 번이나 걱정을 아끼지 않았다. 시간이 흐를수록 제

니와 도리아 사이에 생긴 틈은 커지기만 했다. 그럴수록 제니는 더 슬퍼 보였다. 그녀는 늘 눈물 바람으로 불안에 젖어 있었다. 하지만 여전히 입장을 명확하게 밝히지 않았다. 어느 날 저녁에 로버트 레드메인을 본 것 같다는 사실을 인정하기까지 했으면서도 말이다. 마크는 그녀에게 모든 것을 털어놓으라고 압박하지 않았다. 물론 도리아는 그런 두 사람에게 아무런 질투심도 내보이지 않았다. 오히려 두 사람을 몇 시간이고 함께 있도록 내버려 두었을 뿐만 아니라 마크에게 친근한 태도를 보이기까지 했다. 그는 걸핏하면 결혼생활은 장점이 과장되었다는 말을 해 댔다.

그는 이렇게 말했다.

“어느 모로 보나 결혼은 좋습니다, 시뇨르 마르코. 하지만 독신을 고수하세요. 친구여, 평화야말로 도달하기 힘든 최고의 행복이랍니다.”

그렇게 며칠이 지나갔다. 어느 날 예고도 없이 앨버트 레드메인과 피터 건스가 돌아왔다. 그들은 정오가 지나서 메나조에 나타났다.

앨버트 레드메인은 어느 때보다 기분이 좋아 보였다. 무엇보다 집에 돌아와 기쁜 것 같았다. 그는 피터의 조사에 대해서는 아무것도 몰랐고 굳이 알려고도 하지 않았다. 앨버트 레드메인은 런던에 머무르면서 오랜만에 여러 책 수집가들과 만나 친분을 다졌고 귀한 책들을 구경하고 구입을 하며 시간을 보냈다. 그는 이렇게 활동적으로 즐기고 일을 처리할 만큼 자신이 정정하다는 사실에 놀라며

감사했다.

그는 제니에게 이렇게 말했다.

"나는 아직 팔팔하단다. 몸도 마음도 어느 때보다 힘이 넘쳤어. 나이가 나이니만큼 레테의 강이 코앞이구나 싶었는데 그렇지 않더란 말이지."

그는 점심을 든든히 먹었다. 기차에서 밤을 꼬박 보냈음에도 불구하고 호수를 건너 벨라조에 가겠다며 고집을 부렸다.

"포지에게 줄 선물이 있어. 그의 목소리를 들으며 선물을 손에 쥐어 주기 전에는 잠을 이룰 수 없을 것 같구나."

에르네스토가 뱃사공을 부르러 갔다. 곧바로 보트 한 척이 앨버트 레드메인의 집에서 호수로 곧장 내려가는 계단 곁으로 다가왔다. 배가 서서히 멀어졌다. 마침 도리아를 만나러 왔던 마크는 레드메인과 피터가 돌아왔다는 소식을 듣고 깜짝 놀랐다. 그는 피터와 단둘이서 몇 시간 정도 이야기를 나누고 싶었다. 하지만 건스는 여행으로 지쳐 있었다. 게다가 그 유명한 아순타의 오믈렛 요리와 화이트 와인을 석 잔이나 마신 탓에 당장 방으로 돌아가 실컷 잠을 자겠다고 말했다.

그는 주제페가 자신의 이야기에 귀를 쫑긋 세운 것을 알고 이렇게 말했다. 물론 마크더러 들으라고 한 말이었다.

"지금까지 제대로 쉬지도 못했다네. 그동안 내가 한 조사가 아주 조금이라도 도움이 될지 어떨지는 앞으로 두고 봐야지. 솔직히

말해서 무슨 도움이 될지 나도 의문이야. 이야기는 내일 하세, 마크. 도리아가 크로우즈 네스트에서 일어났던 일에 대해 한두 가지 기억을 해 준다면 내게 큰 도움이 될 거야. 지금은 잠을 푹 자야겠어. 그래야 정신을 차릴 수 있을 것 같아서 말이야."

그는 그렇게 말한 후 자신의 수첩을 쥐고 방을 나갔다. 한편 마크는 이튿날 아침을 먹은 후 다시 오겠다며 자리를 떴다. 그는 사육장을 향해 느릿느릿 발걸음을 옮겼다. 사육장에서는 이제 마지막 남은 누에들이 황금빛 고치를 열심히 짜는 중이었다. 피터는 목소리에 지친 기색이 역력했다. 조사 작업이 별 소득이 없다는 김새는 소리만 했다. 그래도 마크는 전혀 의기소침하지 않았다. 피터는 말을 하면서 도리아 몰래 마크에게 의미심장한 눈짓을 보냈기 때문이었다. 그의 눈짓은 그의 말에 깃든 비관적인 분위기를 한 방에 날려 버렸다. 피터는 수사 내용을 도리아에게 절대 알릴 생각이 없는 것이 분명했다. 물론 새로 입수한 정보가 있다면 말이다. 마크는 피터가 도리아를 극도로 경계하는 점이 무엇보다 흥미로웠다. 피터는 그리안테 산에서 일어난 사건에 대해서 전혀 모르는 상태였기 때문이다. 마크는 건스의 개인적인 조사에 방해가 될까 봐 서신으로 그 일을 알리는 것조차 삼갔다.

이튿날 정작 여독에서 헤어 나오지 못한 사람은 앨버트 레드메인이었다. 피곤에 지친 몸은 금방 신호를 보냈다. 그는 밤새 잠을 잤고 아예 하루 종일 침대에서 일어나지 않기로 했다. 자리보전을

하고 집안사람들 모두에게 할 일을 나눠 주려고 작정한 것 같았다. 그는 고서적 수집상들과 처리할 일을 일러 주며 도리아를 밀라노로 보냈다. 제니에게는 지인에게 대신 선물을 전해 달라며 바렌나로 보냈다.

마크는 도리아와 제니를 몇 시간 동안 어딘가로 보내기 위해서라는 사실을 대번에 알아차렸다. 도리아도 앨버트의 의도를 알아차렸는지는 마크로서는 알 길이 없었다. 제니는 아무것도 알아차리지 못한 것이 분명했다. 그녀는 바렌나로 가는 삼촌의 심부름을 반겼다. 제니가 선물 심부름으로 만날 사람은 어떤 미망인이었는데, 제니는 그 여자를 잘 알았고 평소에도 친하게 지내고 싶었기 때문이다.

마크가 피아네초 빌라에 도착했을 즈음 두 사람은 각자 목적지를 향해 떠나려던 참이었다. 그래서 마크와 피터는 부잔교까지 배웅해 두 사람이 다른 증기선을 타고 떠나는 모습을 지켜보았다.

이렇게까지 신경을 썼지만 피터 건스는 여전히 만족하지 못했다. 그는 무척 조심스럽게 행동했다.

"도리아가 탄 배가 코모까지 아무 데도 정박하지 않으면 걱정할 필요가 없을 텐데. 하지만 그렇지 않단 말이야. 도리아라면 배에서 내려 한 시간이면 이곳에 도착할 걸세. 그러니 앨버트에게서 눈을 떼서는 안 되네."

그러자 마크가 대답했다.

"레드메인 씨는 줄곧 침대에서 주무실 테니 방해받지 않고 이야

기를 할 수 있을 겁니다."

두 사람은 이내 정원에 그늘진 응달에 자리를 잡고 앉았다. 그곳에서는 입구가 잘 보였다. 자신의 수첩을 가져온 피터는 코담배를 한 움큼 들이마셨다. 그리고 코담뱃갑을 앞에 있는 작은 테이블 위에 놓았다. 그는 마침내 마크를 돌아보며 말했다.

"자네부터 먼저 말해 보게. 내가 당장 알아야 할 사실이 세 가지가 있네. 로버트 레드메인을 직접 보았나? 도리아와 제니를 지금은 어떻게 생각하나? 벤디고의 일기장을 찾았는지는 따로 물을 필요가 없겠지. 절대 못 찾았을 테니 말이야."

"못 찾았습니다. 제니에게 일기장을 찾아봐 달라고 했어요. 제니도 같이 찾아보자고 했죠. 로버트 레드메인이라면 직접 봤습니다. 그러니 이제 신원 미상의 범인을 그 이름으로 불러도 될 것 같습니다. 주제페 도리아와 현재 그의 아내인 불행한 여인에 대해 확실한 결론에 다다랐습니다."

피터의 큼직한 이목구비 위로 희미하게 미소가 스쳤다.

그가 고개를 끄덕이자 마크는 산에서 겪은 사건부터 그동안 있었던 일을 모두 털어놓았다. 아무리 작은 사실이라도 하나도 빠짐없이 전했다. 도리아와 나눈 이야기와 제니와 함께 콜리코로 출발한 것, 뒤이은 레드메인과의 예상치 못한 만남, 죽음으로부터 탈출에 이르기까지 소상하게 들려주었다. 그는 총이 발사되었을 때 일부러 쓰러져서 레드메인을 자신에게 오도록 유인하려고 했지만 이

내 모습을 감추었다는 이야기를 했다. 그리고 가짜 시체를 만들어 놓고 기다렸더니 밤이 이슥해지자 주제페 도리아가 시체를 묻으려고 나타났다는 이야기도 했다.

그의 이야기는 주제페와 레드메인이 시체를 찾지 못하고 실망한 채 자리를 뜬 대목으로 이어졌다. 마크는 도리아에게 자신이 알고 있다는 사실을 들키지 않으려고 그날의 사건에 대해 알려 줬다고 말했다. 이튿날 도리아 부부와 함께 그곳을 다시 찾았지만 텅 빈 구덩이의 가장자리에 찍힌 현지인의 구두 발자국 외에는 아무것도 찾아내지 못했다는 사실도 빼지 않고 전했다. 그로부터 나흘 후에 제니가 로버트 레드메인으로 보이는 남자를 얼핏 보았다고 알려왔다는 사실도 이야기했다. 당시는 꽤 늦은 시간이라 로버트 레드메인이 맞는지 장담할 수는 없었지만 거의 확신했다. 그는 피아네초 빌라에서 백팔십 미터가량 떨어진 곳에 난 산에서 내려오는 길에 서 있었다. 그는 제니가 나타나자 몸을 돌려 재빨리 그 자리를 떴다.

피터는 마크의 보고를 온 정신을 집중해서 들었다. 마크의 보고가 끝나자 피터는 흡족한 마음을 숨기지 않았다.

“두 가지 면에서 기쁘군. 무엇보다 자네가 이렇게 무사해서 다행일세. 총알이 자네의 이마를 정통으로 맞히지 않고 귀 옆으로 빗나갔다니 얼마나 다행스러운가. 한편으로는 자네의 이야기를 다 듣고 나니 기쁘기 이를 데가 없어. 이제부터 내가 들려줄 이야기와 아

귀가 맞아떨어질 뿐만 아니라 그 이야기의 신빙성을 확실하게 뒷받침해 줄 테니 말일세. 자네가 만든 덫은 무척 영리했네. 나라면 좀 더 다른 계획을 세웠겠지만. 어쨌든 영리하게 처신을 했네. 이후에 도리아에게 털어놓은 것도 우리에게 큰 도움이 되었어. 도리아에 대한 의견을 놓고 자네와 왈가왈부하지 않아도 되겠군. 이제 남은 건 하나야. 그의 아름다운 아내에 대해 어떻게 생각하나?"

마크는 냉큼 대답했다.

"이렇게 훌륭하고 용감한 여인에 대한 제 의견은 변함없습니다. 제니는 증오스러운 결혼의 희생자입니다. 상황이 좋아지기는커녕 나빠지기만 할 테니 걱정입니다. 그녀는 심지가 곧은 사람입니다, 건스 씨. 하지만 자신의 남편이 얼마나 나쁜 놈인지도 잘 알고 있습니다.

말할 필요도 없지만 저는 사건의 진상에 대해서 사소한 암시조차 하지 않았습니다. 그녀는 어떤 의미에서는 남편에게 충실합니다. 고통스럽다는 내색이나 의심을 받을 수 있는 애매한 행동을 하지 않도록 무척 조심하고 있어요. 그러면서도 억지로 행복한 척하지는 않습니다. 도리아가 좋은 남편이라거나 좋은 남자로 보이게끔 행동하지도 않고요. 그녀는 제가 더 잘 안다는 사실을 알고 있습니다. 건스 씨가 돌아오시기를 오매불망 기다리고 있었어요. 이제는 우리가 알고 있는 사실을 털어놓아도 되지 않을까요? 우리가 알아낸 걸 듣고 나면 제니도 자신의 입장을 더 잘 이해할지 모릅니다.

우리의 수사에도 도움이 될지도 모르죠. 그녀의 선의와 명예에 대해서는 더 이상 의문을 품지 않아도 됩니다."

"음……. 자네가 그렇게까지 말한다면야. 자네 이야기는 잘 들었네. 이제 내 이야기를 들어 보게. 마크, 우리는 지금 굉장히 뛰어난 범죄자와 맞서고 있다네. 이번 사건에는 흠잡을 데 없는 훌륭한 점들이 있어. 지금까지의 내 경험에 비추어 보아도 무척 독특한 사건이야. 역사는 반복된다고들 하지. 이번 사건을 저지른 미지의 악당보다 더 뛰어난 악당들이 분명히 있기는 있어. 그래 봤자 얼마 되지 않을 걸세."

"지금 로버트 레드메인을 말씀하시는 겁니까?"

피터는 잠시 말문을 닫았다. 그는 코담배를 킁킁 맡고는 눈을 감고 이야기를 이어 나갔다.

"도대체 왜 자네는 말끝마다 앵무새처럼 '로버트 레드메인'을 들먹이는 건가? 잠시 동안이라도 이 문제에 대해 내가 한 말을 잘 생각해 보게. 위조에 대해 잘 생각해 봐. 무릇 사람이 만든 것치고 위조가 불가능한 것은 없어. 설령 조물주가 만든 것이라고 해도 위조를 할 수 있네. 그림을 위조할 수도 있고 우표도 위조할 수도 있어. 서명과 지문도 위조가 가능해. 사진이나 우표, 지문은 흔히 보는 것이기 때문에 사람들은 겉모습에 흔히 속아 넘어가지. 육안으로 위조 여부를 판별할 전문적인 지식을 갖춘 사람들이 얼마나 되겠나. 그런데 우리도 지금 사람을 위조했던 사람들을 상대하고 있

어. 그게 바로 이 붉은 머리 사나이 사건의 진상이라네.

지난주에 자네도 똑같은 행동을 하지 않았나. 자네도 죽은 척하고 땅바닥에 나뭇잎으로 가짜 시체를 만들어 놓지 않았느냐 말이야. 진짜 로버트 레드메인이 지금쯤 어딘가에 죽어 있는지 살아 있는지 아직은 장담할 수 없어. 물론 나는 지금 그 사실을 증명할 만반의 준비를 갖추어 놓았지만. 적어도 내가 확실하게 아는 사실이 뭔지 아나? 바로 자네에게 총을 잘못 쏘고 도주한 사내는 로버트 레드메인이 아니라는 거야."

마크는 곧바로 피터에게 반박을 했다.

"잊으셨습니까? 저와 레드메인은 면식이 있습니다. 살인 사건이 일어나기 전 저는 포긴터 채석장의 못에서 그를 우연히 만나 이야기까지 나누었습니다."

"그게 뭐 어쨌다는 건가? 그 후로 그와 이야기를 나눠 본 적이 있나? 게다가 그 이후로 그를 본 적도 없지 않은가. 자네는 누군가가 레드메인처럼 변장한 모습을 본 것뿐이야. 다트머스로 돌아가는 길에 달빛을 받으며 자네를 보고 있던 인물은 가짜였어. 근처 농장에서 음식을 훔쳐 먹고 절벽의 동굴에서 지내다가 벤디고 레드메인을 죽인 인물도 가짜였지. 자네에게 총을 쏘아 죽이려 했지만 실패한 인물도 만들어진 인물이었어."

피터 건스는 다시 코담배를 맡고는 이야기를 계속했다.

피터가 펼쳐 놓은 조사 내용은 가공할 만한 무시무시한 범죄의

절정에 해당했다. 그 내용을 이곳에서 다 말해 봤자 의미를 제대로 이해할 사람은 없을 것이다. 그러므로 이곳에서는 사건의 진상에 대한 피터의 추리를 듣고 마크가 어떤 반응을 보였는지 알려 놓은 것으로 족하다. 마크는 엄청난 사건의 진상을 듣고 머리가 아찔해질 정도로 현기증을 느꼈다. 아마도 피터 건스처럼 유명한 인물의 입에서 나온 말이 아니었다면 그는 그 자리에서 바로 무시해 버렸을 것이다.

두 시간이나 쉬지 않고 말을 한 피터가 마침내 결론으로 접어들었다.

"흠, 내가 한 말이 모두 옳다는 게 아닐세. 하지만 내 추리가 완벽하지도 않고 지금까지의 경험에 위배된다고 쳐도 논리적으로 봤을 때 지금까지 일어난 일들과 잘 맞아떨어지지 않는가. 이대로 사건이 일어났을 수도 있어. 그게 아니라면 지금까지 일어난 일에 대해서는 물론 지금 이 순간 일어나고 있는 일도 나는 전혀 모르는 것이나 진배없어. 내 가정이 사실이라면 끔찍한 일이야. 하지만 전문가적인 관점에서는 아름다운 일이기도 하지. 마치 인간적인 차원을 벗어나 보면 암이나 전투나 지진 같은 비극도 아름다운 현상이 될 수 있는 것처럼 말이야."

마크는 선뜻 대꾸를 하지 못했다. 그는 온갖 감정이 뒤섞인 착잡한 표정을 지었다. 마침내 그가 말문을 열었다. 목소리만 들어도 얼마나 놀라고 혼란스러운지 짐작할 수 있었다.

"도저히 믿을 수가 없습니다. 하지만 제가 믿고 말고는 상관없이 건스 씨가 지시한 대로 따르겠습니다. 형사로서의 권한과 의무를 생각했을 때도 그래야 마땅하겠죠."

"좋아. 지금은 뭘 좀 먹도록 하세나. 알겠나? 무엇보다 시간이 중요하네."

마크는 수첩을 펼쳐서 그 안에 잔뜩 적어 놓은 내용을 훑어 내렸다. 그러더니 고개를 끄덕이며 수첩을 덮었다.

바로 그때 피터 건스가 느닷없이 웃음을 터뜨렸다. 마크의 수첩을 본 순간 어떤 사건이 떠올랐기 때문이다.

"어제 오후에 재미있는 일이 있었는데, 지금까지 잊고 있었군. 잠자리에 들면서 수첩을 머리맡에 뒀거든. 그런데 내 방에 누군가 찾아온 거야. 그때 나는 잠을 자고 있었지. 나는 아무리 깊이 잠이 들어도 파리 한 마리가 유리창에 붙어 윙윙거리는 소리까지 놓치지 않을 정도로 잠귀가 밝아. 머리를 문가로 향한 채 누워 있었는데 무슨 소리가 들리더군. 그래서 한쪽 눈을 살짝 떴지. 열린 문틈으로 시뇨르 도리아가 고개를 들이밀고 있더군. 블라인드를 쳐 놓았어도 실내는 환했어. 그자는 내 수첩이 침대에서 육십 센티미터 정도 떨어진 협탁 위에 놓여 있는 것을 봤어. 거미처럼 소리도 없이 다가오더군. 그자가 계속 오도록 그냥 내버려 뒀네. 그러다가 일 미터가량 왔을 때 내가 하품을 하며 몸을 뒤척였지. 그러자 잽싸게 도망을 치더군. 삼십 분이 지났나. 또 그자가 오는 소리가 들리는 거야. 이번

에는 내가 벌떡 일어났지. 시뇨르 도리아는 밖에서 엿듣다가 헛물만 마셨어. 그자는 내 수첩에 무슨 내용이 있는지 궁금해서 견딜 수가 없었던 거야. 얼마나 궁금했을지 알 만하지 않은가?"

피터 건스는 이틀 동안 푹 쉬겠다고 사람들에게 말했다. 저녁이 되자 그는 도리아와 단둘이 산책을 나갔다.

"자네에게 하고 싶은 이야기가 있네. 다른 사람에게는 우리가 만난다는 이야기를 하지 말게. 집에서는 따로 나가도록 하지. 내가 자주 가는 산책길을 자네도 아나? 언덕 너머로 가는 길 말이야. 그곳 모퉁이에서 만나세. 시간은 7시 어떤가."

도리아는 알겠다고 선선히 대답했다.

"마돈나 델 파르니엔테 기도소까지 가죠."

약속 시간에 맞춰 나가자 도리아가 먼저 나와 있었다. 두 사람은 나란히 서서 언덕길을 올라갔다. 피터는 도리아에게 도움을 청했다.

"우리끼리 하는 얘기인데 말일세. 나는 이번 사건을 수사하는 방식이 통 마음에 들지 않네. 마크는 유능한 형사야. 지금껏 내가 함께 일해 본 다른 형사들에 뒤지지 않을 만큼 수단도 좋아. 여기저기 쑤시고 다니면서 꽤 영리한 짓도 하더군. 이를 테면 지난번에 산속에서 죽은 척했던 것 말일세. 하지만 기껏 덫을 만들어 놓고 범인을 놓쳐 버리면 무슨 소용인가? 나라면 그렇게 하지 않았을 거야. 자네도 마찬가지고. 까놓고 말해서 마크와 그의 수사 방식을 보면 눈을 흐리게 한 뭔가가 있었던 것 같아. 그래서 마크에 대한 자네

의 생각을 듣고 싶네. 자네는 제삼자의 입장에서 객관적으로 상황을 지켜본데다 머리도 좋지 않은가. 마크의 사람 됨됨이를 지켜보니 어떤가. 사건을 해결하지도 못하고 질질 끌려다니는 것도 이제는 지긋지긋해. 바보가 된 것 같은 기분도 지겹고 말일세."

"마르코는 제 아내를 사랑하고 있습니다."

도리아는 평온한 어조로 대답했다.

"지금 그 사람은 온통 제니 생각뿐이에요. 이 사건에 관해서라면 저는 아내를 믿지 않습니다. 붉은 머리 사내에 대해서 그 누구보다 잘 안다고 믿고 있죠. 제 아내가 마르코를 계속 속이는 한 그는 선생님에게 아무 소용이 없을 겁니다."

피터는 깜짝 놀란 시늉을 했다.

"이럴 수가! 자네는 아무렇지도 않나!"

"솔직히 말씀드리면 저도 아내를 더 이상 사랑하지 않습니다. 저는 제가 갖기도 싫고 남 주기도 싫어서 계속 품고 있는 놈이 아닙니다. 그저 평화롭고 조용하게 살고 싶을 뿐이죠. 권모술수와 음모가 무슨 소용이랍니까! 저는 평범한 놈입니다, 시뇨르 피에트로. 미스터리라뇨! 저는 그런 게 따분합니다. 솔직히 호랑이 굴에 제 발로 들어온 것 같아 무서워 죽겠습니다. 도대체 제가 어떤 상황인지 갈피를 잡을 수가 없다 이 말씀입니다. 제 아내와 이 악당에게는 꿍꿍이가 있어요. 이 사건을 해결하고 싶으십니까? 그렇다면 제가 아니라 제 아내를 감시해 보세요. 시뇨르가 걱정하시는 충격이 언제 어

느 순간에 떨어질지 모르니까요."

"제니를 뒤쫓으라는 말인가?"

"네, 바로 그 말입니다. 조만간 그 여자는 무슨 구실이든 만들어서 혼자 산속으로 들어갈 게 분명합니다. 그러면 일단 가게 한 후에 마크와 함께 미행을 해 보세요. 문제는 간단하지 않습니까. 붉은 머리 레드메인만 잡으면 되니까요. 시뇨르가 못 하시겠다면 여기 경찰이나 세관원에 말을 해 보세요. 여기에는 밀수업자들을 체포하기 위한 인원이 늘 대기중이니까 언제든지 도와줄 겁니다. 이 흉포하고 교활한 놈의 인상착의를 잘 알려 주고 잡기만 하면 큰 포상금을 줄 거라고 하세요. 그러면 붙잡을 수 있을 겁니다."

피터 건스는 고개를 끄덕이며 가만히 서 있었다.

"망설일 이유가 없군. 할 수만 있다면 우리 손으로 그자를 하루라도 빨리 잡아들이고 싶어. 어차피 여기서 머무를 수 있는 시간은 두 주밖에 없어. 더 이상은 힘들어. 하지만 위험 속에 오랜 친구를 내버려 두고 내 몸만 쏙 빠져나갈 수는 없지 않겠나? 내가 곁에 있는 동안에는 그 친구도 안전할 거야. 하지만 내가 떠나자마자 무슨 일이 생길지."

"제가 도와드리면 안 되겠습니까?"

피터는 고개를 가로저으며 대답했다.

"자네와 함께 하기는 힘들어. 무엇보다 제니가 우리의 적이라는 말이 사실인 것 같아 슬슬 걱정이 되거든. 그렇다고 어떻게 아내를

잡을 수 있도록 남편인 자네에게 도움을 청하겠나."

"만약 그렇다면……."

두 사람은 천천히 걷기 시작했다. 피터 건스는 앞으로의 수사 계획을 짜느라 정신이 없는 척하며 대화를 이리저리 이끌었다. 그는 제니가 혼자서 산속으로 들어간다면 마크와 함께 몰래 미행을 하겠다고 약속을 했다.

바로 그때 이상한 일이 벌어졌다. 그날 저녁 처음으로 나타난 반딧불이가 저녁 어스름을 밝힐 즈음이었다. 허물어져 가는 기도소 옆으로 걷고 있는데 키가 큰 남자가 홀연히 그들 앞에 나타났다. 조금 전만 해도 그런 남자는 그곳에 없었다. 하지만 보랏빛으로 물든 저녁 어스름을 받아 커다란 덩치가 땅에서 솟아나듯 나타났다. 아직은 주위가 그다지 어둡지 않았기 때문에 유난히 특이한 겉모습이 보는 이의 시선을 끌었다. 그곳에 서 있는 남자는 로버트 레드메인이 분명했다. 커다랗고 붉은 머리와 거대한 콧수염이 희미한 불빛을 받으며 좌우로 뻗어 있었다. 그는 꼼작도 않은 채 두 사람을 가만히 바라보았다. 그는 양손을 옆으로 내려뜨린 채로 서 있었다. 트위드 재킷의 줄무늬가 선명하게 보였고 낯익은 붉은 조끼에 달린 화려한 황금빛 단추도 눈에 들어왔다.

도리아는 눈이 튀어나올 정도로 놀라더니 그대로 얼어 버렸다. 한동안 그는 놀라움을 숨기지 않은 채 공포와 당혹감이 담긴 눈빛으로 눈앞의 유령을 뚫어지게 바라보았다. 그는 키 큰 남자를 알아

보는 것 같았다. 하지만 길을 가로막고 있는 그림자를 바라보는 놀란 눈빛에는 아는 사람을 만나 반가워하는 기색은 없었다. 그는 눈앞에 나타난 물체를 지워 버리려는 것처럼 연신 손으로 눈을 비벼댔다. 그리고 다시 앞을 바라보았을 때는 길은 텅 비어 있었다. 피터는 그를 뚫어지라 바라보며 물었다.

"왜 그러나?"

"세상에! 보셨습니까? 바로 이 앞에 로버트 레드메인이 있었습니다!"

피터는 도리아를 빤히 보더니 정면으로 시선을 돌렸다.

"아무것도 못 봤네."

마침내 그가 대답을 했다. 벼락이라도 맞은 듯이 도리아의 태도가 급변했다. 그는 언제 겁에 질렸느냐는 듯이 껄껄 웃었다.

"이런 멍청한. 제가 멍청한 짓을 했네요! 기도소의 그림자를 잘못 봤나 봅니다."

"붉은 머리 사내에게 너무 신경을 쓰는군. 자네 탓도 아니지. 방금 뭘 봤나?"

"아뇨, 아닙니다. 시뇨르! 신경을 쓰다니요. 아무것도 못 봤습니다. 그냥 그림자였어요."

피터는 즉시 주제를 바꾸고 방금 일어난 일은 대수롭지 않은 척했다. 하지만 도리아의 분위기는 아까와 딴판이었다. 툭 터놓고 편하게 말하던 모습을 간데없고 연신 사방을 경계하는 것 같았다.

삼십 분이 지났을까, 피터가 돌아가자고 말했다.

"이제 돌아가세. 자네는 영리한 젊은이야. 덕분에 좋은 아이디어를 얻었네. 우리가 마크에게 한 수 가르쳐 주자고. 그리고 일단은 제니의 남편으로서 충실한 시늉이라도 하는 편이 더 낫지 않겠나. 사실 이제는 남편이라는 생각도 안 들겠지만. 제니가 몰래 산으로 가면 살짝 알려 주게."

피터는 발걸음을 멈추고 시선을 주제페에서 떼지 않은 채 코담배를 피웠다.

"어쩌면 내일이라도 서둘러 움직여야 할지 모르겠군."

침착함을 되찾아 다시 수다스러워진 도리아가 그를 보며 미소를 지었다. 하얀 치아가 저녁 으스름 사이로 선명하게 빛이 났다.

"내일 일을 누가 알겠습니까. 내일 무슨 일이 일어날지 안다면 세상을 지배할 수도 있을 겁니다."

"내일도 오늘과 다름없는 하루라면 좋겠군."

그러자 주제페가 대꾸했다.

"탐정이라면 모름지기 희망을 품어야죠. 때로 탐정에게 가진 것이라곤 희망뿐일 수도 있으니까요."

두 사람은 기분 좋게 농담을 주고받으며 집으로 돌아갔다.

레드메인 가문의 최후

도리아가 오래된 기도소에서 레드메인의 망령을 만난 직후 앨버트 레드메인과 비르길리오 포지는 마크 브렌던의 저녁 초대를 받아들였다. 마크가 자신이 묵고 있던 빅토리아 호텔의 레스토랑으로 두 사람을 초대했던 것이다. 원래 이 초대는 피터 건스의 계획이었다. 갑작스러운 저녁 초대를 도리아가 미심쩍게 생각할 수도 있다는 사실을 모르는 바 아니었다. 하지만 지금 같은 위기 상황에서는 그런 건 별로 중요하지 않았다.

하필이면 이날 밤 앨버트 레드메인을 집에서 불러낸 데는 두 가지 목적이 있었다. 그는 아무런 방해도 받지 않고 마크 브렌던을 만나야 했다. 한편으로는 악당이 누구든 간에 늙은 애서가 친구에게

해코지를 할 수 있을 정도로 가까이 다가오게 두어서는 안 되었다. 피터는 단 한 순간도 그런 불상사가 벌어지는 것을 용납할 수 없었다. 피터는 마크와 둘이서만 이야기를 나누면서 동시에 앨버트를 곁에서 지켜볼 수 있도록 머리를 굴렸다. 그 결과 피터는 호텔에서 저녁을 함께 들자는 제안을 했고 마크에게 앨버트가 집에 오자마자 그런 초대를 하도록 시켰다.

이런 복잡한 사정이 있으리라고는 꿈에도 짐작하지 못한 포지와 앨버트가 새하얀 셔츠에 약간 낡은 듯한 검은색 정장을 잘 차려입고 호텔에 나타났다. 그들을 위해 특별 요리가 준비되었다. 네 사람은 호텔의 별실에 따로 마련된 자리에서 식사를 들었다. 식사를 마친 후 네 사람은 흡연실로 이동했다. 그곳에서 포지와 앨버트는 자신들이 좋아하는 이야기에 깊이 빠져들었다. 그들로부터 몇 미터 떨어진 곳에서는 피터와 마크가 앉아 주제페가 유령을 본 사건에 대해 이야기를 시작했다.

"정말 감쪽같이 해냈네. 자네는 타고난 배우야. 멀쩡히 살아 있는 사람이 유령이라도 된 것처럼 슬며시 나타났다가 슬며시 사라지다니. 내가 기대했던 것보다 훨씬 더 잘했어, 이 친구야. 도리아에게 확실히 먹혔어. 우리가 그자를 제대로 속인 것 같아. 자기가 진짜 로버트 레드메인을 봤다고 생각했는지 기절초풍이라도 할 것처럼 놀라더군. 그건 확실해. 순간적이었지만 말실수까지 하지 뭔가. 그런 상황에서 어떻게 놀라지 않고 침착하겠나?

그자가 꼼짝없이 걸려든 딜레마가 뭔지 알겠지. 그자가 숨기는 게 없이 깨끗했다면 자네를 보자마자 냅다 덤벼들었을 거네. 하지만 그자는 정직하지 않아. 자신이 만들어 낸 로버트 레드메인이 오늘 저녁에 그곳에 절대 나타날 리 없다는 사실을 누구보다 잘 알거든. 내가 아무것도 못 봤다고 하자 그제야 정신을 차리고 자기도 아무것도 못 봤다고 큰소리를 치더군. 바로 그 순간에 자기가 무슨 실수를 한 건지 깨달은 거야! 하지만 후회하기에는 너무 늦었지. 그 직후에 나는 나도 모르게 주머니에 넣고 간 총을 움켜쥐었다네. 정말 그랬어! 그자는 상황을 무마하느라 정신이 없었지. 지금도 그럴 거야. 아마 오늘 밤을 헛되이 버리지 않을 걸세. 하지만 중요한 건 그게 아니야. 우리가 도리아의 계획을 저지하기 시작했고 그자도 이 사실을 알고 있다는 점이야."

"우리가 빌라로 돌아가기 전에 도망을 칠지도 모르지 않습니까?"

"그럴 리는 없어. 그자는 이 일이 어떻게 끝나는지 직접 보려고 할 거야. 자신이 시작한 일을 우리가 저지하지 않으면 직접 마무리 지으려고 할 걸세. 이제 더 이상 시간 낭비를 하지 않을 거야. 그자는 지금껏 게임을 하며 마음껏 즐겼어. 고양이가 쥐를 가지고 놀 듯 우리와 앨버트 레드메인을 가지고 놀았지. 하지만 그 짓도 더 이상은 안 돼. 지금 이 순간부터 그자는 우리 세 사람을 해치우려고 덤빌 걸세. 그는 시간을 질질 끌며 어리석게 군 자신에게 화가 났을

거야. 도리아는 젊은 나이에 비해 대단한 자일세, 마크. 하지만 그도 사람이야. 그렇게 엄청난 일을 저질렀지만 결코 초인이 아니었던 걸세."

"그때 상황이 정확히 어땠습니까? 레드메인의 망령을 본 후 그자가 어떻게 나올까요?"

"나도 정확하게 말할 수는 없지만 아마도 이런 식이었을 걸세. 나는 내가 '제삼의 눈'이라고 부르는 걸로 그 상황을 주의 깊게 관찰했다네. 제삼의 눈이란 내 뇌 속에 있는 일종의 수신기일세. 이 수신기는 사람의 사고를 빨아들이고 끄집어내지. 로버트 레드메인을 보자마자 도리아는 기겁을 하더군. 기세등등하던 모습은 간 데가 없었지. 어쩌면 유령을 봤다고 생각했을지도 몰라. '로버트 레드메인이다'라고 소리를 지르더니 레드메인을 봤는지 물어보더군. 나는 빤히 쳐다보면서 아무것도 못 봤다고 대답했네. 그랬더니 갑자기 태도가 확 바뀌면서 껄껄 웃지 않겠나. 기도소의 그림자를 잘못 봤다고 변명을 하면서 말이야. 하지만 다시 생각해 보니 자기가 본 것이 그림자일 리가 없다 싶었겠지. 그래서 내가 쓸데없는 이야기를 떠벌리는데도 그자는 생각에 골몰해서는 거의 대꾸도 하지 않았던 거야. 산책을 시작했을 때의 나처럼 말이야. 나는 그자를 철석같이 믿는 것처럼 굴었어. 그랬더니 내가 예상했던 말들을 그대로 늘어놓더군. 자네가 자기 아내와 사랑에 빠졌다는 거야. 자신은 이제 아내에게 아무런 소용도 없다, 아내는 붉은 머리 사내에 대해 전부

알고 있다, 이런 말들을 늘어놓았어.

도리아의 마음속에서는 과연 어떤 생각들이 떠올랐을까? 분명히 두 가지 중 하나일 거야. 자신이 상상력이 지나쳐서 헛것을 봤다고 생각할지 몰라. 아무것도 못 봤다는 내 말도 의심하지 않겠지. 반대로 자신이 본 것이 환상이 아니라고 확신할 수도 있어. 첫 번째 가정대로라면 내가 걱정하는 문제에 대해서 더 이상 왈가왈부할 것도 걱정할 것도 없어. 하지만 그는 그러지 않았어. 잘 생각해 보니 내 말을 믿을 수가 없었지. 자신이 유령을 볼 사람이 아니라는 건 그가 잘 알아. 문득 자네가 이틀 동안 밀라노로 볼일을 보러 갔다는 것이 떠올랐겠지. 그 순간 모든 사실을 파악했어. 아차, 내게서 뭔가를 알아내려고 이 두 자식이 놓은 덫이었구나! 그는 아무것도 못 봤다고 말했어. 하지만 이미 내가 원하는 것을 확실하게 챙겼다는 사실을 깨달았을 테지.

도리아는 지금 뒤처리를 하느라 분주하겠지. 하지만 우리는 그보다 더 바쁘게 움직여야 하네. 그는 공범과 함께 앨버트 레드메인을 처치하려고 계획을 세우고 있을 걸세. 자신들과 그의 죽음을 도저히 연관 지을 수 없는 방식으로 처리하려 들겠지. 우리가 그들을 막지 않는다면 이미 영국에서 했던 것처럼 행동할 게 분명해. 앨버트 레드메인은 자취도 없이 모습을 감출 거야. 그가 흘린 핏자국을 우리에게 보여 줄 수도 있고 아닐 수도 있어. 하지만 그의 모습은 볼 수 없겠지. 코모 호수는 그들이 앨버트를 위해 준비해 놓은 무덤

일 거야."

"도리아와 정면 승부를 펼치실 겁니까?"

"그렇다네. 지금 그자도 우리처럼 앞으로의 계획을 짜느라 정신이 없을 거야. 그러니 우리는 어떻게 해서든 기적을 만들어 내서 그자보다 앞서 나가야 하네. 알겠나? 우리도 둘이고 그쪽도 둘이야. 다음 수는 반드시 우리가 두어야 해. 그렇지 않으면 우리 쪽 킹이 잡힐 테니까. 우리는 매우 유리한 상황에 있어. 무엇보다 그자들이 아니라 우리가 앨버트의 신변을 보호하고 있으니까. 앨버트만 안전하다면 우리가 절대적으로 유리해. 그 대단한 주제페도 그 사실을 모르지 않아. 하지만 자신이 더 이상 안전하지 않다는 사실을 깨달은 것도 무시할 수 없을 걸세. 그러니 앞으로 이십사 시간 안에 기회만 생기면 달려들 거야."

"모든 것이 이 순간 레드메인 씨의 안전에 달려 있는 거군요?"

"그래. 이제부터 우리는 한 쌍의 매처럼 그를 지켜봐야 해. 그런데 이번 사건에서 제일 흥미로운 부분이 뭔지 아나? 범인이 자신의 개성을 누르지 못하고 결국 제 무덤을 파고 만 꼴이 되었다는 거야. 그 개성은 바로 허영심이야. 그자의 허영심은 거대하고 통제 불능이지만 소년 같은 면이 있어. 그자는 이런 허영심에 이끌려 처음에는 자네와, 그 후에는 나와 한판 놀아 보자는 단순한 쾌락에 취해 목적을 뒤로 미뤘던 거라네. 그의 정체를 드러낸 장본인은 그 자신이었어. 따지고 보면 우리가 세운 공은 얼마 없네, 마크. 그가 자신

의 머리를 믿고 우쭐거린 탓에 일을 그르치게 된 거야. 이렇게까지 드러난 마당에 계획을 성공시킬 수 있다면 나는 오히려 그자를 용서해 주고 싶을 거야."

"지금 이 이야기가 모두 사실로 밝혀진다면 모든 공은 건스 씨가 받으셔야 합니다. 저는 처음부터 끝까지 아무런 도움도 못 되었으니까요."

마크가 침울한 표정으로 이어 말했다.

"하지만 건스 씨의 착각일 수도 있습니다. 누구라도 자신의 믿음을 손바닥 뒤집듯이 쉽게 뒤집을 수는 없으니까요. 사랑이 늘 맹목적인 것도 아니고 말입니다. 그래서 저는 설령 명성에 금이 가더라도 더 나은 것을 손에 넣을 수 있을지 모른다는 생각을 지금도 지울 수가 없습니다. 모든 것이 끝난 후의 이야기겠지만요."

피터는 그의 팔을 따스한 태도로 토닥이며 말했다.

"그런 희망은 품지 말게. 희망에 맞서 싸우게. 결국에는 불가능한 것을 바랐다는 사실만 깨달을 뿐이라네. 과거에도 현재에도 존재하지 않는 것이 나타나기를 바랐다는 사실만 말이야. 하지만 자네의 명성은 다른 문제지. 내일만큼은 자네의 훌륭한 경력을 운에 맡기는 우를 범하지 않기를 진심으로 바라네."

"내일이라고요?"

"그렇다네. 내일 그자의 팔에 수갑을 채울 걸세."

피터는 자신의 의도를 분명하게 말했다.

"우리가 이렇게 일찍 움직일 줄은 그자도 예상하지 못할 거야. 먼저 치고 들어가면 그자도 큰 타격을 입겠지. 가능하다면 자네의 도움을 받아 기습만이라도 하고 싶네. 오늘 밤부터 내일 아침까지 나는 앨버트를 곁에서 지킬 거야. 그 이후에는 자네가 지켜 주게. 점심을 먹은 후에 호수 건너 코모에서 현지 경찰과 협의를 할 거야. 영장이 준비되어 있을 거네. 날이 어두워지면 세관원의 작고 검은 배로 돌아올 걸세. 우리는 불을 끈 채로 다가와서 빌라에 배를 댈 거야.

그동안 자네는 앨버트에게서 한시도 눈을 떼지 말게. 다른 사람들의 동태도 잘 살피고. 내가 무슨 핑계를 대도 도리아는 믿지 않을 거야. 녀석은 분명히 내가 없는 기회를 노려 앨버트를 해치우려고 할 걸세. 독약을 쓸지도 모르지. 나는 앨버트를 호수 반대편의 포지에게 보내고 싶지 않아. 그곳에 가면 여기보다 공격을 당하기가 쉬우니까 말이야."

"레드메인 씨도 지금 상황이 얼마나 긴박한지 알고 계십니까?"

"그 친구도 잘 알고 있다네. 내가 확실하게 일러뒀지. 앨버트도 오늘 밤 이곳에서 가져가는 음식 이외에는 입에 대지 않겠다고 했어. 앨버트가 내일 몸이 안 좋다며 방에 틀어박히면 그곳을 철저하게 지키는 게 우리의 임무야. 저녁을 너무 먹어서 속이 안 좋은 척할 걸세. 내가 그 친구를 지킬 거네. 한숨도 자지 않고 감시를 해야지. 내일은 아침 식사에 손도 대지 않고 그냥 낼 거야. 나도 그럴 거

고. 우리는 몰래 준비한 음식으로 요기를 할 걸세.

정오 이후에는 자네에게 달렸네. 도리아가 어떤 짓을 할지 장담할 수가 없어. 그자에게는 절대 빈틈을 보여서는 안 되네. 혹시라도 앨버트를 만나고 싶어 하면 자네가 경찰로서 안 되다고 해. 내가 돌아오기 전에는 만날 수 없다고 못을 박으란 말이야. 책임을 내게 떠넘기게. 그자가 도를 넘은 짓을 하면 지체 없이 총을 써."

"다 끝났다는 걸 알면 달아날지도 모릅니다. 이미 달아났을지도 모르죠."

마크가 이렇게 말하자 피터가 대답했다.

"그럴 리가 없어. 그자는 이 사실들을 내가 정말 알고 있을 거라고 생각하지 않을 거야. 그렇게 추측하는 건 이치에 맞지 않으니까. 그는 내 실력을 한참 아래로 보고 있기 때문에 내가 그 정도일 거라는 걸 몰라. 그자는 절대 도망치지 않을 거야. 오히려 허세를 부리고 있겠지. 너무 늦을 때까지 말이야. 나는 그가 자취를 감출 걱정은 하지 않아. 앨버트가 사라질까 봐 그게 걱정이지."

"그 점은 저를 믿으십쇼."

"그럴 거네. 나는 주위를 살짝 놀라게 할 만한 뭔가를 계획중에 있네. 앨버트가 무의식중에 우리를 도울 수 있도록 말이야. 그 친구에게는 천연덕스럽게 남을 속이는 짓을 부탁할 수가 없어. 천성적으로 그런 짓을 못 하는 사람이거든. 하지만 그는 우리가 무슨 일이 있어도 지켜야 할 킹이야. 킹이 아무도 예상하지 못한 수를 썼을 때

의외의 소득을 거둘 수가 있지. 그의 목숨을 앗아 갈 가능성은 열 개도 넘지만 우리는 그것들을 모두 예상하고 있어야 해. 예를 들어 독극물을 썼는데 알아내지 못한다면……."

"독이 성공한 것처럼 레드메인 씨가 식사를 하고 한 시간 후에 몸이 갑자기 안 좋아진 것처럼 연극을 하면 어떨까요?"

"나도 그 생각을 해 봤네. 그런데 문제가 있어. 독극물을 사용했는지 알아볼 방법이 없어. 독극물 분석을 하고 있을 시간적 여유가 없지 않은가."

"고양이에게 먼저 먹여 보면 어떨까요?"

피터가 잠시 생각에 잠겼다가 입을 뗐다.

"속은 척하며 거꾸로 적을 속이는 것도 훌륭한 방법이야. 하지만 경찰이 제가 판 함정에 빠지는 경우를 나는 많이 봤다네. 앨버트를 필요 이상으로 놀라게 하지 않고 조용하게 일을 처리하려니 골치가 아픈 거야. 앨버트는 자신이 위험하다고 내가 확신하고 있다는 사실 외에는 아무것도 모른다네. 특히나 자신의 식솔 중 누군가가 연루되어 있다는 가장 충격적인 사실은 전혀 몰라. 그래, 자네가 말한 대로 해 보는 것도 좋겠어. 아침으로 빵과 우유를 먹겠다고 하는 거야. 우리는 누가 아침을 가지고 올지 알 수 있으니까. 그런 후에 앨버트의 고양이 '그릴로'에게 먹여 보면 되겠군."

피터가 마크를 돌아보며 덧붙였다.

"이러면 안심이 되겠네, 친구."

하지만 마크는 고개를 가로저었다.

“모든 것은 상황에 달려 있습니다. 설령 그자들이 독을 쓴다고 해도 아무것도 모르고 살인자의 의도에 놀아난 정직한 남녀들이 지금껏 얼마나 많았습니까.”

“그래, 맞는 말이야. 하지만 우리는 일어날 것 같지 않은 일에 시간을 허비하고 있어. 나는 아무래도 그자가 독을 쓸 것 같지 않아. 독극물은 손쉬운 방법이야. 그리고 손쉬운 방법이라는 말은 대개 사후에 잡힐 위험도 크다는 뜻이기도 하지. 아니야. 그자는 더 영리한 방법을 고안해 낼 거야. 절반의 기회에 매달릴 리가 없어. 단 한 순간이라도 도리아가 앨버트와 단둘이 있으면 엄청나게 위험한 상황이 벌어질 거야. 그런 상황만큼은 무슨 일이 있어도 반드시 피해야만 해. 앨버트든 도리아든 절대 시야에서 놓쳐서는 안 돼. 혹시라도 내가 오기 전에 도리아가 도주를 해도 현혹되지 말게. 도망쳤다고 뒤를 쫓아서도 안 돼. 내가 없는 동안 자네를 속이기 위해 그자는 무슨 계략을 쓸지 몰라. 내가 당장 무슨 조치를 취하고 있다고 그자의 의심을 사게 되면 분명히 그럴 거야. 내가 집을 비우더라도 그 목적에 대해 그자에게 특별한 의심을 사지 않도록 잘만 한다면 그자가 먼저 공격을 하기 전에 기습을 할 수 있을 거야. 한마디로 그것이 바로 우리의 목적이지.”

한 시간 후 피터와 마크는 호수를 건너는 시뇨르 포지를 배웅한 후 앨버트 레드메인과 걸어서 집으로 갔다. 피터는 친구가 먹을 음

식을 싸서 가져갔다. 친구에게는 상황이 이제 절정을 향해 치닫고 있다고 미리 설명을 해 두었다.

피터는 이렇게 운을 뗐다.

"이십사 시간 후면 우리는 모든 사건의 비밀과 음모를 완전히 풀 수 있을 거야, 앨버트. 하지만 그때까지는 무엇을 하든 내 말을 따라 주게. 자네 주위를 맴도는 이 불길한 기운으로부터 자유로워질 수 있도록 나를 도와주게. 나는 자네를 믿을 수 있어. 그러니 자네도 내일 밤까지는 나와 마크를 반드시 믿어야 하네. 그렇게만 하면 이 고난도 끝나고 다시 평화로운 생활로 돌아갈 수 있을 거야."

앨버트는 피터에게 고마워하며 이제 다 끝나 간다는 사실에 만족감을 드러냈다. 그는 두 사람에게 이렇게 말했다.

"지금까지 나는 어두운 거울 속으로 세상을 봤어.• 사실 아무것도 보이지 않았어. 무슨 일이 벌어지는지 몰라서 혼란스럽기만 했네. 나를 위협했던 공포가 이제 곧 사라질 거라는 말을 들으니 기쁘기 한이 없군. 피터, 자네를 철석같이 믿은 덕분에 미치지 않고 여기까지 버텼네."

빌라에 도착하자 마크는 다시 호텔로 돌아갔다. 제니가 삼촌을 맞았다. 그녀는 마크에게 돌아가기 전에 잠시 들어왔다가 가라고 그를 붙잡았다. 하지만 늦은 시각이었기에 피터는 모두 쉬어야 한다고 단호한 태도로 말했다.

"내일 아침 일찍 오게. 앨버트 말이 코모에 오래된 그림 몇 점이

있는데, 그 그림에 관심이 많다는 거야. 앨버트만 괜찮으면 내일은 호수 건너에 그림을 보러 가세나."

마크는 돌아가기 전에 제니와 단둘이 이야기를 나누었다. 그녀는 속삭이는 목소리로 그에게 말했다.

"오늘 저녁에 남편에게 무슨 일이 있었나 봐요. 건스 씨와 산책을 다녀온 뒤로 넋이 나간 사람 같아요."

"지금 집에 있습니까?"

"네. 몇 시간 전에 자러 들어갔어요."

"그 사람과 함께 계시지 마십쇼. 어서 그를 피하세요. 물론 절대 의심을 사지 않도록 조심하시고요. 당신의 고통은 생각보다 더 빨리 끝날지도 모릅니다."

그는 더 이상 아무 말도 남기지 않은 채 그곳을 떠났다. 그는 다음 날 아침 서둘러 빌라 피아네초로 왔다. 그를 맞이한 사람은 제니였다. 곧 피터 건스도 나와 그를 맞았다.

"삼촌은 어떠세요?"

제니가 피터 건스에게 물었다. 그는 앨버트가 몸이 좋지 않은 것 같다고 말했다.

"어제 호텔에서 늦게까지 시간을 보낸 것 같아요. 화이트 와인도 과하다 싶을 정도로 마시더군요. 오전 내내 힘들어하겠지만 괜찮을 거예요. 한동안 침대에 누워 있을 것 같으니 비스킷과 숙취를 풀 만한 걸 가져다주세요."

● **지금까지 나는 어두운 거울 속으로 세상을 봤어** _ 이 문장은 「고린토인들에게 보낸 첫째 편지」 13장 12절의 '우리가 지금은 거울로 비추어 보듯이 희미하게 보지만'이라는 구절을 변용한 것이다.

건스는 이따가 코모에 갈 일이 있다고 말했다. 그러면서 도리아와 마크에게도 함께 가자고 했다. 마크는 자신이 맡은 역할을 잘 알고 있었기 때문에 피터의 제안을 거절했다. 주제페도 사양을 했다.

도리아가 말했다.

"저는 토리노로 돌아갈 준비를 해야 합니다. 시뇨르 피에트로가 붉은 머리 사나이를 잡을 때까지 세상은 마냥 기다려 주지 않거든요. 저도 처리해야 할 일이 있습니다. 여기에는 저를 붙잡아 둘 만한 것이 더 이상 없어요."

그는 다른 사람들에게는 무관심해 보였다. 평소에 사람들을 즐겁게 했던 유머 감각도 그날따라 보이지 않았다. 마크는 한동안 그 이유를 전혀 짐작도 하지 못했다.

점심을 먹은 후 건스는 코모로 출발했다. 하얀 조끼에 치장을 한 모습이었다. 주제페도 몇 시간 후에 돌아오겠다며 외출을 했다. 마크는 앨버트가 눈을 붙이고 있는 방에 함께 있었다. 한동안 두 사람은 아무 방해도 받지 않고 조용히 있었다. 얼마 후 제니가 수프를 가지고 왔다. 그녀는 잠시 두 사람과 이야기를 나누었다. 앨버트가 계속 졸고 별로 이야기를 할 기분이 아닌 것을 알고 마크에게 소리를 죽여 살짝 말했다. 그녀는 여전히 불안해했으며 딴 데 정신이 팔려 있었다.

"나중에 시간이 나면 당신과 이야기를 하고 싶어요. 사실 꼭 그래야만 해요. 저는 몹시 위험한 지경에 몰렸어요. 이제 의지할 사람

은 당신밖에 없어요."

그녀가 속삭였다. 그녀의 간절한 눈빛에는 두려움이 녹아 있었다. 그녀는 그의 손목에 손을 얹었다. 마크도 그녀의 손을 꼭 잡았다. 그녀의 말 앞에서 그는 아무것도 생각나지 않았다. 마침내 그녀가 자신의 의지로 그에게 다가온 것이다.

마크는 그녀만 들을 수 있도록 작은 목소리로 말했다.

"저를 믿으세요. 이 세상에서 당신의 행복과 안전보다 더 중요한 것은 제게 없습니다."

"남편은 나중에 다시 외출을 할 거예요. 그가 집을 비우면 어두워진 후에 편하게 이야기할 수 있어요."

제니는 이렇게 말한 후 서둘러 방을 나갔다.

앨버트 레드메인은 제니가 나가자마자 일어났다. 그는 옷을 입고 창가의 소파에 몸을 뉘였다. 그가 말문을 열었다.

"이렇게 사람들 눈을 속이며 아픈 척하는 건 힘들군. 오늘따라 몸 상태가 유난히 좋아. 지난밤에 즐겁게 식사를 한 덕분에 더 좋은 것 같군. 피터만 아니었다면 절대 들어주지 않았을 거야. 남을 속이는 짓은 내 천성이나 성향과는 맞지 않거든. 하지만 마크, 나는 오늘 이 모든 의혹과 암흑에 한 줄기 서광이 비칠 때까지 무슨 일이 있어도 꼭 참기로 그와 약속을 했네. 피터는 진심으로 끔찍한 두려움을 느끼고 있어. 그가 선량한 사람을 이렇게 의심하는 모습은 처음이네. 오늘은 우리 집에서 만든 것은 먹지도 마시지도 못하게 하

지 않나 말일세! 우리 집에 나를 노리는 사람이 있다니, 말도 안 돼. 이보다 더 고통스러운 일이 어디에 있겠나?"

"예방이 최선이니까요."

"누군가를 의심하는 것만큼 나를 고통스럽게 하는 것도 없을 거야. 나는 그 무엇에도 의심을 품지 않네. 의심이 마음을 어지럽히면 근원을 없애 버린다네. 그것이 책이라면 아무리 귀한 것이라고 해도 영원히 곁에서 치워 버리지. 의심이나 의혹으로 고통을 받고 싶지 않아. 이 집에는 지금 아순타와 에르네스토, 조카 부부가 살고 있어. 이렇게 선하고 훌륭한 사람들 가운데 누군가를 의심해야 하다니 욕지기가 치밀어 오르는군. 나는 도저히 그렇게 할 수가 없어."

"몇 시간만 참으시면 됩니다. 아마도 한 명을 제외한 나머지 사람들은 이 일과 아무런 상관도 없을 겁니다. 저는 그렇게 믿고 있습니다."

"피터의 마음속을 어지럽히는 폭풍의 중심에는 주제페가 있는 것 같더군. 나로서는 도무지 이해할 수가 없어. 그 사람은 언제나 나를 배려하고 예의 바르게 대했단 말일세. 유머 감각도 있어. 인간의 본성에는 우리가 지녔으면 하고 바라는 것들이 많이 부족하다는 사실도 잘 알고 있어. 그는 문학에 대해서도 공평한 시선을 지니고 있지. 좋은 작가들의 작품도 많이 읽어. 그는 훌륭한 유럽인이야. 포지를 제외하고 니체를 그렇게 정확하게 이해하는 사람을 처음 봤어. 이런 사람을 어찌 좋아하지 않을 수 있겠나. 하지만 제니마저 주제

페를 무능력한 사람이라고 무시하고 있어. 제 남편에게 실망한 티를 공공연히 드러내지. 나는 훌륭한 남자가 되려면 어떻게 해야 하는지 잘 알아. 하지만 좋은 남편이 되려면 어떻게 해야 하는지는 솔직히 잘 모른다네. 훌륭한 남자는 어쩌면 나쁜 남편일는지도 모르지. 모름지기 여자란 결혼에 대해 자신만의 기준이 있으니까. 아무튼 여자가 뭘 원하고 뭘 원하지 않는지, 그런 건 도무지 모르겠어."

"도리아가 마음에 드십니까?"

"싫어할 이유가 없지 않은가. 내 불쌍한 동생은 조만간 잡힐 거야. 물론 내 동생이 무의식이 만들어 낸 환상이 아니라 자네들 생각처럼 살아 있다면 말이지만. 그게 우리는 물론이고 내 동생을 위해서도 더 좋은 일이야. 이제부터 나는 마지막 라틴어 작가라는 보에티우스의 『철학의 위안』을 읽으면서 시가나 한 대 피우겠네. 주제페는 만나지 않겠네. 그러마고 약속을 했으니까. 다들 내가 몸이 안 좋은 걸로 알고 있겠지. 그래도 만나지 않겠다고 하면 마음이 상할 거야. 도리아는 머리가 좋은 만큼 마음도 따뜻한 사람이라서 말이야."

그는 일어서서 제일 좋아하는 작가들의 작품을 모아 놓은 작은 책장으로 다가갔다. 그는 이내 보에티우스의 책에 정신없이 빠져들었다. 마크는 창밖을 물끄러미 바라보았다. 호수에서는 사람들이 분주하게 움직이고 찬란한 여름 하늘이 고스란히 비쳐 보였다. 반짝이는 호수 너머로 벨라조의 탑들과 편백나무들이 야트막한 산 아래에 들어선 모습이 보였다. 하얀색으로 칠한 증기선들이 왔다가

가는 동안 간간이 외륜선이 지나가는 소리가 들렸다.

도리아는 오후에 잠깐 돌아왔다. 제니는 삼촌이 오전보다는 나아졌지만 계속 누워 있는 편이 더 나을 것 같다고 전했다. 도리아는 어느새 기분이 좋아진 것처럼 보였다. 그는 와인을 마시고 과일을 먹으며 마침 식당에 있던 마크와 이야기를 했다.

도리아가 말했다.

"건스 씨와 형사님도 붉은 머리의 망령을 추적하는 것이 지긋지긋해지면 토리노로 저를 만나러 오시죠. 어쩌면 제 제안이 타당하다고 제니에게 말을 잘해 주실 수도 있겠군요. 돈이 뭐 하라고 있겠습니까? 지금 제 아내는 이만 파운드를 틀어쥐고 있어요. 그래서 남편인 제가 부자가 될 기회에 투자를 하라고 하는 거 아닙니까. 형사님도 토리노로 오셔서 저와 제 친구들이 무슨 일을 하는지 한 번 보세요. 그러면 제 아내가 저를 좀 더 신뢰하게 설득할 수 있을 겁니다."

"최신 자동차 말인가?"

"네, 맞습니다. 다른 자동차가 노아의 방주라면 이 자동차는 대양을 횡단하는 호화 여객선이죠. 세상 사람들이 우리를 바라볼 겁니다. 하지만 시작 단계에서는 몇천 파운드로 만족하려고 합니다. 잔챙이 개들이 발견한 토끼를 큰 개들이 낚아챌 수도 있겠지만요."

제니는 아무 말도 하지 않았다. 그러자 도리아는 그녀에게 옷을 싸라고 일렀다.

제니가 나가자 도리아는 마크에게 말했다.

"여기에서는 도저히 지낼 수가 없어요. 남자의 삶이 없지 않습니까. 제니는 제 삼촌과 함께 여기에 남을 겁니다. 눈치채셨겠지만, 아내는 제게 싫증이 난 겁니다. 마르코, 저는 지금 무척 불행합니다. 저는 그녀의 애정을 잃을 만한 짓을 조금도 하지 않았어요. 하지만 새로운 사랑으로 그녀의 머리가 가득하다면 저는 꽥 하고 비명을 지르는 것조차 귀찮습니다. 질투는 바보들이나 하는 멍청한 짓이니까요. 그래도 일은 해야죠. 안 그러면 형편없는 인간이 될 테니까요."

그는 그런 말을 떠벌린 후 그곳을 떠났다. 마크는 앨버트 레드메인에게 돌아갔다. 노인은 유난히 불안해하고 두려워했다.

그가 말했다.

"브렌던. 마음이 너무 불편하네. 먹구름 같은 것이 내 마음을 서서히 뒤덮고 있어. 내가 사랑하는 사람들에게 끔찍한 일이 벌어질 것만 같은 예감이랄까. 건스는 언제 돌아오나?"

"어두워지면 오실 겁니다. 9시 무렵이면 만나실 수 있을 겁니다. 조금만 더 참아 주세요."

그러자 늙은 애서가가 말했다.

"이런 기분은 생전 처음이야. 불길한 예감이 정신을 어지럽히고 있네. 돌이킬 수 없는 일이 일어날 것만 같다고나 할까. 제니도 나와 같은 생각이야. 뭔가가 잘못되고 있어. 그 애도 그렇다고 느끼고

있지. 어쩌면 제니의 말대로 나의 두 번째 자아에게 무슨 일이 벌어진 것일지도 몰라. 비르길리오와 나는 마치 쌍둥이 형제 같다네. 우리는 기묘하게도 마음이 서로 이어지게 되었어. 지금 그 친구도 나 때문에 마음이 불안한 것이 분명해. 하마터면 에르네스토를 보내 나는 잘 있다고 전하고 그도 잘 있는지 알아보고 오라고 할 뻔했다네."

그는 자리에서 일어나 발코니로 나갔다. 호수 건너 벨라조를 한동안 바라보더니 시뇨르 포지에 대해서는 깡그리 잊은 것처럼 지난밤 건스가 몰래 싸가지고 온 음식을 조금 먹었다.

그가 다시 말문을 열었다.

"가슴 아픈 일이야. 피터가 한 지붕 안에 사는 이 사람들을 염려하고 있다니. 전지전능하신 신께서 나처럼 흥미롭고 선한 존재를 독으로 없애고 싶으실 만큼 내게 신경이나 쓰시겠나? 피터가 어서 그 끔찍한 직업을 관두고 은퇴를 해야 해. 그래서 뛰어난 지능을 순수한 사고에 쏟아 주면 고마울 게야."

"수프는 어떻게 하셨습니까, 레드메인 씨?"

"그릴로가 한 방울도 남김없이 먹어 버렸네. 그러고 나더니 내 아름다운 고양이는 먹이를 먹으면 늘 그러듯이 기분 좋게 가르랑거리더군. 지금은 세상모르고 푹 잠이 들었네."

마크는 커다란 블루 페르시안 고양이를 보았다. 녀석은 분명히 편안하게 잠을 자고 있었다. 인기척에 설핏 잠이 깼는지 고양이는

하품을 하고 기지개를 죽 편 후 부드럽게 가르랑거리더니 다시 몸을 말고 잠이 들었다.

"녀석은 멀쩡하군요."

"당연하지. 제니 말이 주제페는 내일이나 되어야 토리노에서 올 거라더군. 하지만 제니는 한동안 이곳에 머무를 걸세. 당분간 서로 떨어져 있는 편이 나을지도 모르지."

두 사람은 담배를 피우며 이야기꽃을 피웠다. 앨버트 레드메인은 추억을 떠올리며 잠시 즐거워했다. 그는 마음을 뒤덮은 불길한 예감을 잊고 오스트레일리아에서 보낸 어린 시절과 영국으로 건너와 서적 거래상으로 성공했던 시기를 떠올리며 기분 좋게 이야기했다.

마침 제니가 왔기에 세 사람은 함께 식당으로 나갔다. 식당으로 차가 나왔다.

"그 사람은 곧 떠날 거예요."

제니가 마크에게 귓속말을 했다. 굳이 말하지 않아도 그 사람이 도리아라는 것쯤은 마크도 알았다. 앨버트 레드메인은 아무것도 먹거나 마시려 하지 않았다.

그는 이렇게 변명을 했다.

"어제 과식한 것 같아. 과로한 위장을 내일까지 쉬게 해야겠어."

그는 주로 도리아와 이야기를 나누며 토리노에 있는 서적상에게 전할 전갈들을 일렀다. 그들은 한참이나 앉아 있었다. 날이 어두

워지며 그림자가 점점 길어지자 마침내 앨버트 레드메인은 자신의 방으로 돌아갔다. 그러자 주제페가 농담을 섞어 가며 마지막으로 마크에게 부탁을 하기를, 제니가 자동차를 좋게 볼 수 있도록 말을 잘해 달라는 것이었다. 그는 그 말을 끝으로 투스카니 시가 하나에 불을 붙이고 모자를 쓴 후 집을 나섰다.

"마침내 갔어요!"

제니가 속삭이듯 말했다. 안심이 되는지 그녀의 얼굴이 한층 밝아졌다.

"앞으로 두 시간은 있어야 돌아올 거예요. 그동안 이야기를 할 수 있어요."

" 여기서는 안 됩니다. 정원으로 나가죠. 그러면 도리아가 언제 돌아오는지도 알 수 있어요."

마크가 말했다.

두 사람은 어둠이 짙게 깔리기 시작한 정원으로 나가 감탕나무 아래의 대리석 자리에 앉았다. 그곳은 대문과 무척 가까워서 누군가 지나가면 두 사람의 눈에 띄지 않을 수 없었다.

마침 에르네스토가 와서 소용돌이 장식이 달린 바깥쪽 철문 위에 걸린 등에 불을 켰다. 에르네스토가 물러가자 마침내 두 사람만 있게 되었다. 제니는 그동안의 자제력을 내던져 버렸다.

"마침내 제 이야기를 들어주셔서 하느님께 감사할 따름이에요."

그녀는 이렇게 말하자마자 온갖 간청을 쏟아 놓기 시작했다. 그

동안 꾹 참고 있던 마크의 자제력은 급류처럼 밀려오는 그녀의 간청과 애원 속으로 순식간에 휩쓸려 가고 말았다. 처음에는 당황하고 어리둥절했지만 어느새 그의 마음은 기쁨으로 가득 찼다.

그녀는 그에게 매달리듯 말했다.

"저를 구해 주세요. 저를 구할 수 있는 사람은 당신뿐이에요. 저는 당신의 사랑을 받을 자격이 없어요. 당신은 나를 아끼거나 심지어 존중할 필요도 없을지도 몰라요. 하지만 저는 떳떳해요. 왜냐하면 이 저주받은 남자의 죄 없는 희생자였을 뿐이니까요. 저는 그 사실을 잘 알아요. 그 남자를 따라 결혼까지 한 것은 자연스러운 사랑의 결과가 아니었어요. 그가 지니고 있는 어떤 힘 때문이었죠. 그 힘은 마치 자석과도 같아요. 이탈리아에서는 '사악한 눈'이라고 한다더군요. 저는 어처구니없을 정도로 끔찍한 실수를 저질렀어요. 지금 겪고 있는 이런 고통을 받아야 할 이유가 없어요. 왜냐하면 이건 마법처럼 절묘한 최면이나 극악무도한 장난의 결과에 불과하니까요. 그런 것 때문에 제가 도리아를 잘못 보고 속아서 결혼까지 하게 된 걸 거예요.

크로우즈 네스트에서 벤디고 삼촌이 돌아가신 후부터 도리아는 저를 조종하기 시작했어요. 그때는 몰랐어요. 남자의 소유물이 되느니 차라리 자살을 하겠어요. 그때는 그게 사랑인 줄 알았어요. 그래서 결혼도 했고요. 하지만 결혼을 하자 그가 무슨 수를 썼다는 게 확실히 보였어요. 내 눈을 덮고 있던 비늘이 떨어지든 말든 도리아

는 신경도 쓰지 않았어요. 제정신으로 살기 위해서는 그를 떠나야만 해요."

한 시간 동안 제니는 자신이 어떤 상황을 참고 견뎌야 했는지 숨김없이 털어놓았다. 마크는 정신을 집중해서 그녀의 이야기에 귀를 기울였다. 그녀는 이야기를 하는 도중 간간이 그의 어깨를 건드리거나 그의 손을 잡기도 했다. 이야기가 끝이 나자 제니는 감사의 표시로 그의 손에 입을 맞추었다. 마크는 온 힘과 지력을 다 바쳐서라도 그녀를 반드시 구해 내겠다고 약속을 했다. 그녀의 숨결이 그의 볼을 간질였다. 그가 팔을 둘러 안아 주자 제니는 흐느끼며 말했다.

"저를 여기서 구해 주세요. 그러면 반드시 당신에게 가겠어요."

그녀가 약속을 했다.

"더 이상 속고 기만당하며 살 수는 없어요. 밤이면 자신이 놓은 덫에 제가 걸렸다며 잔인하게 저를 비웃어요. 그가 제게 원하는 것은 돈뿐이에요. 돈을 줘서 저를 자유롭게 놓아준다면 기꺼이 제 돈을 몽땅 줘 버리고 싶어요."

마크는 자신의 귀를 믿을 수 없을 정도로 감격하며 제니의 말을 들었다. 마침내 그녀의 사랑을 얻은 것도 모자라 젊은 시절을 망쳐 버린 두 번의 비극을 모두 잊고 자신에게 오는 것 외에는 아무것도 바라지 않는다는 말을 그녀의 입으로 직접 듣지 않았는가.

그녀는 여전히 그의 품에 안겨 있었다. 그는 그녀를 안정시키

고, 무너지지 않도록 기운을 북돋우고, 평화와 행복, 만족감을 마음껏 누릴 수 있는 미래를 마음속에 그릴 수 있도록 애를 썼다. 그렇게 한 시간이 흘렀다. 두 사람의 머리 위로 반딧불이들이 아름다운 무늬를 그리며 날아다녔다. 정원에는 달콤한 향내가 감돌고 멀리 불빛이 반짝거렸다. 호수 위에는 어느새 정적이 내려앉았고 천둥 같은 요란한 증기선의 프로펠러 소리만 간간이 들렸다. 도리아는 여전히 출타중이었다. 교회 종이 치자 제니가 자리에서 일어났다. 그녀는 방금 전 그의 발치에 무릎을 꿇고 다시 한번 자신을 지켜 줄 것을 부탁했다. 하루아침에 운명이 완전히 뒤바뀐 마크는 여전히 꿈을 꾸는 듯한 기분으로 미래의 아내를 자유롭게 만들어 줄 방법을 고민하느라 정신이 없었다. 그러다가 제니가 일어나자 문득 현실로 돌아왔다.

제니는 아순타를 찾는다며 자리를 떴다. 그는 증기선 소리를 들으며 곧 피터가 돌아올 것이라는 생각에 서둘러 집으로 들어갔다. 집 안은 쥐 죽은 듯이 조용했다. 그는 큰 소리로 앨버트 레드메인을 불렀지만 호수에서 나던 소리조차 뚝 끊어질 정도로 조용했다. 앨버트가 대답을 하지 않자 마크는 서재를 둘러보고 바로 옆의 침실로 들어갔다. 하지만 그곳에도 앨버트의 모습을 보이지 않았다. 그는 베란다로 달려가 호수를 내려다보았다. 하지만 애서가의 모습은 어디에도 없었다. 기다랗고 검은 배 한 척이 불을 다 끄고 피아네초 빌라에서 구십 미터가량 떨어진 곳에 닻을 내렸다. 호수 경찰의 선

박에서 배 한 척이 내려와 브렌던 바로 아래의 계단으로 노를 저어 왔다.

그 순간 제니가 침실로 들어와 그에게 다가왔다.

"앨버트 삼촌은 어디에 계세요?"

"모르겠어요. 불렀는데도 대답이 없으시군요."

"마크! 어쩌면."

그녀의 목소리는 공포에 젖어 있었다. 그녀는 거실을 나가 큰 소리로 누군가를 불렀다. 브렌던은 아순타가 대답하는 소리가 들렸다. 뒤이어 제니가 끔찍한 비명을 질렀다.

브렌던은 일단 계단으로 내려가 빌라로 오는 배를 맞이했다. 온갖 감정이 밀물처럼 밀려와 그를 뒤흔들었다. 그가 배가 흔들리지 않도록 잡고 있는데 위에서 제니가 와서 재빨리 말했다.

"삼촌이 집에 안 계세요! 오! 건스 씨! 건스 씨인가요? 빨리 오세요. 삼촌이 호수를 건너가셨어요. 제 남편은 아직 돌아오지 않았고요."

네 명의 남자를 대동하고 나타난 피터가 재빨리 배에서 내리자 브렌던이 무슨 말을 했다. 하지만 그는 자세한 것까지는 몰랐다. 그래서 제니가 대신 자세히 설명을 했다. 그녀와 마크가 정원에 앉아서 현관과 대문을 지키는 동안 집 뒤쪽으로 배를 타고 온 어떤 사람이 벨라조로부터 앨버트 레드메인에게 전언을 전했다는 것이다. 아마도 앨버트가 피터와 한 약속이나 자신의 목숨이 위험하다는 사실

을 잊을 만큼 중대한 전갈이라면 한 가지밖에 없었다. 그런데 누군가 바로 그 내용을 전했고 노인은 서둘러 집을 뛰쳐나간 것이다.

아순타가 전한 바에 따르면 어떤 이탈리아 남자가 벨라조에서 소형 보트를 타고 계단으로 다가왔다고 한다. 그는 아순타를 부르더니 시뇨르 포지의 목숨이 경각에 달렸다는 청천벽력 같은 소식을 전했다. 포지가 친구에게 어서 자신을 보러 와 달라고 부탁을 했다는 것이다.

"비르길리오 포지가 추락 사고를 당했는데, 곧 돌아가실 것 같습니다. 늦기 전에 시뇨르 레드메인이 와 주시면 좋겠다고 부탁하셨습니다."

아순타는 그 소식을 주인님에게 전하지 않을 수 없었다. 이 비보가 자신의 주인에게 얼마나 중요한 소식인지 알기 때문에 그녀는 조금도 망설이지 않고 소식을 전했다. 아니나 다를까 앨버트 레드메인은 끔찍한 소식을 듣자마자 오 분 만에 집을 나서서 친구가 사는 곳을 향하는 배에 얼른 올라탔다.

아순타는 앨버트 레드메인이 집을 나간 지 한 시간쯤 되었는데, 그보다 더 되지는 않았다고 전했다.

"그 말이 사실일지도 몰라요."

제니가 이렇게 말했다. 하지만 브렌던은 무슨 일이 일어났는지 너무나 잘 알고 있었다.

피터의 지휘 아래 사람들이 모였다. 그는 신속하게 사람들에게

지시를 내렸다. 그는 마크를 힐끔 바라 보았다. 마크는 그 표정을 죽을 때까지 못 잊을 것 같았다. 물론 마크 외에 아무도 그 표정을 본 사람은 없었다. 피터가 마크에게 지시를 내렸다.

"이 보트를 타고 증기선으로 가게, 브렌던. 가서 경찰들에게 최대한 빨리 포지 씨 댁으로 데려가 달라고 하게. 레드메인이 그곳에 있다면 그대로 두고 자네만 돌아와. 만약 없다면 그는 지금쯤 호수 밑바닥에 가라앉아 있을 걸세. 어서 가게!"

마크는 서둘러 보트로 향했다. 건스와 함께 온 경찰 한 명이 수첩을 한 장 찢어 뭔가를 적어 주었다. 마크는 그것을 가지고 검은 증기선에 올라탔고 순식간에 배는 전속력으로 벨라조를 향해 나가기 시작했다.

피터는 나머지 사람들을 돌아보며 제니를 포함한 모두에게 거실로 함께 들어가자고 말했다. 그곳에는 저녁이 차려져 있었지만 집은 텅 비어 있었다.

피터가 모두를 향해 말문을 열었다.

"이곳에서는 바로 이런 일이 벌어졌습니다. 도리아가 단 하나의 확실한 수단으로 앨버트 레드메인을 집 밖으로 유인했습니다. 그의 아내는 당연히 남편을 도와 내 대신 이곳을 지키고 있던 동료의 주의를 돌리려고 갖은 수를 다 썼을 겁니다. 그 여자가 무슨 짓을 했을지 안 봐도 알겠군요."

제니는 큰 충격을 받은 표정으로 그를 노려보았다. 그녀의 얼굴

이 붉게 상기되었다. 그녀가 소리를 질렀다.

"뭘 얼마나 안다고 그런 말씀을 하시는 거죠? 잔인하고 모욕적인 말씀을 하시는군요. 제가 지금껏 당한 고통으로도 부족하다는 건가요?"

그러자 피터가 대답했다.

"내 말이 틀렸다면 누구보다 먼저 내가 인정을 하겠소, 마담. 하지만 난 틀리지 않았소. 이미 일어난 일이라는 말은 당신 남편이 저녁을 먹으러 돌아올 것이라는 뜻이오. 기껏해야 십 분만 기다리면 되겠지. 아순타, 부엌에 가 있어요. 에르네스토, 정원에 가서 도리아가 들어오자마자 철문을 단단히 잠그게."

사복 차림의 덩치 큰 남자 세 명에게 나머지 한 사람이 피터의 말을 통역을 해 주었다. 그 사람은 바로 경찰서장이었다. 곧 에르네스토가 정원으로 나갔고 경찰들도 각자의 위치를 잡았다. 건스는 제니에게 의자를 가리키더니 자신도 그녀 가까이에 앉았다. 그녀가 거실을 나가려고 하자 건스가 제지했다.

"죄가 없다면 걱정할 것도 없지 않겠소."

피터가 이렇게 말했지만 제니는 들은 척도 하지 않고 자신만의 생각에 골몰했다. 그녀의 얼굴에서 핏기가 사라지기 시작했다. 그녀는 자신을 둘러싼 낯선 얼굴들을 두리번거렸다. 정적이 찾아왔다. 오 분쯤 흘렀을까. 철문이 삐그덕 열리는 소리가 나는가 싶더니 밖에서 사람 발소리가 저벅저벅 들렸다. 칸초네를 흥얼거리며 돌아

오는 사람은 도리아였다. 그는 곧장 거실로 들어왔다가 그곳에 모인 남자들을 보더니 아내를 뚫어져라 바라보았다.

"이게 무슨 일입니까?"

그가 놀라서 소리쳤다.

"게임은 끝났네. 자네가 졌어. 자네는 위대한 범죄자야! 하지만 허영심 때문에 모든 것을 망쳤군!"

그가 재빨리 돌아보자 경찰서장은 영장을 꺼내 영어로 말했다.

"마이클 펜딘. 당신을 로버트 레드메인과 벤디고 레드메인의 살해 혐의로 체포하겠소."

"그 명단에 앨버트 레드메인도 추가하시오."

건스가 침울한 목소리로 말했다. 그는 이렇게 말하나 싶더니 나이에 비해 날쌘 몸놀림으로 옆으로 풀쩍 뛰어올랐다. 그도 그럴 것이 용의자가 바로 옆에 선 경찰의 손에서 권총을 빼앗으며 테이블 위에 있던 육중한 소금 그릇을 건스의 머리를 향해 냅다 던졌기 때문이다. 유리그릇이 건스의 뒤에 걸려 있던 오래된 이탈리아 거울에 와장창 부딪혔다. 그 순간 사람들의 시선이 요란한 소리가 난 쪽으로 쏠렸고 그 틈을 타 제니의 남편은 문을 향해 돌진했다. 누가 손을 들어 그를 제지할 겨를도 없이 그는 번개처럼 몸을 돌려 문지방을 넘어섰다. 방 안에서 단 한 사람만이 그를 지켜보고 있다가 마침내 권총을 들었다. 이 젊은 경관은 앞으로 큰 명성을 얻을 운명이었는데, 단 한 순간도 도리아에게서 눈을 떼지 않고 있다가 재빨리

발포했다. 그 경관은 몹시 빨랐다. 하지만 그보다 더 빠른 사람이 있었다. 그 사람은 경관의 의도를 순식간에 읽고 행동을 예상했다. 마이클 펜딘을 향해 발사된 총알은 그의 아내에게 명중했다. 제니가 현관을 향해 달려들어 남편을 막아섰던 것이다.

그녀는 비명도 지르지 못한 채 그대로 쓰러졌다. 도망치던 남편은 그대로 돌아서서 도주를 포기한 채 쓰러진 아내에게 달려갔다. 그는 아내를 번쩍 안아 들었다.

그는 이제 아무도 해칠 수가 없었다. 그는 죽은 아내를 품에 안았다. 제니에게 입을 맞출 때 그녀의 입술에서 흘러내린 피가 그의 입술을 적셨다. 그는 더 이상 싸울 의지를 보이지 않았다. 제니의 목숨이 끊어진 것을 확인한 후 그녀를 소파에 안고 가 살며시 내려놓았다. 그러더니 몸을 돌려 수갑을 채울 수 있도록 두 팔을 내밀었다.

잠시 후 마크 브렌던이 집으로 들어왔다.

"포지 씨는 아무런 전갈도 보내지 않았답니다. 벨라조에서 앨버트 레드메인 씨를 본 사람은 아무도 없습니다."

그는 그렇게 말했다.

01

피터 건스의 추리

두 남자는 밀라노발 칼레행 기차의 특급 열차에 탑승을 했다. 건스는 왼쪽 팔의 소매에 검은 상장喪章을 달고 있었다. 동행한 마크의 얼굴에도 침통한 표정이 가득했다. 마크는 그새 나이가 훌쩍 들어 보였다. 얼굴은 초췌했고 목소리조차 늙어 버린 것 같았다.

피터는 마크의 기운을 북돋우려고 애를 썼다. 마크는 겉으로는 노인의 말을 듣는 척했지만 마음은 딴 곳에 가 있었다. 아마 그의 마음은 어느 무덤가를 헤매고 있는 것 같았다.

피터가 말문을 열었다.

"프랑스와 이탈리아 경찰은 우리 미국 경찰과 닮은 점이 많군. 그 사람들은 자네 영국 경찰과 달리 수사를 할 때 입이 가벼워. 런

던 경찰청은 비밀주의를 철저히 엄수하더군. 자네는 그렇기 때문에 영국의 체계가 다른 어느 나라의 경찰보다 우수하다고 주장하겠지. 물론 통계 자료가 그 주장을 뒷받침해. 뉴욕에서는 1917년에 살인 사건이 이백서른여섯 건이나 벌어졌지만 범인이 잡혀 유죄 선고를 받은 사건은 고작 예순일곱 건에 불과해. 1919년 시카고에서는 살인 사건이 무려 삼백서른여섯 건이나 발생했지만 유죄가 확정된 사건은 마흔네 건이 다였어. 터무니없는 격차 아닌가? 파리는 런던에 비해서 매년 폭력 사건이 네 배나 많이 발생해. 인구는 파리가 훨씬 적은데 말이야. 그런데 양국 경찰의 범죄 해결 건수는 어떨 것 같나? 프랑스 경찰의 검거율은 영국 경찰의 반밖에 되지 않더군. 영국의 카드 색인 시스템이 제 역할을 톡톡히 하는 것 같아."

피터가 계속 이야기를 하자 마크도 마침내 그의 말에 귀를 기울이는 것 같았다.

"돌아가신 앨버트 레드메인 씨에 대해서 이야기를 해 주세요."

"자네가 아는 것 외에 더 말할 내용은 별로 없네. 펜딘이 묵비권을 행사하고 있으니. 그것도 본국으로 인도될 때까지뿐일 테지만. 우리는 사건의 진상을 추측할 수밖에 없어. 세세한 부분은 내가 다 밝혀냈다고 자신하네. 제니가 자네와 이야기를 나누는 동안 자네는 빌라를 나가는 사람을 봤어. 그 사람은 당연히 마이클 펜딘이었네. 아내에게 거짓 연기를 시켜서 자네가 그녀를 남편의 마수에서 구해낼 가장 좋은 방법을 짜내느라 여념이 없도록 유도한 사람도 바로

그였어.

제니는 공을 들여 대화를 하면서 자연스럽게 자네의 미래를 들먹였어. 자네가 앨버트 레드메인을 까맣게 잊을 정도로 정신을 빼앗길 말들만 골라 가며 했어. 오, 앨버트. 내가 생각이 짧았네. 용서해 주게. 다시 한번 그때 상황을 되짚어 보게. 그러면 가장 큰 실수를 한 사람은 자네가 아니라 나란 걸 알 수 있을 거야. 마이클 펜딘은 자네의 시야를 벗어난 후 배를 구했어. 그리고 변장을 했지. 그를 몸수색해서 쓴 가짜 턱수염과 콧수염을 찾아냈네. 그런 후에 호수를 빙 둘러서 앨버트의 빌라로 이어진 계단으로 다가갔지. 거기서 아순타를 봤어. 물론 아순타는 그를 알아보지 못했어. 그는 자신을 비르길리오 포지 댁 사람이라고 속인 후 그 노인이 지금 벨라조에서 임종을 앞두고 있다고 거짓말을 했어.

그 소식만큼 앨버트를 밖으로 끌어내는 데 효과적인 것은 없었을 거야. 앨버트는 머릿속이 하얗게 되어서 오 분 만에 벨라조로 향했어. 그를 태운 배는 순식간에 칠흑같이 어두운 호수 한가운데로 나갔지. 아마 그곳에서 앨버트는 죽음을 맞고 수장되었을 걸세. 펜딘은 일격을 가해 살해했겠지. 로버트와 벤디고를 죽일 때 그랬던 것처럼. 그런 후에 미리 준비한 무거운 돌덩이를 달아서 희생자를 깊고 깊은 코모 호수에 가라앉혔을 거야. 그리고 재빨리 집으로 돌아왔어. 배는 그사이에 말끔히 청소를 하고 변장 도구는 주머니에 숨겼지. 그에게는 알리바이도 있었어. 그자는 빌라로 돌아가기 전

에 여인숙에서 한 시간이 넘게 술을 마셨어."

마크가 겸손하게 인사를 했다.

"고맙습니다. 일이 그렇게 된 데는 의문의 여지가 없겠군요. 마지막으로 한 가지만 더 부탁을 드리겠습니다, 건스 씨. 사건이 종결되었지만 제 머릿속 한 부분은 여전히 새하얀 백지 상태입니다. 영국에 가셨을 때 어떤 조사를 하셨습니까? 부탁드립니다. 그 부분을 검토해 보고 싶습니다. 선생님은 법정에 서지 않으시겠죠. 저는 그렇지 않습니다. 하지만 이번을 마지막으로 제가 법정에 서는 일은 없을 겁니다."

그는 이미 피터에게 말한 결심을 다시 밝혔다. 그는 경찰을 관두고 남은 평생 다른 일을 찾기로 한 것이다.

피터는 황금 코담뱃갑을 꺼내며 대꾸했다.

"그것도 괜찮을지 모르지. 그래도 다시 한번 생각해 보게나. 이번에 뼈아픈 경험을 했고 많은 것을 배웠어. 그게 앞으로 자네 인생은 물론 경찰 일에 있어서도 큰 재산이 될 거야. 몹쓸 여자에게 한번 당했다고 도망쳐서야 되겠나. 오히려 자네가 운이 좋아서 신비로운 조물주께서 만든 가장 보기 드문 여자 범죄자 한 명을 만나 연구할 수 있었다고 생각하란 말일세. 천사의 얼굴에 악마의 심장을 가진 여자였어. 시간이 흐르면 자네도 깨닫게 될 거야. 이 사건이야말로 갓 쌓기 시작한 경력에 생긴 작은 생채기에 불과하다는 걸. 자네 앞에는 훨씬 더 훌륭하고 귀중한 일이 있지 않은가. 자네 적성에

딱 맞는 그런 직업을 내팽개치다니 그건 하늘의 뜻을 거스르는 짓이나 다름이 없어."

피터가 입을 다물자 한동안 객차 내에는 침묵이 이어졌다. 마침 기차가 암흑천지인 심플론 터널을 통과하며 속도를 내자 피터가 레드메인 집안의 수수께끼를 풀 수 있었던 수사 과정을 되짚어 가기 시작했다.

"예전에 자네에게 말했지. 자네는 사건이 어디에서 시작되었는지 전혀 모르고 있다고. 이 사건은 바로 그 시작 부분에 모든 것이 집중되어 있었어. 이 사건에서 자네의 위치는 무척 특별해. 범인은 자신의 솜씨에 대한 자만심과 결국 자신을 파멸로 몰아간 허영심을 충족시키기 위해 자네를 의도적으로 사건에 끌어들였어. 뛰어난 형사를 조롱거리로 만드는 즐거움을 더하기 위해 자네를 끌어들인 건 그에게 유흥거리, 예술이라고 해도 좋네만, 아무튼 재미의 일부였어. 자네는 마이클 펜딘 앞에 놓인, 피가 가득 찬 컵에 담긴 향신료 같은 존재였어. 소금이자 향료였지. 만약 그가 자신의 목적에만 집중했다면 형사가 천 명쯤 달려들어도 진상을 파헤치지 못했을 거야. 하지만 그는 먹잇감을 쫓는 호랑이처럼 장난기가 넘쳤어. 원래의 계획에 살을 붙여 나가면서 희희낙락했다네. 그는 예술가였어. 하지만 장식적인 면에서 너무 현란하고 퇴폐적이었어. 그래서 세기의 범죄가 될 수 있었던 계획을 결국 실패하고 만 거야. 수많은 대단한 범죄자들이 결국 인과응보를 피할 수 없었던 것도 결국 이런

인간이기에 저지를 수밖에 없는 실수 때문이겠지.

마이클 펜딘의 계략은 애초에 사람들의 이목을 희생자가 아닌 뻔해 보이는 살인자에게 쏠리게 하는 거였어. 사건이 일어났다는 사실은 도저히 의심할 수 없어 보였어. 사람들은 모두 펜딘이 살해되었을 것이라고 추측했지만 정작 아무것도 증명할 수는 없었지. 로버트 레드메인에 대한 세세한 정보들은 넘쳐났어. 그런데 공식적인 수사가 진행되는 내내 소위 희생자라는 사람에 관해서는 아무것도 밝혀낼 수가 없었어. 자네가 마이클 펜딘에 대해서 들은 정보는 그의 아내의 입에서 나온 말이 다였지. 특히 프린스타운에서 그녀가 자네를 처음 만나서, 그것도 다 펜딘의 계획이었을 텐데, 사건을 맡아 달라며 한 말은 거의 진실에 가까웠어. 이거야말로 가히 천재적이지 않나.

나는 그 여자와 이야기를 나눈 후에 처음 만났을 때 그녀가 자네에게 들려준 이야기를 곰곰이 생각했네. 그랬더니 이런 확신이 들더군. 제니의 첫 번째 남편이 어떤 사람인지 확실하게 조사해야 한다. 그렇다고 이 시점에서 내가 진상을 파악했다고 넘겨짚지는 말게. 절대 그렇지 않았으니까 말일세. 나는 자료를 더 많이 모으고 싶었을 뿐이네. 내 눈에는 마이클 펜딘이라는 인물에 대한 이야기가 부실하기 짝이 없었지. 그나마 알려진 것들도 모두 그의 아내가 들려준 것이었어. 거기까지 생각이 미치니 제니의 입에서 들을 수 있는 것보다 더 많은 사실을 알아내야 한다는 생각이 자리를 잡

았다네. 내가 질문을 할 때마다 제니는 잘 모른다고 일관하거나 의도적으로 대답을 회피하는 것처럼 보였거든. 그녀의 삼촌들 중에서 마이클 펜딘을 직접 본 사람은 로버트 레드메인뿐이었어. 벤디고나 앨버트는 조카사위를 한 번도 만난 적이 없었어. 처음에는 그런가 보다 했는데, 조사를 하다 보니 그게 보통 중요한 사실이 아니라는 생각이 들더군.

일단 펜잔스로 향해 꼬박 며칠을 들여서 펜딘 가족에 대해서 알아낼 수 있는 사실을 알아냈어. 마이클 펜딘에 관해 찾을 수 있는 정보는 모두 찾아내기 위해 예비 조사로 그의 가계를 조사했어. 그러자마자 중요한 사실이 밝혀졌다네. 마이클의 아버지인 조지프 펜딘은 그가 운영하는 정어리 사업 때문에 이탈리아를 자주 찾았어. 그리고 이탈리아 여자와 결혼까지 했어. 그 여자는 남편을 따라 펜잔스로 와서 살았지. 아들과 딸을 각각 한 명씩 낳았는데, 딸은 아기일 때 죽었어. 그 여자는 행동거지에 문란한 구석이 있었던 모양이야. 하기야 남부 유럽의 기질과 활달한 태도는 비교적 근엄하고 종교적인 분위기에서 살아온 남편과 시댁 식구들의 눈에 거슬렸겠지.

그녀는 종종 이탈리아로 돌아갔어. 분명히 조지프는 결혼을 후회했겠지. 만나 본 사람들이 하는 얘기로는 이혼도 생각했다더군. 하지만 아들을 생각해서 이혼만은 하지 않기로 했어. 마이클은 어머니를 몹시 따르는 아들이었으니까. 어머니를 따라 이탈리아에도

자주 갔지. 그렇게 이탈리아를 갔을 때였어. 그가 열일곱인가 열여덟 살 무렵이었는데, 사고를 당해서 머리를 다친 거야. 정확히 무슨 사고로 어디를 어떻게 다쳤는지는 알 수가 없었네. 아무튼 마이클 펜딘은 과묵하고 순종적인 젊은이였어. 아버지와 말다툼을 한 적도 없었지.

마침내 펜딘 부인이 이탈리아에서 사망하자 조지프 펜딘은 나폴리에서 장례식을 치렀어. 그 직후에 아들을 데리고 냉큼 영국으로 왔지. 마이클은 치과 의사가 되고 싶다더니 곧장 수련의가 되었네. 실력도 꽤 좋았어. 시험도 통과했고 한동안 펜잔스에서 치과를 했더군. 그러다가 갑자기 그 일에 흥미를 잃고 아버지의 회사에 들어와 일을 돕기 시작했어. 정어리를 거래하는 일을 하다 보니 이탈리아를 갈 일이 생겼지. 그곳에 가면 한 달씩 머무르는 일도 잦았다더군.

사람들은 좀처럼 그의 성격에 대해서 입을 열려고 하지 않았네. 사진도 좀처럼 찾을 수가 없었지. 그런데 친척들 중에 어떤 노부인으로부터 마이클 펜딘이 조용하고 까다로운 성격이었다는 말을 간신히 들을 수가 있었어. 그분은 내게 펜딘의 부모님의 낡은 사진 한 장을 보여 주었지. 그 사진에는 세 살 정도 되어 보이는 아들도 함께 찍혀 있었어. 그의 아버지는 그다지 개성이 두드러지는 인물이 아니었어. 하지만 펜딘 부인은 대단히 아름다운 여성이더군. 돋보기로 그녀의 이목구비를 꼼꼼하게 살펴본 순간 문득 도리아와 닮았

다 싶은 거야.

수사와 관련해서 내게는 한 가지 철칙이 있네. 어느 순간 번쩍한 통찰력이 사건에 진실이든 허위든 한 가닥 빛을 던져 준다면 그 영감을 최대한 철저하고 샅샅이 분석해서 그때까지 알려진 사실 모두와 대조를 해 보는 거야. 마이클 펜딘의 어머니의 사진을 본 순간 주제페 도리아의 아름다운 용모가 얼핏 떠올랐네. 그때부터 나는 내 모든 지식을 동원해서 그 우연의 일치에서 나온 추론을 깨부수어 보려고 용을 썼어. 그런데 정말 놀랍고도 흥미롭게도 내 머릿속에서 순식간에 형태를 갖추기 시작한 이론을 절대적으로 반박할 만한 사실은 아무것도 없었어.

당시 나는 조지프 펜딘의 아내가 주제페 도리아의 어머니가 절대 아니라는 근거를 전혀 찾아낼 수 없었네. 하지만 아직은 내가 모르는 사실들이 많이 있을 수 있었지. 그 사실들 때문에 내 가설이 헛소리가 되어 버릴지는 아무도 모르는 일 아니겠나. 이 사실들을 어떻게 하면 알아낼 수 있을지 곰곰이 생각하다 보니 자연히 주제페 본인에게 생각이 미치게 되었어. 안전지대까지 올라가기 위해서는 가끔 중간에서 헤맬 때도 있다네. 이게 무슨 뜻인지는 다음 이야기를 들으면 알게 될 거야. 거기까지 조사를 진행해 놓고도 나는 펜딘과 도리아가 동일 인물일지도 모른다는 생각은 꿈에도 못 했다네. 그때는 이렇게 생각했어. 엄격한 감리교를 주로 믿는 조용한 펜잔스에 추문을 몰고 다녔던 마담 펜딘이 고국에서 둘째 아들을 낳

았을지도 모른다고 말이야. 나는 펜딘과 이탈리아에서 나고 자란 씨가 다른 형제가 서로의 존재를 알았을 것이라고 추측했어. 그리고 그 둘이 협력해서 레드메인 형제들을 죽이고 있다고 말이야. 물론 목적은 마이클의 아내가 가문의 전 재산을 독차지하는 것이었어.

펜잔스에서 모을 수 있는 정보를 긁어모은 후에 나는 곧장 다트머스로 향했네. 가능하다면 주제페 도리아가 벤디고 레드메인의 보트 관리인으로 채용이 된 정확한 날짜를 알고 싶었거든. 그곳에서 벤디고 레드메인의 친구라고 할 만한 사람은 아무도 못 찾았네. 그래도 물어물어 그의 주치의와 연락이 닿았어. 그 사람도 내가 원하는 정보를 가지고 있지 않았지만 다른 사람과 연결해 줬어. 해안에서 몇 킬로미터 떨어진 토어크로스의 호텔 주인이었는데, 이 귀중한 정보를 알 만한 사람이었던 거야.

노아 블레이즈 씨는 영리하고 유능한 사람이더군. 벤디고 레드메인은 그를 잘 알았어. 은퇴한 선원은 일주일 동안 블레이즈 씨와 토어크로스 호텔에 머무르면서 그의 배를 타고 낚시를 했어. 그러더니 자신도 배를 한 척 사겠다고 했다는 거야. 얼마 후 벤디고는 정말 배를 장만했지. 보트 관리인을 고용했는데, 이 사람이 실력이 형편없었던 거야. 그래서 구인 광고를 냈는데 지원서를 꽤 많이 받았어. 벤디고는 이탈리아 선원들과 항해를 많이 했고 그들을 좋아했어. 그래서 주제페 도리아로 고른 거야. 추천서가 훌륭해 보였던 거지. 얼마 후 도리아가 도착했네. 그리고 이틀 후에 벤디고가 새

배를 타고 블레이즈를 만나러 토어크로스에 왔다네.

당연히 그 무렵 벤디고는 프린스타운에서 막 벌어진 살인 사건으로 정신이 없었어. 사건이 워낙 요란했던 탓에 블레이즈는 새 보트 관리인에 신경을 쓸 겨를이 없었어. 하지만 중요한 것은 그게 아니야. 새 관리인인 주제페 도리아가 크로우즈 네스트에 도착해 일을 시작한 날이 바로 살인이 벌어진 다음 날이었던 거야. 다시 말해서 벤디고가 동생인 로버트가 포긴터 채석장에서 살인을 저질렀다는 소식을 들은 바로 그날이었지.

내가 이 사건을 재구성하는 데 필요한 중요한 사실이 여기서 나온 거라네. 전체 사건을 구성하는 각각의 단계가 어떻게 그다음 단계의 실마리를 제공해 내가 마지막까지 다다를 수 있었는지 새삼 설명할 필요는 없겠지. 로버트 레드메인은 마이클 펜딘을 죽였다고 알려진 그날 밤 여러 사람들에게 목격되었어. 그는 페인턴의 하숙집으로 돌아갔지. 사람들이 모두 잠든 시각에 그는 하숙집을 나왔어. 그 뒤로 땅속으로 꺼지기라도 한 것처럼 행방을 감추었지. 그런데 바로 그날, 아마도 정오 무렵이었을 거야, 주제페 도리아가 크로우즈 네스트에 도착했네. 아무도 모르는, 아니 아무도 본 적이 없는 이탈리아인으로 말이야.

그 사실로 인해 마이클의 반쪽 형제설은 깨끗하게 포기해야 했어. 그리고 나니 다트무어에서 죽은 이는 제니의 남편이 아니라 삼촌인 로버트 레드메인이라는 결론이 나왔어. 아직도 그는 그곳에

묻혀 있을 거야."

건스는 코담배를 킁킁거린 후 말을 이었다.

"무시무시한 추론을 완성한 후 나는 전반적인 사실을 다시 한번 살펴보았네. 그랬더니 모든 것이 훨씬 더 흥미진진해 보였어. 사실을 되짚는 과정에서 매 순간 치명적인 오류가 나타나 내 가설을 박살 내 주기를 기대했어. 새로운 사실이 등장할 때마다 확실한 뭔가가 나타나 내 이론을 완전히 뒤엎으리라 생각했어. 하지만 그런 일은 일어나지 않았어. 물론 아직도 세부적인 부분은 모르는 것이 많아. 퍼즐을 이루는 수많은 작은 조각들을 완전히 아는 사람은 이제 유일하게 살아남은 사람, 즉 펜딘뿐이겠지. 어쨌든 큰 줄기를 이루는 그림은 다트머스를 출발하기 전에 이미 내 머릿속에 명확하게 그려졌네. 그래서 앨버트가 있는 런던으로 돌아왔어. 큼직한 퍼즐 조각들은 다 모았어. 판을 뒤집어 다시 맞출 필요는 없었지. 물론 세부적인 부분들 가운데는 아직도 안개가 낀 것처럼 모호한 곳이 있었어. 하지만 전체적으로 어떤 그림인지는 명확히 보였어. 설령 논리적으로 모순이 되는 믿을 수 없는 자잘한 사실들이 있기는 했지만, 거기에 마이클 펜딘의 기질을 대입해 보니 모든 것이 말끔하게 맞아떨어지더군.

이쯤에서 펜딘의 뛰어난 연기력에 찬사를 보내지 않을 수 없군. 주제페 도리아라는 인물을 창조하면서 보여 준 여러 설정은 흠잡을 데 없이 뛰어났어. 연기도 완벽하게 의도된 것이었어. 그는 아예 주

제페 도리아라는 인물이 되어 버렸지. 원래는 음침하고 늘 절제하는 사람인데, 완전히 이질적인 사고방식과 삶을 대하는 태도를 매일같이 보여 준 거야. 펜딘 부부는 지옥이 내려 준 범죄자이기도 했지만 하늘이 내려 준 배우이기도 했어.

본론으로 돌아와서, 전체 그림을 구성한 큰 조각들이 모두 모였네. 전경前景과 중경中景, 배경이 전체적으로 하나로 녹아들었어. 모든 부분이 논리적으로 일관되고 심지어 합리적이기도 했지. 게다가 여기에 이 그림을 그린 화가의 성격을 집어넣어 보게. 감히 예상하건대 그자는 분명히 죽기 전에 이 사건에 대한 수기를 남길 걸세. 그자가 무슨 말을 쓰든 그건 헛소리일 거야. 하지만 내내 사람들의 이목이 자신에게 집중되기를 바라겠지. 어쨌든 그가 교수형을 당하기 전에 사건의 진상을 소상하게 파악할 수 있을 걸세. 그 글에서 가능하다면 자살의 기미에 관한 새로운 단서를 찾을 수 있을지도 몰라. 그자는 분명히 자살을 염두에 두고 있을 테니까.

지금부터 내 이론에 폭격을 가하듯 쏟아진 사실 증거들을 하나씩 보여 주겠네. 그러면 내가 최종적으로 그 이론을 받아들이고 그에 따라 행동하기까지 어떤 공격을 어떻게 이겨 냈는지도 알 수 있을 걸세.

우선 펜딘이 살아 있고 죽은 사람은 로버트 레드메인이라는 가정에서 시작하지. 펜딘은 포긴터에서 처삼촌을 죽인 후에 그의 옷으로 갈아입고 붉은 수염과 가발로 변장을 해. 그리고 죽은 이의 오

토바이를 타고 베리 헤드로 출발하지. 그곳에서는 후에 시체를 넣어 옮긴 것으로 추정되는 자루가 발견이 돼. 그러면 그의 목적은 달성된 셈이야. 그도 그럴 것이 그의 목적은 베리 헤드에서 시신을 처리했다는 인상을 풍기고 수사를 원하는 방향으로 이끄는 것이었으니까. 하지만 그는 바다를 믿지 않았어. 로버트 레드메인의 시체가 바다로 떠올라서 계획을 망쳐 놓을지도 모르지 않은가. 그는 그런 위험을 감수할 생각이 없었어. 그래, 레드메인의 시체는 포긴터를 떠난 일이 없네. 아마도 마이클은 시체를 어디에 묻었는지 실토를 할 걸세.

조작된 사실에서 엉뚱한 분위기가 형성되는 동안 그자는 크로우즈 네스트로 향했네. 그래서 어떻게 되었을까? 첫 번째 단서는 위조 편지였어. 로버트 레드메인이 형에게 보낸 편지로 알려져 있지. 과연 진짜 발신인은 누굴까? 제니 펜딘이 플리머스에서 벤디고의 집으로 가는 도중에 부쳤을 거야. 그녀와 남편은 곧 재회를 했지. 다음 살인을 준비하기 위해서 말이야. 아까도 말했지만 두 사람은 연극배우가 되었어야 했어. 그랬더라면 레드메인 가문의 재산을 합친 것보다 훨씬 더 큰 돈을 손에 쥐었을 텐데. 하지만 그들의 핏속에는 범죄자의 기운이 흐르고 있었어. 그 둘은 가위의 양날처럼 궁합이 딱 맞았을 걸세. 아마 서로의 마음과 영혼이 너무나 잘 어울린다는 사실을 깨달았겠지. 악이야말로 그들에게는 선이었어. 둘은 서로가 법을 안중에도 두지 않는다는 사실을 알게 된 후로 힘을 합

쳐야 한다고 느꼈을 거야. 마크, 그녀는 대단한 악녀였어. 그럼에도 불구하고 사랑을 하는 법을 알았어. 악녀도 선한 여자처럼 사랑을 할 수 있다고 생각하는 사람은 없겠지. 하지만 이런 여자들이 때로는 그 누구보다 사랑을 잘하기도 한다네.

두 사람은 크로우즈 네스트에 정착했어. 마이클 펜딘의 자작극도 발각되지 않은 채 그대로 묻혀 버렸어. 제니는 슬픔에 잠긴 미망인 연기를 했지. 실은 전과 다름없이 남편과 즐거운 시간을 보냈지만. 그리고 둘이서 불쌍한 벤을 처치할 계획을 세웠지. 벤디고는 펜딘을 한 번도 만난 적이 없었어. 그래서 도리아로 위장을 할 수 있었지. 여기서 한 가지 눈여겨보아야 할 사항이 있는데, 이 점을 확인해 줄 사람은 이제 마이클밖에 없겠군. 살인의 순서도 의도된 것이었냐는 거야. 그런 의문을 떠올리자 나는 어리둥절해졌어. 왜냐하면 로버트 레드메인이 프린스타운에 우연히 나타나서 조카 부부와 화해를 하기 전에 마이클은 이미 벤디고의 보트 관리인으로 채용이 되었고 얼마 후면 가명에 가짜 신분으로 그곳에 가야 한다는 것을 알고 있었거든. 그 점을 생각해 보니 어쩌면 벤디고를 먼저 해칠 계획이 아니었나 싶더군. 그런데 느닷없이 로버트가 다트무어에 나타난 거야. 그래서 마이클은 급히 계획을 수정했어. 내 짐작이 옳다면, 돌발 상황은 오히려 마이클이 첫 번째 살인을 저지르는 길목을 터 줬을 거야. 이런 가정에 대해서는 그가 나중에 해답을 제시해 주겠지. 당시 그의 머릿속에 어떤 생각이 오갔는지 말이야.

이제 우리는 레드메인의 남은 형제들 중 둘째가 죽음으로 막을 내린 비극의 예비 단계에 도달했네. 그들이 정확하게 어떤 계획을 세웠는지는 알 수가 없어. 하지만 예고도 없이 불쑥 찾아간 자네의 두 번째 다트머스 방문으로, 그들은 서둘러 실행에 옮겼어. 자네가 계획을 실현할 계기가 된 셈이었지. 폭풍우가 곧 휘몰아칠 것 같은 달밤에 펜딘은 자네 앞에 나타났네. 이번에도 로버트 레드메인이 되어 자네에게 모습을 드러냈지. 그것만으로는 만족스럽지 않았던 그는 그 역할을 좀 더 연기했어. 물론 그럴 만한 가치가 있었지. 로버트 레드메인으로 분장한 그는 스트레트 농장에 침입을 해서 농장 주인 브룩 씨에게 일부러 들킨 거야. 그리고 다음 날 아침 '도리아'로 돌아와 다트머스에 있는 자네를 찾아 마이클 펜딘의 살인자가 나타났다고 말했던 거야.

그자가 두 역할을 번갈아 하면서 얼마나 희희낙락했을지 상상이 가. 아내의 도움을 받아 자네를 입맛대로 가지고 놀았지. 제니에게 눈독을 들이는 도리아에 질투심을 느끼고 혹시 그녀가 도리아의 사탕발림에 넘어간 것이 아닌지 전전긍긍하는 모습을 보며 비할 데 없는 즐거움을 마음껏 누리고 있었어. 한편 제니는, 글쎄, 그녀가 자네를 어떻게 쥐락펴락했는지 생각해 보면 이해가 될 거야. 참, 대단한 배우였어. 도대체 무엇이 그녀를 움직였을까? 펜딘에 대한 사랑? 불쌍한 삼촌들에 대한 원망과 증오? 아니면 순전히 자신의 재능을 마음껏 살리는 데서 오는 쾌락? 아마도 이런 감정들이 뒤섞여

그녀가 그런 짓을 하게끔 이끌었겠지.

우리는 펜딘의 위장 공작에 놀아나 장님놀이를 하는 격이 되었다네. 어떻게 된 건지 차근차근 잘 들어 보게. 벤디고는 동생이 흉행을 저질렀다고 알려진 후로 한 번도 만나지 못했어. 자네도 마찬가지였어. 둘이서 숲을 뒤졌지만 아무런 소득이 없었지. 그런데 보트를 타고 나간 제니와 도리아가 그를 만났어. 그녀는 돌아와서는 눈물을 글썽이기까지 했지. 왜 아니겠나? 남편을 무참히 죽인 로버트 레드메인을 만나고 오지 않았나! 그녀와 도리아는 그와 이야기까지 나눴어. 레드메인이 비참한 상태라면서 형을 꼭 만나고 싶어 한다고 알렸지. 그 상황을 극도로 사실적으로 보여 줬어. 로버트는 벤디고를 단둘이서만 만나고 싶어 해. 그리고 비밀 은신처에서 쓸 등불과 음식도 필요하다고 하지. 프랑스로 도망을 쳤다가 돌아왔다고 했는데, 그건 아마 자네를 겨냥한 설정이었을 거야. 아무튼 외국으로 도망쳤지만 불안해서 도저히 견딜 수가 없었다고 했지.

자, 이제 형제가 만날 자리가 만들어졌어. 벤은 자정 이후에 동생을 만나러 가기로 결심을 하지. 그것도 혼자서. 하지만 늙은 선원은 갑자기 마음을 바꿔. 누가 그걸 비난할 수 있겠나? 그래서 약속 시각에 맞춰 로버트 레드메인이 나타날 때를 대비해서 자네에게 꼭대기 방에 숨게 했어. 그는 동생에게 보낼 편지를 썼지. 그러자 제니와 도리아는 그 편지와 준비한 음식과 등불을 가지고 다시 바다로 나가. 두 사람이 그곳을 비운 동안 자네는 꼭대기 방에 숨어

서 다가올 형제의 해후를 기다렸어. 두 사람이 돌아오자 벤디고는 제니에게 자네가 다트머스로 돌아갔고 다음 날 아침에 다시 오기로 했다고 전했어. 그 이후에 벌어진 일을 정확하게 기억해 보게. 밤이 찾아왔어. 약속 시각이 되자 꼭대기 방을 올라오는 발소리가 들리지. 벤디고는 동생을 만날 준비를 해. 하지만 로버트 레드메인은 나타나지 않아. 주제페 도리아였지. 그는 이미 제니 펜딘에 대해서 자신의 고용주와 긴 대화를 나눈 후였어. 그는 제니에 대한 사랑을 주절주절 늘어놓았지. 벽장에 숨어 있던 자네는 그 이야기를 다 들었어. 벤디고는 그런 이야기라면 그만하라며 적어도 앞으로 반년 동안은 꺼내지 말라고 일침을 놓았어.

그런데 그다음 상황 때문에 나는 한동안 당황스러웠네. 물론 진상은 이미 알아냈다고 생각하지만 말이야. 펜딘의 수기가 있다면, 그자가 그런 걸 쓴다면 말일세. 그 점은 명확하게 밝혀지겠지. 내 추측으로는 벤디고와 이야기를 하는 동안 그자가 자네가 숨어 있다는 사실을 알아챈 것 같아. 그자는 면도날처럼 예리한 관찰력의 소유자야. 장담하건데 그자가 제니에 대한 이야기를 나누고 벤디고를 떠나기 전에 눈치를 챘을 거야. 자네가 숨어 있다는 걸 말이야.

일이 그렇게 되자 이번에도 그는 계획을 완전히 뜯어고쳤어. 그날 밤 벤을 처치할 생각이었는지는 알 수 없어. 하지만 그랬을 거라는 데는 의심의 여지가 별로 없어. 모든 계획이 잘 세워져 있었어. 로버트와 만나 이야기를 나누었고 자네를 비롯한 여러 사람들이 그

사실을 알고 있었어. 제니는 남편을 도와 시체를 처리하려고 절벽 아래로 내려가 있었어. 분명해. 그들은 세세한 부분까지 빈틈없이 계획을 세워 놓았을 거야. 그랬기 때문에 모든 상황이 순조롭게 진행되었다면, 다시 말해서 자네가 정말 그날 다트머스로 돌아갔다면 이튿날 아침 벤디고가 사라졌다는 소식을 들었을 거야. 자네는 꼭대기 방에서 심하게 몸싸움을 한 흔적을 발견하고 철저하게 계획적으로 바닥에 만들어 놓은 피 웅덩이를 보지만 그 외에는 아무것도 찾아내지 못할 운명이었지.

자네가 꼭대기 방에 숨어 있었던 그날 밤 이런 일이 벌어지지 않은 이유는 뭘까? 펜딘이 자네가 숨어 있다는 사실을 알아차렸다고 가정하지 않으면 그 이유를 설명할 방도가 없어. 펜딘이 벤디고가 약속한 밤 1시에 혼자 있을 거라고 믿었다면 그의 머리를 가격해 쓰러뜨린 후 내가 말한 대로 했을 걸세. 그는 그러지 않았어. 오히려 흥분한 채 나타나서는 로버트가 약속을 바꿨다고 전했지. 그 떠돌이가 마음을 바꿔서 어두워진 후 자신의 은신처에서 형을 만나고 싶어 한다고 말이야.

그 말을 들은 직후 벤디고는 자네에게 벽장에서 나오라고 하지. 그러자 도리아는, 뭐 이렇게 부르자고, 짐짓 화들짝 놀라면서 분통을 터뜨리는 척 연기를 했던 거야.

이 대목에서 우리는 도망자 신세가 된 로버트의 처참한 몰골을 생생하게 전해 들어. 그 이야기를 듣자 벤디고는 은신처로 동생을

찾아가기로 약속을 하지. 불을 밝힌 등불을 걸어 놓기로 해. 동굴들이 벌집처럼 이어져 있는 해안 절벽에서 로버트가 숨어 있는 동굴을 표시하려고 말이지. 이윽고 다음 날 밤 벤디고는 죽음을 맞이했네. 펜딘은 벤디고가 보트에서 내리자마자 바로 죽인 후 바다에 시체를 버렸을 거야. 이번에도 시체를 찾을 수가 없겠지. 펜딘은 크로우즈 네스트로 돌아와 아내와 자네를 만났어. 그는 두 형제들이 만났다면서 은신처의 위치를 알려 주지. 그는 다시 바다로 나가. 두 번째로 동굴에 가서 기가 막힌 트릭을 준비한 거야. 일단 터널을 지나 절벽 중앙의 공터까지 핏자국을 만들고 이튿날 경찰들이 허탕을 칠 함정까지 마련해 두지.

다음 날 허사로 끝난 수색 작업에 대해서는 재론할 필요가 없겠지. 아무튼 모든 일이 펜딘의 계획대로 착착 진행되었네. 이렇게 착착 진행되는 인간 사냥에서 그 흡혈귀 부부가 얼마나 흥겨워했을지 자네도 쉽게 상상이 될 거야.

레드메인 가문의 형제 둘이 계획대로 목숨을 잃었어. 남은 사람은 이제 한 명. 그동안 진실한 사랑은 결실을 맺었어. 도리아와 제니는 다시 부부가 되었지. 자네와 앨버트 레드메인에게 결혼 사실을 기쁘게 알렸어. 말할 것도 없이 신혼여행은 남부 유럽으로 떠났고. 자신들이 올렸다던 결혼식은 실은 거짓말이었네. 그들은 한참을 어딘가에서 숨을 죽이고 있다가 마침내 불행한 내 친구를 죽이기 위한 계획에 들어갔어.

앨버트 레드메인처럼 순수하고 상냥한 사람과 함께 지내다 보면 그들도 인간의 진심이라는 게 뭔지 느끼지 않았을까? 그토록 따뜻하고 너그러운 마음을 지닌 사람과 친밀하게 지내는 동안 그들의 영혼에도 양심의 불꽃이 켜지지 않았을까? 천만의 말씀! 그들은 앨버트를 죽이러 왔어. 아무것도 모르는 희생자는 살인자들을 따뜻한 마음으로 환영했다네. 그가 조카보다 주제페를 더 좋아했다는 사실이 흥미로워. 앨버트는 내게 제니를 보면 혼란스럽다고 털어놓은 적이 있었다네. 제니가 전남편을 그렇게 간단하게 잊었다는 사실이 앨버트는 도무지 이해가 안 되었던 거야. 앨버트처럼 상냥하고 예민한 감성의 소유자는 그런 무신경함이 마음에 들지 않았어. 게다가 예전의 조카의 모습을 떠올리지 않을 수 없었을 거야. 가족의 반대를 무릅쓰고 마이클 펜딘과 결혼할 때도 떠올랐겠지. 제니가 제멋대로에 고집불통이었던 큰형을 무척 닮았을 테니까.

어쨌든 사악한 목적을 숨긴 두 사람이 도착했고 환영을 받았어. 그러자 또다시 어리석기 짝이 없는 피도 눈물도 없는 짓거리가 시작되었어! 그것은 그들의 잔인한 계획의 약점이기도 했지! 도리아는 또다시 무덤에서 되살아 난 로버트 레드메인의 연기를 했어. 그리고 다시 한번 자네에게 도전을 했지! 앨버트 레드메인을 간단하게 처리할 방법은 셀 수 없이 많았어. 그가 사는 곳의 지리적 조건도 범죄를 저지르기에 유리했으니까. 앨버트는 남을 잘 믿고 순진했기 때문에 죽이려고 마음만 먹으면 쥐도 새도 모르게 죽일 수 있

었으니까. 하지만 마이클의 허영심은 그때까지의 성공을 먹고 무럭무럭 자랐네. 그는 예술가야. 걸작을 완성하기 위해 걸작에 필요한 요소를 완벽하게 갖추고 싶었지. 그의 범죄는 가장 뛰어난 범죄들 사이에서도 길이 남을 걸작이 되어야 했어. 한껏 치솟은 자만심은 아무것도 거리낄 것이 없었지. 모든 것이 처음에 계획했던 것과 같은 전체적인 구상에 따라 끝내야 했어. 그는 위험을 끌어들이고 까다로운 상황을 만들어서 최종 결과물이 그 무엇보다 장엄한 결말을 맞도록 했어.

그래서 다시 한번 변장을 했어. 제니가 앨버트에게 로버트 레드메인이 코모에 나타났다고 말하는 걸로 충분하지 않았어. 그들과 관계없는 생판 남의 목격 증언이 필요했어. 그래서 아순타 마르젤리가 붉은 콧수염에 붉은 조끼를 입은 붉은 머리 남자를 목격하게 된 거야. 게다가 느닷없이 나타난 망령 같은 존재를 본 후 안주인이 얼마나 충격을 받았는지도 두 눈으로 똑똑히 보았어. 잘 생각해 보게. 당시 앨버트는 제니의 남편이 토리노에 있는 줄 알았지. 게임이 다시 시작되었어. 일단 도리아가 혼자 도착하지. 그 후 제니와 함께 계획을 다듬기 시작해. 세부적인 부분에 살을 붙여 나갔지. 불쌍한 앨버트의 두려움을 자극해서 자네에게 도움을 청하게 만들어. 그게 다 전과 같은 방법으로 자네를 가지고 놀기 위해서였네.

앨버트가 내게도 도움을 청했지만 두 사람은 계획을 서두르지 않았어. 피터 건스가 누구야? 미국의 유명한 탐정? 그거 잘되었군!

우리의 전차 바퀴에 깔리는 희생자가 한 명 더 늘 뿐이야. 그들은 이렇게 자신했어. 이제 국제적인 범죄를 성공시킬 수 있게 되었다고 흥분했겠지. 앨버트 레드메인은 이 사건에 관련된 관객들 눈앞에서 살해되어야 했어. 미국과 이탈리아, 영국의 경찰들이 공조한 국제적인 수사단이 로버트 레드메인을 추적하고 앨버트 레드메인을 보호하기 위해 나서겠지. 하지만 로버트는 이번에도 추적을 뿌리치고 사라지고 앨버트는 이들의 코앞에서 목숨을 잃고 말 테지."

그는 마크를 돌아보며 말했다.

"결국 그들은 목적을 달성했네. 자네 덕분에, 마크."

"그리고 대가를 치렀죠. 건스 씨 덕분에."

마크가 대꾸했다. 그러자 건스가 말을 받았다.

"우리는 기계가 아니라 사람이야. 사랑이 자네의 머리를 헤집고 들어와 피할 수 없는 혼란을 만들어 냈지. 물론 펜딘은 혀를 내두를 정도 기민하게 그 사실을 자신에게 이롭게 악용했어. 그자는 제니가 처음 만나 자네에게 도움을 간청할 때부터 자네의 애정을 계산에 넣었을 거야. 그는 남자들이 자신의 아내를 어떻게 생각하는지 잘 알았지. 그자는 분명 프린스타운에서 자네의 뒷조사를 했을 거야. 미혼이라는 사실을 알아냈겠지. 세월이 흘러서 이 사건을 고통 없이 바라볼 수 있게 되면 더 큰 그림을 볼 수 있을 거야. 객관적인 입장에서 보면 스스로를 용서할 수 있을 걸세. 자네가 저지른 실수에 비해 너무 무거운 처벌을 받았다는 사실을 받아들일 수 있을 거야."

어느새 어스름이 내려앉고 있었다. 기차가 우렁찬 소리를 내며 라인 강변의 골짜기로 접어들자 저 위쪽 산 정상에서부터 밤이 스멀거리며 기어 내려왔다. 승무원이 객실을 들여다보며 말했다.

"저녁이 준비되었습니다. 식사를 하시는 동안 잠자리를 봐 드리겠습니다."

두 사람은 일어서서 식당 칸으로 향했다.

"목이 마르군. 자네한테 술 한잔 대접받을 자격은 있겠지."

"훌륭한 일을 해내셨는데 저 같은 사람이 아무리 대접을 해도 부족할 겁니다."

마크가 대답했다.

"그런 말 말게. 그런 생각은 하지도 마. 자네가 이 사건에 그런 식으로 연루되지 않았다면 자네도 나와 똑같이 했을 걸세. 늘 이 말을 기억해 주게. 나는 자네를 원망하지 않아. 지금도 오래된 벗과 나눈 두터운 정을 잊을 수가 없지만 자네에 대한 내 마음은 변함이 없어. 비난받을 사람은 나야. 최후의 치명적인 실수를 저지른 사람은 자네가 아니라 나였어. 나는 어리석게도 자네를 믿었어. 그에 대해 어떤 변명도 할 수 없어. 그 당시 자네의 판단은 절대 신뢰할 만한 것이 아니었어. 그 사실을 미리 깨달았어야 했어. 자네가 실수를 하고, 내가 실수를 하고, 마이클 펜딘이 실수를 한 건 인간의 능력이 완벽하지 않기 때문이겠지. 여럿이 머리를 짜낸 계획도 실수하기 마련이야, 마크. 악당은 자신의 악행을 망치고 선한 자는 눈처럼

하얀 경력을 더럽히네. 뛰어난 지혜도 한순간 말라붙을 수 있지. 그것은 선행이든 악행이든 완벽함에 다다를 수 없기 때문이야. 그건 성자나 범죄자나 마찬가지라네."

018

고백

마이클 펜딘은 가을 정기 재판이 진행되는 동안 엑서터에서 재판을 받았다. 그는 로버트와 벤디고, 앨버트 레드메인 삼 형제를 살해한 죄로 사형을 언도받았지만 아무런 변호도 하지 않았다. 오로지 주 형무소의 붉은 담으로 둘러싸인 자신의 독방으로 돌아가고 싶어 초조해할 따름이었다. 그곳에서 그는 생의 얼마 남지 않은 시간 동안 언젠가 피터 건스가 예상했던 수기를 쓰느라 여념이 없었다.

이 독특한 글에는 마이클 펜딘이라는 범죄자의 특징이 고스란히 담겨 있다. 이 글에는 일종의 화려함이 엿보이지만 진정한 탁월함과 위대함이라 일컬을 만한 것은 어디에도 없었다. 설령 이 글에 적힌 여러 범죄와 그 범죄를 저지른 인물이 진정 탁월하고 대단하

다고 해도 말이다. 마이클 펜딘의 글에는 그가 얼마나 후안무치하고 뒤틀린 유머 감각의 소유자인지 잘 드러나 있다. 현란하고 웅장한 것에 대한 애정과 동경까지 들어 있다. 이런 것들만 아니었다면 이 글은 살인에 대한 연대기나 문헌 중에서 최고라는 평가를 받았을지도 모른다. 마이클 펜딘은 이 글의 결말에서 자신의 목숨을 남에게 맡기지 않을 것이라고 확실히 밝혀 두었다. 그는 여러 차례에 걸쳐 이러한 주장을 했다. 그러므로 그가 법의 심판을 피하게 될 상황을 방지하기 위해 필요한 예방 조치를 취했다. 그 문제는 적절한 대목에서 잘 설명해 놓았다.

아랫글은 그가 작성한 수기로, 그가 쓴 원본과 단 한 글자도 다르지 않음을 보증한다.

나의 옹호서

"내 말을 잘 들으라, 너희 재판관들아! 이것은 또 다른 광기이며 행동보다 우선하는 것이다! 아! 너희는 이 심오한 영혼을 제대로 들여다보지도 않았구나! 저 진노한 재판관이 말한다. '어찌하여 저자는 살인의 죄를 범하였는가? 그것은 재산을 노렸기 때문이다.' 내가 말해 주마. 그것은 그의 영혼이 전리품이 아닌 피에 굶주렸기 때문이다. 칼을 휘두르는 쾌감에 맘껏 취하고 싶었기 때문이다!"

다시 한번 말하노니,

"이 인간은 어떤 자인가? 서로 반목하여 싸우는 한 무리의 뱀이다.

그리하여 이 뱀들은 뿔뿔이 세상으로 흩어져 제 먹이를 구한다."•

일찍이 이런 글을 남긴 이의 예술과 지혜는 토끼처럼 보잘것없고 미욱한 인간들 사이에서 빛을 발하지 못했다. 하지만 나는 그의 글 속에서 내 영혼을 살찌울 양식을 찾았다. 이 위대한 지성의 정신 속에서 젊은 내가 받은 감동이 드러나고 찬란한 천재성으로 여물어 가는 모습을 지켜보았다.

기억하라. 지금 이 글을 쓰는 나는 아직 서른도 되지 않았다.

경험이 부족해 미숙했던 어린 시절 나는 혹시 나와는 다른 질서 체계를 가진 영혼이 내 몸에 들어와 살고 있는 것은 아닌지 종종 자문을 하곤 했다. 그도 그럴 것이 내 주위에는 나와 같은 인간형은 고사하고 비슷하기라도 한 사람이 어디에도 보이지 않았기 때문이다. 지금까지 양심 불량이라는 병으로 힘들어하지 않은 사람은 단 한 사람, 바로 어머니뿐이었다. 아버지와 아버지의 친구들은 이런 병을 입에 달고 살았다. 그들은 공공연하게 스스로가 비참한 죄인이라고 떠들어 댔다. 그런 태도가 사람이라면 응당 지녀야 할 존경받을 만한 태도라고 믿은 것이 분명했다. 그들은 자신들이 추구해야 할 상태는 '안전'뿐이라고 여겼다. 물론 '위험'은 반드시 피해야 할 유일한 상태였다. 그런 비겁한 똥개들이 바로 콘월 놈들이다!

하지만 나는 우리 역사에는 다른 식으로 생각하고 행동한 위인들로 넘쳐 난다는 사실을 이내 깨달았다. 과거라는 무대에서 튀어나온 빛 속에서 나의 참모습을 깨달은 것이다.

• **이 인간은 어떤 자인가? 서로 반목하여 싸우는 한 무리의 뱀이다. 그리하여 이 뱀들은 뿔뿔이 세상으로 흩어져 제 먹이를 구한다.** _ 니체의 『차라투스트라는 이렇게 말했다』의 제1부 제6장 「창백한 범죄자에 관하여」에 나오는 구절.

'범죄'라는 일반적이고 애매한 용어의 범주에 들어가는 행위의 결과는 모두 범죄를 행하는 개인의 역량에 달려 있다. 자신이 어떤 대가를 치를지 생각지도 않고 덜컥 범죄를 저지르는 일이 비일비재하거니와, 자신의 불완전한 심장과 뇌 안에서 눈을 크게 뜨고 숨어 있는 형사에게 들켜 고발당할 것을 고려하지 않은 채 무작정 덤벼드는 자들도 허다하다.
양심이 있는 자, 후회할 줄 아는 자, 성질을 참지 못해서 살인을 저질러 버리는 자, 이런 치들은 금세 깨닫게 될 것이다. 아무리 완벽하게 범죄를 해치우더라도 타고났거나 후천적으로 습득한 나약함에서 비롯된 온갖 방해 요인 때문에 혼란에 빠지고 말 것이라는 사실을 말이다. 예를 들어 보자. 후회는 자백까지는 아니더라도 언제나 범죄가 발각되는 첫 번째 단계이다. 불안도 후회와 비슷한 작용을 한다. 조금이라도 불안한 마음이 있으면 언젠가는 정신이 혼란을 겪고 결국에는 스스로를 위험한 지경으로까지 몰아가기 때문이다. 교수대에 목이 매달리는 자들은 실상은 그럴 만한 짓을 했기 때문에 그렇게 된 것이다. 그러나 나처럼, 즉 감정에 휩쓸려 저질러 버리는 범위를 넘어서 확고한 선견지명을 바탕으로 감행했기에 결코 실패할 리 없다는 이유로 범죄를 저지른 사람은 절대적으로 안전할 수밖에 없다. 우리는 성공 뒤에 따르는 절묘한 정신적 만족감에 휩싸여 희열을 만끽할 것이다. 이러한 희열이야말로 우리를 지탱하는 영적인 기둥이며 생명을 이어 주는 자양분이자 우리 행동의 보상이다.

인간이 겪을 수 있는 경험 중 살인만큼 대단한 일이 있을까? 위대한 범죄가 품고 있는 미스터리와 위험, 승리감과 비견할 만한 것을 과학과 철학, 종교가 과연 제시할 수 있을까? 이들이 제시하는 것이라고 해 봤자 어린아이의 장난감처럼 시시할 뿐이다. 당연히 다음 세대에는 우리의 지식이 어리석어 보이고, 지금은 진실이라고 인정된 사실이 오류로 판명 나고, 이 세상의 지혜가 어린아이의 수다로 격하될 것이 뻔하므로 나는 물리학과 형이상학을 논하는 것을 관두고 행동에 나서기로 결심했다. 그러나 일찍이 피 맛을 우연하게 보게 된 후로 그 즐거움을 계속 느끼고 싶어 안절부절못하는 지경이 되었다. 나는 열다섯 살에 사람을 죽었다. 뚜렷한 이유를 가지고 살인을 저지르는 과정에서 나는 기대 이상의 흥분을 맛보았다. 길가의 샘물을 마셨는데 알고 보니 불로장생의 영약인 것을 깨달았을 때의 느낌이랄까. 그 사건은 결국 발각되지 않았다. 아버지가 고용한 현장 감독이었던 잡 트레보스의 죽음은 지금까지도 풀리지 않은 수수께끼로 남아 있다. 그는 폴이라는 마을에 살았다. 펜잔스 근처의 고지대에 위치한 곳이었다. 그는 출근을 할 때면 늘 깎아지른 듯한 절벽을 따라 이어진 해안 수비대 길을 걸어왔다. 어느 날 생선을 손질하는 오두막 사이에서 트레보스가 어떤 남자에게 어머니에 대해 하는 말을 우연히 듣게 되었다. 물론 트레보스는 나를 보지 못했다. 그는 어머니가 행실이 바르지 않으며 아버지의 얼굴에 먹칠을 하고 있다고 했다.

그 순간 트레보스는 죽은 목숨이었다. 적당한 기회를 엿보았지만 기회는 좀처럼 생기지 않았다. 그렇게 몇 주가 흘렀다. 마침내 바다 안개가 자욱하게 낀 날 집으로 홀로 돌아가는 그와 마주쳤다. 벼랑 위로 난 길에는 우리 외에는 쥐새끼 한 마리 얼씬하지 않았다. 그는 덩치가 작은 남자였다. 반면 나는 어렸지만 덩치도 크고 힘도 셌다. 나는 그와 나란히 서서 오십 보 정도 걸었다. 그러다가 뒤처진 후 그의 목덜미를 낚아채 절벽 아래로 던져 버렸다. 순식간이었다. 그는 비명을 지르며 백팔십 미터 아래로 추락했다. 그 후 나는 곧장 들판을 가로질러 내륙으로 돌아왔고 어두워진 후 집으로 돌아갔다. 이 사건에 나는 물론 그 누구의 이름도 거론되지 않았다. 잡 트레보스의 죽음은 불운한 사고로 여겨졌다. 그는 술을 과하게 마시곤 했기 때문에 다들 그러려니 했던 것이다.

이 경험으로 나는 후회가 아니라 남자다움을 배웠다. 내가 한 행동에 희열을 느꼈다. 하지만 아무에게도 이 일에 대해 발설하지 않았다. 오로지 아내에게만 진실을 들려주었다. 시간은 계속 흐르고 나는 겉으로 보기에 평범한 삶을 살았다. 그러면서 나 자신에 대해 알게 되고 인간의 본성에 대한 지식도 점점 쌓여 갔다. 나는 단 한 차례도 열정에 사로잡힌 적이 없다. 철저하게 자제력을 발휘하도록 연습을 하면서 자신에 대해 알고 자신을 통제할 수 있을 때 비로소 힘을 얻을 수 있다는 사실을 깨달았다. 나는 일부러 금지된 열매를 따려고 애쓰지 않았다. 일부러 피하지도 않았다. 내 인생은 질서 정연

하게 착착 진행되었다. 나는 치과 의사라는 직업을 골랐다. 아버지의 지인들보다 더 흥미로운 사람들을 알고 지내기가 더 쉽기 때문이었다. 그런 후 나는 나 자신에 대해 마음을 활짝 열고 타인을 향해서는 마음을 닫아 버렸다.

이 시기에는 어머니와 이탈리아를 방문하는 일이 가장 큰 즐거움이었다. 이미 내 마음의 조국은 이탈리아였다. 나는 콘월과 그곳에 사는 삭막한 인간들이 증오스러웠다. 그 무렵 어떤 소녀가 심리적 변화의 순간을 겪으며 그때까지 잠자고 있던 본능에 눈을 떴다. 나는 좀처럼 손에 넣을 수 없는 행운을 만났다. 마치 한 핏줄에서 나온 듯한 그 소녀의 영혼을 알아보았다. 나는 나와 같은 눈으로 세상을 볼 수 있거나 우리의 삶에 둘러쳐진 구속에 경멸감을 느끼는 여성을 만날 수 있으리라 기대조차 하지 않았다. 하지만 제니 레드메인을 만난 후 내 생각은 바뀌었다. 나는 여자에 도무지 관심이 생기지 않았다. 어머니만이 예외였다. 어머니처럼 너그러운 마음씨와 인내심, 유머 감각, 관습을 무시할 줄 아는 태도를 지닌 여성은 어디에도 없었다.

그 무렵 어떤 남자와 우연히 친구가 되었다. 그가 바로 머리가 텅텅 빈 로버트 레드메인이었다. 레드메인은 어느 날 방학을 함께 지내게 되었다며 조카딸을 데리고 왔다. 나는 열일곱 살의 그 여학생에게 충격적일 정도로 아름다운 그리스 여신 같은 육체에, 장엄하면서 이교도처럼 단순한 정신이 결합되어 있다는 사실을 알아차렸다. 그녀

를 처음 만난 날부터, 남녀가 함께 수영을 해서 안 된다•는 삼촌을 비웃는 소리를 들은 시간 이후로 나는 그녀에게 사로잡혔다. 제니도 자신의 영혼이 저도 모르게 찾아 헤맸던 소중한 뭔가를 내게서 채울 수 있다는 사실을 곧 깨달았다. 그 사실을 알아차렸을 때 내가 느낀 승리의 기쁨은 설령 가늠할 수 없다 하더라도 얼마나 대단했을지 짐작할 수 있을 것이다.

정작 그녀는 자신이 어떤 영혼을 지녔는지 전혀 알지 못했다. 하지만 이제 그 청결하고 강렬한 하얀 빛은 오로지 나를 위해서만 은밀히 반짝였다. 우리는 서로를 이해한 순간부터 헌신적으로 사랑을 했다. 서로의 존재가 특별하다는 사실을 깨달은 우리는 점점 더 커 가기만 하는 경외심과 열정으로 서로를 끌어당겼다. 우리는 아마도 무지몽매한 펜잔스의 누구보다 가장 고귀하고, 가장 독창적이고, 아름답고, 두려움을 모르고, 뛰어난 한 쌍이었을 것이다. 사람들은 때로는 우리를 파우누스••와 요정을 보듯 바라보았다. 하지만 아무도 우리의 심장마저 우리의 경이로운 육체에 더할 나위 없이 잘 들어맞는 줄은 몰랐을 것이다. 불은 불을 불렀다. 제니가 졸업도 하기 전에 우리는 영원히 서로에게 헌신하기로 맹세했다.

그녀는 나의 어떤 모습에 매료되었을까? 선과 악을 동시에 가졌으며 본능적으로 그것을 넘어서는 지성과 범상치 않은 남성적 아름다움이 결합한 모습이었을 것이다. 그렇다면 나는 그녀에게서 어떤 점을 발견했을까? 그녀는 호기심이 넘치고 법을 철저하게 무시했고

어머니로부터 배운 편견이나 익숙한 선입견 같은 것이 전혀 없는 마음가짐의 소유자였다. 그 사실을 알아차린 순간 나는 하늘도 땅도 더럽힐 수 없는 귀한 보석을 발견한 듯한 기분이었다. 그녀의 지성은 순수 그 자체였고 어떤 미신에도 물들어 있지 않았다. 그녀는 경험에 목이 말라 있었다. 건전한 갈증이었다. 그녀는 나와 삶을 대하는 내 태도를 숭배했다. 우리는 매혹적인 여정을 통해 서로의 마음을 샅샅이 알아 가기 시작했다. 때때로 보통 사람들에게 실험을 하기도 했다. 우리는 둘 다 연극에 뛰어난 재능이 있다는 사실을 금세 알게 되었다.

사실 그녀는 연극 무대에 대한 야망을 불태우고 있었다. 그런데 죽은 그녀의 아버지조차 반대할 리 없을 일을 세 삼촌이 반대를 하고 나섰다. 그들은 그녀의 장래를 이래라저래라 해도 된다고 믿는 멍청이들이었다. 결국 이 세상은 화려한 여배우 한 명을 잃어버리고 말았다.

그녀는 내게 아무런 비밀도 없었다. 나는 그녀가 큰 재산을 상속받을 것이라는 사실을 알게 되었다. 하지만 그녀의 삼촌들의 명을 재촉한 건 돈을 챙기려는 욕심 따위가 결코 아니었다. 제니와 나는 살인마가 아니다. 물론 어린 시절 사람을 죽인 내 경험에 그녀가 매혹되었고 내 능력에 대한 경외심을 부추긴 것은 사실이다. 하지만 그 무렵 우리는 그녀의 친척들과 충돌이나 사건을 일으킬 생각이 전혀 없었다.

● **남녀가 함께 수영을 해서 안 된다** _ 유럽에서는 20세기 초까지 남녀가 함께 수영하는 것이 부도덕한 행동으로 치부되었다.

●● **파우누스** _ 고대 로마 신화에서 숲의 신. 남자의 얼굴과 염소 다리와 뿔이 있다.

내가 제니를 처음 만났을 때 그녀의 할아버지는 여전히 살아 있었다. 노인네의 재산이 어느 정도이고 어떻게 분배되는지 관심도 없었다. 우리는 서로를 사랑하기에도 바빴다. 돈에 대해 생각할 겨를도 없었다. 게다가 우리는 성품이 너무나 고귀한 탓에 그런 저급한 것 때문에 소중한 시간을 허비하고 싶지 않았다.

그렇게 일 년이 흘렀다. 제니는 나와 결혼을 해 내 쌍둥이별로서 새 인생을 시작할 준비를 갖추었다. 나도 그녀와 함께할 날만을 오매불망 기다렸다. 상황은 확실했다. 그녀의 할아버지가 죽었다. 그녀는 상당한 재산을 물려받는 상속녀가 되었다. 나도 펜딘 트리캐로 사의 소득을 이미 향유하고 있었다.

그때 전쟁이 발발했다. 그 전쟁으로 레드메인 삼 형제에게 사형을 내릴 수밖에 없는 일이 일어났다. 물론 그 죽음은 그들 자신의 멍청함과 미래를 내다보는 능력이 부족한 탓이었다. 이것들이야 이미 다 알고 있는 사실이었지만 나는 애국심에 들뜬 이 멍청이들 때문에 조국을 배신한 겁쟁이로 낙인이 찍혀 엄청난 수모를 겪어야만 했다. 나는 그들과 입씨름을 벌이지 않았다. 제니가 나보다 더 지독한 증오감과 뿌리 깊은 분노의 불길에 눈뜬 것만으로 충분했다. 그 멍청이들은 잠자는 괴물을 깨워 버렸다. 이제 우리의 처벌은 시간문제가 되었다.

내가 국가 간의 싸움에 끼어들어 썩어 가는 고기나 될 사람으로 보이는가! 자신의 무지에 눈이 멀어 자신보다 더 똑똑한 정치가에게

놀아난 영국을 독일과 전쟁을 하도록 몰아간 멍청한 삼류 인간들 때문에 찬란한 인생을 희생할 사람으로 보이느냐 말이다! 내가 비국교도 정부에 도살당할 양처럼 보이는가? 나의 어리석은 조국이 고집불통 노친네들을 믿으려 한다는 이유로 내가 독일놈들에게 난도질을 당해도 가만히 있어야 하는가? 어림도 없는 소리!

나는 오래전부터 전쟁이 벌어지리라는 사실을 알고 있었다. 나는 이미 제국에 그 사실을 경고했다가 그들에게 아픈 곳을 찔렸다는 이유로 박쥐와 두더지 새끼 같은 지배 세력에게 비난받는 사람들과 함께 연단에 오르기도 했다. 그렇다고 쓰레기 같은 외교관들을 구하기 위해 내 목숨을 희생해야 하는가? 영국 정부라고 알려진 근시안적인 위선자 무리들을 위해 말할 수 없는 극심한 고통을 겪고 목숨까지 빼앗겨야 하는가? 어림도 없는 소리!

나는 수천 명에 달하는 지성인들처럼 심장약으로 징집을 피했다. 나는 내 몸을 잘 지키며 집에서 편하게 지냈다. 전쟁중에 세운 공을 인정받아 무명용사의 무덤에 들어가는 대신 대영 제국의 훈장까지 탔다. 참으로 간단했다.

결혼하기도 전부터 제니는 나의 명예가 땅바닥에 떨어졌으니 이제 자신의 가족이 죽음을 면치 못하리라는 사실을 알고 있었다. 하지만 그들을 전쟁이 끝날 때까지 지켜보아야 했다. 어쩌면 로버트 레드메인은 독일군이 끝장을 내줄지도 몰랐다. 그자의 형인 벤디고도 소해정을 타고 전투에 참전했기 때문에 국가를 위해 목숨을 바칠 가능성

이 충분했다. 그동안 우리도 자원을 했다. 프린스타운 이끼 수집소에서 봉사한 기록이면 아무도 감히 뭐라고 할 수 없을 것이기 때문이었다.

앞으로 진행할 계획은 내 인생을 물들이기 시작했다. 나는 턱수염을 기르고 안경을 쓰고 병약한 사내 행세를 하기 시작했다. 전쟁이 끝난 후 세 사람을 죽일 생각이었다. 그래서 나는 사람들이 도저히 나와 범죄를 연관 지어 생각할 수 없을 방식으로 그들을 죽여 버리기로 결심했다. 우리 부부는 오랜 시간 공을 들여 계획을 짰다. 그도 그럴 것이 아내는 내 결심에 완전히 뜻을 같이해 주었기 때문이다. 그녀는 자신의 가족을 증오했다. 오로지 가족이기에 증오할 수 있는 방식으로 말이다. 그렇게 앙심을 품을 만한 근거도 있었다. 무엇보다 그녀가 받을 이만 파운드가 앨버트 레드메인의 신중함 때문에 묶여 있었기 때문이었다. 그 돈에 관심이 있었던 사람은 내가 아니라 제니였다. 하지만 그녀는 할아버지가 십만 파운드를 훨씬 뛰어넘는 재산을 온전히 삼촌들과 자신에게만 물려줬다며 그들이 모두 독신이므로 언젠가는 자신의 독차지가 될 거라고 말하곤 했다.

이 목적을 이루기 위해 우리는 전시 노동에 전력을 기울였다. 레드메인 삼 형제를 이 세상에서 없애 버리기 전에 그들의 신뢰와 호의를 얻어 두어야 했다. 우리는 프린스타운에서 부지런하고 소박하게 살았다. 실은 함께 일하는 사람들 사이에서 인정을 받기 위해 철저하게 계획된 행동이었다. 우리는 사람들에게 열정적으로 일을 하고

다트무어를 진심으로 사랑하는 모습을 보여 주었다. 하지만 그것도 우리가 만들어 낸 환상에 불과했다. 우리의 계획이 얼마나 철저했는지 예를 들어 보겠다. 전쟁이 끝난 후 우리는 황무지로 돌아가 그곳에 집을 짓기 시작했다. 말할 필요도 없겠지만 우리는 그 집에서 정말 살 생각은 눈곱만큼도 없었다. 하지만 씨앗은 이미 뿌려졌다. 우리를 지켜본 사람들은 누구나 우리를 헌신적이고 소박한 부부로 여기기 시작했다. 다시 말해 관습을 잘 지키고, 우물 안 개구리 같고, 순진해서 여러 사람들에게 두루두루 좋은 인상을 주는 부부가 된 것이다.

이제부터가 내가 벌인 범죄에 대한 고백이다. 본론으로 들어가기에 앞서 상황에 따라 어떻게 세부적인 상황을 수정하고 원래의 계획을 발전시켜 나갔는지 밝혀 두어야 한다. 지적이고 공명정대한 비평가라면 누구라도 상황에 따라 카멜레온처럼 변신하는 내 모습에서 위대함을 발견해 높이 평가해 줄 것이다. 왜냐하면 백에 아흔아홉은 우연의 장난에 발목이 잡혀 평생을 허우적거리지만 나는 오히려 그것에서 영감을 얻고 기회를 보기 때문이다. 나는 우연을 길들여 그 녀석의 입에 재갈을 물리고 목에 굴레를 채웠다. 우연은 원래의 내 계획을 대부분 바꿀 수밖에 없게 만들었다. 하지만 내 천재성을 바꿀 힘은 없었다. 우연은 노예가 되어 자신보다 더 우위에 있는 절대적인 목적을 위해 봉사하기 시작했다.

전쟁은 끝났지만 삼 형제는 모두 살아남았다. 나는 일단 한 번도 만

난 적이 없는 벤디고 레드메인과 앨버트 레드메인부터 죽인 후 옛 친구인 로버트 레드메인을 처리할 계획이었다. 하지만 도살장에 제 발로 온 어린양처럼 결정적인 순간에 나타나, 지금은 온 문명 세계가 알고 있는 천재적인 계획의 영감을 준 자가 바로 로버트 레드메인이었다.

나를 모욕하고 분노하게 만든 이자들을 처단할 시기가 점점 무르익어 갔다. 마침 벤디고 레드메인이 보트 관리인을 구한다는 광고를 냈고 나는 그 기회를 냉큼 받아들였다. 나는 아내를 남겨 두고 떠났다. 그리고 사우샘프턴에서 나타나 영국을 잘 아는 이탈리아인 선박기술자로 행세했다. 영국에서 일을 하고 싶으니 일자리를 달라고 했다. 어린 시절 바다는 내 놀이터였다. 게다가 모터보트를 다루는 솜씨는 완벽했다. 하지만 벤이 나를 채용할지는 의문이었다. 언제 어떻게 될지 모르는 취직자리로는 첫 번째 목표물에 접근하기가 힘들 것 같다는 생각이 들었다. 그래서 나는 외국에서 받은 추천장을 몇 장 위조해 벤디고에게 건넸다. 놀랍게도 그는 나를 채용했다. 그는 이탈리아인들을 좋아했다. 선원 시절 함께 배를 탔던 경험 덕분이었다. 게다가 그는 내가 제출한 추천장과 허위로 만든 참전 경력을 높이 평가했다. 나는 유월 말부터 일을 시작하기로 했다. 결정이 난 후 나는 흥미로운 정보를 안고 프린스타운으로 돌아갔다.

원래 내가 세운 계획을 굳이 말할 필요는 없을 것이다. 하지만 조금이라도 상상력이 있는 독자라면 짐작할 수 있을 것이다. 벤디고 레

드메인은 순식간에 내 영향력 안에 들어왔으므로 나는 그를 내 입맛대로 처리할 수 있게 되었다는 사실을 말이다. 그런데 크로우즈 네스트에 가기로 한 날까지 이 주도 남지 않은 상황에서 모든 상황이 바뀌었다. 로버트 레드메인이 등장한 것이다. 지금 생각하면 이상한 이야기지만, 그가 나타나기 바로 전날 아내의 설득 때문에 벤디고와의 약속을 어기기로 계획을 바꿀 뻔한 것이다. 그녀가 날 그렇게 설득한 것은 로버트가 페인턴에 산다는 사실을 알게 되었기 때문이었다. 로버트 레드메인과 내가 만날 위험은 즉, 로버트가 형을 찾아왔다가 나를 알아볼 가능성이 커서 도저히 위험을 감수할 수가 없었다. 그래서 로버트가 프린스타운에 나타나고 우리가 화해를 했을 무렵에는 '주제페 도리아'라는 신분을 거의 버리려고 생각했었다. 그런데 바로 그때 이 단계에서 가장 큰 공을 세운 제니는, 아! 헌신적이고 영광스러운 내 아내여, 오히려 매혹적인 기회가 나타났다는 사실을 서서히 깨닫기 시작했다. 우리는 세심하게 주의를 기울여 가며 세부적인 것까지 철저하게 계획을 세웠다. 어떤 위험도 무시하지 않았고 소홀히 하지 않았다.

로버트 레드메인은 언제 어느 때고 형을 찾아올 수 있었다. 그러므로 '도리아'라는 신분은 그다지 안전하지 않았다. 그자가 눈치라고는 약에 쓰려도 없는 인간이기는 했지만, 마음만 먹으면 누구나 속일 수 있는 시끄러운 멍청이였으니까, 이탈리아인 도리아로 변장한 나를 알아볼 가능성이 무척 컸다. 게다가 그 무렵 다시 화해를 했으

므로 그 가능성은 더더욱 무시할 수 없었다. 그런데 로버트 레드메인의 입을 영영 다물게 만든다면, 그자가 쥐도 새도 모르게 사라진다면 나는 안전하게 주제페 도리아가 되어 늙은 선원을 구워삶을 수 있지 않겠는가!

이렇게 결정을 내리자 벤디고보다 로버트 레드메인을 먼저 처리하는 것이 당연해 보였다. 그래서 로버트 레드메인을 죽이기 일주일 전 계획을 새로 짜기 시작했다.

계획의 첫 단계는 무엇이었을까? 내게 턱수염을 깎으라는 제니의 부탁이었다. 그녀는 계속해서 깎으라고 했고 로버트에게도 함께 설득해 달라고 부탁을 했다. 물론 로버트는 제니의 말을 따랐다. 나는 버티고 버티다가 로버트가 죽을 날 비로소 수염을 깎았다. 그날 아침 수염을 깎고 맨 얼굴로 나가자 두 사람은 내게 잘했다며 좋아했다. 사소한 준비 작업들도 순조롭게 진행되었다. 한번은 아내가 로버트의 오토바이를 얻어 타고 플리머스로 나갔다. 그녀는 삼촌이 쇼핑을 하는 동안 버넬의 무대 소품 가게에 들려 여성용 붉은 머리 가발을 샀다. 아내는 집에서 가발을 손을 봐 남성용으로 만들었다. 한편 나도 커다란 콧수염을 만들었다. 우리의 집주인인 제리 부인이 집을 비운 사이 박제 여우의 꼬리털을 모아서 만들었다. 여우 털의 색깔은 로버트 레드메인의 적갈색 콧수염과 똑같았다. 내게 필요한 것은 그게 다였다. 변장에 필요한 나머지 부분은 로버트가 채석장으로 직접 가지고 올 테니 말이다.

채석장에는 그 외에도 필요한 것들을 마련해 놓았다. 훗날의 일들까지 내다보아야 했기 때문이다. 로버트와 나는 차를 마신 후 그의 오토바이를 타고 작업을 하러 출발했다. 나는 손가방을 하나 들고 갔는데, 그 가방에는 주제페 도리아로 위장을 했을 때 입을 평범한 푸른색 서지 정장과 코트, 조끼, 바지, 뱃사람이 쓰는 모자가 들어 있었다. 그것 말고도 연장도 하나 챙겼다. 레드메인 삼 형제를 모두 죽인 자그마한 연장이었다. 생김새는 푸줏간에서 쓰는 도살용 도끼의 머리 부분을 닮았는데, 날이 예리하고 묵직했다. 사우샘프턴의 대장간에서 직접 만들었는데, 지금은 코모 호수 바닥에 잠들어 있다. 내가 들고 간 가방은 그 전에도 몇 번이나 위스키와 잔을 넣어서 채석장에 들고 갔기 때문에 로버트는 내가 가방을 들고 있다고 새삼스럽게 보지 않았다.

우리는 포긴터로 출발했다. 도착했을 때는 여전히 대낮이었다. 나는 채석장을 미리 살펴서 로버트 레드메인의 묏자리를 정했다. 지금도 시체는 그 빙퇴석 아래에 있을 것이다. 그날 저녁 내가 입은 옷가지와 함께 말이다. 빙퇴석은 절벽에서 바닥까지 부채꼴 형태로 퍼져 있다. 절벽 아래 오른쪽으로는 화강암 바위층에서 늘 물이 떨어진다. 이곳을 육십 센티미터가량 파 보면 시체가 나올 것이다. 절벽에서 떨어진 물이 완만한 경사를 타고 흐를 때 흙이 쓸려 내려가므로 그 위에 덮인 화강암 모래와 자갈은 매일같이 늘어날 것이다. 흐르는 물이 범행의 흔적을 순식간에 씻어 버렸을 것이다. 그러므로 이

렇게 자세하게 가르쳐 줘도 찾기 힘들지 모른다.

현장에 도착하자마자 로버트는 채석장의 못에서 수영을 하겠다고 했다. 로버트에게 그런 습관을 들인 사람은 바로 나였다. 우리는 옷을 벗고 십 분 정도 함께 수영을 했다. 이 부분이 얼마나 중요한지 당신도 알아차렸을 것이다. 아무런 얼룩도 없이 깨끗한 상태로 그의 옷을 손에 넣지 않았는가. 수영을 마치고 현장의 쉼터로 돌아갈 때 알몸인 그를 손도끼로 내려쳤다. 치명적인 무기로 한 차례 내려치자 그대로 뻗었다. 그가 등을 돌리고 있을 때였다. 손도끼는 두개골을 버터처럼 갈랐다. 목을 베기도 전에 숨이 끊어졌다. 나는 발가벗은 채 구두만 신고 서둘러 삽을 챙겨 빙퇴석으로 갔다.

나는 떨어지는 물 아래에 시체를 묻을 구덩이를 팠다. 땅이 무른 곳을 육십 센티미터가량 팠는데, 그 정도면 충분했다. 구덩이를 다 판 후 시체와 내 옷을 가져와 구덩이에 넣고 흙을 덮었다. 나머지는 위에서 영원히 떨어질 물이 알아서 처리하도록 내버려 두었다. 이튿날 채석장을 수색했다고 해도 그 지점에서 수상한 점을 찾아내려면 관찰력이 여간 예리하지 않으면 안 되었을 것이다. 그래도 수색이 벌어지는 일만은 피하고 싶었다. 그래서 수색을 막기 위해 후속 조치를 취해 놓았다. 피터 건스라면 그 와중에도 단서를 찾았을지 모른다. 하지만 마크 브렌던을 속이기는 식은 죽 먹기였다.

마침내 살인이 성립되기 위해 가장 중요한 요소인 시체를 무사히 처리했다. 남은 작업은 진짜 같은 가짜 증거들을 만드는 일이었는데,

덕분에 우리의 범행은 끝까지 발각되지 않았다. 나는 레드메인의 옷을 입었다. 우리는 체격이 비슷했다. 옷을 입으니 군데군데 헐겁기도 했지만 대체로 잘 맞았다. 가발을 쓰고 콧수염을 달고 로버트의 모자를 썼다. 모자는 내게 너무 컸지만 중요하지 않았다. 다음으로 자루를 가져와 피를 묻히고 가방과 고사리와 쓰레기를 넣어 속을 채웠다. 그 작업을 끝낸 후 자루를 오토바이의 뒤에 맸다. 거추장스러웠지만 꼭 필요한 의혹을 불러일으키기 위해 어쩔 수 없었다.

포긴터 채석장에는 나나 레드메인의 흔적은 아무것도 없었다. 황혼이 짙은 어둠으로 바뀌자 나는 길을 떠났다. 먼저 투 브리지스를 통과해 포스트브리지와 애시버턴을 지나 브릭섬으로 향했다. 그동안 딱 한 번 귀찮은 일이 있었다. 브릭섬 해안 수비대 건물 옆길을 가로질러 철책이 설치되어 있었던 것이다. 나는 오토바이를 들어서 철책을 넘은 후 베리 헤드 절벽으로 올라갔다. 운명은 아주 사소한 부분에까지 내 편이었다. 그도 그럴 것이 야밤에도 가는 곳마다 목격자가 있었다. 심지어는 목격자를 기대하는 것은 고사하고 바라지도 못할 곳에서조차도 그랬다. 가령 베리 헤드 등대 근처에서는 마침 등대에서 내려와 의사를 부르러 가는 소년을 지나쳤다. 이렇게 내가 가는 길은 계속 이어졌고 긴 여정의 단계마다 정확하게 내가 목격되었다. 나는 절벽 꼭대기에 도착한 후 자루를 비웠다. 고사리며 쓰레기는 내버리고 가방을 오토바이에 묶은 후 피가 묻은 자루는 토끼 굴에 쑤셔 넣었다. 그렇게 해 두면 사람들이 찾아내지 못할 리가 없었다.

마침내 나는 로버트 레드메인이 페인턴에서 묵고 있는 하숙집으로 출발했다. 안주인에게는 그날 밤 돌아간다는 전보를 미리 보내 두었다. 집의 위치와 자세한 사항은 레드메인에게 직접 들어 두었다. 그래서 그가 오토바이를 어디에 넣어 두는지 알고 있었다. 오토바이를 창고에 세운 후 레드메인의 현관 열쇠로 집으로 들어갔다. 그때가 새벽 3시였다. 그를 위해 차려 놓은 식사를 배불리 먹었다. 그 집에는 안주인인 과부와 하인뿐이었는데, 모두 깊은 잠에 빠져 있었다.

나는 감히 로버트의 침실을 찾아 들어갈 생각은 하지 않았다. 정확한 위치를 몰랐기 때문이다. 대신 서지 정장으로 갈아입고 모자와 갈색 구두를 착용해 도리아로 변신을 했다. 레드메인의 옷과 트위드 정장, 튀는 조끼, 부츠, 양말은 내 가방에 넣었다. 물론 가발과 콧수염, 손도끼를 챙기는 것도 잊지 않았다. 마침내 4시 직후에 나는 그곳을 떠났다. 까무잡잡한 피부에 깨끗이 면도를 한 불멸의 사나이 뱃사람 주제페 도리아가 되어서 말이다.

서서히 동이 터 오고 있었지만 페인턴은 여전히 잠들어 있었다. 해수욕장까지 팔백 미터쯤 남았을까. 그때 처음으로 경찰 한 명이 나를 지나갔다. 토키에서 아름다운 일출을 감상한 후 뉴턴 애벗까지 걸어갔다. 그곳에 도착하니 6시도 되지 않았다. 나는 기차역에서 아침을 먹고 다트머스행 기차를 탔다. 정오 전에 크로우즈 네스트에 닿아 벤디고 레드메인과 인사를 나누었다. 그의 인상은 제니에게 들은 그대로였다. 나는 그와 금세 친해져 좋은 대접을 받을 수 있을 것

같았다.

하지만 그 무렵, 그는 내게 신경을 쓸 여유가 없었다. 조카로부터 다트무어에서 벌어진 희한한 살인 사건에 대한 소식을 들었기 때문이다. 말할 필요도 없이 그때 나는 온통 두고 온 아내 생각뿐이었다. 어서 아내와 연락을 하고 싶었다. 아주 잠깐 동안의 이별이었지만 무척 힘들었다. 결혼을 한 이후로 내가 사우샘프턴에 갈 때를 제외하면 우리는 한 번도 떨어진 적이 없었기 때문이다. 우리의 영혼은 언제나 하나로 이어져 있었다.

런던 경찰청에서 온 사내를 사건에 끌어들이자는 것은 절묘한 발상이었다. 프린스타운에서 휴가를 보내는 중이라고 알려진 마크 브렌던이 아내의 눈에 띄었다. 제니는 그자의 쓸모를 정확히 평가했다. 여자 특유의 감으로 그가 수사에 적극적으로 협력하면 우리가 거짓으로 꾸민 사건이 훨씬 그럴듯하게 보이리라고 판단한 것이다. 제니는 천재성을 십분 발휘해 브렌던에게 사건을 조사해 달라고 부탁해서 상황을 꼬이게 만들었고 더불어 그의 열정적인 도움도 얻었다. 그녀의 계략은 주효했다. 무엇보다 그 불쌍한 자식이 제니의 그물에 기꺼이 걸려들었기 때문이다. 그는 이어지는 여러 사건에서 수도 없이 반가운 도움을 주었다. 무능력하기도 하려니와 태만하기까지 했으니 말이다. 그나마 있는 재능도 남편을 잃은 내 아내를 향해 솟구치는 사랑 때문에 제대로 발휘할 수 없었다. 시간이 갈수록 브렌던은 우리의 계획에 놀랍도록 도움이 되는 존재가 되었다. 하지만 행

운은 바보를 좋아하는 법. 마지막에 가서는 그 멍청함이 오히려 그를 도운 것이다. 그리안테 산에서 그자를 죽이려고 했을 때 나는 성공한 줄 알았다. 하지만 생각지도 못한 재치를 발휘하더니 결국에는 피할 수 없는 재앙의 씨앗마저 저도 모르게 뿌리고 말았다.

벤디고 레드메인이 받은 편지는 그의 동생이 플리머스에서 부친 것으로 되어 있었다. 하지만 실은 제니가 크로우즈 네스트에 가는 길에 보낸 것이었다. 우리는 일주일 전에 편지를 함께 썼다. 물론 그 전에 로버트의 평범한 필체를 연습해 두었다. 이 위장 공작을 나는 중요하게 여겼는데, 실제 수사 과정에서도 그랬다. 그도 그럴 것이 수사 방향이 항구에 집중되면서 로버트 레드메인의 프랑스 혹은 스페인 도주설이 자연스럽게 튀어나왔기 때문이다.

이렇게 첫 번째 계획이 무사히 끝이 났다. 마이클 펜딘의 죽음은 절대적인 증거만 없다뿐이지 모든 사실을 증명할 수 있는 확고한 사실로 인정되었다. 한편 로버트 레드메인의 도주는 경찰이 도저히 풀 수 없는 문제가 되었다. 마이클 펜딘은 실제로 죽은 것이나 다름이 없었다. 원래 내 계획에도 그는 다시 나타나지 않게 되어 있었기 때문이다. 이 상황에서 어차피 나타날 수도 없었다. 하지만 미리 만들어 둔 도리아가 있었다. 나는 새로운 인물이 되어 열정적이고 유쾌한 역할을 시작할 참이었다. 연출가와 배우의 일인이역이었다. 도리아에게 어떤 성격을 부여할지 처음부터 완전하게 계획을 세워 둔 것은 아니었다. 하지만 위대한 배우들처럼 나도 시간이 흐르면서 도리

아라는 인물에 살을 점점 붙여 나갔다. 어느새 나는 내가 창조한 인물이 되어 생각하고 살고 있다는 사실을 문득 깨달았다. 펜딘은 그늘 속 그림자처럼 사라져 버렸다.

나는 한껏 의지력을 발휘해 과거를 마음속에서 지워 버렸다. 대신 새로운 과거를 만들어서 사실인 양 믿었다. 아내가 내 곁으로 돌아왔을 때 나는 그녀와 두 번째로 사랑에 빠졌다. 그 무렵 나는 정신적으로나 육체적으로나 완벽하게 주제페 도리아로 변신을 한 상태였다. 제니가 크로우즈 네스트에 온 뒤 처음으로 둘만 안심하고 만날 수 있게 되어 그녀가 나를 안으며 입을 맞출 때는 너무나 익숙한 느낌에 충격을 받기까지 했다!

나의 천재성에 제니의 천재성이 반응이라도 하듯 그녀는 영국인 남편의 절정에 다다른 이탈리아인 연기에 금세 적응을 했다. 나는 아내의 눈으로 봤을 때도 완전히 다른 사람이 되어 있었다. 하지만 제니는 뛰어난 재능을 타고난 여자들이나 할 수 있는, 상상한 대로 믿는 놀라운 능력을 발휘해 나를 마이클 펜딘과는 완전히 다른 존재로 인식하기 시작했다. 원래의 모습보다 감정이 더 풍부하고 드문 남성형으로 말이다. 나를 완전히 다른 사람이라 믿으려는 노력 덕분에 우리는 처음 만나 서로를 알아 가는 한 쌍의 남녀의 모습을 완벽하게 재현할 수 있었다. 그 모습에 벤디고 레드메인이 감쪽같이 속아 넘어가고 브렌던이 헛다리를 짚은 것은 두말할 필요가 없다.

모두를 속이는 과정에서 우리가 얼마나 독특한 쾌감과 즐거움을 느

꼈는지 필설로 다 밝힐 수 없다. 우리는 반년 정도 이런 시간을 보낸 후 벤디고 레드메인을 죽이기로 했다. 우리는 그동안 세부적인 계획을 더욱 정교하게 다듬으며 벤의 최후를 위해 마련한 무대에 로버트를 어떻게 등장시키면 좋을지 고민을 했다. 그런데 그 무렵 마크 브렌던이 우리를 불쑥 찾아왔다. 그는 마침 딱 좋을 때 왔는데, 두 눈은 순진한 사랑으로 반짝이고 있었다. 보아하니 그가 한 번 더 우리를 도와서 미력한 능력이나마 시시각각 다가오는 바다 늑대의 죽음을 위해 기꺼이 빌려 줄 것 같았다. 그 무렵 우리는 브렌던이라는 남자에 대해서 속속들이 파악했기 때문이었다. 게다가 이런 사건일수록 꼭 필요한 사실적인 분위기를 물씬 풍기는 데 그가 쓸모가 있을 거라는 것에 생각이 미쳤다.
우리는 재빨리 행동을 개시해야 했다. 어찌나 다급하게 시작했던지 계획을 마지막까지 마무리하기도 전에 첫 단계에 착수하고 말았다. 하지만 크로우즈 네스트의 지리적 조건과 칠흑 같았던 기나긴 겨울밤, 온갖 정황들이 한데 어우러져 한 치의 오차도 없이 계획을 밀어붙이도록 뒷받침을 해 주었다. 나는 로버트 레드메인을 되살렸다. 시간적 여유가 있어서 좀 더 세심하게 위장을 할 수 있었다면 굳이 레드메인의 옷을 다시 입지는 않았을 것이다. 하지만 세심하게 신경을 쓰지 못한 상황조차 우리 계획에는 도움이 되었다. 게다가 브렌던을 속이는 데도 도움이 되었다. 폭풍우가 몰아치는 밤 느닷없이 나타난 망령 앞에서 그는 그 상황이 과연 말이 되는지 이런 일이 일

어날 가능성이 얼마나 되는지 따져 볼 생각조차 하지 않았다. 바람이 휘몰아치는 달밤에 그는 붉은 머리에 붉은 콧수염을 기르고 청동 단추가 달린 조끼를 입은 로버트 레드메인과 딱 마주쳤다. 꿈에도 생각하지 못했던 상황에 처한 그는 의심과 갖가지 감정에 휩쓸려 세부적인 것에 의문을 제시할 능력마저 상실하고 말았다.

분명히 그는 제니를 생각하고 있었을 것이다. 마음속 깊이 불안감을 감춘 채 이 고독하고 사랑스러운 여인에게 어떻게 접근하면 좋을지 머리를 굴리고 있었겠지. 그도 내 매력을 알아차리지 않을 수 없었다. 열정으로 가득 찬 그의 가슴에 치고 들어온 질투의 감정을 그도 나도 확실히 느끼고 있었다. 이런 생각에 열중해 있는 브렌던 앞에 살인자 레드메인이 불쑥 나타난 것이다. 그 순간 브렌던의 머리에는 크로우즈 네스트의 사람들에 대한 의심이 떠올랐을 것이다. 다음 날 아침 그가 무슨 조치를 취할 생각이었는지 나는 알 길이 없다. 그래서 우리는 거꾸로 그의 행동을 조종하기로 했다. 블랙우드 근처에서 그에게 처음 모습을 드러냄과 동시에 나의 로맨틱 코미디는 제2막이 올랐다. 나는 그곳에 잠시 더 있다가 스트레트 농장에 몰래 숨어들었다. 그때가 새벽 한두 시경이었다. 나는 주인이 깨도록 만든 후에 음식을 훔치는 모습을 보여 주고 재빨리 그곳에서 도망쳤다.

그로부터 몇 시간 후 주제페 도리아가 그 농장에 우유를 가지러 간다. 그는 간밤에 도둑이 들었다는 이야기를 듣고 크로우즈 네스트로 돌아와 도둑의 인상착의를 들려준다. 벤은 이야기를 듣자마자 동생이

라는 사실을 알아차린다. 아니면 제니가 삼촌이라는 사실을 알아차린다. 로버트 레드메인이 살의를 번득이며 무대에 재등장한 것이다!

뒤이어 벌어지는 일들은 대부분 잘 알려져 있어서 이곳에 또 적을 필요는 없다. 다만 로버트가 제니와 도리아를 제외한 누구에게도 모습을 드러내지 않았다는 사실은 주목할 만하다. 다시 말해 그는 다시는 나타나지 않았다. 로버트 레드메인의 변장은 당분간 작별을 고했다. 그리고 몇 달이 흐른 후 그리안테 산 속에서 또 한번 불쑥 모습을 드러냈다. 하지만 그때는 실제로 나타나지 않았다. 그가 눈을 시퍼렇게 뜨고 살아 있으며 아주 가까운 곳에 있다는 인상을 심어주기에는 나와 제니의 설명만으로도 충분했다. 그 틈을 타 로버트 레드메인은 또다시 현실에서 허공 속으로 모습을 감추었다. '가짜'는 다시 잠에 빠져들었다. 포긴터에 잠들어 있는 진짜처럼 깊은 잠에.

사실 벤디고를 죽인 방식은 실제 계획과 많이 달랐다. 우연이 다시 한번 우리에게 미소를 보낸 덕분에 우리는 처음 계획보다 더 훌륭하게 실행할 수 있었다.

아무도 흉내 낼 수 없는 재능을 지닌 제니, 크로우즈 네스트에서 세심한 부분까지 상황을 장악하던 제니의 모습을 떠올리면 지금도 눈물이 앞을 가린다. 그녀는 모든 일을 정교하면서도 교묘하게 처리했다. 새끼 고양이처럼 섬세하고 고양이처럼 민첩하고 자신만만하게 계획을 밀고 나갔다. 그녀는 두 남자를 어린아이처럼 손아귀에 넣고 농락했다. 오! 고귀한 불사조 같은 여인이여! 당신과 나의 육체에는

똑같은 영혼이 깃들어 있소. 당신이 당신의 아버지에게서, 내가 내 어머니에게서 물려받은 영혼은 우리의 숙원을 가로막는 장애물을 하나씩 넘어서면서 더욱 더 활활 불타오르는 태고의 불이라오!

이미 말했다시피 우리는 우연하게 벌어진 상황 때문에 계획의 가장 핵심적인 부분을 완전히 뜯어고쳐야 했다. 원래는 로버트 레드메인이 형을 만나러 온 밤에 꼭대기 방에서 벤디고를 죽이고 시체는 제니의 도움을 받아 날이 밝기 전에 처리할 생각이었다. 하지만 벤디고는 제 손으로 자신을 목숨을 하루 더 연장했다. 그의 죽음이 예정된 날 밤 제니에 대한 이야기를 나누면서 나는 거북해하는 눈빛과 초조해하는 기색에서 누가 꼭대기 방에 모습을 숨기고 있다는 사실을 알아차렸기 때문이다.

그곳에는 몸을 숨길 만한 곳은 딱 한 군데뿐이었다. 그곳에 숨어 있을 만한 사람도 한 사람뿐이었다. 나는 그 사실을 알아차린 티를 전혀 내지 않았다. 어차피 브렌던이 제 발로 나타난 것도 아니니 말이다. 하지만 그가 숨어 있다는 사실을 알게 되자 벽장에 뚫린 작은 바람구멍들 사이로 순식간에 불빛이 휙 지나가는 모습을 놓치지 않았다. 불청객의 등장으로 계획을 수정해야 했지만 결과적으로는 득이 되었다. 기다리던 로버트가 아니라 내가 나타나 벤디고를 집에서 죽이는 방식은 다음 날 밤에 내가 이룬 뛰어난 위업에 비교하면 허접스럽기 이를 데 없지 않은가.

나는 그 늙은 선원을 문제의 동굴로 데리고 갔다. 그곳은 브렌던을

내려다 준 후에 미리 와서 등불을 밝혀 둔 상태였다. 나는 벤디고의 뒤를 따라 배에서 내렸다. 벤디고의 발이 해변에 닿자마자 손도끼를 휘둘렀다. 그는 즉사했고 오 분 후 그의 피가 모래를 적셨다. 나는 조약돌이 깔린 곳에 구덩이를 파기 시작했다. 삼십 분 후 밀물이 밀려 들어오는 지점이었다. 이십 분도 되지 않아 벤디고 레드메인은 모래와 조약돌로 뒤덮인 해변 한쪽 구십 센티미터 깊이의 구덩이에 묻혔다. 그 직후 나는 크로우즈 네스트로 돌아갔다. 그곳에서 형제가 상봉을 했으며 내게 나중에 오라고 했다는 말을 브렌던에게 전했다. 나는 담배를 한두 대 피운 후 자그마한 선착장으로 내려가 배에 실려 있던 삽을 보트 창고로 옮겨 놓았다. 그리고 자루를 하나 들고 다시 배를 띄웠다.

동굴에 도착해 보니 늙은 바다 늑대가 잠들어 있는 지점은 벌써 파도가 넘실대고 있었다. 나는 배에서 내려 자루에 돌과 모래를 반쯤 담았다. 그리고 신중하게 핏방울을 떨어뜨린 후 돌계단과 터널을 지나갔다. 그러면서 그 후로 며칠 동안 있지도 않는 증거를 찾기 위해 혈안이 될 경찰들을 위해 그럴싸하게 흔적을 만들어 놓는 것을 잊지 않았다. 절벽 중간의 평지에 도착한 후 자루에 든 것을 절벽 아래로 버렸다. 그곳에는 잊지 않고 신고 갔던 레드메인의 부츠 자국을 선명하게 한두 개 남겼다. 마크는 그 구두 자국을 기억하고 있을 것이 틀림없었다. 포긴터에서 그 자국을 발견해 본까지 떠 두었기 때문이다.

이런 공작을 마친 후 재빨리 터널을 내려가 보트 창고로 되돌아갔다. 가져갔던 자루를 안전한 곳에 잘 넣어 두고 장화를 갈아 신고 마크를 찾아가 동굴의 상황을 전했다. 서둘러 동굴로 가서 주변을 뒤졌지만 아무것도 찾아내지 못한데다 벤디고의 실종과 로버트의 재등장 수수께끼를 속 시원하게 풀어 줄 만한 해답을 찾지 못한 전 과정은 모두 알고 있는 사실이므로 여기서 거론하지는 않겠다. 하지만 자그마한 해변에서 당황해 어쩔 줄 모르는 경찰들을 보면서 속으로 얼마나 쾌재를 불렀는지 모른다. 그도 그럴 것이 경찰들의 발 일 미터 아래에 벤디고 레드메인이 묻혀 있다는 사실을 나는 알고 있었으니 말이다.

또다시 나는 자랑스러운 아내와 잠시 생이별을 해야 했다. 얼마 후 나는 그녀에게 이탈리아를 소개하는 기쁨을 만끽했다. 게다가 그곳에는 마지막 먹잇감이 우리를 기다리고 있었다. 하지만 우리는 한동안 계획을 재개하지 않기로 했다. 물론 제니의 마지막 남은 삼촌도 몇 달 동안 찾아가지 않았다. 그동안 우리는 두 번째 신혼여행을 즐겼다. 앨버트 레드메인과 지독한 멍청이 마르코에게 결혼 사실을 알렸다. 제니는 특히 마크 브렌던에게 웨딩 케이크 한 조각을 보내자고 했다. 그렇게 해서 우리의 결혼을 뼈저리게 실감하도록 말이다. 우리는 런던 경찰청의 자존심이라는 이 형사에게 아직 볼일이 끝나지 않았다.

이제 우리의 무대는 이탈리아로 바뀌었다. 사실 나는 성년이 되었을

무렵 나폴리에서 비극적인 사고를 당했다. 그 사고를 둘러싼 비밀을 아는 이는 나와 어머니밖에 없었다. 그런 이유로 어머니의 조국에 얼마간 원한을 품고 있었다. 하지만 그 사실로 인해 남부 유럽을 향한 내 사랑이 희미해진 적은 단 한 번도 없었다. 제니와 나는 목적을 끝까지 완수하면 남은 인생을 그곳에서 평화롭고 품위 있게 보내자고 다짐하곤 했다.

피터 건스에게 남긴 유품

나를 중상모략으로 모욕해 명을 재촉한 자들을 차례로 처단하면서 혹시라도 후회와 비슷한 감정을 느낀 적이 있다면 바로 코모 호숫가에서 앨버트 레드메인과 함께 지냈던 시간일 것이다. 호수는 밸이 꼴릴 정도로 감상적이었고 주위 환경도 무척 차분하여 마치 어린아이 같은 평화로움과 선의가 느껴졌다. 그랬기 때문에 아무것도 모르는 늙은 애서가의 목을 베어야 한다는 생각에 하마터면 진심으로 후회를 느낄 뻔했다. 하지만 이런 내 생각을 알자마자 제니는 나를 비웃었다. 덕분에 이런 감상에서 금세 빠져나올 수 있었다.

“그런 상냥함과 감상은 나를 위해 아껴 둬요. 나는 그런 감상 따위에 빠지지 않을 거예요.”

제니는 이렇게 말했다.

우리는 앨버트 레드메인을 쥐도 새도 모르게 천 번도 더 죽일 수 있었다. 이 사실만 생각하면 나의 이야기에서 가장 원통한 대목을 떠올리지 않을 수 없다. 하지만 이렇게 계획을 미룰 수밖에 없었던 이유가 있었다. 그가 소장하고 있는 책들의 가격이 얼마인지 미리 알아 둬야 했던 것이다. 넋 놓고 있다가 늙은이가 죽은 후 비르길리오 포지에게 죄다 빼앗길 수도 있지 않은가. 그의 장서 중에서 특히 보르지아 가문을 다룬 중세 역사서는 모든 거사를 무사히 마치고 평온한 생활로 돌아가면 꼭 갖고 싶었다.

우리는 그때까지 위험천만한 까다로운 일들을 성공적으로 완수했다. 그런데 어린아이라도 할 수 있는 일에서 그만 일을 그르치고 말았다. 우리는 제니가 아니라 나 때문에 파멸하고 말았다. 현실적인 아내의 말대로 나는 아내가 앨버트의 유언장을 찾아낼 때까지 기다렸다. 마침내 제니는 유언장을 찾아냈다. 유언장의 내용은 만족스러웠다. 그 사실을 확인했을 때 나는 우리의 계획을 속행해야 했다. 내일의 암탉보다 오늘의 달걀이 낫다는 사실을 떠올렸어야 했다. 그런데 바로 그때 예술가의 자존심이 슬그머니 끼어들었다. 나의 허영심과 탁월함을 뽐내고 싶은 오만함이 순조롭게 절정으로 치닫고 있는 계획을 뒤죽박죽으로 만들어 버린 것이다. 사실 제니와 나는 둘 다 예술가이다. 하지만 그녀의 탁월함은 내가 감히 따라갈 수조차 없다. 가차 없고 솔직한 모습은 얼마나 대단했는지! 쓸모없이 기울이

는 노력을 그녀는 얼마나 조롱하고 비웃었던가! 그녀의 몸과 마음은 가장 찬란하게 빛났던 시기의 그리스 예술 작품과도 같았다. 최고 수준의 그리스 미술품의 엄격함과 영혼이 깃들지 않은 단순함, 완벽함이 그녀를 통해 흠 잡을 데 없이 구현된 것 같았다. 만약 내가 제니의 말을 들었더라면 우리는 지금쯤 우리가 거둔 과실을 음미하며 행복하게 살고 있었을 것이다.

제니는 비록 자신의 뜻을 관철시키지 못했지만 패배의 순간 마지막으로 명예롭게 나를 대신해 최후를 맞았다. 그리하여 나는 아직도 이렇게 목숨을 부지하고 있다. 제니는 끝까지 내게 충실하며 자신을 희생했지만 정작 최후의 순간에 그녀 없는 내 삶은 무엇으로도 보상할 수 없다는 사실을 미처 떠올리지 못했다. 제니가 이 세상을 떠난 지금 나 또한 언제든지 이 세상을 버릴 준비가 되어 있다. 우리의 미래에 대해 나는 굳게 믿고 있다. 제니와 나는 똑같은 대접을 받을 자격이 있으므로 신이 설령 우리를 지옥으로 보내고 싶어 하더라도 우리는 영원히 천국에서 함께 지낼 것이라고 말이다. 감히 누가 함부로 선과 악을 결정할 수 있는가? '이 세상에는 선한 것도 악한 것도 없다. 무릇 모든 것은 생각하기 나름이다.'• 전지전능한 신이 인간의 행위에 대해 어떻게 생각할지는 오직 신만이 알 따름이다. 조물주가 호랑이를 풀이나 뜯게 만들었겠는가? 독수리를 꿀이나 빨게 만들었겠는가 말이다!

아내는 나보다 더 냉철한 판단력과 명확한 통찰력을 바탕으로 미국

• **이 세상에는 선한 것도 악한 것도 없다. 무릇 모든 것은 생각하기 나름이다.** _ 셰익스피어의 희곡 『햄릿』의 2막 2장에서 햄릿이 로젠크란츠와 길덴스턴과 대화를 나누면서 한 대사.

에서 온 피터 건스를 경계하기 시작했다. 제니는 풍채 좋은 피터 건스를 처음 본 순간 그의 사고력은 브렌던과는 차원이 다르다는 사실을 간파했다. 그는 우리가 길들여 놓은 불쌍한 마르코의 미국 판이 결코 아니었다. 피터 건스가 우리를 기다리게 해 놓고 예정보다 일찍 코모에 나타났다는 사실만으로도 제니는 앞으로 무슨 계획을 세우든 그의 움직임을 가장 중요하게 고려해야 할 요소라고 판단했다. 반면 나는 그에게 묵직한 존재감을 느낀 후 그와의 대결을 손꼽아 기다리게 되었다. 나의 창의력과 뛰어난 능력에 대적할 만한 적수가 마침내 등장했는데 왜 아니겠는가?

피에트로가 회의적인 태도를 지녔다는 사실은 이내 명백해졌다. 분명히 그런 끔찍한 직업에 종사하다 보니 그렇게 변하게 되었을 것이다. 그의 이름을 '베드로'가 아니라 '도마'로 붙이는 편이 더 나았을 것이다.• 무엇 하나도 그냥 당연하게 받아들이지 않는 그의 모습에 우리는 당황하지 않을 수 없었다. 그가 제멋대로 이름 붙인 자신의 '제삼의 눈'은 일종의 마음의 눈인데, 평범한 인간이라면 절대 볼 수 없는 것들을 꿰뚫어 보았다. 피터 건스라면 범죄에 정통한 대단한 범죄자가 될 수도 있었을 것이다.

예술가의 자만이라는 이 그릇되고 어리석은 우월감과 잡히지 않을 것이라는 자신감이 결국 그때까지의 성공을 허사로 만들어 버렸다. 자만하지 않았다면 피터 건스가 이곳에 왔을 때 친구의 목숨을 살릴 방도를 찾기도 전에 아예 그가 죽었다는 소식을 접하도록 계획을 진

행했을 것이다. 피터 건스가 도착하기 전에 앨버트가 코모 호수의 차가운 물속에 잠들어 있었다면 피터 같은 자 스무 명이 한꺼번에 나선다고 해도 그를 찾아낼 수 없었으리라. 내가 결심한 이상 어떤 자도 레드메인 형제들의 목숨을 구할 수는 없었다. 앨버트의 죽음 직후에 벌어진 일은 나의 실수였다. 이번에도 건스는 내 예상보다 훨씬 빨리 움직였고 나는 늦게서야 뼈에 사무칠 진실과 대면하게 되었다. 사실 그는 내 정체를 다 밝혔다. 영국으로 돌아간 후 두더지처럼 내 과거사를 모두 파헤쳤다. 그랬으니 당연히 로버트 레드메인이 마이클 펜딘을 죽인 것이라 아니라 실제로는 반대의 일이 벌어졌다는 논리적 결론에 다다랐던 것이다. 이런 확신에 이르자 그는 사건을 재구성했고 어둠에 휩싸인 사건에 한 줄기 빛을 던져 줄 사실을 깨달았다. 그렇다고 해도 주제페 도리아가 죽은 것으로 알려진 콘월 출신의 남자라는 사실을 깨닫기까지 엄청난 양의 영감의 불꽃이 필요했을 것이다.

그 정도 수준이면 대단한 남자다. 포크와 나이프로 제 무덤을 파는 탐욕스러운 인간인데다 신사답게 담배를 피우지 않고 코담배를 킁킁거리는 혐오스러운 버릇이 있기는 해도 나는 그에게 무한한 존경심을 품고 있다. 저녁 어스름이 내려앉는 시간에 내 수법을 역으로 이용해 가짜 '로버트 레드메인'을 내세운 작은 연극에도 칭찬을 아끼지 않을 수 없다. 상상조차 하지 못한 돌발 상황이었기에 나는 완벽하게 응수할 기회를 그만 놓치고 말았다. 유령을 봤다는 말은 위

• **그의 이름을 '베드로'가 아니라 '도마'로 붙이는 편이 더 나았을 것이다** _ 피터는 베드로의 영어식 이름이다. 베드로와 도마는 예수의 제자였는데, 도마는 예수의 부활을 믿지 않아 의심 많은 도마로 불린다.

험하기 짝이 없는 실언이었다. 하지만 아무것도 보지 못했다고 금방 말을 바꾼 것이야말로 치명적인 실수였다. 자신도 아무것도 못 본 척해서 내가 헛것을 봤다고 믿게끔 유도하다니 이것이야 말로 영리한 행동이었다. 그 순간 전투는 시작되었고 나는 몹시 불리한 입장에 몰리게 되었다.

그 실수에서 피터 건스가 진상을 얼마나 알아냈는지 자세하게 살필 겨를이 없었다. 설령 아무것도 알아내지 못했다 하더라도 시간이 촉박했다. 왜냐하면 피터는 이미 나와 미지의 인물 즉, 그가 없는 동안 로버트 레드메인의 옷을 입고 나타나 브렌던을 쏘아 죽이려 한 사람이 나라는 사실은 간파했을 터이기 때문이었다. 그리안테 산에 마르코의 무덤을 파러 나와 함께 간 사람, 그가 내 총알을 피해 간 것을 알고 함께 실망한 사람은 제니였다. 마르코가 혀를 깨물지 않았다면 그는 목숨을 부지하지 못했을 것이다. 입가에 흐르는 피를 보지 못했다면 내가 확인 사살을 했을 테니까.

내가 앨버트를 죽인 그날 밤 피터가 나를 체포하려고 벼르고 있었다는 사실은 꿈에도 몰랐다. 내가 어떻게 그것까지 짐작할 수 있었겠는가? 오히려 나는 거사를 마무리 짓고 앨버트를 죽인 후 잘난 건스가 자기만족을 위해서라도 이 범죄와 나를 연관 지을 수 없다는 사실을 재빨리 증명해 자신의 가설을 의심하게 될 것이라고 믿어 마지않았다. 피터가 준비를 마치고 나를 기다리고 있다는 사실을 알았더라면 즉시 모습을 감추었을 것이다. 사건이 잠잠해지기를 기다렸다

가 한두 해 후 완전히 새로운 인물로 등장했을 것이다. 그 경우 '주제페 도리아'가 자살을 했다는 암시를 남기고 그런 가설을 뒷받침하기에 충분한 증거들을 잔뜩 남겨 놓았을 것이다.

하지만 나는 피터 건스의 천재적인 능력이 어느 정도인지 몰랐다. 그래서 그가 잠시 집을 비운 사이 간단한 트릭으로 앨버트를 죽여 버렸다. 나를 막을 사람은 마크 브렌던뿐이었다. 제니는 이렇게 위급한 경우를 대비해 아껴 두었던 저항할 수 없는 최후의 카드를 꺼내 들었다. 그녀가 자신을 구해 달라며 울며 매달리자 마르코의 얼마 되지 않는 지성은 순식간에 쓸모없는 것이 되고 말았다. 그는 그런 줄도 모르고 제니의 품 안에서 행복한 미래에 대한 희망과 기대를 불태우고 있었다.

여기서 한 가지 짚고 넘어가야 할 사실이 있다. 이자가 제니에게 완전히 마음을 빼앗긴 덕에 우리는 고비마다 도움을 받았지만 피터 건스의 전력에는 큰 구멍이 뚫려 버렸다. 그런데도 운명의 그날 밤 건스가 앨버트의 목숨을 브렌던에게 믿고 맡긴 것을 보면 그도 브렌던의 도움이 얼마나 부실한지 제대로 몰랐음이 틀림없다. 그랬다. 잘난 피터 건스도 역시 사람이었던 것이다.

제니가 자신의 신세를 한탄하며 마크의 헌신적인 사랑을 자극하는 동안 나는 집을 나섰다. 물론 마크에게 집을 나가는 모습을 보이는 것도 잊지 않았다. 배를 손에 넣는 데는 십 분밖에 걸리지 않았다. 그 배로 호수를 건너 벨라조로 갈 수도 있었다. 나는 주인 몰래 배를

훔쳐서 무거운 돌을 열 개 넘게 실은 후 다시 피아네초 빌라로 노를 저어 물가의 계단에 배를 댔다. 변장에는 검은 턱수염이면 충분했다. 코트는 벗어서 배에 두고 셔츠 차림으로 앨버트를 불러냈다.

나는 떨리는 음성으로 아순타를 불렀다. 그녀는 당연히 나를 알아보지 못했다. 나는 아순타에게 포지가 중태인데 앞으로 한 시간을 못 넘길 것 같다고 말했다. 그것으로 충분했다. 나는 다시 배로 돌아갔다. 삼 분 만에 앨버트가 튀어나왔다. 그는 내게 전속력으로 가 주면 돈을 잔뜩 주겠다고 했다. 물가에서 약 백오십 미터 정도 떨어졌을 무렵 나는 앨버트에게 속도를 더 내고 싶으니 이물로 자리를 옮겨 달라고 말했다. 그가 나를 스쳐 갈 때 손도끼로 내려쳤다. 그는 아무런 고통도 느끼지 않고 즉사했다. 나는 오 분 정도 있다가 팔과 다리에 무거운 돌을 묶은 후 호수에 던져 버렸다. 임무를 성공적으로 마친 손도끼도 호수에 함께 버렸다. 좀 더 관대한 시대라면 그 손도끼는 우리 집안의 가보가 되었을 것이다. 나는 이 모든 일을 피아네초 빌라에서 백팔십 미터도 떨어지지 않은 곳에서 칠흑 같은 어둠을 방패 삼아 벌였다.

일을 마친 후 나는 재빨리 호숫가로 노를 저었다. 배는 물가에 눈에 띄지 않게 되돌려 놓고 변장 도구는 주머니에 숨긴 채 자주 가는 여인숙으로 어슬렁거리며 갔다. 정원에 앉아 있는 브렌던의 시선을 등으로 받으며 집을 나선 지 고작 이십사 분이 지났을 뿐이었다. 나는 여인숙에서 한동안 시간을 보냈다. 그 정도면 알리바이로 충분할 터

였다. 게다가 내가 여인숙에 도착한 시간이 문제가 된다고 해도 정확히 입증할 방법은 어디에도 없었다. 하지만 그 후에 파멸이 찾아왔다. 나는 무엇이 나를 기다리고 있을지 상상도 하지 못한 채 집으로 돌아갔다. 루시퍼처럼 나락으로 추락하리라는 것도, 완전히 패배하리라는 것도, 아내의 시신을 품에 안은 채 그녀도 없이 인생을 마감한다는 사실을 깨닫게 되리라는 것도 꿈에도 몰랐다.

제니는 품위 있고 훌륭한 방식으로 목숨을 거두었다. 이렇게 뛰어난 여인의 사랑을 한 몸에 받은 남자가 평범하기 짝이 없는 방식으로 세상을 뜬다고 기록되다니 그건 안 될 말이다. 교수대에서 맞이하는 최후는 다른 사람들의 몫이다. 나는 그러한 굴욕을 당하지 않을 것이다. 그 점에서만큼은 건스가 나를 제대로 알고 있었다. 그렇기 때문에 경찰에게 내가 치과 의사였다는 과거를 들먹이며 내 치아를 세심히 조사하라고 경고하지 않았겠는가? 오로지 그만이 내 천재성의 일면을 알고 있었다. 하지만 전부는 아니었다. 나와 제니와 같은 능력을 지닌 사람만이 우리를 판단할 수 있다. 지구 주위의 궤도를 외롭게 돌다 외롭게 떠나가는 혜성이나 다름없는 나 같은 사람들 말이다. 우리의 힘은 두려움을 불러일으킨다. 우리가 사라지면 사람들은 신에게 감사한다. 실상은 누구보다 축복을 받은 이는 바로 나다. 나보다 더 뛰어난 사람을 여행의 동반자로 두었으니 말이다. 쌍둥이별처럼 우리가 뿜어내는 빛은 하나로 섞여 있다. 우리는 함께 빛나다 함께 스러져 갈 것이다. 그러므로 이후로 우리의 이름이 따로 불릴

일은 다시는 없을 것이다.

피터 건스에게 내 유품을 남긴다. 또한 마크 브렌던을 유언 집행인이자 잔여 재산 수여자로 임명한다. 그라면 나도 아무런 이의가 없다. 따지고 보면 그는 우리의 상황을 돕기 위해 최선을 다한 사람이 아닌가. 지금 당신은 이런 의문이 들 것이다.

'사형을 선고받았고 혹시라도 자살하지 않도록 밤낮으로 감시를 당하는 남자가 어떻게 자신의 운명을 제 손으로 결정짓는다고 장담을 하는가?'

온 세상 사람들이 이 글을 읽기도 전에 당신은 이 의문에 대한 해답을 알게 될 것이다.

하고 싶은 말은 다 한 것 같다.

'알 피니르 델 조코, 시 베데 키 아 구아다냐토Al finir del gioco, si vede chi ha guadagnato. 게임이 모두 끝나야 승자를 알 수 있다.' 하지만 늘 그런 것은 아니다. 때로는 게임이 비겨 어느 쪽도 승자가 아닐 때도 있으니 말이다. 나는 피터 건스와 비겼다. 건스라면 자신이 이긴 척하지도 않는 것은 물론 진정한 승자에게 기꺼이 제일 먼저 박수를 보낼 것이다. 그는 잘 알고 있다. 우리는 우열을 가릴 수 없을 정도로 실력이 동등했지만 그 여인이 우리보다 훨씬 더 뛰어났다는 사실을 말이다.

그럼 안녕히.

주제페 도리아

피터 건스는 보스턴 외곽에 있는 자신의 아늑한 집에서 이 글과 그 후일담을 읽었다. 그런데 그로부터 열흘 후 아침을 들러 나와 보니 영국에서 작은 소포가 하나 배달되어 있었다. 얼핏 보기에 피터의 유명한 코담뱃갑 컬렉션을 풍성하게 만들어 줄 새로운 수집품 같았다. 그는 런던에 의뢰를 몇 건 해 두고 왔기 때문에 새로운 보물이 도착했다고 믿어 의심치 않았다. 하지만 소포의 내용물을 보고 실망감을 금치 못했다. 하지만 실망도 잠시 그 어떤 코담뱃갑보다 더 진기한 물건이 놀란 그의 눈앞에 놓여 있었다. 소포에는 마크 브렌던의 편지도 한 통 동봉되어 있었다. 편지에는 피터도 신문으로 아는 내용이 적혀 있었다. 하지만 오로지 그에게만 알리는 사실이 덧붙여져 있었다.

1921년 10월 20일, 런던 경찰청

친애하는 피터 건스 씨에게

펜딘의 수기와 건스 씨에게 보내는 메시지를 읽으셨을 줄로 압니다. 하지만 건스 씨와 개인적으로 관련된 부분까지 소상하게 읽으실 기회는 없으셨을 겁니다. 여기 펜딘이 남긴 선물을 동봉합니다. 확신하건대 건스 씨는 물론 어느 누구도 이렇게 진귀한 물건을 가질 수는 없을 겁니다. 펜딘은 감옥에서 유언장을 작성했습니다. 법적으로 그가 남긴 재산은 제가 상속받았습니다. 제가 그 재산을 반으로 나누어 영국과 미국의 경찰 자녀 보육 시설에 모두 기부했다는 이야기

를 들으셔도 전혀 놀라지 않으시겠지요.

알려 드려야 할 소식은 바로 이것입니다. 펜딘의 사형 집행일이 가까워지자 그에게 특단의 주의 조치가 내려졌습니다. 하지만 그자는 극도로 절제된 모습을 보였습니다. 말썽을 일으키지도 않고 위협적으로 굴지도 않았습니다. 그는 수기를 완성한 후 타자로 사본을 만들게 해 달라고 요청을 했습니다. 하지만 그 요청은 받아들여지지 않았습니다. 그는 원고를 항상 몸에 지녔습니다. 사형이 집행되기 전에는 원고를 읽으려 하지 않겠다는 약속까지 받았습니다. 사실 수기를 쓰기 전에 이미 그런 약속을 받아 두었습니다. 그는 차분하고 규칙을 잘 지키며 생활했습니다. 식사도 잘했고 간수와 함께 운동을 했으며 담배도 많이 피웠다고 합니다. 아직 말씀드리지 않은 것이 있군요. 펜딘이 지시한 곳에서 로버트 레드메인의 시신이 발견되었습니다. 벤디고 레드메인의 경우 파도로 해안의 형태가 많이 변해서 결국 시신은 찾지 못했습니다.

사형 집행일 전날 밤 펜딘은 평소처럼 잠자리에 들었습니다. 그리고 이불로 얼굴을 덮은 채 몇 시간 수면을 취했습니다. 간수가 양쪽에 한 명씩 앉아 있었고 불도 환하게 켜져 있었습니다. 갑자기 그가 한숨을 쉬는가 싶더니 손을 뻗어 오른쪽 간수를 움켜쥐었습니다.

"이것을 피터 건스에게 주시오. 내 유품이오. 마크 브렌던이 내 상속인이오."

그렇게 말하면서 작은 물체를 간수의 손에 쥐어 주었습니다. 그것과

동시에 극심한 발작을 일으키며 신음 소리를 내더니 상체를 벌떡 일으켰습니다. 그리고 의식을 잃은 채 앞으로 고꾸라졌습니다. 간수 한 명이 그를 돌보고 나머지 간수가 의무실로 의사를 부르러 달려갔습니다. 하지만 펜딘은 이미 사망한 후였습니다. 청산가리에 중독이 된 겁니다.

펜딘의 비밀을 풀 수 있는 실마리가 될 사실 두 가지를 기억하고 계실 겁니다. 하나는 그가 어렸을 때 이탈리아에서 당한 사고입니다. 다른 하나는 그의 얼굴에서 언뜻언뜻 드러나는 비인간적인 독특한 표정입니다. 선생님은 그 표정에 늘 관심을 가지셨지만 비밀을 결국 알아내지 못하셨죠. 이번에 그 두 가지 비밀이 모두 풀렸습니다. 그의 눈의 평범했다면 우리는 분명히 그 비밀을 금세 밝혀냈을 겁니다. 하지만 펜딘의 눈동자는 색이 무척 짙어서 동공과 홍채가 잘 구분이 가지 않았던 탓에 그의 눈길이 부자연스러운 이유를 끝내 알아차릴 수 없었던 것입니다. 그래서 평범한 인간의 상식이나 통상적인 몸수색으로는 절대 찾을 수 없는 곳에 독약을 숨길 수 있었습니다. 그의 말대로 그 사건을 아는 사람은 그의 어머니밖에 없었으니까요. 그 사건으로 그는 한쪽 눈을 잃었습니다. 청산가리가 들었던 캡슐은 의안 뒤쪽에 줄곧 감추어져 있다가 사후에 입속에서 으깨진 채 발견되었습니다.

이 악당의 글이 발표된 후 제가 얼마나 곤란했을지 짐작하시고도 남겠지요. 저는 경찰을 관둘 예정입니다. 다른 일을 찾았습니다. 제가

겪은 이 끔찍한 경험도 시간이 약이겠지요. 내년에는 업무상 미국으로 출장을 가게 될 것 같습니다. 건스 씨만 괜찮으시다면 그때 뵙고 싶습니다. 건스 씨와 과거나 곱씹으려는 것이 아닙니다. 제게는 아무런 도움도 되지 않는 씁쓸한 기억일 뿐이니까요. 오히려 제 미래에 대해 말씀드리고 은퇴하신 뒤의 명예롭고 평온하게 잘 지내시는 모습을 뵙고 싶을 따름입니다. 그럼 그때까지 안녕히 계십시오.

당신을 늘 존경하는 충실한 벗

마크 브렌던

그는 포장지를 뜯었다.

상자 안에는 유리로 만든 의안이 들어 있었다. 어찌나 정교하게 잘 만들었는지 의안이라는 사실이 믿어지지 않을 정도였다. 짙은 눈동자 덕에 진실은 결코 드러나지 않은 채 감춰져 있었다. 하지만 눈빛과 색깔이 아무리 완벽하다 한들 의안은 의안이었다. 그로 인해 펜딘의 표정에는 늘 기묘한 분위기가 감돌았다. 피터는 그 점이 늘 의아했다. 그 표정은 사악하거나 불길한 느낌을 주지는 않았다. 하지만 적어도 한 번도 보지 못한 표정이라는 점은 확실했다.

건스는 종종 호기심 어린 눈빛으로 바라보곤 했던 자그마한 물체를 이리저리 뒤집어 보았다.

그가 소리를 내어 말했다.

“보기 드문 악당이었어. 하지만 그자 말이 옳아. 그자의 아내가

우리보다 훨씬 더 대단했지. 자신의 헛된 허영심이 아니라 아내의 말을 들었더라면 지금도 둘이서 활개를 치며 잘 살고 있을 텐데."

건스가 황금 코담뱃갑을 꺼내 코담배를 집어 들었다. 짙은 갈색 눈동자가 진짜 눈동자인 양 반짝거리며 그를 빤히 쳐다보는 것 같았다.

작 가
정 보

이든 필포츠

Eden Phillpotts

이든 필포츠는 1862년 인도의 마운트 아부에서 태어났다. 군인이었던 아버지의 죽음으로 영국으로 돌아가게 된 필포츠는 플리머스에서 학창 시절을 보냈다. 처음에는 연기자를 지망하였지만 포기하고 열일곱 살에 런던의 보험 회사에 사무원으로 취직한다. 십 년 간 계속했던 사무원 시절에 창작을 시작했고, 그곳을 그만둔 뒤는 《블랙 화이트》라는 주간지의 편집자가 되었다. 삼십 대가 돼서야 필포츠는 전업 작가가 되어 본격적으로 작품 활동을 시작한다. 다트무어 시리즈로 불리는, 데번 주 다트무어 지방을 무대로 한 전원 소설로 이름을 알린 그는 역사 소설, 극작, 미스터리 등 다양한 작품을 집필하며 인기 작가로 우뚝 선다.

필포츠는 만년에 이르기까지 작품 활동에 힘썼으며 1960년에 아흔여덟을 일기로 사망한다.

필포츠 미스터리

필포츠의 미스터리 작가 데뷔는 그다지 명확하지 않다. 다양한 작풍으로 작품을 집필함으로써 철도 회사의 주식 관련 범죄를 그린 작품을 초기부터 선보였다. 하지만 그의 미스터리가 평가를 받기 시작한 것은 미스터리 황금시대로 다양한 작품들이 양산되기 시작하던 1921년 『회색의 방The Grey Room』부터이다. 이때 그의 나이는 쉰아홉이었다.

극작, 시를 포함하여 총 이백오십여 편에 달하는 저서 중, 미스터리 작품은 오십 권 남짓이다.

이든 필포츠의 대표작 『붉은 머리 가문의 비극』은 다트무어의 황무지와 이탈리아의 코모 호수 근처를 무대로 전개되는 연쇄 살인극을 그린 이야기로, 붉은 머리의 살인마가 등장하는 등 시각 효과가 넘치는 미스터리이다.

『붉은 머리 가문의 비극』이나 밴 다인의 『주교 살인 사건』 등 연쇄 살인물에 마음이 흔들린 독자라면, 그에 못지않게 인상적으로 다가오는 것이 헥스트라는 필명으로 출간한 걸작 『The Thing at Their Heels』이다. 데번셔의 명가 템플러 가의 사람들이 거의 전멸하는 오싹오싹한 이야기로 『붉은 머리 가문의 비극』에 등장하는 붉은 머리 살인귀를 연상하게 하는 검은 턱수염에 검은 모자를 쓴 남자가 등장한다. 마지막에 밝혀지는 범인은 『주교 살인 사건』의 범인에 필적하는 강렬한 개성의 인물로, 그 특이한 범행 동기는 미스터리 사상 유례를 찾을 수 없다. 가끔 지적되는 필포츠의 결점인 장황함도 거의 느껴지지 않기 때문에 『붉은 머리

가문의 비극』보다 높게 평가받기도 한다.

1927년에 출간된 『배심원The Jury』는 현대 미스터리로 맥락이 이어지고 있다는 점에서 주목할 만한 작품이다. 살인 용의를 쓴 여성의 재판을 둘러싸고 배심원 한 명 한 명이 평결에 달하기까지의 과정이 극명하게 그려져 있다. 필포츠의 미스터리는 퍼즐적 요소보다 인물, 배경의 묘사나 분위기에 초점이 맞춰져 있으며 어떤 의미로는 시대를 앞서 나갔다고 볼 수 있다.

필포츠 미스터리의 본질

이든 필포츠 소설의 큰 특징은 반드시 '인간성의 탐구자'나 '성격의 연구자'로 형용되는 인물이 등장한다는 점이다. 대부분은 그 인물이 탐정에 해당하지만, 반대로 범죄자인 경우도 있다. 그리고 그들은 하나같이 자신에게 사람의 성격이나 심리를 꿰뚫어 보는 능력이 있다고 자부한다. 탐정 소설이라는 특수한 장르의 작가 중에 자신이 인간성을 연구하고 있다는 점을 전면에 내세우는 사람을 찾기란 꽤 어려울 것이다. 하지만 필포츠의 경우 본래 순문학 작가였기 때문에, 그런 특징이 작품에 자연스럽게 드러난다.

필포츠는 사악하지만 매력적인 범인을 그려 내는 데 탁월하다. 예를 들자면 『붉은 머리 가문의 비극』을 비롯해서 주인공이 범인과 사투를 반복하는 『어둠의 목소리A Voice from the Dark』(1925), 『의사여, 자신을 치유하라Physician, Heal Thyself』(1935), 『누가 다이애나를 죽였나Who Killed Diana?』(1924) 등을

꼽을 수 있는데, 그중 가장 돋보이는 것이 『The Thing at Their Heels』에 등장하는 선의 가면을 쓴 범인으로, 그 특이한 성격은 독자들로 하여금 전율이 일게 한다. 인간성, 특히 범죄자의 특이한 성격이나 심리를 강한 흥미를 가지고 연구한 필포츠의 연구 기록이야말로 필포츠 미스터리의 본질이라 할 수 있다.

이든 필포츠에 대한 평가

『붉은 머리 가문의 비극』은 일본 미스터리 작가인 에도가와 란포가 가장 사랑한 미스터리로도 유명하다. 란포는 세계 미스터리 랭킹 1위로 『붉은 머리 가문의 비극』을 꼽았는데, 그 영향으로 이든 필포츠는 일본 내에서 높은 평가를 받아 왔으며 아직도 세계 명작 미스터리 랭킹에 이름을 올리고 있다. 한국에서는 1938년에는 박노갑이 「미인도」라는 단편 소설로 번안하였으며, 『홍두 레드메인 일가』라는 제목으로 김내성이 번역 소개하기도 하였다.

그에 비해 본토인 영국에서는 미스터리 소설에 대한 평가는 썩 좋지 않은 편이다. 하지만 미국 황금시대의 거장 중 한 사람으로 좀처럼 다른 사람을 칭찬하지 않는다는 S. S. 밴 다인이 세계 미스터리 중 필포츠의 작품을 두 개나 거론하며 높이 사고 있다는 점은 주목할 만하다. 그는 '추리소설작법 20원칙'에서 연애를 금기시했는데 어떤 이유에선지 고급의 본격물 중에서 가장 연애 성향이 짙은 『누가 다이애나를 죽였나』를 9위로 꼽고 있다. 이 작품은 악녀물의 선구라고 해도 과언이 아니다. 숙

부의 유산을 목적으로 미남 의사 노턴 펠럼과 결혼하지만 유산을 손에 넣을 수 없다는 사실을 알게 되고 복수심에 불타는 여성을 그린 작품으로 여성의 강렬한 이미지를 능수능란하게 표현한 작품이다.

/

이든 필포츠의 주요 작품 목록

My Adventure in the Flying Scotsman: A Romance of London and North-Western Railway Shares (1888)

The End of a Life (1891)

A Tiger's Cub (1892)

Loup-Garou! (1899)

Fancy Free (1901)

The Transit of the Red Dragon and Other Tales (1903)

The Sinews of War (1906)

The Unlucky Number (1906)

The Statue (1908)

Tales of the Tenements (1910)

The Three Knaves (1912)

The Master of Merripit (1914)

The Judge's Chair (1914)

Miser's Money (1920)

The Grey Room (1921)

The Red Redmaynes (1922) - 『붉은 머리 가문의 비극』(엘릭시르, 2012, 미스터리 책장 시리즈)

Black, White, and Brindled (1923)

A Voice from the Dark (1925)

The Marylebone Mister (1926)

Peacock House and Other Mysteries (1926)

The Jury (1927)

It Happened Like That (1928)

"Found Drowned" (1931)

A Clue from the Stars (1932)

Bred in the Bone (1932)

The Captain's Curio (1933)

Mr. Digweed and Mr. Lumb (1933)

A Shadow Passes (1933)

Witch's Cauldron (1933)

The Wife of Elias (1935)

Physician, Heal Thyself (1935)

A Close Call (1936)

Once Upon a Time (1936)

Lycanthrope: The Mystery of Sir William Wolf (1937)

Portrait of a Scoundrel (1938)

Monkshood (1939)

Awake Deborah! (1940)

A Deed Without a Name (1941)

Ghostwater (1941)

Flower of the Gods (1942)

They Were Seven (1944)

The Changeling (1944)

There Was an Old Woman (1947)

Address Unknown (1949)

Dilemma (1949)

George and Georgina (1952)

The Hidden Hand (1952)

There Was on Old Man (1959)

해링턴 헥스트(Harrington Hext)라는 필명으로 쓴 작품

Number 87 (1922)

The Thing at Their Heels (1923)

Who Killed Diana? (1924)

The Monster (1925)

역자 후기

이든 필포츠의 사람들

언젠가 다른 책의 역자 후기에서도 쓴 적이 있는데, 책을 번역할 경우에 역자의 일은 번역한 원고를 넘기는 것으로 그치지 않습니다. 그 전에 역자 후기라는 거대한 산을 넘어야 하거든요. 말 그대로 '거대한 산'입니다. 저자의 글이 아니라 역자 자신의 글로 어떻게든 지면을 채워야 하니 어찌 보면 번역만큼 힘들고 진땀 나는 일입니다. 적어도 제게는 그렇습니다.

그런데 이 역자 후기 의뢰를 받자마자 제일 먼저 이런 생각이 들더군요. 차라리 에베레스트를 정복하라고 하지. 왜냐하면 편집부에서 분량도 형식도 내용도 상관없이 매우 '자유롭게' 글을 쓰되 구구절절 자화자찬에 그치는 진부한 형식은 피해 달라고(정확하게 이런 표현은 아니었지만 저는 이렇게 알아들었습니다) 당부했기 때문입니다. '자유롭게' 쓰라니,

어떻게 쓰면 '자유롭게' 쓰는 건가요? 저는 이렇게 되묻고 싶었습니다. 차라리 이렇게 저렇게 쓰라고 지침을 내려 주세요! 간곡하게 부탁이라도 하고 싶었습니다. '그렇게 써 드리겠습니다'라고 호기롭게 메일을 보내고 나니 그때부터 고민이 시작되었습니다. 심지어 어느 날 밤에는 '자유롭게' 후기를 쓸 기발한 아이디어를 떠올리고 신 나 하는 꿈까지 꿨습니다. 깨고 나니 아무 기억도 안 나더군요.

그렇게 고민하다 보니 문득 편집장님의 연락을 받고 깜짝 놀랐던 순간이며 '미스터리 책장'에 대한 이야기를 듣고 가슴이 마구 뛰던 순간이 떠올랐습니다. 주위에 나름 추리 소설 애호가로 알려져 있지만 정작 '할머니 탐정단'이라는 코지 미스터리 시리즈 네 권 외에는 추리 소설커녕 소설을 작업한 경력도 일천한 제가 『붉은 머리 가문의 비극』처럼 뛰어난 본격 추리 소설의 번역을 맡게 되기까지 저도 모르는 우연과 인연과 행운이 작용하지 않았을까. 여기까지 생각이 미치다 보니 『붉은 머리 가문의 비극』을 쓴 이든 필포츠와 책으로 인연을 맺은 사람들이 저 말고 또 누가 있을까 하는 의문이 들었습니다. 인터넷을 잠시 뒤지던 저는 깜짝 놀랐습니다. 그도 그럴 것이 제 발걸음은 평소에 제가 흠모에 마지않은 위대한 추리 작가 두 분에게로 가닿았으니까요.

첫 번째 인연.

신사의 나라 영국, 그곳 잉글랜드 남서부에 위치한 데번 주에서 1890년 9월 15일에 여자아이가 태어났습니다. 꼬마 숙녀는 울창한 숲과 넓은 정

원이 있는 애시필드 저택에서 행복한 어린 시절을 보냈습니다. 하지만 아버지가 투자를 실패하고 엎친 데 덮친 격으로 돌아가시기까지 하자 가세는 기울기 시작했습니다. 소녀의 앞날에 암울한 그림자가 드리워지는 건 아닌가 싶었죠. 다행스럽게도 재산 관리인이 양심적이었고 형부가 도움을 많이 줘서 정든 애시필드 저택을 떠나지 않아도 되었습니다. 물론 이전처럼 풍족하게 살 수는 없었지만요.

꼬마 숙녀는 어느새 꿈 많은 소녀로 자랐습니다. 소녀의 꿈은 오페라 가수였습니다. 하지만 뉴욕 메트로폴리탄 극장 관계자로부터 재능이 없다는 말을 듣고 맙니다. 꿈을 접을 수밖에요. 기분 전환 삼아 소녀는 어머니와 이집트 여행을 떠납니다. 돌아와서는 그곳에서 얻은 소재로 소설을 쓰기까지 했죠.

자신의 소설이 어떤 수준인지 궁금했던 소녀는 이웃 노인을 찾아가 소설을 읽고 의견을 들려 달라고 했습니다. 습작으로 쓴 소녀의 소설을 다 읽은 노인은 좋은 작품이니 앞으로도 열심히 글을 써 보라고 했다죠. 노인의 격려에 자신감이 붙은 소녀는 열심히 글을 썼습니다. 소녀가 어느새 여자가 되고 할머니가 될 때까지 말이죠. 그렇게 쓴 소설이 장편과 단편집을 합쳐 아흔 권이 넘습니다. 추리 소설이 이 정도이고 메리 웨스트매콧이라는 필명으로 쓴 로맨스 소설도 있다고 합니다. 이 작가의 작품 가운데에는 세계 3대 추리 소설의 하나인 『그리고 아무도 없었다』도 있습니다. 네, 이제 누구인지 아시겠죠? (이미 알아차리신 분들도 많을 거라 믿습니다.) 이 작가가 바로 추리 소설의 여왕 애거사 크리스티입니

다. 애거사 크리스티가 뛰어난 재능을 타고났다고 하더라도 다듬어지지 않은 원석이나 다름없는 그녀의 재능에서 한순간 반짝이는 빛을 놓치지 않고 격려해 준 '이웃집 노인'이 없었다면 과연 인간 심리의 대가 미스 마플과 회색 뇌세포의 명탐정 푸아로가 이 세상에 태어날 수 있었을까요? 이 이웃집 노인이 바로 이든 필포츠입니다.

두 번째 인연.
애거사 크리스티가 영국에서 『애크로이드 살인 사건』(1926)을 발표해 추리 독자들을 들었다 놓았다 할 즈음 동방의 작은 나라 조선에서 태어난 청년이 문학도의 꿈을 불태우고 있었습니다. 추리 문학사에 한 획을 그은 이 작품이 출간된 지 사 년 후인 1930년에 이 청년은 청운의 꿈을 안고 일본의 와세다 대학 부속 학원인 제2고등학원 문과에 입학합니다. 그런데 이 청년, 전공인 법학 공부에는 관심이 없고 문학에 심취하게 된 겁니다. 청년은 서구의 고전은 물론 '일본의 추리 소설'에 심취했고 결국 문학도로써 발을 내딛게 됩니다. 물론 법학 공부를 완전히 버린 것은 아니었습니다. 청년은 와세다 대학의 법학부 독법학과獨法學科에 진학을 했습니다. 하지만 문학 수업에 박차를 가해 27세가 되던 1935년에 일본의 추리 문학 전문지인 《프로필》과 대중 잡지인 《모던 일본》에 일본어로 쓴 단편 소설인 「타원형의 거울」과 「연문기담」, 「탐정 소설가의 살인」이 잇달아 당선되는 기염을 토하게 됩니다. 대단하지 않습니까? 추리 소설의 강국인 일본에서 일개 유학생이 쓴 단편이 연달아 상을 받은 것입니다.

이미 이 작가의 정체를 간파하신 분들도 계시겠죠. 「연문기담」이라니 어디서 들어 본 듯하다고 고개를 갸웃거리는 분도 계실 겁니다. 이 작가가 누군지 모르겠다는 분들은 귀를 잘 닦고 들어 주세요.
이 문학청년은 국내 본격 추리 소설계의 대표적인 소설가인 김내성입니다. 안타깝게도 1957년에 향년 49세로 생을 마감하셨습니다. 이분이 더 오래 사시며 작품 활동을 하셨다면 한국의 추리 소설계는 지금과 또 다른 모습이었지 않을까 감히 생각해 봅니다. 김내성이 얼마나 훌륭한 본격 추리 소설을 썼는지 궁금하십니까? 일제 강점기에 주로 활동한 작가인데 지금 우리가 읽을 만한 작품이 있을까? 일본어로 읽어야 하는 거 아니야? 이런 걱정이 드십니까? 걱정하지 마세요! 김내성의 훌륭한 작품을 잊지 않고 출판해 주신 고마운 분들이 있거든요.
김내성 탄생 백 주년이었던 2009년에는 몽테크리스토 백작의 번안작인 『진주탑』이 현대문학에서 복간되었습니다. (위에 나온 김내성에 대한 소개 글은 바로 이 책의 부록에 실린 내용입니다. 더 자세한 내용이 궁금하신 분은 이 책을 꼭 읽어 보세요.) 같은 해 페이퍼하우스에서는 판타스틱 클래식 시리즈 제1권으로 명탐정 유불란의 활약상을 그린 『마인』을 재출간했습니다. 두툼하지만 명탐정의 활약에 빠져들어 순식간에 읽을 수 있습니다. 장편만 아니라 단편집도 있습니다. 1994년 명지사에서는 『비밀의 문』이라는 제목으로 단편집을 펴냈습니다. 오래전에 나온 책이지만 온라인 서점에서 오늘 주문하면 늦어도 내일모레는 받을 수 있습니다. 이 책에는 위에서 소개한 「타원형 거울」 같은 본격 추리는 물론

「복수귀」나 「백사도」처럼 괴담의 성격이 강한 작품들도 있습니다. 그래서인지 본격 추리 소설과 괴담의 성격이 짙은 작품들이 따로 묶여 나오기도 했습니다. 『마인』을 출간한 페이퍼하우스에서 괴기·번안편으로 『백사도』를, 추리편으로 『연문기담』을 펴낸 것이죠.

김내성을 흠모하는 마음이 지나쳐 이야기가 잠시 곁길로 새 버렸네요. 김내성과 『붉은 머리 가문의 비극』과는 어떤 인연이 있는 것일까요? 김내성의 작품을 줄줄이 출간한 페이퍼하우스는 2011년에 다시 한번 흥미로운 작품들을 들고 독자들을 찾습니다. 일제 강점기에 코난 도일의 작품을 번안한 『붉은 실』과 에밀 가보리오의 소설을 번역한 『르루즈 사건』을 복간한 것입니다. 일제 강점기의 번역이고 번안작이라는 사실에 흥미가 일지 않습니까?

그런데 여기에는 눈에 번쩍 띄는 대목이 있습니다. 『르루즈 사건』의 일러두기의 일부입니다.

'『르루즈 사건』은 1940년 12월 조광사에서 기획한 〈세계 걸작 탐정 소설 전집〉 제일 권으로 편성되었으며, 김내성이 번역한 이든 필포츠 원작의 『홍두 레드메인즈 일가』와 합본으로 출판되었다.'

이제 왜 제가 김내성에 대한 이야기를 구구절절 풀어놓았는지 아시겠지요? 『붉은 머리 가문의 비극』은 동서문화사에서 『빨강머리 레드메인즈』라는 제목으로 출간되기 전에 이미 김내성의 번역으로 『홍두 레드메인즈 일가』라는 '귀여운' 제목을 달고 출간되었던 것입니다. 그러니까 이번 미스터리 책장에서 나오는 저의 번역작 『붉은 머리 가문의 비극』은

한국에서 세 번째로 번역 출간된 셈입니다.

세 번째 인연.
김내성의 번역을 접할 길이 없었기에 저는 동서문화사의 책으로 아쉬움을 달래야 했습니다. 동서문화사에는 이든 필포츠의 작품이 한 권 더 나와 있습니다. 바로 은퇴한 형사인 존 링로즈가 등장하는 『어둠의 소리』입니다. 이렇게 아쉬움을 달랜 후 저는 그만 이 작가와 작품들에 대해 까맣게 잊고 말았습니다. 읽어야 할 고전 추리 소설들이 산더미처럼 쌓여 있기도 하고 쉴 새 없이 쏟아지는 신간들도 읽어야 했으니까요. 그러던 차에 미스터리 책장에 들어갈 작품 하나를 번역해 달라는 의뢰를 받았습니다. 그때도 '자유롭게' 작품을 골라 보라고 하시더군요. '자유롭게'는 정말 어렵습니다. 미스터리 책장의 라인업은 평소에 제가 너무나 좋아하는 작가와 작품들로 구성되어 있었으니까요. 그런데 아직 역자가 정해지지 않은 작품들 가운데 대번에 제 눈길을 사로잡은 작품이 있었으니 바로 『The Red Redmaynes』였습니다. 선뜻 이 작품을 맡고 싶다는 말이 떨어지지 않았습니다. 추리 소설을 번역한 경력도 일천한 제가 이든 필포츠라는 거장이 만들고 김내성이라는 거장의 손을 거친 적이 있는 작품을 맡아도 되나 싶었습니다. 제 망설임을 알아차리셨는지 편집장님은 콕 집어서 이 작품을 의뢰해 주셨습니다. 열심히 작업했고 이제 곧 출간을 앞두고 있습니다.

이든 필포츠는 처음부터 추리 소설을 쓴 작가가 아닙니다. 추리 소설가로의 명성을 가져다 준 작품을 처음 쓴 때는 예순을 앞둔 59세였습니다. 하지만 작가로써 원숙한 경지에 오른 이든 필포츠는 뛰어난 필력을 유감없이 발휘해 지금까지도 읽히는 고전을 완성했습니다. 물론 지금의 관점에서 본다면 조금은 지루하고 유치한 점도 없지 않습니다. 하지만 1920년대에 쓰인 소설이라는 점을 감안한다면 그런 단점 정도야 기꺼이 눈감아 줄 수 있습니다.

『붉은 머리 가문의 비극』을 보면 매우 현대적인 감각도 느낄 수 있습니다. 현대의 사이코패스를 연상하게 하는 절대악의 존재가 등장한다는 점에서 말입니다. 추리 작가로는 초보임에도 소설 곳곳에 뿌려 놓은 복선을 남김없이 깔끔하게 회수하는 모습에서는 이래서 거장이구나 절로 감탄하게 됩니다. 마지막 범죄자의 수기 부문에서는 모골이 송연해질 정도의 악의를 느끼며 전율했습니다.

밤하늘에는 수없이 많은 별들이 반짝인다고 합니다. 하지만 고개를 들어 아무리 눈을 씻고 보아도 별이라고는 얼마 보이지 않습니다. 온 우주의 별들이 사라진 것일까요? 그럴 리가요. 오염 물질로 찌든 공기를 한 겹 걷어 내면 여전히 별들은 반짝이고 있습니다. 추리 소설도 그렇습니다. 이 세상에는 독자들의 손길을 기다리는 추리 소설들이 너무나 많이 있습니다. 하지만 이런저런 사정으로 우리나라에는 소개되지 않은 작품들이 많습니다. 마치 오염된 공기에 가려진 빛나는 별들처럼 말입니다.

미스터리 책장의 임무는, 제가 감히 말씀드리자면, 가려진 별들을 찾아 내 독자들에게 아름다운 별빛을 선사하는 것이 아닌가 합니다. 『붉은 머리 가문의 비극』은 그 가운데서도 유난히 반짝이는 별일 것입니다. 자, 이제 그 별빛에 흠뻑 빠져 보시지 않겠습니까?

열혈 추리 애호가로써 한 마디 더.
에밀 가보리오의 작품은 한국에 거의 번역되지 않았습니다. (미스터리 책장 관계자 여러분 듣고 있습니까?) 에밀 가보리오는 르콕이라는 캐릭터를 만들어 낸 프랑스 작가입니다. 우리나라에 출간된 작품으로는 페이퍼하우스의 『르루즈 사건』 외에 국일미디어에서 나온 『르콕 탐정』이 있으니 함께 읽어 보시기 바랍니다.
『붉은 머리 가문의 비극』에는 악의로 똘똘 뭉친 인물이 등장합니다. 그 악인을 떠올릴 때마다 일본의 유명 추리 작가인 히가시노 게이고가 쓴 『악의』가 떠오르곤 합니다. 이 작품에도 가슴속에 무시무시한 악의를 품고 치밀한 계획으로 사람을 죽이는 범인이 나옵니다. 두 작품의 악인들을 비교하며 읽는 것도 좋겠지요. 한 여인만을 우직하게 사랑하는 주인공의 모습에서는 『용의자 X의 헌신』에 나오는 이시가미의 이미지도 엿보입니다. 아직 읽지 않으셨다면 이 작품도 강추입니다.
저는 개인적으로 세계 몇 대 추리 소설이라는 표현을 그다지 좋아하지 않습니다. 해당 작품들이 뛰어나지 않아서가 아니라 그 외에도 우리의 사랑을 듬뿍 받을 자격이 충분한 작품들이 너무나 많기 때문입니다. 그

렇지만 추리의 망망대해에 갓 배를 띄운 독자들이라면 세계 3대 추리 소설이니 10대 추리 소설이니 하는 기준이 있다면 길잡이 삼아 좀 더 수월하게 항해를 하실 수 있겠지요.

세계 3대 추리 소설은 애거사 크리스티의 『그리고 아무도 없었다』와 엘러리 퀸(여왕님!)의 『Y의 비극』, 윌리엄 아이리시의 『환상의 여인』입니다. 세 작품 모두 그저 읽어 보시라는 말씀밖에 드릴 수 없는 명작 중의 명작들입니다. 3대 소설까지는 이견이 없지만 10대 추리 소설은 의견이 분분합니다. 사실 누구나 납득할 만한 작품 열 편을 정할 권위 있는 기관이 있는 것도 아니니까요.

다양한 목록이 있지만 여기서는 《히치콕 매거진》이 선정한 세계 10대 추리 소설(순위가 같은 작품이 있어 총 열두 권)을 소개하도록 하겠습니다. 이 목록을 소개하는 이유는 마침 선정된 작품들이 모두 번역이 되어 있기 때문입니다. 3대 추리 소설과 함께 밴 다인의 『주교 살인 사건』과 『그린 살인 사건』, 애거사 크리스티의 『애크로이드 살인 사건』, 코넌 도일의 『바스커빌 가의 개』, 가스통 르루의 『노란 방의 비밀』, 레이먼드 챈들러의 『기나긴 이별』, 마지막으로 이든 필포츠의 『붉은 머리 가문의 비극』과 『어둠의 소리』입니다. 《히치콕 매거진》을 믿고 한번 읽어 보세요. 후회하지 않으실 겁니다.

이경아(번역가)

붉은 머리 가문의 비극
THE RED REDMAYNES
/

초판 발행 2012년 11월 19일

지은이 이든 필포츠 / **옮긴이** 이경아 / **펴낸이** 강병선

책임편집 지혜림 / **편집** 임지호 이현 / **아트디렉팅** 이혜경 / **본문조판** 강혜림 / **그림** 황성원
저작권 한문숙 박혜연 김지영 / **마케팅** 정민호 김도윤 박보람 / **온라인마케팅** 김희숙 김상만 이원주
제작 서동관 김애진 임현식 / **제작처** 영신사

펴낸곳 (주)문학동네 / **출판등록** 1993년 10월 22일 제406-2003-000045호 / **임프린트** 엘릭시르

주소 413-756 경기도 파주시 문발동 파주출판도시 513-8
문의 031-955-1901(편집) 031-955-3576(마케팅) 031-955-8855(팩스)
전자우편 elixir@munhak.com / **홈페이지** www.elixirbooks.com

ISBN 978-89-546-1919-6 (03840)

엘릭시르는 출판그룹 문학동네의 임프린트입니다.